Hadley Dunns Leben könnte nicht normaler verlaufen – Familie, Uni, Freunde. Bisher keine große Liebe, dafür aber auch kein großer Schmerz. Bis sie beschließt, für ein Auslandssemester in die Schweiz zu gehen. Nach Lausanne am Genfer See. Ein Ort, der voller Magie ist, der erfüllt von Versprechungen scheint. Hier beginnt Hadley eine leidenschaftliche Beziehung zu einem Mann. Hier lernt sie Kristina kennen und findet in ihr die beste Freundin, die sie jemals hatte. Doch dann ereignet sich in einer dunklen Winternacht – der erste Schnee ist gerade gefallen – eine Tragödie. Und was als sorgenfreies Abenteuer begann, entwickelt sich zu einem Alptraum …

Emylia Hall, geboren 1978, arbeitete nach ihrem Studium in York und Lausanne für eine Werbeagentur in London, bevor es sie in die französischen Alpen verschlug. Dort entschloss sie sich, ihren lang gehegten Traum vom eigenen Roman Wirklichkeit werden zu lassen. Ihr Debütroman »Mein Sommer am See« war auf Anhieb ein großer Erfolg, wurde in zahlreiche Länder verkauft und in Großbritannien als das Sommerbuch 2012 gefeiert.

Emylia Hall bei btb

Mein Sommer am See. Roman

In unendlicher Ferne. Ein Cornwall-Roman

EMYLIA HALL

Winter meines Herzens

Roman

Aus dem Englischen
von Astrid Finke

btb

Die Originalausgabe erschien 2013
unter dem Titel »A heart bent out of shape«
bei Headline Review, London.

FSC www.fsc.org
MIX
Papier aus verantwortungsvollen Quellen
FSC® C014496

Verlagsgruppe Random House FSC® N001967

1. Auflage
Deutsche Erstveröffentlichung Dezember 2018,
btb Verlag in der Verlagsgruppe Random House GmbH,
Neumarkter Straße 28, 81673 München

Covergestaltung: semper smile, München
Covermotiv: © Andrew Bret Wallis/Getty Images
Satz: Uhl + Massopust, Aalen
Druck und Einband: GGP Media GmbH, Pößneck
SL · Herstellung: sc
Printed in Germany
ISBN 978-3-442-71484-1

www.btb-verlag.de
www.facebook.com/btbverlag

Für Bobby

Prolog

Lausanne gab es vor Hadley. Lausanne gab es auch vor Kristina und Jacques und Joel. Ihre Anwesenheit in der Stadt war nur flüchtig. Der See sprengte nicht seine Ufer, kein Berghang zerbröckelte, und nicht ein Fensterladen stürzte von einem der adretten Gebäude scheppernd zu Boden. Doch zwischen den ausgreifenden Brücken und den türmchenbewehrten Wohnhäusern, den baumgesäumten Straßen und den verschlungenen Parks spielten sich ihre Begegnungen und ihre Tragödien ab. Lausanne blieb von all dem unverändert, doch auf das Leben der Menschen, die dort wohnten, traf das nicht zu.

Es war Hadleys zweites Studienjahr, und sie verbrachte es im Ausland, in der Schweiz. *La Suisse*. Ihre Vorstellungen von diesem Land waren bis dahin Klischees gewesen – Kuckucksuhren und Käse, dreieckige Schokolade und kühle Neutralität –, doch dann hatte sie in einem Reiseführer den Begriff »Schweizer Riviera« entdeckt. Sie hatte über die Stadt gelesen, über ihre steilen Straßen, hoch aufragenden Türme und spitzen Dächer. Vom Lac Léman, dem Genfer See, fand sie ein Foto, auf dem er glänzte wie ein polierter Spiegel. Dahinter erhoben sich die Zacken der Dents du Midi und des Mont Blanc. Es gab Palmen und Weinberge und prunkvolle Hotels mit gestreiften Markisen, die im Wind flatterten. Lausanne verfügte über einen stillen Glamour, diskret, doch mit einem unterschwelligen Erschauern, *un frisson*.

Hadley hatte mit Freuden ihre Universität zu Hause verlassen, die gedrungenen, dicht zusammengekauerten Gebäude so grau wie Elefantenhaut, Jungs, die nach dem Bier von gestern rochen, und Mädchen, die wie Vögel auf einer Stromleitung zwitscherten. Vor ihrem geistigen Auge hatte sie sich in dieser neuen schweizerischen Landschaft gesehen und von Anfang an in ihrem Bann gestanden. Bis zum Ende ihrer Tage wäre sie wahrscheinlich in der Lage, sich das in der Septembersonne leuchtende Seeufer vorzustellen, die ausländischen Studenten auf den Stufen am Jachthafen, die lachend im Sprühnebel der Fontänen saßen und die Augen vor dem Licht abschirmten. Zu Beginn des akademischen Jahres war Lausanne immer voll von ihnen, locker zusammengewürfelte Grüppchen, die noch ihren Weg finden mussten, vereint von wenig mehr als ihrer Fremdheit, zur selben Zeit am selben Ort. Hätte sie doch damals nur jemand bei der Hand genommen und gesagt, *Ihr seid an einem traumhaften Ort, aber seid vorsichtig. Passt aufeinander auf.*

Sie würde sich wahrscheinlich auf ewig an das Hôtel Le Nouveau Monde erinnern, an seine elegante und gleichzeitig massige Form, wie eine mondäne, aber korpulente ältere Dame. Ihr Herz würde pochen, denn irgendetwas daran zöge sie immer noch magisch an. Sie würde an den Speisesaal in Gold und Zartgelb denken, die zierlichen Schokoladenstücke auf den Untertassen, und an Hugo Bézier, der eine Zigarre zwischen den schlanken Fingern rollte, dessen gefurchtes Lächeln durch sein Kognakglas glitzerte. Er hatte Hadley einmal erzählt, es sei gerade ihre Unerfahrenheit gewesen, die ihn zu Anfang faszinierte. Dass sie so sehr aufrecht gestanden habe, als wollte sie jeden Moment fliehen. Und es stimmte ja auch, sie war leicht wie ein Schmetterling in ihr neues Leben getanzt und hatte das alte so mühelos abgestreift wie einen Kokon. Wie behütet, wie grau, wie öde war es ihr im Vergleich erschienen. Damals war sie ziemlich sicher gewesen, dass ihre Zukunft in Lausanne lag, und trotz allem, was geschehen war, stimmte das vermutlich immer noch. Denn es war genau wie Joel Wilson in seiner allerersten Vorlesung gesagt hatte, als er sich die Worte Ernest Hemingways mit gedehntem kalifornischen Akzent zu eigen machte: *Lausanne hat kein Ende*. Die Erinnerungen eines jeden von ihnen, erklärte er seinen Studenten, seien völlig unterschiedlich, das gelte für Lausanne, genau wie es für Paris gelte. Im Rückblick fragte Hadley sich, ob er vielleicht damals versucht hatte, sie alle vorzubereiten, sie zu warnen, dass Lausanne keine Stadt war, die ihren Platz in den Erinnerungen eines Menschen gehorsam und höflich einnahm. Vielmehr durchdrang sie alles, was danach kam, und sie alle – er, Joel, eingeschlossen – sollten im Geiste immer wieder zurückkehren. Sie konnten einfach nicht anders. Zu dem Zeitpunkt konnte Joel nicht gewusst haben, was vor ihnen lag, aber es war fast, als wenn doch. Seine hellen Augen hatten sich getrübt, als er den Studenten den Rücken zuwandte und aus dem Fenster auf den Streifen See in der Ferne blickte.

Hadleys Jahr im Ausland sollte von Anfang an eine Liebesgeschichte sein. Wenn man sich danach sehnt, das Herz eines anderen dicht neben seinem eigenen schlagen zu fühlen, denkt man nicht daran, dass ebendiese Herzen eines Tages brechen, man denkt nicht an die Splitter, die sich durch die Haut bohren, die noch lange schmerzen und brennen werden. Aber dies ist eine Geschichte über mehr als gebrochene Herzen. Sie erzählt von einem alten Mann an einer Schreibmaschine, dessen Finger über die Tasten sausen, schweigend beobachtet von einer jungen Frau. Sie erzählt von einer Stadt, die märchenhaft und realitätsdurchwirkt zugleich ist, prächtig und unvollkommen, sonnensatt und wintergepeitscht. Vor allem aber erzählt sie vom Ende eines alten Lebens und dem Anfang eines neuen, und sie wendet sich dem schönsten Moment zu: Wenn zwei Wildfremde einander zufällig begegnen und, statt sich vom Tag weiterwehen zu lassen, innehalten. Sie drehen sich um. Sie sprechen. Die Geschichte beginnt.

Eins

Eigentlich war Hadley Dunn aus Versehen in der Schweiz. Sie hätte vorher nie geglaubt, dass sie im Ausland studieren konnte, weil sie dachte, das wäre nur etwas für schnellzüngige Linguisten oder kleine, mandeläugige Französinnen, Mädchen, die ihre Zigarette mit Schmollmund rauchten und ihren Kaffee schwarz tranken. Doch eines ansonsten wenig bemerkenswerten Februartags war der Gedanke plötzlich aufgetaucht. Sie hätte ihn ja einfach als Tagtraum abgetan, doch mit unerklärlicher Hartnäckigkeit hatte er Wurzeln geschlagen und war weiter gewachsen.

Sie war zu früh zu einem Seminar gekommen und hatte vor dem Raum jemanden durch eine Broschüre des Institut Vaudois blättern sehen. Es war Carla, ein Mädchen mit strengem Bob und intellektueller, rechteckiger Brille. In der letzten Sitzung war sie Hadley ins Wort gefallen, als sie gerade die stumpfsinnige Lektüreliste des Professors auszuloten versuchte.

»Ist Lausanne unsere Partner-Uni?«, fragte Hadley, während sie sich neben Carla setzte.

»Partner-Uni? Das ist doch kein Schüleraustausch. Es gibt eine Vereinbarung zwischen den beiden Universitäten und den Anglistik-Fachbereichen. Ein Student wird ausgetauscht, nur einer pro Jahr. Und man spricht es ›Loh-sann‹ aus, nicht ›Lau-sann‹.«

»*Loh-sann*. Warum nur einer?«

Carla zuckte die Achseln und schob die Lippen vor.

»Keine Ahnung, aber ich kann mir nicht vorstellen, dass sich viele bewerben. Die Schweiz ist echt teuer.«

»Ach, das liegt in der Schweiz? Cool. Darf ich mal?« Hadley beugte sich vor, um besser sehen zu können. Das Foto zeigte ein wichtig aussehendes Gebäude aus Glas und Chrom vor einer Wiese, die so ordentlich wie ein englischer Rasen war und sich sanft bis zum Ufer eines großen Sees absenkte.

»Wohnst du nicht noch zu Hause?«, fragte Carla.

»Doch, schon.«

Hinter dem Gebäude verlief eine gezackte Bergkette. Sie hob sich eisweiß vom Blau des Himmels ab und wirkte, als hätte jemand sie nachträglich gemalt, der Inspirationsblitz eines Bühnenbildners. Hadley lehnte sich noch weiter vor. Keine Universität der Welt konnte doch wohl vor einem solchen Panorama liegen.

»Dann ist das hier also einfach die nächstgelegene Uni für dich? Du hast sie dir nicht im engeren Sinne ausgesucht?«

Endlich riss Hadley sich von dem Foto los und sah auf.

»Natürlich hab ich sie mir ausgesucht«, sagte sie. »Außerdem, was hat das denn damit zu tun?«

Während ihre Schulfreunde sich in alle Himmelsrichtungen zerstreut hatten, war Hadley geblieben, wo sie war. Sie hatte sich an ihrer örtlichen Uni eingeschrieben, nur eine kurze Busfahrt von dem Haus in Tonridge entfernt, in dem sie mit ihren Eltern und ihrem kleinen Bruder wohnte. Sam hatte völlig unerwartet vor vier Jahren ihre Familie erweitert, ein niedliches, ausgelassenes und endlos forderndes Bündel. Die Lachfalten ihrer Mutter waren dieser Tage tiefer als je zuvor, und die Haare ihres Vaters waren deutlich von Grau durchzogen. Wäre Hadley zu Hause ausgezogen, hätte man sie schmerzlich vermisst. Wer sonst hätte die Erbsen auf Sams Teller so herumgeschoben, dass sie ein lachendes Smiley ergaben, oder dabei geholfen, eine Schneckenzucht auf dem Boden eines Eimers zu beginnen? Mal ganz abgesehen von dem ganzen Babysitten. In den Briefen ihrer Freunde las Hadley zwischen den Zeilen; neben all den Geschichten über durchfeierte Nächte, geschwänzte Vorlesungen, leicht zu findende Liebe und noch leichter zu findende Lust gab es Stapel ungespülten Geschirrs in Wohnheimküchen, geistlose Unterhaltungen bei trockenem Toast und ein Leben im Goldfischglas. Hadley redete sich ein, dass all diese Dinge sie nicht im Namen einer vermeintlichen Freiheit von zu Hause fortlocken konnten, und meistens war sie auch davon überzeugt.

»Ich sage ja nur«, meinte Carla jetzt, »man muss abenteuerlustig sein, um im Ausland zu studieren.«

»Es wäre allerdings ein tolles Abenteuer.«

»Und das ist nicht für jeden was.«

Hadley verkniff sich ein Lächeln. »Du meinst also, für mich wäre es nichts?«

Vielleicht hatte sie sich bisher nicht nach einer größeren Welt gesehnt, aber das hieß nicht, dass sie nicht darüber nachdachte. Sie beobachtete die anderen Studenten, diejenigen, die zu Semesterbeginn mit dem eigenen Auto zum Campus fuhren, den Rücksitz mit Schreibtischlampen und Topfpflanzen beladen, oder die vom Bahnhof aus zu Fuß liefen, mit schweren Rucksäcken und von irgendeiner aufregenden Reise gebräunten Armen. Diese Leute schienen einer völlig anderen Welt zu entstammen, und Hadley fand sie eigenartig. Sie machten den Eindruck, bereits fertig entwickelt zu sein, mühelos von der Schule über die Universität in den Rest ihres zwanglosen Lebens zu gleiten. Neben ihnen fühlte Hadley sich wie ein Neuling, ihr Mangel an Erfahrung so grell wie ein weißes Laken. Dennoch glaubte sie fest daran, dass auch sie eines Tages Aufregendes erleben würde. Und wenn dieser Tag käme, wäre sie bereit.

Carlas Augen hinter der Brille waren schlammig braun und blinzelten nicht. Statt Hadleys Frage zu beantworten, verzog sie den Mund zu einem verkniffenen Lächeln und schnippte mit den Fingern nach der Broschüre. Hadley starrte sie an. Sie machte den Mund auf und schloss ihn wieder. Widerstrebend gab sie Carla das Heftchen zurück, die es in ihre Tasche steckte. Der Professor, ein krähenartiger Mann, der immer nach Eiersandwichs und schalem Kaffee roch, schlurfte in den Raum und nestelte vorne am Pult an seiner Aktentasche. Hadley öffnete eine Coladose und lehnte sich auf ihrem Sitz zurück. Er begann, über die viktorianische Zeit und die industrielle Revolution zu reden, aber sie hörte kaum zu. Sie dachte an die Berge und wie es wohl wäre, in ihrer unmittelbaren Nähe zu leben, und ob sie irgendwelche Geräusche machten, denn wie konnte etwas so Riesiges schweigend dastehen? Wäre da ein Knistern und Wispern, ein pfeifender Wind? Würde man sich daran gewöhnen, an ihre beharrliche, ewige Gegenwart, und sein Leben weiterführen, als wäre es ganz normal? Eine andere Art von normal, aber dennoch normal? Eher doch würde man den ganzen Tag in den Himmel starren, glücklich wie eine Eintagsfliege.

Eine Woche später, als die Institutssekretärin gerade die letzten Bewerbungen für das Auslandsjahr durchzählte, warf Hadley ihre auf den Stapel.

»Abgabe war leider bis siebzehn Uhr«, sagte die Frau mit einem kurzen Blick nach oben. Ihre Miene war nicht zu deuten. Sie hatte die Jalousien vor ihren Augen heruntergezogen.

»Im Ernst?«, fragte Hadley. »Aber es ist erst halb sechs.«

»Vorschrift ist Vorschrift.«

Hadley ließ den Kopf auf den Tresen sinken. Die Sekretärin schob ihre Teetasse aus dem Weg und blätterte weiter durch die Unterlagen, zuerst aber zog sie Hadleys Formular heraus, als wäre es ein Unkraut.

»Ich brauchte die ganze letzte Woche, um mich zu entscheiden, ob ich mich bewerben möchte«, sagte Hadley. »Ich wusste bisher nicht, dass irgendetwas so aufregend und beängstigend zugleich sein kann.«

Immer noch wurden vor ihrer Nase die Papiere sortiert, ordentlich beschriebene Stapel, ohne Zweifel voller Beteuerungen persönlicher Eignung und Versprechungen von außergewöhnlichen akademischen Leistungen. Carla hatte falsch gelegen, dass sich niemand bewerben würde.

»Ich dachte, ich könnte mir das auf keinen Fall leisten«, sagte Hadley jetzt. »Aber dann habe ich herausgefunden, dass es Stipendien gibt, deshalb habe ich noch mal neu überlegt.« Sie legte der Sekretärin die Hand auf den Arm und spürte sie unter der leichten Berührung zucken. »Bitte. Ich meine, mir ist plötzlich bewusst geworden, dass ich wirklich gern fahren möchte. Wahrscheinlich werde ich ja gar nicht ausgesucht, aber ich will es zumindest probieren. Ich hab das Formular so schnell ausgefüllt, wie es nur ging. Sehen Sie, das Tipp-Ex ist noch gar nicht trocken.«

Es blieb einen Moment lang still. Draußen im Flur knallten Türen, der Tag ging zu Ende.

»Was, wenn ich sie einfach in den Stapel stecke?«, fragte Hadley. »Wir könnten so tun, als wäre sie schon drin gewesen.«

»Von mir aus, aber schnell«, sagte die Sekretärin, ohne aufzublicken.

Hadley warf die Arme hoch und beugte sich über den Tresen, um sie etwas schief zu umarmen.

Die ältere Frau blieb steif wie ein Spazierstock. »Passen Sie auf, dass ich es mir nicht wieder anders überlege.«

Drei Wochen später erhielt Hadley einen Brief von nicht mehr als vier oder fünf getippten Zeilen, der sie darüber informierte, dass ihre Bewerbung erfolgreich gewesen war. Es dauerte einen Moment, bis sie wirklich begriff. Einfach so hatte sie ein Jahr zu Hause gegen ein Jahr im Ausland getauscht. Ein Pfad war für sie vorgegeben gewesen, und sie hatte bisher nichts dagegen gehabt, darauf weiterzugehen. Würde ein so plötzlicher und dramatischer Schwenk den Verlauf des Schicksals verändern? Sie zögerte, ihren Platz anzunehmen. Sie war unsicher, ob es richtig gewesen war, ihn überhaupt zu wollen.

Es war ihre Mutter, die sie schließlich überredete. Eines Abends nach dem Essen spülten sie gerade zusammen ab, als Hadley innehielt und aus dem Küchenfenster starrte. Man sah das Nebenhaus, Reihe um Reihe ordentliches Mauerwerk. In gleichmäßigen Abständen unterbrachen die Spitzen eines Holzzauns den Rhythmus. Ihre Mutter drückte ihr die Hand.

»Sorry, ich war in Gedanken ganz weit weg«, sagte Hadley lächelnd. Sie wandte sich wieder dem schmutzigen Geschirr zu.

»Wir wollen dich auf keinen Fall zurückhalten«, sagte ihre Mutter.

»Aber ihr …«, setzte sie an.

»Hadley, sieh mich an. Manchmal weiß ich nicht, was dein Vater und ich in den letzten Jahren ohne dich gemacht hätten. Aber Sam kommt im September in die Schule. Alles verändert sich.«

»Ich weiß. Darüber habe ich schon nachgedacht.«

»Da draußen liegt eine ganze Welt«, sagte ihre Mutter und

sah ihr eindringlich in die Augen. »Vielleicht wird es Zeit, danach zu greifen. Greif mit beiden Händen zu und bereue nichts auch nur eine Sekunde lang.«

Manchmal kam es vor, dass Menschen ihre wichtigsten Worte sprachen, wenn sie verspritzte Schürzen trugen und ihre Hände voller Seifenschaum waren.

Am Flughafen umarmte ihre Mutter sie fest, ihre Haare verhedderten sich in Hadleys Ohrringen, Tränen wechselten von Wange zu Wange. Sam überreichte ihr ein krakeliges Bild von einem Strichmädchen und einem kugeligen Schneemann mit einer Kette von runden Bergen im Hintergrund. Hadley drückte einen Kuss darauf, bevor sie es sorgfältig zusammenfaltete. Ihr Vater bestand darauf, ihr den Koffer zu tragen, wollte sich bis zum letzten Moment nützlich machen. Er versprach, auf einen Besuch im Sommer zu sparen, woraufhin ihre Mutter ein Lied aus *The Sound of Music* anstimmte. Dem folgte ein betont munterer Streit, ob der Film nun in Österreich oder in der Schweiz spielte, und Hadleys Vater gestand, früher in Julie Andrews verliebt gewesen zu sein. Schließlich schepperte der letzte Aufruf für den Flug nach Genf durch die Lautsprecher, und Hadley wusste, sie musste gehen. Ein letztes Mal drehte sie sich zu ihrer wild winkenden Familie um. Es fühlte sich an, als würde etwas Zartes zerreißen, ein verbindender Faden, der straffer und straffer gespannt wurde, bis er nachgab, einfach weil er musste. Sie winkte und winkte, dann rannte sie zum Flugzeug.

Auf ihrem Platz atmete Hadley tief durch und ließ sich in die Stille des Himmels tragen. Sie drehte den Namen Lausanne hin und her, und er rollte ihr über die Zunge wie ein frischer Kuss. Es war ihre geheime Stadt, denn kaum jemand hatte schon davon gehört. Selbst Carla hatte das am Ende des Semesters zugegeben, als sie Hadley erstaunlich nett *bon voyage* wünschte. Allerdings hatte sie es sofort wieder kaputt gemacht. »Ich denke nur die ganze Zeit«, hatte sie gesagt, »vielleicht ist es nicht so schön, wie es aussieht.«

Es war später Nachmittag, und die Septembersonne brannte noch hell und erfüllte das Zugabteil mit dem letzten Licht des Sommers. Von Genf nach Lausanne führten die Gleise am Lac Léman entlang. Immer wieder blitzte funkelndes Wasser auf, und dahinter waren die purpurnen Umrisse hoch aufragender Berge zu erkennen. Auf der anderen Seite breiteten sich Weinberge und Felder mit prallen Kürbissen aus. Hin und wieder sah Hadley eine stattliche Villa mit geschlossenen Fensterläden und hohem Tor, dazwischen einzelne Chalets an den Hängen, die mit ihren spitzen Dächern und Holzveranden aussahen wie Kinderspielzeug.

Interessiert musterte sie ihre Mitreisenden. Ein junger Backpacker mit zottigem Bart schälte mit einem Taschenmesser einen Apfel, eine ältere Dame mit leicht eingedrückter Hochfrisur hielt eine fledermausohrige Bulldogge auf dem Schoß, zwei Geschäftsmänner in Anzügen, denselben dunklen Glanz auf Haaren und Schuhen, versteckten sich hinter ihren Zeitungen. Wie flüchtig auch immer, das waren die Menschen ihres neuen Lebens, und sie war von jedem einzelnen fasziniert. Jetzt schon trug sie alles zusammen, was sie sah, wie ein Kuriositätensammler, der selbst das Gewöhnlichste beachtenswert fand.

Nach einer knappen Stunde rollte der Zug im Bahnhof von Lausanne ein. Hadley starrte die weißen Buchstaben auf dem blauen Schild an. *Lausanne*. So oft schon war sie hier gewesen, wenn auch nur in ihrer Fantasie, dass sie, als der Moment gekommen war, fast auszusteigen vergaß. Sie schrak auf, holte hastig ihren Koffer und sprang auf den Bahnsteig. Mit tadelloser Pünktlichkeit pfiff der Schaffner, und Hadley sah dem abfahrenden Zug nach. Sie malte sich aus, wie er seine Reise am Ufer des Sees fortsetzte, in die Berge brauste, sich immer weiter der italienischen Grenze näherte, denn die Endstation lautete *Milano Centrale.* Andere Orte, die sie vielleicht eines Tages auch besuchen würde. Erneut schielte sie nach dem Schild neben sich. *Lausanne.* Der Name war bereits mehr als nur eine Buchstabenfolge. Sie empfand ein erwartungsvolles Kribbeln, rasch gefolgt von einem diffuseren, unbestimmteren Gefühl. Es war eine Ahnung, dass, solange sie blieb, wo sie war, an der Schwelle einer neuen Erfahrung, alles wundervoll bliebe. Nichts würde je zerstört.

Die Stadt knisterte in der nachklingenden Sommerhitze. Brav trug Hadley die Steppjacke, die ihre Eltern ihr zum Abschied geschenkt hatten, doch sie engte sie ein, Schweißtropfen bildeten sich auf ihrer Stirn. Sie nahm sich vor, sich für den Herbst einen schickeren Mantel zu kaufen, so einen Trenchcoat mit Gürtel, wie ihn die beiden Frauen trugen, die auf dem Bahnhofsvorplatz an ihr vorbeiliefen. Die zwei klapperten über das Pflaster, und ihre Lippen bewegten sich hübsch, als sie Worte wie *vraiment, absolument* aussprachen, mit Verve ausriefen und beteuerten. Die französische Sprache hatte so etwas an sich: Worte waren nie einfach nur Worte, sie schienen die Atmosphäre um sich herum zu verändern.

Auf dem Kopf trug Hadley eine gestrickte Baskenmütze. Noch ein Geschenk ihrer Eltern, aber dieses traf schon eher ins Schwarze. *Wie ein Filmstar!*, hatte ihre Mutter gerufen, als Hadley sie anprobierte. Hadley hatte ein paar kürzere Haarsträhnen gezwirbelt, sodass sie in einer Welle auf ihrer Wange klebten. *Vielleicht sollte ich sie mir schneiden lassen*, hatte sie überlegt, *c'est plus chic comme ça*. Mit einem aus einer Zeitschrift gerissenen Foto hatte sie sich zu dem Friseur in der Fußgängerzone gewagt. Das Bild hatte die Frau aus dem Film *Außer Atem*, *À bout de souffle* gezeigt. Als Hadley nach Hause kam, hatte Sam sich vor Lachen auf den Boden geworfen und gesagt, sie sehe aus wie ein Junge. Doch sie hatte sich leicht und verwegen gefühlt. Es war eine Frisur, mit der man etwas anstellte und hinterher darüber lächelte.

Vor dem Ausgang des Bahnhofs gab es einen Kiosk der Touristeninformation, und Hadley bediente sich unter den Augen einer Frau mit elegant geknotetem Seidenschal an den Prospekten und Stadtplänen. Ihr Koffer war schwer und die Jacke selbst unter den Arm geklemmt zu heiß, aber es schien ihr wichtig, an jenem ersten Tag zu Fuß durch die Stadt zu laufen. Trotz ihres Stapels Broschüren und kostenloser Informationsblättchen war sie keine Touristin. Eine Touristin würde in den falschen Bus steigen oder in ein überteuertes Taxi stolpern. Hadley aber hatte die Adresse ihres neuen Zuhauses auf einem Zettel notiert: *Les Ormes*. Das hieß *Die Ulmen*, ein Name, der in anderem Zusammenhang vielleicht Bilder von Altersheimen und Ferienlagern heraufbeschworen hätte, doch in Lausanne barg er einen Hauch von Glamour.

Rasch setzte Hadley sich an einen der Cafétische vor dem Bahnhof, schob halbleere Kaffeetassen und zerknüllte Papierservietten beiseite und breitete ihren Plan aus. Sie suchte sich sorgfältig eine Route durch die Stadt. Dann blickte sie auf, um den Straßennamen auf dem gegenüberliegenden Gebäude zu lesen, vorbei an den flatternden Fahnen und dem satten Grün ordentlich gestutzter Bäume. Eine verlorene Seele mit einer zerknautschten Bierdose in der Hand schaukelte auf den Fersen vor und zurück und beobachtete sie. Hadley stand auf und marschierte an der Taxischlange und den an die Autos gelehnten, zigarettenschnippenden Fahrern vorbei. Sie knotete ihre unförmige Jacke an den Schlaufen des Rucksacks fest, griff nach dem Koffer und machte sich auf den Weg.

Hadley besaß keinerlei Bezugspunkt für eine Stadt wie Lausanne. Sie hatte mit ihrer Familie Urlaub in den Dünen eines windigen französischen Campingplatzes gemacht und eine Woche in der weißen Hitze einer spanischen Ferienwohnanlage verbracht, aber nie zuvor war sie in die Tiefen einer europäischen Stadt auf dem Festland eingetaucht. Auch in London war sie nur zwei Mal gewesen, von irgendwelchen anderen Orten ganz zu schweigen. Ihre zweite Fahrt nach London hatte sie mit Freunden gemacht, um ihren Schulabschluss zu feiern. Unter den Bahnbögen in Bermondsey hatte sie einen Jungen geküsst und später eine Sandale verloren, als sie in die letzte U-Bahn sprang. Lausanne aber war noch gänzlich unentdeckt, so kostbar und berauschend wie eine neue Liebe.

Vom Bahnhof aus führte eine schmale Fußgängerstraße steil bergauf. Hadley steuerte darauf zu, den Koffer hinter sich herschleifend. Die Gegend hatte die leicht heruntergekommene Ausstrahlung so vieler Bahnhofsviertel, überall Imbisse und Billigläden, aber ab und an zweigten Seitenstraßen ab, die von Bäumen und eleganten Villen gesäumt waren. Nach einem keuchenden Anstieg kam sie an einen großen Platz. Sie nahm das gediegene, geschäftige Treiben in sich auf und stand unwillkürlich etwas gerader. Alles war voller Menschen, sie liefen mit forschem, zielstrebigem Schritt herum und waren trotz der sommerlichen Temperatur dezent gekleidet, in Creme und Grau und Beige und Dunkelbraun und Schwarz. Hadley mischte sich unter den Strom und erreichte schon bald die verwinkelten Straßen der *Vieille Ville*, der Altstadt, mit ihren luxuriösen Boutiquen und extravaganten Patisserien mit verlockender Auslage. Die Versuchung war groß, stehen zu bleiben, zu betrachten und einzutreten, in ein Eclair zu beißen und den Finger in einen Topf gerade abgekühlter Schokolade zu tauchen, aber sie lief weiter, hielt ihre Sehnsüchte im Zaum. Als sie einen weiteren Hügel vor sich sah, sagte ihr ein Blick auf den Stadtplan, dass sie sich am Fuße der langen, gewundenen Straße befand, die hinauf zu Les Ormes führte. Sie war jetzt eine halbe Stunde unterwegs, und an ihrer Ferse bildete sich eine Blase. Ihr Oberteil klebte am Rücken, und zwischen ihren Brüsten rannen Schweißtropfen hinab. Jetzt schon war ihr bewusst, dass Lausanne zu elegant war, um darin unordentlich auszusehen. Die Einheimischen waren sämtlich kühl und würdevoll, also machte Hadley eine Pause, sammelte sich und gab ihr Bestes, ebenso zu wirken.

Endlich erreichte sie die Zufahrtsstraße zum Wohnheim. Die Zimmervermittlung hatte geschrieben, es sei in den Hang gebaut und jedes Zimmer habe einen Balkon. Das hatte malerisch geklungen. Vor Hadley allerdings stand nun ein flacher, grauer Bau, der nichts von der Schönheit der Altstadt besaß und auch nicht die Eleganz der Innenstadt. Seine Fassade war ungefähr so einladend wie ein Gefängnis. Der Name Les Ormes prangte in schwarzer Schrift auf der Mauer, und sie starrte ihn an. Da der Haupteingang nicht direkt zu erkennen war, ging sie zuerst in die falsche Richtung und landete bei einer Ansammlung von Mülltonnen auf einem struppigen Rasenfleck. Sie kehrte um. Eine Seitentür knallte auf, und zwei dunkelhaarige Mädchen schlenderten heraus. Sie unterhielten sich in einer Sprache, die wie Spanisch klang. Die Tür schlug wieder zu, ehe Hadley sie mit dem Fuß aufhalten konnte.

»*Excusez-moi*?«, rief sie den beiden nach.

»*Si*?« Sie drehten sich zu ihr um.

»Das ist doch Les Ormes, oder? Wo geht es rein?«

Die beiden grinsten und deuteten auf die andere Seite des Gebäudes. Hadley lief neben ihnen her.

»Wisst ihr, auf den ersten Blick hatte ich gehofft, das wäre es nicht«, sagte sie.

Hadley wusste, dass sie wahrscheinlich versuchen sollte, Französisch zu sprechen, denn es wäre ihre gemeinsame Sprache im kommenden Jahr, doch in dem Moment ließen ihre dürftigen Kenntnisse sie im Stich. Sie wollte erklären, dass sie sich etwas anderes vorgestellt hatte, was genau, wusste sie auch nicht, einfach etwas *Schweizerischeres*. Doch ehe sie sich überlegt hatte, wie sie das formulieren könnte, deuteten die beiden Dunkelhaarigen mit dem Kopf auf einen Seitenweg und ließen Hadley stehen, ohne ihren Redeschwall groß zu unterbrechen.

Gegen das Gefühl der Ernüchterung ankämpfend, lief sie um die Ecke und erreichte schließlich den Haupteingang. Vor ihr lagen ein unauffälliger Waschbetonstreifen, ein Fahrradständer und – der zweifellos schönste Ausblick, den sie je gesehen hatte. Sie ließ den Koffer los, rannte zur Mauer, stützte sich mit den flachen Händen auf und starrte auf die Stadt hinunter. Die Kathedrale reckte ihre fünf Spitzen nach dem Himmel, und mitten in den sich schlängelnden Straßen thronte ein Schloss, so vollkommen wie eine Schachfigur. Jugendstil-Wohnhäuser, majestätisch und anmutig, mit Balkonen wie Schmollmündern, standen neben pastellfarben gestrichenen niedrigen Gebäuden. Hinter den steilen Dächern lag das funkelnde Wasser des Lac Léman vor den wie eine Ziehharmonika zusammengefalteten französischen Alpen, Spitze neben Spitze, fast nah genug zum Anfassen. Während ihre Lippen sich zu einem ungläubigen Lächeln verzogen, erlebte Hadley eine Empfindung, die mächtiger als Staunen oder Bewunderung oder die bereits vergessene Sorge war, dass die Realität den Traum beschädigen könnte. Sie hatte es im Zug gespürt, dann wieder auf ihrem Weg durch die Stadt, und nun, mit ganz Lausanne zu Füßen und der Gebirgsluft im Haar, spürte sie es deutlicher als je zuvor. Ein überwältigendes Gefühl von Verheißung, das alles durchdrang.

Zwei

Es heißt manchmal, der erste Abend an einem neuen Ort stelle die Weichen für alles Kommende. Für den Beginn des Abends mochte Hadley daran nicht so gern glauben, aber je später es wurde, desto freundlicher und hoffnungsvoller wurde diese Aussicht. Sie saß in einem Irish Pub, zwei Straßen vor dem Seeufer, in Gesellschaft eines Amerikaners, eines Italieners und einer weiteren Engländerin. Das Mulligan's war die Art von Kneipe, die voll von Zufallsbekanntschaften schien, verknüpft nur durch sehr lockere Bande, Konferenzteilnehmer und Arbeitskollegen bei internationalen Firmen, deren Kameradschaft sich in schnellen Runden Bier erschöpfte. Hadley und ihre Begleiter saßen ganz hinten um einen Tisch gequetscht, der eigentlich für zwei gedacht war. Sie tranken Flaschenbier und mussten immer alles Gesagte wiederholen, weil die Musik so laut dröhnte. Hadley glaubte nicht, dass sich einer von ihnen besonders gut amüsierte, aber jetzt waren sie einander verpflichtet. Als Bruno in der Wohnheimküche vorgeschlagen hatte, etwas trinken zu gehen, waren sie alle einverstanden gewesen, hatten den typischen Eifer von Menschen an den Tag gelegt, die sich gerade begegnet waren und die Fehler der anderen erst noch kennenlernen mussten.

Chase, Bruno und Jenny wohnten alle auf ihrem Gang in Les Ormes. Hadley hatte sie kurz nach ihrer Ankunft in der Gemeinschaftsküche getroffen.

Sie hatte ihre Sachen ausgepackt und ihre wenigen Habseligkeiten eingeräumt, die Zahnbürste in einen trüben Glasbecher gestellt, die Kleidung in einen braunen Schrank gehängt, der nach Vergessenem roch, die Bücher auf dem Klapptisch unter dem Fenster gestapelt. Dann hatte sie einen raschen Blick in den Spiegel geworfen, sich mit den Händen durch die Haare gestrichen und sich tapfer auf den Weg in die Küche gemacht.

»Hallo«, sagte Hadley, als sie durch die Tür trat. Ein Mädchen saß am Tisch, die Ellbogen aufgestützt, die blonden Haare zu einem weichen Pferdeschwanz gebunden. Sie sah englisch aus, Hadley glaubte es an der vertrauten Wangenpartie zu erkennen. Sie rieb sich mit dem Handrücken die Nase. *Hallo*, sagte sie, *ich bin Jenny*, und dann nieste sie, ein kurzes, unterdrücktes Geräusch, das wie ein Korken klang, der aus einer Flasche gezogen wurde. Jenny gegenüber schaukelte ein stämmiger junger Mann in gestreiftem T-Shirt und beiger Hose auf einem klapprigen Stuhl. Seine Haare waren schwarz und lockig und seine Wangen von Bartstoppeln dunkel getönt. Er wippte, wie er vielleicht hoffte, lässig vor und zurück. *Und ich bin Bruno*, sagte er. Hadley lächelte ihn an und sah dann an ihm vorbei auf den Balkon, wo ein zweiter Junge im Türrahmen lehnte. Er war dünn, hatte helles Haar, das ihm in die Stirn fiel, und einen kleinen, empört wirkenden Mund. In einer Hand hielt er eine Kaffeetasse, in der anderen eine Zigarette. Er nickte Hadley knapp zu, drehte ihr den Rücken zu und blies eine Abfolge von perfekten Rauchringen über das Geländer.

»Ich bin gerade angekommen«, sagte Hadley an niemanden im Speziellen gerichtet, aber letztlich zu Jenny.

»Ach, super, du kommst auch aus England, das ist eine Erleichterung«, sagte Jenny und grinste freundlich.

»Und du?« Hadley sah Bruno an, der immer noch schaukelte. Er passte kaum auf den Stuhl.

»Rate mal!«

»Ich bin mir nicht sicher«, sagte sie. »Spanien vielleicht?«

Er verzog in gespieltem Abscheu das Gesicht. »Italien!«, brüllte er und betonte jede Silbe mit großer Genugtuung. »Aber du wirst es kaum glauben, meine Mutter ist Engländerin, sie kommt aus London. Ich bin drei Jahre dort zur Schule gegangen, mein Englisch ist also im Prinzip perfekt. Du kennst vermutlich die St. Alexander? Jeder kennt die.«

»Ich nicht.« Hadley unterdrückte den Wunsch zu lachen. Sie überlegte, ob sie sich zu ihnen an den Tisch setzen oder auf den Balkon gehen sollte, vorgeblich, um den Ausblick zu bewundern, aber eigentlich, um ein Gespräch mit dem eine Spur interessanter wirkenden Jungen mit den Rauchringen anzufangen. Jenny kaute an ihren Nägeln, Bruno wippte mit seinem Stuhl.

»Wow, was für ein Blick!«, rief Hadley und ging nach draußen.

»Noch eine Engländerin?« Der Junge warf ihr einen Seitenblick zu.

»Woran merkst du das?«

»Ich hab euch reden hören. Es gibt hier so viele von euch, ich hätte genauso gut nach Oxford gehen können.«

»Ach, echt? Ich hatte selbst gehofft, ihnen zu entkommen. Und du bist Amerikaner?« Sie widerstand der Versuchung hinzuzufügen: *Warum bist du denn so genervt?*

»New Jersey, durch und durch.«

Er zündete sich eine weitere Zigarette an und lehnte sich aufs Balkongeländer. Seine Schultern standen unter dem T-Shirt hervor wie Flügel. Seine Arme waren lang und sommersprossig.

»Gefällt es dir bisher hier?«

»Ich bin noch unentschlossen.«

Jetzt gesellte Bruno sich zu ihnen, gefolgt von Jenny, die ihre Hände um einen Teebecher legte.

»Man kann ungefähr eine Stunde von hier Skifahren«, sagte Jenny ohne sonderliche Begeisterung in der Stimme.

»Fährst du Ski?« Hadley fragte sich, ob sie ihr sich rasch formendes Bild von Jenny ändern musste.

»Nein«, gab sie zurück. »Aber andere.«

»Das stimmt«, meinte der Amerikaner.

»Wie heißt du noch mal?«, fragte Hadley ihn.

»Chase.«

»Ich schätze mal, das ganze Haus ist voll von Studenten?« Sie bemühte sich, die Dringlichkeit ihrer Frage zu verbergen. Bisher fand sie das Wohnheimleben noch nicht gerade aufregend.

»Es fehlen noch einige«, sagte Bruno. »Die im Zimmer neben dir, Kristina Hartmann, ist zum Beispiel noch nicht da.«

»Woher weißt du, wie sie heißt?«, fragte Hadley.

»Ist dir das noch nicht aufgefallen? Unsere Namen stehen an der Tür«, sagte Jenny. »Ich finde es unheimlich. Jemand könnte von der Straße reinkommen und sofort die Zimmer der Mädchen finden.«

»Wir beschützen dich, *Bella*«, sagte Bruno. »Stimmt's, Chase?«

»Klar, wenn du willst«, meinte Chase.

»Ich finde, wir sollten heute Abend alle ins Mulligan's gehen«, sagte Bruno. »Hadley, kommst du mit?«

»Woher weißt du meinen Namen?«

»Deine Tür«, sagte Jenny.

»Aber woher wusste er, welche meine ist?«

»Gut geraten.« Bruno zwinkerte.

»Du siehst aus wie eine Hadley«, sagte Chase.

»Findest du?«, fragte Jenny. »Ich hätte keinen blassen Schimmer, wie eine Hadley aussehen soll.«

»Und was ist das Mulligan's?«, wollte Hadley wissen. »Klingt nicht sehr schweizerisch.«

»Ist es auch nicht«, sagte Jenny. »Es ist super.«

An jenem Abend gaben die vier Hadleys Ansicht nach ein eigenartiges Quartett ab. Sie erfuhr, dass Jenny ihren Freund in England zurückgelassen hatte und nicht wusste, ob sie die Sache mit ihm beenden sollte. *Ich muss wegen meinem Kurs hier sein*, sagte sie mit weinerlicher Stimme. *Ich bin ja nicht freiwillig gefahren, also was soll mit Dave und mir schon sein? Gar nichts*. Chase hingegen betrachtete Lausanne nur als Stecknadel auf einer Landkarte mit Linien, die in alle Richtungen führten. Er sehnte sich nach den schwindelerregend hohen Pässen in den italienischen Alpen, nach den Sardinenhäfen von Südfrankreich, den Zwiebeldächern Osteuropas. Brunos Ziel wiederum schien schlichter. Er war damit zufrieden, einfach da zu sein. *Es ist das gute Leben hier*, sagte er, *la vie est belle, n'est-ce pas*? Und breitete dabei die Arme aus. An jenem Abend arbeitete Bruno sich immer wieder zur Theke durch und tat ihre Versuche, ihm Geld zu geben, mit schroffer Großzügigkeit ab. Er hatte die gedrungenen Wangen eines jungen Aristokraten, und am kleinen Finger trug er einen Siegelring wie einen blank geriebenen Penny. Hadley hatte den Eindruck, dass er keinen von ihnen speziell bewertete. Er stellte weder Fragen, noch zeigte er auch nur schwache Neugier, als reichte es, dass sie einfach da waren, an seinem Tisch.

Während die anderen vor sich hin plauderten, blieb Hadley an jenem ersten Abend still. Dies zum größten Abenteuer ihres Lebens zu erklären, kam ihr unangebracht vor, denn offen gestanden fühlte es sich dort, in der hintersten Ecke der Kneipe, mit Brunos Bein etwas zu dicht an ihrem eigenen, Chases genervter Miene und Jennys trostlos hängenden Schultern, nicht unbedingt so an. Kurz vor Mitternacht stimmten die anderen für ein Taxi zurück zu Les Ormes. Hadley zögerte. Sie hatte sich geschworen, in ihrem Jahr in der Schweiz die Dinge einmal anders anzugehen. Sie spürte die nächtliche Brise über den See wehen, und hinter ihr lagen die steilen schwarzen Straßen der Stadt, warteten nur darauf, entdeckt zu werden. Sie erklärte, sie gehe lieber zu Fuß, und ließ Jenny, Chase und Bruno, deren Einspruch nur sehr schwach ausfiel, ins Taxi steigen. Der Wagen rauschte davon, und Hadley atmete die Lausanner Nachtluft in tiefen Zügen ein. Sie war weit weg von zu Hause, und niemand kannte sie richtig; darin lag eine unermessliche Freiheit.

Sie lief Richtung Wasser. Über dem See, *en France*, flimmerten die fernen Lichter von Evian. Näher am Ufer schwappten die Wellen unordentlich herum, und unsichtbare Masten klirrten und klapperten. Hadley trat aus sich heraus, sie wollte den Moment mit all seiner Schönheit genießen, empfand aber eine leichte Beklommenheit. Es lag an der ausgedehnten Dunkelheit, dem Fehlen von Menschen, der Eigenartigkeit des Ganzen. Sie beschloss, bei Tageslicht zurückzukehren und es dann zu erforschen. Also drehte sie um und lief zurück zum Mulligan's, etwas kleinlaut wegen ihres gescheiterten Versuchs als Abenteurerin. Durch die verschmierten Scheiben sah sie auf Tische gestellte Stühle und ein Häufchen letzter Gäste an der Theke.

»Entschuldigung.«

Beim Klang der Stimme erschrak sie und drehte sich um.

»Ich habe dich vorhin mit deinen Freunden in der Kneipe gesehen. Willst du wirklich allein nach Hause laufen? Es ist spät.«

Er war Amerikaner, und er war ein Mann. Wahrscheinlich Ende dreißig, aber er wirkte wie der Typ, der schon sein ganzes Leben wie ein Mann aussah. Er hatte einen kräftigen Brustkorb, breite Schultern und ein kantiges, muskulöses Erscheinungsbild. Lederjacke. Etwas abgebrüht. Eine schwarze Haarsträhne in der Stirn. All das nahm Hadley mit einem scheinbar flüchtigen Blick auf.

»Ja, kein Problem«, sagte sie. »Aber danke.«

Sie wandte sich nicht zum Gehen, noch nicht.

»Lausanne macht einen ziemlich sicheren Eindruck, aber man weiß ja nie«, sagte er.

Er rieb sich das Kinn, als hätte er einmal einen Bart gehabt. Auf Hadley wirkte es wie eine einstudierte, irgendwie nackte Geste.

»Ist schon gut«, sagte sie. »Ich schau nach links und nach rechts, bevor ich die Straße überquere. Und ich spreche nicht mit Fremden.« Sie lächelte, und es fiel nicht schwer. »Insofern sollte ich wohl besser gehen.«

Er zündete sich eine Zigarette an und nickte durch den Qualm. Da erst fielen ihr seine Augen auf, sie waren sanfter, als sie erwartet hatte. Ein flüssiges Blau.

»Wo kommst du her?«

»England.«

»Das höre ich. Wo genau?«

»Irgendwo in der Mitte.«

»Ich war mal einen Sommer da, ist inzwischen Jahre her. In Cambridge.«

»Cambridge ist schön«, sagte Hadley.

»Ja, sehr.« Er sah sie direkt an, aber seine Miene war nicht ganz zu deuten. »Jetzt sag mal, was machst du denn an deinem ersten Abend in einer irischen Kneipe? Nicht sehr schweizerisch von dir.«

»Woher weißt du, dass es mein erster Abend ist?«

»Dann eben der zweite. Allerhöchstens dritte. Aber ich würde Geld darauf setzen, dass es der erste ist. Du hast diesen Blick.«

»Das war nicht meine Idee«, erwiderte sie, ohne seine letzte Bemerkung zu beachten. »Die anderen, mit denen ich unterwegs war, wollten hierher.«

»Du musst dir bessere Leute suchen.«

»Oder«, sagte sie, »ich gehe einfach allein auf Entdeckungstour. Aber überhaupt, wieso warst du dann da drin? Wenn es so schlimm ist? Vielleicht ist es bei dir ja auch der erste Abend?«

»Vielleicht.« Er lächelte.

»Ich sollte lieber gehen«, sagte sie. »Tschüss.«

Sie machte einen Schritt.

»Bleib locker.«

»Wie bitte?« Sie drehte sich noch einmal um.

»Ich sagte ›bleib locker‹.«

»Mach ich, danke. Du auch.«

»Das ist aber sehr höflich.«

»Na ja, was antwortet man denn normalerweise darauf? Mir hat noch nie jemand gesagt, ich soll ›locker bleiben‹.«

»Was, noch nie?«

Hadley zuckte die Achseln. »Nicht dass ich wüsste. Das ist nicht sehr englisch.«

»Tja, es ist mir eine Ehre, dich einzuweihen.«

»Eigentlich sollten wir Französisch sprechen.«

»*Au revoir, Mademoiselle*«, sagte er mit breitem Grinsen.

»*Au revoir, Monsieur*«, erwiderte sie.

Dann ging sie wirklich, weil es der nächste Schritt zu sein schien. Als sie sich umblickte, war er weg. Zurück im dunklen Mantel der Stadt.

In den frühen Morgenstunden wurde Hadley aus dem Schlaf gerissen. Einen Moment lang blieb sie in ihr Bettzeug verdreht liegen und lauschte. Ihr Zimmer war fast vollkommen dunkel, nur ein dünner Lichtstrahl fiel durch den Schlitz zwischen den Jalousien. Erneut ertönte das Geräusch. Das Rütteln einer Türklinke, das Klappern eines Schlüssels im Schloss und eine leise, aber hörbare Abfolge von Flüchen in einer Sprache, die sie nicht erkannte. Hadley stützte sich auf dem Kissen auf und horchte. Vielleicht war es Kristina Hartmann, die das letzte freie Zimmer auf dem Flur bezog. Hadley stand auf und tapste zur Tür.

Sie drückte die Klinke herunter und streckte den Kopf hinaus. Ihre Haare waren vom Schlaf völlig zerzaust, und sie trug einen gestreiften Schlafanzug, in dem sie etwas kindlich wirkte. Das Mädchen auf dem Flur hörte nicht, dass die Nebentür aufging, und fummelte weiter an ihrer eigenen herum. Hadley sah vier dunkle Lederkoffer über den Gang verstreut und einen auf den Fußboden geworfenen Mantel, einen Trenchcoat wie diejenigen, die sie in der Stadt bewundert hatte. Die junge Frau hatte goldenes Haar, das ihr bis zur Rückenmitte reichte. Ein ausgefallen gemusterter Schal rutschte ihr von den Schultern. Entnervt strich sie sich durch die Haare, warf eine Strähne zurück, und Hadley bemerkte ihre in einem tiefen Dunkelrot lackierten Nägel und den Schatten eines verblassenden Knutschflecks auf ihrem Hals. Plötzlich drehte sie sich um und entdeckte Hadley.

»Oh, hab ich dich geweckt?«

Hadley fragte sich, woher sie wusste, dass sie Englisch sprechen musste. Sie sprach mit einem andeutungsweise amerikanischen Tonfall, und so sah sie auch aus mit ihrer großen, sportlichen Statur und fröhlichen Miene, aber es schwang noch etwas anderes mit, was Hadley nicht genau zuordnen konnte.

»Schon okay. Kommst du nicht rein?«

»Der blöde Schlüssel, den die mir gegeben haben, schließt einfach nicht.« Erneut rüttelte die junge Frau an der Klinke. »Nicht zu gebrauchen. Ich muss wohl den Hausmeister wecken gehen. Aber wahrscheinlich ist er sowieso schon wach und will wissen, wer diesen absurden Lärm veranstaltet. So wie du.«

Hadley verschränkte die Arme vor der Brust, plötzlich war sie sich ihrer ausgebeulten Hose und des schlecht sitzenden Oberteils bewusst.

»Entschuldige«, sagte die Neue. »Das ist mir wahnsinnig unangenehm. Ich will einfach nur in mein blödes Zimmer, ich war die halbe Nacht unterwegs.«

Als sie »blödes Zimmer« sagte, klang sie plötzlich ein bisschen nach Südengland, stellte Hadley erfreut fest. Doch trotz ihrer perfekten Aussprache hatte sie nichts Englisches an sich. Ihre Wangenknochen waren hoch und schräg, was ihr etwas Kraftvolles, Katzenartiges verlieh, während die vielen blassen Sommersprossen das wieder abmilderten und sie freundlich aussehen ließen. Alles an ihr wirkte kultiviert: die goldene Gliederkette um den Hals, der Glanz ihres Lächelns, das Parfüm, dessen Duft Hadley aufschnappte, obwohl sie einen Meter entfernt stand. Etwas Rauchiges, Gewagtes.

»Lass mich mal probieren«, sagte sie. »Meiner klemmt auch ein bisschen.«

Es klappte beim zweiten Versuch.

»Wie hast du das denn geschafft?«, rief die Blonde. »Toll!«

Hadley half ihr, die Koffer ins Zimmer zu tragen. Sie schleppte den größten und stieß sich den nackten Zeh daran.

»Ich bin hoffnungslos«, sagte die Neue munter und warf sich aufs Bett. »Was hätte ich nur ohne dich gemacht? Wie heißt du?«

»Hadley Dunn. Ich wohne nebenan.«

»Und ich bin Kristina.« Sie streckte die Hand aus, und Hadley ergriff sie, nicht sicher, ob sie schon jemals einem anderen Mädchen zur Begrüßung die Hand geschüttelt hatte. Es wirkte förmlich und unbeschwert zugleich, und sie lächelten einander an. »Dann sind wir also Nachbarinnen«, sagte Kristina. »Das ist super.«

»Ich erkenne deinen Akzent nicht.«

»Dänemark.«

»Wow, echt? Ich bin noch nie jemandem aus Dänemark begegnet. Und wieso kommst du so spät? Ist dein Flieger gerade erst gelandet?«

Kristina zog den Ärmel hoch, um auf ihre schmale goldene Uhr zu sehen. Sie hing locker wie ein Armband am Handgelenk. »Fast vier«, sagte sie. »Ich war in Genf und habe völlig das Zeitgefühl verloren. Also, wie ist es hier so?«

Hadley hatte nicht damit gerechnet, dass das Erste, was ihr einfiel, die wasserblauen Augen des fremden Amerikaners und sein schiefes Lächeln waren, und dass die Gedanken an ebendiese Dinge sie auf dem Heimweg durch die Stadt beflügelt hatten. Sie setzte zum Sprechen an, wurde aber von Kristina unterbrochen.

»Ach, lass mal, Hadley, du musst zurück ins Bett. Du kannst mir morgen erzählen, was ich verpasst habe. Tut mir echt leid, dass ich dich gestört habe.«

»Du hast mich nicht gestört.« Hadley zitterte, denn es war kalt in Kristinas Zimmer. Sie zog die Arme in die Schlafanzugärmel und wippte auf den Fußballen. Es blieb immer noch Zeit, Freundschaften zu knüpfen, wenn flüchtige erste Eindrücke durch fundiertere Urteile ersetzt werden konnten, doch während ihrer kurzen Begegnung hatte Kristina sich Hadley bereits eingeprägt. Sie kam sich vor, als wäre sie wieder sechs Jahre alt und im Garten ihrer Eltern und hätte durch die Zaunlatten eine neue Freundin entdeckt, eine Beziehung, die mit dem Abbeißen vom gleichen Schokoriegel oder einer Fahrt auf dem Gepäckträger eines Fahrrads besiegelt werden konnte.

»Wir könnten ja zusammen frühstücken«, schlug sie vor.

»Total gern.«

»Wenn du ausgeschlafen hast natürlich.«

»Ich schlafe sowieso kaum. Ich stehe auf, sobald es hell wird.«

Hadley unterdrückte ein Gähnen. »Ich auch. Dann gute Nacht.«

»Hat mich wirklich sehr gefreut, Hadley. Noch mal danke, dass du mich gerettet hast.«

Zurück in ihrem eigenen Zimmer stellte Hadley sich ans Fenster. Sie hob die Jalousie ein Stückchen hoch und spähte hinaus in die schlafende Stadt. »*J'habite* à *Lausanne*«, sagte sie. Dann legte sie sich wieder ins Bett und schlief beinahe sofort mit einem Lächeln auf den Lippen ein.

In jener ersten Nacht waren Hadleys Träume verdrehte Versionen der Ereignisse des Abends, unwichtige Details wurden vertauscht und erhielten eine Bedeutung. Es war Kristina, die kindlich und verschlafen in ausgebeultem Schlafanzug auftauchte. Es war der fremde Amerikaner, der den klemmenden Schlüssel herumdrehte. Und es war Hadleys Hals, auf dem ein Knutschfleck zu erkennen war; ein Ehrenmal, das bereits verblasste, so zart wie ein Schmetterlingsflügel.

Drei

Trotz nur weniger Stunden Schlaf stand Kristina früh auf, genau wie sie angekündigt hatte. Mit noch von der Dusche nassen Haaren kam sie in einer Wolke von Kokosnussduft in die Küche. Bei Tageslicht sah Hadley, dass ihre Haut sonnengebräunt war, und ihre Hüftknochen standen durch den Stoff ihrer Jeans vor. Sie hätte ebenso gut den Seiten einer Zeitschrift entstiegen sein können. Sie kochten sich zusammen eine Kanne Kaffee und schmierten rosenfarbene Marmelade auf ordentliche runde Baguettescheiben. Kristina legte sich eine Papierserviette auf die Knie und drückte den Zeigefinger auf jeden Krümel auf der Tischplatte. Sie wirkte zart und draufgängerisch zugleich.

»Auf unseren ersten Morgen«, sagte Hadley und hielt ihren Kaffeebecher hoch. Kristina lachte und stieß mit ihr an, und es schien mehr ein Pakt als ein Toast.

»Und jeden weiteren Morgen«, fügte Hadley hinzu. »Weißt du, ich kann es nicht fassen, dass die anderen an einem solchen Tag im Bett liegen.« Sie und Kristina saßen nebeneinander, mit Blick auf die Stadt. In der Nacht hatte es auf den am weitesten entfernten Gipfeln geschneit, und ein sehr, sehr schmaler Wolkenfetzen hing am Himmel. »Ich kann es gar nicht erwarten rauszugehen. Spürst du die Stadt nicht rufen?«

»Vielleicht sind sie verkatert.«

»Aber verkatert kann man doch überall sein, es ist doch schade um den Tag.«

»Vielleicht wissen sie einfach, dass sie ein ganzes Jahr lang hier sind. Die Stadt läuft nicht weg, Hadley.«

»Ich will jeden Moment auskosten. Ich werde nie wieder einen ersten Morgen in Lausanne erleben. Nie wieder.«

Kristina stand auf, ging zum Fenster und riss es auf, und die kühle Luft tanzte herein.

»Es gibt eine Redewendung im Französischen, weißt du.« Sie drehte sich wieder zu Hadley um. »*Il faut profiter*. Das bedeutet so was wie »ausnutzen« oder »auskosten«, so in der Art. Aber es ist mehr als das. Es geht darum, Dinge wirklich wertzuschätzen, einen Moment zu genießen. Ich kenne dich kaum, Hadley, aber ich merke jetzt schon, dass du die ganze Zeit hier profitieren wirst, weil du das möchtest.«

Kristinas fröhliche Überzeugung war ansteckend.

»Das wäre großartig«, sagte Hadley. »Ich hoffe, es stimmt.«

»Ganz sicher. Also, voilà. Französischstunde Nummer eins. Und jetzt, ziehen wir los?«

»*Oui*. Lass uns profitieren.«

Sie nahmen den Bus zum Institut Vaudois, um sich einzuschreiben, und sahen es gemeinsam zum ersten Mal. Die Universität bestand aus einem Park und zweckmäßiger Architektur, auf einen Hügel außerhalb der Stadt gebaut. Der See war in der Ferne gerade noch erkennbar, umrandet von den allgegenwärtigen Bergen.

»Das hier ist einfach Wahnsinn«, sagte Hadley und breitete die Arme aus. Sie erzählte Kristina davon, im letzten Frühjahr die Broschüre in den Händen der arroganten Carla entdeckt zu haben. Und dass die Wirklichkeit ganz genau so aussah, besser sogar.

»Ich hätte nie gedacht, dass ich hierherkommen würde«, sagte sie. »Es fühlt sich an wie ein Traum.«

»Dann sorgen wir besser dafür, dass es ein guter ist.« Kristina schob ihren Arm unter den von Hadley. Sie liefen weiter, Kristina groß und schlank wie eine Lilie, das Haar hinter ihr im Wind wehend wie eine Brautschleppe. Neben ihr kam Hadley sich mit ihren kurzen Haaren so jungenhaft vor.

Ohne jemals vorher dort gewesen zu sein, schien Kristina sich auf dem Unigelände auszukennen. Im Gehen knabberte sie an einem Apfel und warf das Gehäuse lässig in einen Rhododendronstrauch, ohne ihren schnellen Redestrom zu unterbrechen. Sie studierte Kunstgeschichte und kannte bereits die Namen all ihrer Dozenten. Sie sprach über ihre Vorliebe für die Romantiker, geckenhafte junge Männer in bauschigen Blusen, die Bilder von unübertroffener Schönheit malten, und es klang bei ihr, als würde sie das Leben der Künstler kennen, als hätte sie selbst in Seide gehüllt auf einem Bett gelegen und wäre wunderschön und aus jedem Winkel gezeichnet worden. Einen Moment lang stellte Hadley sich vor, selbst Dozentin zu sein und sie im Kurs zu haben. Sie wäre diejenige, deren Blick man suchen, auf deren Seminararbeiten man sich schon freuen würde, deren Sprechstunden länger dauern würden als die aller anderen.

»Was ist dein Lieblingsbuch von allen Büchern der Welt, Hadley?«, wechselte sie ganz ungezwungen das Thema.

Sie befanden sich auf einem erhöhten Abschnitt des Fußwegs, von dem aus ein breiterer Streifen See sichtbar war. Er sah flach wie ein Spiegel aus und lud zur Reflexion ein. Hadley dachte über die Frage nach. Im Sommer hatte sie *In einem andern Land* von Hemingway gelesen, als Vorbereitung auf einen Kurs in amerikanischer Geschichte, den sie belegen wollte. Sie hatte es eines Tages im Bus beendet und war so in den Roman vertieft gewesen, dass sie ihre Haltestellte verpasste. Draußen hatte es geregnet, genau wie im Buch, und als sie auf den letzten Seiten geweint hatte, waren die Tränen auf ihren Wangen ein exaktes Abbild der Tropfen gewesen, die an der Scheibe hinabrannen. Das erzählte sie Kristina.

»Der gute alte Hemingway! Wer hätte das gedacht?«

»Und es endet hier in Lausanne. Das wusste ich gar nicht, als ich angefangen habe, ich konnte es kaum fassen.«

»Ehrlich? Das ist romantisch.«

»Es ist nicht romantisch, einfach nur sehr, sehr traurig«, sagte Hadley, aber Kristina war schon wieder weiter. Die Cafeteria lag vor ihnen, und bald saßen sie zwischen den leeren Tischen, aßen schokoladengefüllte Croissants und stießen mit Kaffee auf ihren Status als offizielle Studentinnen an.

»Wir müssen heute Abend ausgehen und feiern«, sagte Kristina und stellte klappernd ihre Tasse ab. »Daran führt kein Weg vorbei. *Faire la fête*, wie man auf Französisch sagt.«

»*Faire la fête*«, wiederholte Hadley. »Das klingt nett. Aber die Kneipe, in der wir gestern waren, war furchtbar. Weniger schweizerisch ging es gar nicht.«

»Ich weiß, wohin wir gehen können«, sagte Kristina. »Wir müssen nur Leute finden, die uns die Getränke spendieren.«

»Teuer?«

»Aber wunderschön.«

Später am Tag hatten sie in der Küche in Les Ormes besprochen, wie der weitere Abend gestaltet werden sollte. Bei der Gelegenheit hatten die anderen auch zum ersten Mal Kristina gesehen. Brunos Augen hatten lüstern geflackert, Chase hatte genauso interessiert oder desinteressiert gewirkt wie bei jedem anderen, und Jenny war unwillkürlich beinahe zurückgewichen, als machte Kristinas gutes Aussehen sie verdächtig. Kristina hatte das Hôtel Le Nouveau Monde vorgeschlagen, befürwortet von Hadley, aber Jenny und Bruno stimmten erneut für das Mulligan's. Sie klammerten sich daran, wie Menschen das manchmal in einer fremden Stadt taten, mit übertriebener Vertrautheit und Freude am raschen Einführen einer Routine. Chase schwankte zwischen den beiden Gruppen, aber letzten Endes nahm Jenny ihn am Arm und zog ihn auf ihre Seite, eine Geste, die den Ansatz eines Lächelns in seine Mundwinkel zauberte. Niemand legte Einspruch gegen die Aufspaltung ein.

Es war zwar ein warmer Abend, einer der letzten Sommertage, doch die fernen Berge wirkten zusammengekauert und finster, ein Gewitter kündigte sich an. In der Luft wimmelte es von kleinen Fliegen. Auf dem Weg zum See fanden Hadley und Kristina eine Bar bei der Kathedrale, deren Tische auf Stufen aufgestellt waren, mit Blick auf einen Flickenteppich von Dächern. Sie tranken Cocktails, die hohen Gläser randvoll mit Eiswürfeln und Zitronenvierteln, und kicherten über den Kellner, der jedes Mal zwinkerte, wenn er ihre Getränke vor ihnen abstellte.

»Ich kann nicht das ganze Jahr so weitermachen«, sagte Hadley. »Sonst bin ich ständig betrunken und pleite.«

»Das ist mein erster Abend und erst dein zweiter. Wir feiern. Was ist, warum grinst du so?«

Hadley schüttelte den Kopf. »Ich weiß nicht, ich komme mir halb wahnsinnig vor. Ich bin glücklich, sonst nichts. Ich bin wirklich, wirklich glücklich.«

»Gut. Glücklich mögen wir«, meinte Kristina. »Glücklich ist gut.« Ihre Augen glitzerten, und um ihre Lippen spielte ein cocktailsüßes Lächeln. »Komm schon, auf zum See. Das Hôtel Le Nouveau Monde wartet.« Das sagte sie mit einem überschwänglichen französischen Akzent, und Hadley wiederholte die Worte wie einen Zauberspruch.

Unter lautem Gehupe rannten sie über die Straße, wichen knapp einem Sportwagen-Cabrio mit dröhnendem französischen Techno aus. Als sie schließlich den See erreichten, ging die Sonne gerade in einem weichen rosa-silbernen Schein unter, und das Wasser war gesprenkelt wie der Bauch einer Forelle. Einen Moment lang standen sie nur da und staunten.

»Gott, ist das schön«, sagte Hadley.

»Nein.« Kristina zog an ihrem Arm. »*Das* ist schön.«

Das Hôtel Le Nouveau Monde war hochzeitstortenweiß, geziert von schmiedeeisernen Balkonen und abgerundet mit orangefarbenen Markisen. Auf dem Dach stand in einen Meter hohen Buchstaben der Name, wie die altmodische Neonschrift auf Pariser Dächern, ein Hauch von Prahlerei in einer ansonsten dezenten Fassade. Hadley konnte sich ungefähr vorstellen, was für Leute in einem solchen Hotel wohnten: Filmstars, leichtlebige Liebespaare, wunderbar kratzbürstige alte Damen, die das Erbe ihrer Kinder verprassten. Das Gebäude wirkte so zurückhaltend, so solide, wo es doch eigentlich von der Energie all der darin enthaltenen Leben hätte pulsieren müssen. Die Flaggen hätten um ihre Masten kreiseln, die Fensterläden flattern müssen.

»Ein gutes Hotel ist das Vollkommenste auf der Welt«, sagte Kristina träumerisch.

»Ich glaube nicht, dass ich schon jemals so richtig in einem war«, sagte Hadley.

»Dann müssen wir das dringend ändern.«

»Aber es ist so vornehm, da können wir doch nicht einfach reinspazieren, oder?«

»Doch, natürlich. Es gibt immer eine Bar.«

»Aber wie ich angezogen bin«, sagte Hadley. Sie trug einen

ihrer Secondhandladen-Funde, ein dünnes kornblumenblaues Kleidchen und dazu eine übergroße Männerstrickjacke, die ihr bis auf die Oberschenkel reichte. An den Füßen trug sie abgewetzte weiße Stoffturnschuhe. »So lassen die mich nie rein.«

»Und wie sie dich reinlassen werden«, sagte Kristina. »Wir müssen nur lächeln. Und so aussehen, als gehörten wir dazu.«

»Tja, der erste Teil ist einfach.«

Die Gäste des Hôtel Le Nouveau Monde hatten die Art von Selbstvertrauen, die, wie Hadley annahm, nur mit großem Wohlstand einherging, diese nie angezweifelte Überzeugung, dass die Welt und alles darin einem gehörte. Eine Minute lang standen Hadley und Kristina in der Bar und sahen sich um. Neben dem zugeklappten Flügel saß eine Frau in einem pechschwarzen Cocktailkleid, kühl wie eine ägyptische Katze. Auf einem Sofa umarmte sich ein Paar, das warme Licht einer Tischlampe brachte die zusammenpassenden Rotgold-Töne in ihrem Haar zur Geltung. Kristina nahm Hadley an der Hand und führte sie in den Nebenraum, wo eine Jazzband spielte, leise, aber vernehmbar. Riesige Spiegel mit Goldrahmen ließen den Raum endlos erscheinen. Die Barhocker waren von einer Gruppe von Männern besetzt, deren Rasierwasser wie eine Wolke in der Luft hing. Aus ihren Ärmeln blitzten die dicken Zifferblätter teurer Uhren, und wenn sie die Beine übereinanderschlugen, zeigten die Spitzen ihrer lederbesohlten Schuhe nach außen. Hadley bemerkte, dass die Männer sich mit unverhohlener Bewunderung zu Kristina umdrehten.

»Ich bin nicht sicher, ob ich hier richtig bin«, flüsterte sie, aber Kristina war schon auf dem Weg zur Theke, wo sie sofort von den anwesenden männlichen Gästen umringt wurde.

»Hadley, was willst du trinken?«, rief sie über die Schulter, ihr selbst war bereits ein Martiniglas in die Hand gedrückt worden, und einer der Männer steckte ihr ein Cocktailschirmchen ins Haar. Sie warf den Kopf zurück und lachte. Hadley lächelte und drehte sich um, dabei begegnete sie dem Blick eines älteren Mannes, der allein an einem Tisch in der Ecke saß. Sie behielt ihr Lächeln, und er erwiderte es.

»Bis vor etwa einer Stunde waren das noch typische Schweizer Männer«, sagte er. »Es ist recht unglaublich, eine solche Verwandlung mit eigenen Augen zu sehen. Ihre Freundin ist die Erste, die ihrem angeheiterten und etwas unverfrorenen Charme erliegt. Ob Sie wohl die Zweite sein werden?«

Seine Stimme war leise und klangvoll, sein Englisch sehr exakt, mit französischem Akzent, und er sprach übertrieben langsam, als hätte er alle Zeit der Welt.

Hadley schüttelte den Kopf. »Nicht mein Typ«, sagte sie immer noch lächelnd.

»Und das ist auch gut so«, entgegnete er. »Ich fürchte, die Herren werden weniger lustig sein, wenn sie morgen wieder in ihren Sitzungssaal zurückkehren. Ihre Fröhlichkeit ist so beständig wie die Eiswürfel in ihren Gläsern.«

Seine gebräunte Haut war an den Wangenknochen glatt, die Augen braun und rund wie Kastanien, und sein silbriges Haar war akkurat gekämmt, wodurch er sehr gepflegt wirkte.

»Wie lange beobachten Sie die schon?«, fragte Hadley.

Der alte Mann wiegte den Kopf hin und her, als hätte sie eine scharfsinnige Bemerkung gemacht.

»Mein ganzes Leben, würden manche sagen. Mein ganzes Leben.«

Er machte den Eindruck eines Voyeurs, denn obwohl er in der Hotelbar ganz und gar zu Hause wirkte, strahlte er eine Distanziertheit aus. Seine Augen funkelten amüsiert, ein Blick, den Hadley sofort erkannte.

»Darf ich Ihnen etwas zu trinken anbieten?«, fragte er.

»Oh, nein. Danke, aber ich besorge mir selbst etwas.«

»Hier.« Er hielt ihr sein Glas hin. »Riechen Sie mal. Und dann sagen Sie mir, dass ich Sie nicht in Versuchung führen kann.«

Hadley nahm das Glas und schnupperte daran. »Riecht stark«, sagte sie. »Was ist das?«

»Einer der besseren Kognaks, die ich bisher gekostet habe. Und wenn Sie mich kennen würden, wüssten Sie, dass das ganz schön etwas heißt.«

»Ich bin eigentlich keine Kognaktrinkerin.«

»Sie sehen zu jung aus, um irgendeine Art von Trinkerin zu sein. Wie alt seid ihr Mädchen heutzutage? Ich bin außer Übung.«

»Also, ich kann natürlich nur für mich sprechen ...«

»*Mais oui ...*«

»Ich bin neunzehn.«

»Aber selbstverständlich. Ein perfektes Alter.«

Hadley warf einen Blick nach hinten zu Kristina und sah sie inmitten der Männer an der Theke. Es war, als wäre sie eine seltene Blume, über die eine Horde Botaniker in der Wüste gestolpert war. Sie drängten sich um sie, konnten ihre Entdeckung kaum fassen.

»Gehen Sie nur«, sagte der alte Mann. »Gesellen Sie sich dazu.«

»Offen gestanden habe ich gar keine Lust«, sagte Hadley.

»Das fällt mir schwer zu glauben.«

»Die interessieren sich sowieso nicht für mich.«

»Auch das mag ich nicht glauben. Wie heißen Sie?«

»Hadley.«

»Hadley, ich bin Hugo Bézier. Und ich bin entzückt. So sagen wir das auf Französisch. *Enchanté*. Viel romantischer als ›freut mich‹ oder ›angenehm‹, finden Sie nicht?«

Hadley streckte ihm die Hand entgegen, und er schüttelte sie mit einem unterdrückten Lächeln.

»In der Schweiz ist es üblich, sich drei Mal auf die Wange zu küssen«, sagte er.

»Was, sogar, wenn man sich nicht kennt?«

»Ich würde sagen, ganz besonders dann.«

Er schien ein echter *Lausannois* zu sein, der erste Schweizer, mit dem sie über die grundlegendsten Höflichkeiten hinaus gesprochen hatte. Sie fragte sich, ob er im Hotel wohnte, als einer dieser distinguierten älteren Gäste, von denen sie in Büchern gelesen hatte, die ihre letzten Tage im Luxus verlebten, Samtpantoffeln zum Abendessen trugen und alle Kellner mit Namen kannten. Gerade wollte sie etwas erwidern, da zupfte Kristina sie am Arm.

»Wir gehen schwimmen«, verkündete sie begeistert. »Und du kommst mit!«

»Schwimmen? Wo denn?«

»Im See! Das war Philippes Idee. Hadley, er ist verrückt. Du wirst ihn lieben.«

»Meinst du?« Hadley bezweifelte beide Behauptungen. »Aber wir sind doch gerade erst gekommen. Ich wollte mir was zu trinken holen …«

Sie drehte sich wieder zu Hugo um, doch der erhob sich bereits. Er hatte einen Hut auf dem Kopf und zog sich einen kamelfarbenen Wollmantel über.

»Es wird Zeit für meinen Schönheitsschlaf«, sagte er.

»Was, kein Kognak mehr?«, meinte Hadley.

Er hob sein Glas hoch, in dem noch ein halber Zentimeter übrig war, und bot es ihr an.

»Mut antrinken. Sagt man das nicht so? Das Wasser ist um diese Tageszeit etwas kalt, wenn ich mich recht erinnere.«

Hadley kippte den Kognak hinunter, er brannte süßlich in ihrer Kehle. Hugo Bézier war schon fort, ehe sie Danke oder Auf Wiedersehen oder sonst etwas sagen konnte.

Sie gingen nicht schwimmen. Es war eine dieser wilden Ideen, die mit großer Geste in den Raum geworfen wurden und dann, wenn es so weit war, im Sande verliefen. Als sie zum Wasser kamen, fing es an, dicke Tropfen zu regnen. Die drei Männer rannten los, um sich unterzustellen, und schlugen vor, noch etwas zu trinken, eine weitere Bar aufzusuchen, aber der Reiz des Abends war verflogen. Hadley sagte, sie würde gern nach Hause gehen, Kristina stimmte zu, und die Männer schlichen schmollend zu ihrem Hotel zurück. Hadley und Kristina spazierten gemeinsam durch den Regen, ihre nackten Beine waren nass, die Haare hingen strähnig herunter.

»Es fühlt sich immer noch wie Sommer an«, sagte Hadley. »Sogar der Regen ist warm.«

»Warte nur, bis es schneit«, sagte Kristina. »Freu dich, solange es noch so ist. Aber der Winter wird toll. Ich bringe dir Skifahren bei.«

»Ehrlich? Würdest du das machen?«

»Natürlich.« Sie zuckte die Achseln. »Das ist nicht schwer, und du wirst es lieben. Hey, wer war der alte Mann? Das ist aber nicht dein Typ, oder?«

»Was? Nein!«

»Ein Sugardaddy?«

»Er war interessant. Ich mochte ihn.«

»Aber eben sehr, sehr alt.«

Sie stellten sich an einer Bushaltestelle unter und wrangen

sich den Regen aus den Haaren. Hadley zitterte, und Kristina legte den Arm um sie.

»Ich hätte gar nicht erst mit diesen Kerlen reden sollen«, sagte sie mit einem etwas beschwipsten Hicksen. »Jacques fände es furchtbar.«

»Wer ist Jacques?«

Da kam der Bus, spritzte durch die Pfützen und hielt quietschend an. Sie stiegen ein und taumelten zu einem Sitz, während er sich schnell wieder in Bewegung setzte. Beinahe wären sie auf einen Zwergpudel getreten, der einer sauertöpfischen Dame gehörte.

»Ist es erst Mitternacht?«, fragte Kristina. »Kommt mir viel später vor.«

»Ist Jacques dein Freund?«

»Ach, Jacques, Jacques … ich mag gar nicht davon anfangen, Hadley. Die Geschichte ist zu lang für einen so schönen Abend.«

Sie lehnte den Kopf an Hadleys Schulter, sodass ihre goldenen Haare auf die feuchte Strickjacke ihrer Freundin fielen, und schloss die Augen. Kurz darauf schlug sie sie wieder auf.

»Was ist mit deinem Liebesleben? Ist es grauenhaft kompliziert?«

»Ehrlich gesagt, habe ich keins.«

»Nein? Aber du bist schön.«

»Bin ich wirklich nicht.«

»Tja, du hast Glück.«

Damit machte sie die Augen wieder zu und schlief süß ein.

Vier

Ihre ersten Tage in Lausanne vergingen wie im Flug. Die Studenten aus Les Ormes waren weder richtige Touristen noch richtige Einheimische, also gingen sie die Stadt erkunden, umkreisten die Sehenswürdigkeiten und unternahmen kleine Ausflüge, durchstöberten Nebenstraßen nach Bars und aßen *prix-fixe*-Menüs in günstigen Restaurants. Bis zum Beginn des Semesters hatten sie frei, also verbrachten Hadley, Kristina, Bruno, Chase und Jenny ihre Zeit hauptsächlich miteinander. Der Zufall hatte sie zusammengebracht, und irgendwie blieben sie aneinander hängen. Jenny, Bruno und Chase waren ein verschworenes Trio, und Hadley und Kristina hielten sich bereitwillig am Rand.

Hadley hatte immer Freundinnen gehabt, lockere Verbindungen, die hauptsächlich den Umständen geschuldet waren, Mädchen, mit denen sie ihr Parfüm geteilt und fröhlich gelacht hatte. Aber es hatte nie jemanden wie Kristina gegeben. Vielleicht war es die Kombination, Kristina und Lausanne, Lausanne und Kristina, die beiden waren untrennbar verknüpft, doch Kristina hatte etwas Goldenes an sich. Wenn sie eine neue Idee hatte, schien ihr gesamtes Wesen zu leuchten. Sie glaubte genauso stark an *il faut profiter* wie Hadley. Wenn sie nachmittags einen Kaffee trinken gingen, verwandelte er sich leicht in zuckerumrandete Cocktails und eine Heimkehr im Morgengrauen. Auf einen

Schwarzweißfilm im Programmkino, voller verstohlener Blicke und entrückter Mienen, folgte eine schrille romantische Komödie mit vor Lachen schmerzenden Bäuchen. Selbst ein einfaches Essen im Wohnheim zu kochen war wie ein Abenteuer. Sie kicherten, wenn sie beim Zwiebelschneiden weinten, schmeckten ihre Kreationen mit demselben Löffel ab, tranken an den Küchenschrank gelehnt billigen Wein. So viel Zeit sie aber auch miteinander verbrachten, Jacques erwähnte Kristina nie mehr. Obwohl sie so offen war, obwohl sie Arm in Arm mit Hadley ging, sie von ihrem Teller probieren ließ, die Tür im knappsten Handtuch öffnete, wollte sie bei diesem Thema ganz offensichtlich nicht gedrängt werden. Also rührte Hadley nicht daran. Manchmal saßen sie einfach nur auf der Balkonbrüstung eines ihrer Zimmer, ließen die Beine baumeln und betrachteten die nachtschwarze Stadt. Kristina zündete sich eine Zigarette an und hielt sie sachte zwischen Daumen und Zeigefinger, eine präzise, aparte Raucherin.

»Hast du nicht das Gefühl, du könntest einfach springen?«, fragte Hadley eines Abends.

»Ich habe offen gestanden leichte Höhenangst«, sagte Kristina fast schüchtern, als verriete sie ein Geheimnis.

»Ehrlich? Du wirkst, als hättest du vor gar nichts Angst. Sieh dir das an, die hell erleuchteten Häuser, die Lichter am Seeufer, die endlosen Berge dahinter. Ich möchte mich am liebsten kopfüber hineinstürzen.«

»Du bist diejenige, die furchtlos wirkt.«

»Ich? Aber nein. Ich habe vor allem Angst. Ich war ganz nervös, bevor ich hergekommen bin.«

»Warum?«

»Es kam mir wie ein Risiko vor. Ich bin eigentlich nicht so der risikofreudige Typ.«

»An Lausanne ist nichts riskant, Hadley. Es ist einfach nur eine Stadt von vielen, ein Land von vielen.«

»Das sagst du, aber du bist ja auch … Jetset.«

»Jetset?« Sie prustete vor Lachen. »Wohl kaum. Ist ja auch egal, wir sind beide hier, das macht uns also gleich. Und wir stürzen uns hinein, jeden Tag.«

»Aber klar. Die Stadt gehört uns.« Hadley machte eine lockere Geste, und dabei rutschte ihr das Armband, ein Gliederkettchen aus silbernen Sternen, über die Hand. Sie stieß einen Schrei aus, und Kristina streckte den Arm nach ihr aus, weil sie glaubte, es wäre Hadley, die stürzte. Das Armband war in die Kronen der Ulmen gefallen. Lachend hielten die beiden einander fest.

»Das Armband hab ich geliebt!«, jammerte Hadley.

»O nein, war es wertvoll?«

»Für mich schon.«

»Hast du es von einem Jungen geschenkt bekommen?«

»Nein, von meiner Mutter.«

»O Gott, es war doch kein Erbstück?«

»Nicht so ganz. Es hat zwei Pfund gekostet, auf dem Flohmarkt. Kein Erbstück.«

»Sollen wir danach suchen?«

»Das finden wir niemals. Das wäre unmöglich.«

»Ich meinte nicht im Dunklen, sondern morgen früh.«

»Das ist doch zu steil, da bräuchten wir ja Steigeisen und Seile. Nein, es ist weg. Ist schon okay, Kristina, es ist eben weg.«

»Wir besorgen dir ein neues«, sagte Kristina. »Es war hübsch. Ist mir gleich am ersten Tag aufgefallen. Es war aus kleinen Silbersternen, oder?«

»Sie hatten unterschiedliche Größen, und es sah ein bisschen unperfekt aus. Das gefiel mir daran.«

»Wir sollten in eines dieser *ateliers* bei der Kathedrale gehen. Du könntest es aufmalen, und ich wette, jemand könnte es für dich nachschmieden.«

»Das würde dann wohl mehr als zwei Pfund kosten. Und außerdem wäre es nicht dasselbe. Nein, es ist weg. *Au revoir, mon petit* Armband.«

Mit einem letzten wehmütigen Blick stieg Hadley vom Geländer. Sie streckte Kristina ihre Hand hin, und sie nahm sie, sprang neben ihr herunter und landete so leicht wie eine Tänzerin.

Als Hadley am nächsten Morgen bei Kristina klopfte, war sie nicht da. Also frühstückte sie allein, denn die anderen waren noch nicht aufgestanden. Sie waren nun seit über einer Woche in Lausanne, und Hadley kannte ihre Rhythmen: Sie und Kristina waren die Einzigen, die freiwillig vor Mittag aufstanden. Hadley kochte Kaffee, setzte sich im Schneidersitz auf einen Stuhl und betrachtete das Licht auf dem Wasser. An diesem Morgen war es besonders silbrig, Dunst umwaberte das Ufer. Hadley war ganz gebannt von dem Anblick und außerdem noch nicht ganz wach, deshalb hörte sie die Tür nicht aufgehen und zuckte zusammen, als sie eine Hand auf der Schulter spürte.

»Mein Gott, hast du mich erschreckt.« Hadley musterte Kristinas feste Stiefel und das Sportoberteil, die Röte auf ihren Wangen und den zarten Schweißfilm auf ihrer Stirn. »Du siehst … komisch aus. Warst du schon draußen?«

»Praktisch seit dem Morgengrauen. Ich bin gewandert. Und geklettert. Und ein bisschen gerutscht. Fast hätte ich schon aufgegeben, und dann hat es mich plötzlich angefunkelt.«

Hadley fiel die Kinnlade herunter. »Du hast doch nicht …«

Kristina öffnete die Faust, und da lag es, ein winziges Häufchen verhedderter Silbersterne.

Am Tag vor Semesterbeginn schlug Bruno einen Ausflug vor. Es war trocken und hell, und vom Balkon des Wohnheims aus konnte man bis in die Berge sehen. Das Wasser des Lac Léman lud zu Reise und Abenteuer ein. Bruno war der Einzige von ihnen, der ein Auto besaß, und er bot an, damit in die Berge zu fahren. Er übernahm das Steuer, Chase setzte sich neben ihn, und Hadley, Kristina und Jenny quetschten sich auf den Rücksitz. Sie verließen die Stadt über die Seeuferstraße, durch Weinberge und Dörfer hindurch. Sie sahen Häuser, die fast aufeinandergestapelt schienen, mit planlos angeordneten Dächern und Giebeln, immer noch näher an den Rand des tiefen Wassers gedrängt. Chase schob eine CD mit Rockmusik in den Player, und Bruno schoss noch schneller um die Kurven. Hadley öffnete das Fenster und ließ die peitschende Luft auf ihre Wangen klatschen, bis Jenny sich beklagte, dass ihre Ohren schmerzten, und sich auf Kristinas nackten Armen Gänsehaut bildete. Widerstrebend kurbelte sie die Scheibe hoch.

Bruno fuhr sie in einen Skiort, wo sie durch die laubbedeckten Straßen schlenderten und unter den Roboterkonstruktionen geschlossener Sessellifte herliefen. Jacken und Schals, im Flachland unnötig, wurden hastig angezogen. Bald schon zerstreuten sich alle in unterschiedliche Richtungen. Bruno wanderte das steile Stück zu einem Hotel mit Türmchen hinauf, das an den hohen Abhang gebaut war. Jenny ging in einen Souvenirladen, wo sie Schneekugel um Schneekugel schüttelte und einen Stoffbären in Lederhose als Geschenk für eine Nichte kaufte. Chase setzte sich auf eine Bank in der von Chalets gesäumten Hauptstraße und zeichnete auf dem Skizzenblock, den er dabeihatte. Er wirkte sehr urban in seinem dunkelblauen Parka. Als Hadley vorbeikam, legte er einen Arm über sein Bild. Kristina fand eine Boutique, schlang sich echte Pelze um die Schultern und drehte sich vor einem Spiegel, um sich zu bewundern, beobachtet von einer lächelnden weißhaarigen Verkäuferin. Hadley sah ihr eine Weile zu, dann zog sie ebenfalls allein los.

Sie kaufte eine Postkarte mit umgeknickten Ecken, ein Nachdruck eines alten Fotos. Es war eine Frau in sportlicher Pose, die sich auf ihre Skier stützte. Sie trug einen Strickpulli und einen schwungvoll um den Hals geknoteten Schal. Das Gesicht war der Sonne zugewandt, und hinter ihr erstreckte sich ein unendlicher blauer Himmel. Hadley schrieb ihre Karte an einem Tisch in einer Bäckerei, während eine Spinatquiche neben ihr vertrocknete und die heiße Schokolade eine glitschige Haut bildete. *Ohne den Schnee ist es, als sollten wir jetzt gar nicht hier sein*, notierte sie. *Es fühlt sich an wie ein Privileg und ein unbefugtes Eindringen*. An wen sie schrieb, wusste sie nicht, an ihre Eltern mit Sicherheit nicht. Sie klemmte die Karte zwischen die Seiten eines Buchs. Auf dem Weg nach draußen kaufte sie noch eine Postkarte, auf der ein Murmeltier zu sehen war, mit spitzen Vorderzähnen und einem albernen Grinsen. Die war für zu Hause, entschied sie, ihr Bruder Sam würde begeistert sein. Sie stellte sich vor, wie die Karte auf dem Kaminsims stand, neben der vom Genfer See. »Unsere Tochter macht gerade ein Auslandsjahr«, würden ihre Eltern Besuchern erzählen, mit hörbarem Stolz und nur einem zarten Hauch von Traurigkeit. Sam würde sich auf die Zehenspitzen stellen und vor dem Murmeltier Grimassen schneiden.

Ein Privileg und ein unbefugtes Eindringen. Hadley dachte über die Worte nach, die ihr eingefallen waren. Sie fragte sich, ob sie sich nur auf diesen Wintersportort bezogen, mit den verrammelten Hotels und geschlossenen Restaurants, verharrend im Niemandsland des Herbstes. Was, wenn es um das ganze Jahr im Ausland ging? Sie mochte das Gefühl, selbst einen Ort ausgewählt zu haben, statt von ihm ausgewählt worden zu sein, aber Lausanne war für sie noch nicht ganz real. Sie kam sich vor wie ein Kind, das durch das Tor eines geheimen Gartens geschlichen war. Das Gras war weich unter den Füßen, sie hörte die Vögel singen, aber sie musste sich andauernd über die Schulter sehen, weil sie nicht wusste, ob sie jeden Moment entdeckt werden könnte; ein Eindringling im Paradies. Kristina schien nicht von solchen Bedenken geplagt. Sie lief herum, als stünde ihr das alles zu. Sie hatte Hadley erzählt, dass sie den Sommer an der französischen Riviera verbracht hatte, von wo aus Lausanne einfach durch eine Bahnfahrt erreicht werden konnte, mit einem dieser schnellen Züge, von denen man in der Zeitung las, die sich flach in die Kurven legten und in deren Speisewagen die Sektkorken knallten. Vielleicht war Lausanne für Kristina einfach nur eines von vielen hübschen Fleckchen in einem ohnehin malerischen Leben, zwischen bunten dänischen Häusern und von Palmen beschatteten Terrassen in Saint-Tropez. Hadley gefiel die Vorstellung, dass Lausanne, was auch immer in diesem Jahr passieren mochte, ihre Stadt bleiben würde. Sie könnte immer über »mein Jahr in der Schweiz« sprechen, und dann würde sie sich wie ein anderer Mensch fühlen. Wäre ihre Haut von der Sonne golden? Ihre Haltung lässig und kultiviert? Die erfahrene Frankophile mit einem bunten Strauß von Reisegeschichten und, dank Kristinas Versprechen, einem federnden Skifahrergang. Oder wäre sie dieselbe wie immer, nur im Besitz neuer Erinnerungen? Einer in sich abgeschlossenen Welt, die sie herausholen und wie eine

Schneekugel schütteln konnte, wann immer sie Lust dazu hatte? Irgendetwas wäre anders. Das wusste sie jetzt schon.

Später trafen sie sich alle wieder in einem Lokal am Ortsrand und tranken helles Bier aus hohen Stielgläsern. Die Einrichtung war dunkel und roch nach uraltem Holz, und an den Wänden hingen Hirschköpfe. Der Kellner sprach singendes Schweizerdeutsch und trug einen tief über die Augen gezogenen Filzhut. Sie saßen am Fenster, und Hadley war fasziniert. Der Blick reichte bis hinunter ins Tal: Nebel umwehte die Spitzen der Nadelbäume, und ein reißender Fluss war gerade eben sichtbar.

»Hat sonst noch jemand das Gefühl, er sollte eigentlich nicht hier sein?« Sie drehte sich zu den anderen zurück. »Es ist, als würden wir Schule schwänzen.«

»Das Semester fängt doch erst morgen an, Hadley«, sagte Kristina.

»Das weiß ich ja, aber ich meine, einfach hier zu sein, so weit weg von allem. Es ist wie eine andere Welt. Nicht nur dieser Ort hier, die ganze Schweiz. Dass wir überhaupt hier sind.«

»Wem sagst du das«, meinte Jenny. »Wir sind so weit weg. Dave könnte genauso gut gar nicht existieren. Ich finde es furchtbar.«

»Du findest es furchtbar?«, wiederholte Hadley mit offenem Mund.

»Nicht *hier*. Ich meine nur die Situation. Er ist in England, ich bin hier, es ist sinnlos.«

Chase zuckte mit den Schultern. »Man kann ja immer wieder gehen, wenn man will. Oder du trennst dich von deinem Freund. Das wäre natürlich die andere Möglichkeit.«

»Ich sage ja nicht …«, setzte Jenny zu einer Entgegnung an.

»Klingt für mich, als wäre die Liebe hier das Problem«,

sagte Bruno und hielt sein Glas hoch. »Also, darauf, nicht verliebt zu sein! Auf die Freiheit!« Er wackelte mit seinem Glas, aber die anderen zögerten, seiner Aufforderung nachzukommen. »Chase? Komm schon!«

»Prost.« Chase stieß mit ihm an. »Auf den Neuanfang.«

Jenny lächelte ihn an und trank ihr Bier aus. Hadley schielte zu Kristina, aber die zupfte an ihren Fingernägeln herum und hörte offenbar nicht zu.

Auf dem Rückweg zum Auto hielt Kristina Hadley am Ellbogen fest.

»Was, glaubst du, hat Bruno damit gemeint, dass Liebe das Problem ist?«

»Ich bin mir nicht sicher, ob er überhaupt groß was damit gemeint hat. Jenny vermisst einfach nur ihren Freund, das ist alles. Oder vielleicht auch nicht, und das ist ein Teil des Problems.«

Zusammen stapften sie hinter den anderen her durch das verschrumpelte braune Laub. Die Luft hatte sich verändert und barg nun eine Kühle.

»Aber sie haben recht«, sagte Kristina. »Die Liebe gibt einem schnell das Gefühl, gefangen zu sein. Und befreit gleichzeitig.«

»Warum sagst du das?«, fragte Hadley. Doch ehe sie nachtragen konnte, *Geht es um Jacques?*, hatte Kristina ihren Schritt beschleunigt und die anderen eingeholt. Hadley blieb ratlos zurück.

Sobald das Semester begann, führten ihre Stundenpläne Hadley und Kristina in unterschiedliche Richtungen auf dem Campus. Kristina wurde in einen anderen Kreis hineingezogen, Kunstgeschichtstypen mit Samtjacken, Halbbrillen und absichtlich zerzausten Haaren. Hadley pendelte zwischen der Sprachschule, wo die ausländischen Studenten Grammatikkurse belegten und zaghafte Vorstöße in die französische Literatur unternahmen, und dem Anglistik-Institut. Wenn man am Institut Vaudois englische Literatur studierte, wurden sämtliche Seminare und Veranstaltungen auf Englisch abgehalten. Daher unterrichteten neben diversen Schweizern auch einige Engländer und Amerikaner am Institut. Am ersten Tag sah Hadley im Flur an einem Schwarzen Brett einen Zettel, auf dem verkündet wurde, dass die Dozenten Caroline Dubois und Joel Wilson bald nach Semesteranfang einen Begrüßungsumtrunk veranstalteten. Wilson gab laut Hadleys Stundenplan ihren Kurs in Amerikanischer Geschichte, und die erste Sitzung fand am Freitag statt. Also beschloss sie, sich erst mal den Unterricht anzusehen, ehe sie sich zu dem Umtrunk anmeldete. In ihrer Vorstellung standen alle steif herum, kauten mit ernsten Mienen Erdnüsse und hielten sich an Plastikbechern mit Wein fest.

Sie spazierte weiter und entdeckte noch eine Anschlagtafel, an der Fotos vom gesamten Lehrpersonal hingen. Hadley blieb stehen und suchte nach Dubois und Wilson. Caroline Dubois fand sie zuerst. Ihr rotbraunes Haar war zu einem straffen Knoten frisiert, und die pfirsichfarbene Bluse glänzte seidig. »Caroline Dubois, Expertin für Romantik« stand darunter. Sie wirkte zu streng, nicht weich genug für eine Romantikerin, dachte Hadley. Es war immer enttäuschend, wenn das Aussehen eines Menschen nicht zu seinen Interessen passte. Hadley ging die anderen Fotos durch und bemerkte zu ihrer Überraschung ein Gesicht, das sie kannte. Selbst ohne den Schein der Straßenlaternen und das Knacken seiner Stimme erkannte sie den Amerikaner von ihrem ersten Abend in Lausanne. Sie erinnerte sich an den Qualm seiner Zigarette und die hellen Ozeane seiner Augen. Joel Wilson.

»Schwerpunkt: Hemingway und die verlorene Generation«, hieß es bei ihm. Hadley blickte verstohlen nach links und rechts, unerklärlicherweise hatte sie das Gefühl, über etwas Verbotenes gestolpert zu sein. Als sie sich davon überzeugt hatte, dass sie allein war, trat sie näher und betrachtete sein Foto.

Im Gegensatz zu Caroline Dubois passte Joel Wilson zu jeder Vorstellung. Seine muskulöse Statur zeichnete sich deutlich unter dem weißen T-Shirt ab, und auf seiner Stirn lag eine dunkle Haarsträhne. Sein Blick forderte die Kamera heraus. Er war vielleicht nicht auf den ersten Blick gut aussehend, nicht im herkömmlichen Sinne, doch er schien eine Überzeugung zu besitzen, eine Kraft, durch die selbst diesem zweidimensionalen Bild von ihm schwer zu widerstehen war. Hadley fragte sich, ob er sie wohl im Kurs erkennen würde, so wie sie ihn erkannt hatte. An jenem ersten Abend musste er erraten haben, dass sie eine neu eingetroffene Studentin war, denn es war ja so offensichtlich, nicht wahr? Ihr zusammengewürfeltes Grüppchen, Hadleys umherschweifender Blick, ihre Befangenheit, die aus jeder Pore strömte; eine Sehnsucht nach Erfahrung, die alle neuen Jungen und Mädchen kennzeichnete. Und doch war keine Distanz zwischen ihnen gewesen, kein Autoritätsgefälle, das ihre Unterhaltung prägte. Auf der Straße waren sie gleichberechtigt gewesen, einander ebenbürtig, und seine Identität war ein Geheimnis geblieben.

Hadley musste nicht lange warten, denn Joel Wilsons erste Stunde fand am Freitagmorgen statt. Über Nacht hatte die Jahreszeit gewechselt. Es war ein Tag, in dem mehr der nahende Winter anklang als das Ende des Sommers, doch es war immer noch hell und sonnig, und der Himmel hatte ein neues Blau. Kristina war schon früh zur Uni aufgebrochen, und die anderen schliefen offenbar aus, also machte sich Hadley allein auf den Weg.

Die Busfahrt führte sie durch breite Wohnstraßen. Im Vorbeifahren konnte sie in Fenster blicken und stellte sich die Menschen vor, die in diesen imposanten Gebäuden wohnten. Ihre eleganten Füße schritten über Parkettböden, ihre Hände öffneten die Flügelfenster, um den Tag zu begrüßen. Da waren alte Damen, deren Finger unter dem Gewicht von Modeschmuck ächzten und die kleine Hunde mit heraushängenden Zungen besaßen. Junge Männer, gefühlvoll und belesen, deren Leben vollständig war bis auf die Liebe eines englischen Mädchens. An dieser Stelle wurde ihre Fantasie immer etwas sprunghaft. Hadley wusste nicht genau, was sie wollte, sie wusste nur, was nicht. Keine kindischen Collegejungs mehr mit ihren Trinkwettbewerben und schmutzigen Bettlaken, ihren Deoflecken und unleserlichen Vorlesungsmitschriften. Keine am nächsten Morgen in einem angeschlagenen Kaffeebecher servierte Enttäuschung, kein Abschied, der nach Zahnpasta und abgestandenem Bier schmeckte. Wieder musste sie unwillkürlich an Kristinas Bemerkung über Jacques denken. Sie wirkte nicht wie die eine Hälfte einer Fernbeziehung, es gab keine ausgedehnten, tränenreichen Telefongespräche oder Stapel von mit Küssen bedeckten Briefen in ihrem Zimmer. Und auch wich Kristina nicht den forschen Blicken der jungen Schweizer aus. Hadley überlegte manchmal, das Thema anzuschneiden, seinen Namen laut auszusprechen: *Jacques*. Es wäre doch sicherlich nicht zu viel, nur ein Gespräch unter Freundinnen, die beide einen Anlass suchten, *das kenne ich* oder *ich auch* zu sagen, den Abstand zwischen ihnen weiter zu verringern. Doch bei diesem einen Thema blieb Kristina weiterhin verschlossen.

»Wenn man darüber spricht, verliert man es«, erklärte Joel Wilson ihnen. »Hemingway hat das immer geglaubt, und ich stimme ihm zu.«

Es war Hadleys erste Stunde in Amerikanischer Literatur, und sie hatte sich einen Platz irgendwo in der Mitte gesucht, neben einem Jungen mit einem Frettchengesicht und einem beeindruckenden Bücherstapel.

»Das macht dieses Seminar wohl zum kürzesten an der ganzen Uni«, sagte er, »und meinen Job um einiges leichter.«

Hadley lachte, und ihr Stift rutschte über die Seite. Der Junge neben ihr drehte sich zu ihr um, die Augenbrauen fragend hochgezogen. Joel Wilson warf einen Blick in Hadleys Richtung, und sie lächelte. Er nickte, kurz, aber merklich, so wie man es machte, wenn man sich selbst an etwas erinnerte, was man bereits wusste.

Er war fünf Minuten zu spät gekommen, hatte noch im Gehen die Jacke von den Schultern geschüttelt, seine abgewetzte Tasche Richtung Pult geworfen, es aber knapp verfehlt. Dann hatte er die Hände in die Jeanstaschen gesteckt und sie alle angegrinst, während der Inhalt seiner Mappe auf dem Boden verteilt lag. *Das Land der Uhren, und ich bin trotzdem zu spät*, hatte er gesagt. *Was wollen Sie nur mit mir machen?* Da schon war er anders als jeder Lehrer gewesen, den Hadley in der Schule gehabt hatte, und als alle Dozenten aus ihrem ersten Unijahr. Hadley war von Anfang an auf seiner Seite gewesen.

»Wo sollen wir anfangen?«, fragte er nun. Zwischen den Sätzen machte er kurze Pausen, als wäre ihm aufrichtig an den Vorschlägen der Studenten gelegen. »Wie wäre es damit: Beginnen wir mit der Art von Anziehung, die nur im Unglück enden kann. Wie klingt das? Eine Liebe, deren Scheitern bereits mit ihrer Erfüllung beginnt.« Beim Sprechen ließ er den Blick durch den Raum schweifen, und Hadley rutschte auf ihrem Sitz herum. »Glauben Sie, Sie schaffen das? Können Sie gebrochene Herzen ertragen? Also gut. Sprechen wir über *Fiesta*.«

Als er dort vor ihnen stand, sah Joel Wilson aus, als kenne er ein Geheimnis, und wenn man nur aufmerksam genug zuhörte, würde er es einem verraten. Er hatte Dias dabei, die er in schnellem Tempo stakkatoartig durchklickte. Manche zeigten Passagen in Maschinenschrift, vergrößert und an den Kanten unscharf. Andere waren Fotos: das Knallrot eines Torero-Umhangs, der ordentliche Bob eines jungenhaft schmalen Frauenkopfs, Hemingway selbst, in die Brust geworfen, Augen wie Gewehrkugeln. Joel, wie sie ihn nennen sollten, war lebhaft, drehte sich schwungvoll auf dem Absatz um, wann immer er ein Argument vorbrachte, vollführte fast Pirouetten quer durch den Raum. Aber wenn er stehen blieb, schien die Welt mit ihm stehen zu bleiben, und alle sahen ihn gebannt an. Hadley schrieb hektisch mit, ohne je lange auf das Blatt zu sehen. Später in der Bibliothek versuchte sie, diese Notizen zu entziffern, und schaffte es nicht. Sie nahm sich vor, alles aus dem Gedächtnis noch einmal aufzuschreiben, denn sie hörte Joels Stimme noch im Kopf. Besonders den Teil, als er sie angesprochen hatte.

»Ich habe hier eine Kursliste«, sagte er. »Stehen Sie bitte auf, Hadley Dunn.«

Hadley spürte ihre Wangen brennen. Sie stand auf und warf dabei ihren Stift auf den Boden. Soweit sie sich erinnerte, hatten sie sich auf der Straße nicht ihre Namen gesagt.

»Sie sind Hadley? Das hätte ich mir denken können. Sie wissen Bescheid über Ihre Namensvetterin, nehme ich mal an?«

Es war die Idee ihrer Mutter gewesen, hatte aber nichts mit literarischer Begeisterung zu tun, wie Joel Wilson sich vermutlich vorstellte. Hadley hatte die Sängerin einer Kneipenband geheißen, die an dem Abend spielte, als ihre Eltern sich zum ersten Mal begegneten. Diese andere Hadley, eine Frau mit nackten Füßen und Haaren bis zur Taille, war auf die Bühne marschiert und hatte mit quietschendem Mikrofon über gefundene und verlorene Liebe gesungen, mit einer Stimme, die in gleichem Maße mitreißend und eindringlich gewesen war. Die Geschichte ging so, dass nach dem Song James Dunn Hadleys Mutter in der Schlange an der Theke eine Liebeserklärung ins Ohr geflüstert hatte. Die Frau auf der Bühne hatte ihre Gitarre eingepackt und war zurück in die Nacht verschwunden, und in der nachhallenden magischen Stimmung waren die künftigen Dunns in den wunderbarsten Kuss versunken, den sie je erlebt hatten. Hadley war die Tochter von Romantikern, wenn auch nicht Bücherliebhabern.

»Ja«, sagte sie. »Weiß ich.«

»Dann freut es mich, Sie in meinem Kurs zu haben.«

Sein Blick zerschnitt sie sauber in zwei Hälften. Joel klatschte in die Hände und entließ sie mit einer lockeren Erinnerung an den bevorstehenden Umtrunk. Hadley gefiel, dass er den anderen seinen Grund dafür, sie herauszugreifen, nicht genannt hatte; dass nämlich Hadley der Name von Hemingways erster Frau gewesen war. Es war, als erwartete er von ihnen, das bereits zu wissen. Oder wenn nicht, war es auch egal, denn vielleicht verlor man Dinge wirklich, wenn man darüber sprach. Als Hadley aus dem Raum ging, spürte sie die Blicke einiger Kommilitonen auf sich. Sie nestelte an ihrem Schal und täuschte Lässigkeit vor. Sie wagte nicht, sich umzusehen, ob Joel sie ebenfalls beobachtete, aber irgendwie hatte sie das Gefühl, dass es wahrscheinlich so war. Genau wie neulich, als er lächelnd auf der dunklen Straße gestanden und sich seine Zigarette angezündet hatte, bevor er sich umdrehte. Hadley ging jetzt, wie sie damals gegangen war, einen neuen Schwung im Schritt, sichtbar nur für den, der darauf achtete.

Fünf

In jenen ersten Tagen und Wochen dauerten die Ausgehabende oft bis in den Morgen. Zu einem blassrosa Sonnenaufgang kamen Kristina und Hadley dann nach Hause, manchmal in Begleitung der anderen, eines redseligen Chase, einer bleichwangigen Jenny, eines strahlenden Bruno. Nach einem dieser Abende wanderten Kristina und Hadley den Berg zu Les Ormes hinauf, und es lag eine Friedlichkeit in der Stille der Stadt. Der Lärm und das heiße Gedränge des Clubs, den sie gerade verlassen hatten, waren wie ein wirrer Traum. Im Gehen atmeten sie beide genau gleichzeitig tief die Morgenluft ein, dann brachen sie in Gelächter aus.

»Es tut so gut, findest du nicht?«, sagte Kristina. »Ich schwör dir, ich kriege in Lausanne nie einen Kater. Die Luft ist so … wie sagt man das? *Bekömmlich.*«

»Früher hat man so was ja gemacht, oder? ›Luftkuren‹. Das gefällt mir. Es ist so zivilisiert.«

»Vielleicht tun wir das ja auch hier. Wir kurieren uns. Erholen uns an der Schweizer Riviera.« Sie machte eine Pause. »Verstecken uns«, fügte sie hinzu.

Hadley dachte daran, dass sie an einem Abend durch die Fontäne am Seeufer in Ouchy getanzt waren, mit nassen, klatschenden Jeans. Dass zwei Jungen am nächsten Tag, als sie ihnen in der Bibliothek begegnet waren, gewunken und gerufen hatten: *Hey, die Mädchen aus der Fontäne.*

»Ich glaube nicht, dass man uns vorwerfen kann, uns zu verstecken«, sagte Hadley kichernd. Sie fing Kristinas Blick auf. »Echt nicht.«

»Vielleicht ist das dann das Problem.«

»Jacques?«, fragte Hadley, und es war das erste Mal, dass sie ihn wieder erwähnte.

Kristina stieß ein leises, frustriertes Geräusch aus und strich sich die Haare zu einem Pferdeschwanz zurück. Sie wickelte ihn um die Finger und befestigte ihn mit einer Spange.

»Ja. Nein. Weiß nicht«, sagte sie.

»Möchtest du, dass ich rate? Okay. Er ist dein Freund in Kopenhagen. Eine Sandkastenliebe. Nur, jetzt bist du hier und er nicht, und du bist dir nicht mehr sicher. Vielleicht wie bei Jenny.«

»Überhaupt nicht wie bei Jenny. Und ich möchte nicht, dass du rätst.«

»Dann erzähl es mir.«

»Kann ich nicht.«

»Aber warum denn nicht? Wir sind doch Freundinnen, oder?«

»Freundinnen?« Kristina nahm ihre Hände und drückte sie fest. »Hadley, natürlich sind wir das.«

»Dann verstehe ich dich nicht.«

»Sollte man manche Dinge nicht einfach für sich behalten?«

»Dann ist es also ein Geheimnis?«

»Nein, kein Geheimnis. Einfach nur privat.«

»Okay«, sagte Hadley. »Es ist nur, als du letztes Mal gesagt hast, es sei eine lange Geschichte, hatte ich das Gefühl, du wolltest sie vielleicht erzählen.«

»Eigentlich nicht. Aber wenn, dann dir.«

»Ist schon gut«, sagte Hadley. »Das musst du nicht sagen.«

»Es stimmt aber! Hadley, ehrlich. Es gibt niemanden, dem ich es lieber erzählen würde. Du bist meine beste Freundin.«

Ein angenehmer Schauer durchrieselte Hadley. Kristina hatte es so leicht hingeworfen, aber das machte es nicht weniger wahr. »Und du meine«, erwiderte sie.

Kristina beugte sich vor und küsste sie auf die Wange. Ihr Atem roch nach dem süßen Apfellikör, den der Barkeeper ihnen zum Abschied ausgegeben hatte. Ihre Lippen waren kühl wie Glas.

L'Institut Vaudois war eine Konstante, der Fixpunkt, an den alle zurückkehrten, egal wie voll ihre Tage und Nächte waren. Eines Nachmittags trafen sich Hadley und Kristina nach dem Ende ihrer Kurse, und Hadley schlug vor, zu Fuß in die Stadt zu gehen. Das dauerte eineinhalb Stunden, vielleicht mehr, aber es war ein frischer und schöner Tag. Nur das sich verfärbende Laub, die kanariengelben Blätter, die an ihren Schuhsohlen klebten, verrieten die echte Jahreszeit. Sie erreichten den Stadtrand von Lausanne über Straßen, in denen sie beide noch nie gewesen waren. Eine Zeit lang liefen sie neben einer älteren Dame und ihrem Schoßhund her, und Hadley bückte sich, um dem Pudel die Ohren zu kraulen, während Kristina sich in fließendem Französisch mit ihr unterhielt. Als ihre Wege sich trennten, wünschten sie einander *bonne journée* und gingen weiter.

»Dein Französisch ist so gut. Ist Jacques …«

»Er ist Schweizer«, unterbrach Kristina.

Hadley blinzelte. »Schweizer?«, wiederholte sie bedächtig, ruhig, als könnte zu starker Nachdruck Kristina in die Flucht schlagen.

»Habe ich dir erzählt, dass ich den Sommer an der Riviera verbracht habe? In der Nähe von St. Tropez?«

»Ja.«

»Da hab ich ihn kennengelernt.«

»Aber das ist total romantisch.«

»Geht so. Ich glaube, du würdest das Ganze nicht gutheißen.«

»Aber warum denn nicht?«

Kristina zögerte, und ihre Lippen bewegten sich, als gäbe es so viele Dinge, die sie sagen könnte. Aber sie wählte nur eins davon aus.

»Er ist verheiratet, Hadley. Und deshalb kann ich nicht darüber sprechen. Weil es nicht richtig ist. Das ist alles nicht richtig.«

Hadley starrte ihre Freundin an. *Warum er?*, wollte sie fragen. *Warum jemand, der verheiratet ist?* Doch Kristinas Wangen waren so blass geworden und ihre Miene plötzlich so abwesend, dass Hadley wusste, es war ihr ernst damit gewesen, nicht darüber sprechen zu wollen. Sie schob ihre Hand durch Kristinas Armbeuge, und sie liefen weiter. Bald schon erfüllte das Summen der nahen Stadt, die ratternden Fahrradreifen, die keuchenden Busse und die klappernden Absätze, die Leerräume zwischen ihnen.

Drei Wochen nach Semesterbeginn veranstaltete der englische Fachbereich des Institut Vaudois den versprochenen Umtrunk für Studenten und Dozenten. Er fand in einem Hotel am See statt, das von außen ein gewisses Prestige und Romantik verhieß, innen aber eine verblasste und institutionalisierte Atmosphäre hatte. Für den Anlass war die kleine Bar des Hotels gemietet worden, und etwa vierzig Leute drängten sich zwischen Korbstühlen und verschmierten

Glastischen. Ein Barkeeper mit schmalem Gesicht arbeitete Joels horrende Flut an Bestellungen ab, während Caroline mit einer hochmütigen Eleganz von Student zu Student schwebte, hier ein Wort sprach, dort eine Begrüßung, ohne sich je zu lange aufzuhalten. Joel dagegen wurde rasch von einem Klan von Groupies belagert: wilde junge Männer, die seinen Stil mochten, und Studentinnen mit dickem Pony und Rollkragenpullis, über deren Brustkorb schräg ein Taschenriemen verlief. Die leise Musik wurde von laut geäußerten Ansichten über alles Mögliche übertönt, von den besser geeigneten Orten für diesen Umtrunk bis hin zu den Vorzügen Byrons im Vergleich zu Shelley. Die Theke klebte von verschütteten Getränken. Joel zog seine Jacke aus und warf sie über einen Stuhl, und Hadley sah die dunklen Flecke unter den Achseln seines grauen T-Shirts, das unerwartete Blau seines Ledergürtels. Ein Mädchen mit Federohrringen flatterte mit den Händen, als es mit ihm sprach, zwirbelte lose Haarsträhnen mit den Fingerspitzen.

Hadley hing mit einem Jungen, dessen Kinn von den Anfängen eines Barts überzogen war, in einem langatmigen Gespräch über Shakespeare fest. Er stand zu dicht bei ihr und tippte ihr jedes Mal mit einem Finger auf den Arm, wenn er ein Argument vorbrachte. Davor hatte sie mit einer Studentin aus Basel gesprochen, die sich als Irene vorgestellt hatte. Sie schien nett und zurückgenommen, ihre Augen hatten ein warmes Braun. Sie sagte, sie wolle im kommenden Jahr in England studieren, und ihr Englisch war perfekt, mit einem Ansatz von amerikanischem Akzent. Hadley versuchte, ihre Heimatuniversität mit den Augen einer Fremden zu betrachten. Sie stellte sich die hohen Studentenwohnheimgebäude vor, unterbrochen von nichtssagenden Hügeln und dürren Baumreihen. Die kilometerlangen Geländer mit abgekratzter Farbe, an denen umgefallene Fahrräder hingen, flatternde Flyer für Kneipenpartys und Spendenveranstaltungen und einmal sogar ein benebelter Erstsemesterstudent, der nur mit Unterhose bekleidet und von seinen neuen Freunden mit Handschellen festgekettet seinen Rausch ausschlief. Was noch? Sie sah das Bibliothekscafé mit den staubtrockenen Keksen und glühend heißen Teekännchen vor sich und die Altstadt, die nur eine kurze Busfahrt vom Betoncampus entfernt lag und in der sich uralte Gebäude an die Ausläufer einer Sechzigerjahre-Einkaufsstraße drängten. Der Pub, in den alle gingen, wo *Beef and Ale Pies* zur Hintergrundmusik von surrenden Spielautomaten serviert wurden und der auch Schauplatz eines der furchtbarsten Dates ihres Lebens gewesen war.

»Magst du England denn überhaupt nicht?«, hatte Irene Hadley mit amüsierter Miene gefragt.

»Nein, das ist es nicht«, meinte Hadley.

»Ist schon okay, du musst nicht antworten. Ich weiß, wie das ist, wenn man über sein Heimatland spricht. Ich könnte dir von den versnobten Studenten in Lausanne erzählen. Den arroganten Cliquen. Den Gastdozenten, die nur zum Spaß herkommen, nicht zum Arbeiten. Den Unterrichtsräumen, die völlig überfüllt sind. Den Examen, die acht Stunden dauern, was mehr Folter als Prüfung ist. Den Drogensüchtigen, die jeden Tag auf den Stufen vor dem Bel Air hocken und alle tun so, als wären sie gar nicht da. Dass jeder, der kein Schweizer ist, nicht ganz rankommt, du weißt schon, einfach kein vollwertiger Bürger ist. Aber, Hadley – so heißt du doch, oder? Ich weiß, dass du diese Dinge bestimmt nicht wahrnimmst. So möchtest du die Stadt nicht sehen.«

»Glaubst du das wirklich?«, fragte Hadley.

»Ich liebe Lausanne. Aber ich meine ja nur. Ich wollte dir nur einen anderen Blickwinkel zeigen.«

»Einen ziemlich trostlosen.«

Die Frau zuckte die Achseln. »Ich weiß, es klingt ein bisschen provokant. Ich kann dich aber nicht davon abhalten, etwas perfekt zu finden.«

»Das tue ich ja gar nicht.«

»Aber ich sage dir, wer perfekt ist. Wir sind doch im selben Kurs, oder? Amerikanische Literatur?«

»Ich hab mir noch keine Meinung gebildet«, wich Hadley aus. »Über nichts von alledem.«

»Na klar«, sagte die andere und verzog den Mund zu einem halb zwinkernden, halb spöttischen Grinsen.

In dem Moment wurden sie von dem Shakespeare-Freund unterbrochen, und die Frau aus Basel entfernte sich.

Später am Abend suchte Hadley nach ihr und fand sie lachend bei einer Gruppe, die sich auf Schweizerdeutsch unterhielt, ein Glas mit dünnem Stiel zwischen schlanken Fingern. Hadley trank ein weiteres Glas Wein, während sie sie beobachtete und sie sich zu Hause in der Union Bar vorstellte.

Wäre sie von Ofenkartoffeln mit Thunfisch und dünnem Kaffee zum Mittagessen begeistert? Und am Abend von billigem Fassbier und neonfarbenen Alkopops? Würde sie sich verschworenen Cliquen anschließen: den Theatergruppenstudenten, die ihre Haare nach hinten warfen und kreischend lachten, den Hockeyspielerinnen mit den stämmigen Beinen und verkniffenen Mienen oder den Naturwissenschaftlern mit den unförmigen T-Shirts und der Akne im Gesicht? Würde sie das alles charmant finden und im Gegenzug ihrer eigenen Exotik wegen mit offenen Armen empfangen werden? Der Gedanke, dass Hadley die Antwort auf diese Fragen im nächsten Jahr selbst geben könnte, weil sie dann ebenfalls wieder zu Hause, ihr Aufenthalt in Lausanne vorbei wäre, riss sie etwas aus ihrer Apathie. Während der Abend sich dem Ende zuneigte und der Barkeeper allmählich Schluss machte, ging sie Joel Wilson suchen.

»Findest du es naiv, an das Gute eines Ortes zu glauben?«, fragte Hadley mit schon etwas schwerer Zunge.

»Das Gute eines Ortes?«, sagte er. »Das ist eine interessante Frage, Hadley.« Seine Stimme war heiser vom Sprechen, und in seinen Augen glänzte das vorübergehende Licht des Whisky Soda. »Bist du schon den ganzen Abend hier?«

»Ja.«

»Sorry, ich hab dich gar nicht gesehen.«

Das glaubte sie ihm nicht ganz. Er hatte sie genauso bemerkt wie sie ihn, aber das sagte sie nicht. »Du warst immer umringt«, entgegnete sie stattdessen.

»Und jetzt erwischst du mich gerade, als ich gehen wollte.«

»Du verlässt deine eigene Party vorzeitig?«

»Das ist nicht meine Party«, sagte er. »Es ist eure. Ihr Studenten sollt euch ja kennenlernen. Und so richtig früh ist es auch nicht mehr.«

»Tja, dann sollten wir wohl besser aufhören zu reden. Wir verstoßen gegen sämtliche Regeln.«

»Aber ich habe deine Frage noch nicht beantwortet.«

»Also, was meinst du?«

»Hadley.« Er tippte ihr auf den Ellbogen. »Ich würde sogar so weit gehen, dass der Trick im Leben darin besteht zu ignorieren, was andere Leute glauben.«

Anstatt davon genervt zu sein, wie von den Berührungen ihres Gesprächspartners vorher, prägte sie sich das Gefühl ein, weil sie bereits wusste, dass sie sich später daran erinnern wollte.

»Ich bin mir nicht sicher, ob das meine Frage war«, sagte sie.

Er lachte, und sie sah die winzige Narbe über seiner Oberlippe, eine zarte Wölbung der Haut.

»Weißt du noch, dass du mich auf der Straße angesprochen hast, bevor das Semester anfing?«, fragte sie hastig.

»Hmm?«

Er beugte sich zu ihr, um sie in dem Lärm zu hören.

»Es war mein erster Abend. Ich wollte zu Fuß nach Hause, und du hast gesagt, du machst dir Sorgen.«

»Das klingt gar nicht nach mir.«

»Du warst es aber. Ich hatte deine Stimme nicht erwartet, deshalb habe ich sie mir gemerkt.«

»Was hattest du daran nicht erwartet? Dass sie überhaupt kam oder von einem Amerikaner?«

»Weiß ich auch nicht. Es war mein erster Abend, also war vermutlich alles unerwartet. Alles war neu und aufregend.«

»Aufregend?«

»Hinterher dachte ich mir schon, dass du wahrscheinlich von der Uni bist.«

»Du hast hinterher darüber nachgedacht?«

»Definitiv ein Dozent. Du hattest so eine Ausstrahlung.«

»Ich möchte wetten, dass du das nicht gedacht hast.«

»Na ja, wie ein Banker siehst du nicht aus.«

»Das nehme ich mal als Kompliment.«

Es sah aus, als wollte er noch etwas sagen, überlegte es sich dann aber anders. Er warf einen Blick auf seine Uhr.

»Ich muss leider los«, sagte er. »Tut mir leid, dass wir nicht mehr Zeit hatten.«

»Schon okay.«

»Dann sehen wir uns im Kurs?«

»Aber sicher«, sagte Hadley.

Sobald er ging, war die Party vorbei. Hadley fuhr mit dem Bus nach Hause, durch die ersten Spritzer eines nächtlichen

Wolkenbruchs. Regen rann über die Fensterscheibe, und sie dachte wieder an den kurzen Druck seines Fingers auf ihrem Arm. Es war eine so kleine Sache, und doch hielt sie sich daran fest, ohne so recht zu wissen, warum.

Sechs

Hadley und Kristina waren bei ihrer Ankunft in Lausanne gleichermaßen Außenseiter gewesen. Trotz Kristinas Zeit an der Riviera und ihres flüssigen Französisch war die Stadt ihr genauso fremd wie Hadley. Zusammen eroberten sie sie. Sie tranken *renversé*, die Schweizer Variante des *café au lait*, in einem Kaffeehaus in einer Ecke der Place de la Palud. Sie spazierten in der hellen Herbstsonne durch Ouchy und sahen zu, wie die Schwäne im flachen Wasser die Hälse miteinander verschlangen. Wenn sie an der prachtvollen Fassade des Hôtel Le Nouveau Monde vorbeikamen, musste Hadley oft an den alten Mann denken, den sie dort kennengelernt hatte, Hugo Bézier. Irgendetwas an ihm hatte sich ihr eingeprägt, auch wenn sie nicht genau sagen konnte, was. Vielleicht war es für sie, die sie umgeben von Ausländern war, schlicht seine Authentizität, seine Lausanner Herkunft.

Als das Semester allmählich richtig anlief, war Hadley vollauf mit Lesen beschäftigt. Kristina hatte sich unterdessen mit Feuereifer in ihr Studium gestürzt, verbrachte Stunden in dicke Kunstbände vertieft in der Bibliothek, die Haare wie einen Vorhang vor dem Gesicht. L'Institut Vaudois war ein perfekt angeordnetes Netz von Fußwegen, höheren und tieferen Ebenen und Glastrennwänden, sodass Hadley Kristina manchmal sah, ohne von ihr bemerkt zu werden. Sie entdeckte ihre apfelgrüne Tasche oder ihren blonden Kopf auf der Treppe, drei Absätze unter sich, oder den Schwung ihrer Hüfte, wenn sie hinter einer Glaswand in die entgegengesetzte Richtung oder durch eine Drehtür lief. Immer wirkte Kristina zielstrebig unterwegs. Es waren diese Augenblicke, in denen Hadley an Jacques dachte. Eine Affäre mit einem verheirateten Mann spielte sich in ihrer Vorstellung in gestohlenen Momenten ab, in kurzen leidenschaftlichen Episoden. Auf diese Art und Weise konnte Kristina ihn jeden Tag treffen, und Hadley würde nichts davon mitbekommen.

Das Studium hatte sie alle etwas auseinandergerissen. Bruno lernte eine Spanierin namens Loretta kennen, die zwei Stockwerke tiefer in Les Ormes wohnte. Wenn Hadley ihn sah, dann oft durch den Bausch ihrer dunklen, lockigen Haare, während er sich bückte, um sie auf den Hals zu küssen oder ihr am Ohr zu knabbern. Jenny assoziierte sie inzwischen nur noch mit ihrem Handy, denn das hielt sie unentwegt ans Ohr geklemmt. Manchmal hörte Hadley im Vorbeigehen Gesprächsfetzen. *Und was hat er zu ihr gesagt?* Und: *Ist deine Mutter letzten Endes dann gegangen?* Und: *Was macht Dave?* Ihr fiel auch auf, dass Chase sich nie weit von Jenny entfernt aufhielt. Manchmal sah sie die beiden zusammen herumlaufen, Chase sein Fahrrad schiebend, Jenny neben ihm, ein fröhliches Lachen hinter ihnen herwehend. Gelegentlich trafen sie sich immer noch alle in der Küche. Während sie ihre Nudeln kochten und ihr Baguette in Stücke brachen, unterhielten sie sich über unverständliche Vorlesungen, Fehler im Französischen und neue Orte, die sie gesehen oder von denen sie gehört hatten. Seit Bruno Loretta hatte, schien er weniger interessiert, Unternehmungen für sie alle zusammen zu planen. Keine Ausflüge in die Berge wurden vorgeschlagen, vielmehr sprach er von einem Shopping-Wochenende in Mailand, bot aber die freien Plätze im Auto nicht an. Er erzählte ihnen, er wolle Loretta die teuerste Handtasche kaufen, die er finden konnte, woraufhin Chase ein abfälliges Geräusch machte und Jenny den Kopf schief legte und mit den Augen lächelte.

»Was macht dein Liebesleben, Hadley?«, fragte Chase sie einmal.

»Ich liebe das Leben«, antwortete sie. »Danke der Nachfrage.«

Und dabei schielte sie zu Kristina, die in solchen Momenten immer sehr abgelenkt wirkte, an einem Tropfen Nagellack auf ihrem Ärmel rubbelte oder in ihrer Tasche nach einem Buch suchte. Kristina blinzelte zurück, die Miene ausdruckslos, das Geheimnis noch verborgen.

Eines Abends, etwa vier Wochen nach Beginn des Semesters, saß Hadley wie in einen Kokon gehüllt an ihrem Schreibtisch. Sie hatte die Jalousien zugezogen, die Lampe angeknipst und sich tief über ihre Bücher gebeugt. In der kommenden Woche musste sie einen Essay abliefern, ihren ersten, für den Kurs bei Joel Wilson. Sie hatte ihm den Titel »Das Ende der Liebe« gegeben und sich darauf gefreut, ihn zu schreiben, aber nun, da es so weit war, fiel es ihr schwer. Sie fand einfach nicht die Worte, die sie wollte. Alles, was in ihrem Kopf gut geklungen hatte, sah auf dem Papier plötzlich so trivial aus. Ein Klopfen an der Tür schreckte sie auf.

»Herein«, rief sie.

»Hallo«, sagte Kristina.

Sie schien hereinzugleiten, öffnete die Tür gerade eben weit genug, um durchzupassen. Sie trug einen rosa Morgenmantel, und ihre Haare waren oben auf dem Kopf zusammengebunden. Sie setzte sich auf die Bettkante und verdrehte die Hände auf dem Schoß.

»Hättest du Lust auszugehen? Wir könnten ins Hôtel Le Nouveau Monde. Ganz in Ruhe was trinken.«

»Geht nicht«, sagte Hadley. »Ich würde sehr gern, aber ich muss diesen Essay schreiben.«

»Du bist zurzeit nur noch am Arbeiten.«

»Du auch. Oder … nicht?«

»Größtenteils.«

Kristina stand auf und schlenderte zu Hadleys Kleiderschrank. Die Tür stand offen, und sie zog ein smaragdgrünes Kleid heraus, ein dünnes Hängerchen, das Hadley auf dem Wühltisch eines Secondhandshops gefunden hatte.

»Darf ich das mal anprobieren?«

»Bitte, gern. Aber in dem Ding sorgst du wahrscheinlich für Verkehrsunfälle.«

Kristina zog den Morgenmantel aus, und er sackte zu einem rosa Haufen auf dem Boden zusammen. Darunter trug sie zusammenpassende Unterwäsche. Rote Spitze. Ihr Rücken war ganz glatt, und ihre Beine nahmen kein Ende. Hadley wandte sich wieder ihrem Essay zu.

»Ich krieg's nicht mal über den Busen«, hörte sie Kristina mit einem verzweifelten Kichern sagen. Sie drehte sich um und sah, dass das Kleid über Kristinas Kopf festklemmte und ihre Arme herumwedelten. Hadley stand auf und half ihr. Vorsichtig zog sie das Kleid wieder hoch und hörte gleichzeitig ein Reißen. Die Naht war aufgeplatzt.

»O mein Gott, entschuldige.«

Hadley schob es zurück auf den Bügel. »Macht nichts, das kann ich wieder nähen.«

»Ich hätte gar nicht erst hier reinplatzen dürfen, und jetzt mache ich auch noch deine Sachen kaputt.«

»Ehrlich, das ist nicht schlimm. Das Kleid ist total alt, es wäre sowieso irgendwann gerissen.«

»Du bist immer so nett zu mir, Hadley.«

Kristina ließ sich aufs Bett sinken. Sie hob ihren Morgenmantel auf, anstatt ihn jedoch anzuziehen, knüllte sie ihn auf dem Schoß zusammen. Hadley bemerkte, dass die Spitze ihres BHs aus Hunderten von winzigen, gestickten Liebesherzen bestand. Darunter wölbten sich ihre Brüste, drückten gegen den Stoff.

»Alles okay bei dir?«, fragte Hadley.

Kristina hob den Kopf, und ihre Augen waren rot, ihre sonst makellose Haut fleckig.

»Ich will ja das Richtige tun«, sagte sie. »Aber es ist einfach wirklich, wirklich schwer.«

»Kristina, wovon redest du?«

»Jacques. Mein Gott, ich weiß nicht, was ich da tue. Zum ersten Mal weiß ich nicht, was ich tue.«

Hadley warf einen Blick auf ihren Essay. Die Arbeit daran hatte sich vorerst erledigt.

»Soll ich uns einen Tee machen?«, fragte sie.

Kristina schüttelte den Kopf. »Ich will nicht ›die andere‹ für jemanden sein. Ich sollte es einfach beenden. Den Schmerz annehmen und es hinter mir lassen. Aber ich kann nicht. Ich kann es einfach nicht.«

»Worauf hoffst du? Dass er sie verlässt?«

»Er wird sie nie verlassen. Nicht ganz. Nicht vollständig. Tief drinnen liebt er sie noch.«

Sie zitterte und wickelte sich den Morgenmantel um.

»Warum ziehst du ihn nicht an?«, fragte Hadley.

Kristina rieb sich die Arme, dann zog sie den Mantel langsam über die Schultern.

»Ich kann im Moment einfach nicht klar denken.«

Hadley griff in die Schreibtischschublade und holte eine Tafel Schweizer Schokolade heraus. Sie wickelte sie aus, brach sie in Stücke und bot sie Kristina an. Die nahm ein Stück, in ihren Augen schwammen Tränen.

»Es ist ein Souvenir von meinem Sommer an der Riviera. Das habe ich dir schon erzählt, oder? Eigentlich ist es ein schrecklicher Zufall. Ich wusste nicht, dass wir beide hier sind.«

»In Lausanne?«

»Nein, nein, nicht Lausanne. Er ist in Genf.«

»Erzähl von Anfang an«, sagte Hadley.

»Was, ehrlich? Du willst alles hören?«

Also erfuhr sie endlich, wie Jacques und Kristina sich kennengelernt hatten, und wieder einmal dachte sich Hadley, dass Kristina in eine andere Welt gehörte. Trotz ihres Kummers wählte Kristina ihre Worte sorgfältig, mit hübschen Ausschmückungen und dekorativen Schnörkeln. Hadley lauschte, ein halbes Lächeln auf den Lippen.

Kristina arbeitete damals als Au-pair für eine wohlhabende dänische Familie, die den Sommer in St. Tropez verbrachte. Ihre Schützlinge waren drei kleine blonde Jungen mit Pilzhaarschnitten und guten Manieren. Während die Mutter in einem Country-Club in den Bergen Palomino-Pferde ritt und der Vater hinten im Büro auf und ab tigerte und verschwörerisch mit Kollegen telefonierte, die nicht gezwungen worden waren, den Sommer im Süden zu verbringen, spielte Kristina mit den Kindern im langen, schräg abfallenden Garten der Villa. Besser gesagt, die Kinder spielten, und Kristina warf ihnen immer wieder Blicke zu, von dem Liegestuhl aus, auf dem sie gemütlich mit ihrem Strohhut saß. Die Villa lag an einem Hang, der mit lauter ähnlichen Häusern bebaut war, alle mit glatt gemauerten Bögen, von Bougainvillea umrankten Säulen und von Palmen gesäumten Pools. Die Villa nebenan hatte ein Paar gemietet, das, laut Kristina, die letzten Tage seiner Ehe dort verbrachte. Während sie in Zeitschriften blätterte und sich die Zehennägel glitzerig lackierte, hörte sie die heftigen Auseinandersetzungen. Und einmal, als die drei kleinen Jungen einem Frisbee nachjagten, ertönte ein Splittern. Eine Vase an der Wand oder eine Faust in der Fensterscheibe. Kristina beobachtete das Ganze durch gesenkte Wimpern. Sie sah Jacques, denn es war Jacques, auf den Rasen rennen wie jemand, der aus einem brennenden Haus floh. Er drehte sich um und drückte sich die Hände an den Kopf, während scheinbar alles vor ihm zu Asche zerfiel. Und dann bemerkte er sie, und anstatt von ihrem kühlen, festen Blick irritiert zu sein, verwandelte sich sein Gesichtsausdruck unerklärlicherweise in etwas wie Erleichterung. Das passierte gleich zu Anfang des Sommers. Danach reiste die Frau ab und ließ den Mann, Jacques, allein. Kristinas und Jacques' erster Kuss fand unter den gedrungenen, ananasförmigen Palmen statt, die die beiden Gärten trennten, eine gute Woche später.

Mit der Zeit stahl Kristina sich immer wieder für ein paar heimliche Augenblicke von den Jungen fort. Sie ging nebenan ins Haus und rief in den riesigen Flur hinein, wartete darauf, dass sein Kopf drei Absätze höher auf der geschwungenen Treppe auftauchte. Innerhalb kürzester Zeit trafen sie sich täglich, er überhäufte sie mit exotischen Blumensträußen, sie bemalte seine Brust mit Sonnenmilch. Und als der Sommer zu Ende ging, waren sie ein Paar wie jedes andere, das in der Dämmerung an der Uferpromenade spazieren ging oder sich hoch oben in der Altstadt bei Kerzenlicht über einem Tisch einander zubeugte.

»Eine Riviera-Romanze«, sagte Hadley, und Kristina lachte widerstrebend und zeigte all ihre leuchtend weißen Zähne.

»Und das hätte es auch bleiben sollen«, sagte sie. »Wahrscheinlich. Mein Gott, was weiß ich. Verstehst du, er war immer verheiratet, selbst wenn er sagte, er wollte es nicht sein. Selbst wenn er sagte, seine Frau wollte es nicht mehr sein.

Selbst als er vor meinen Augen seinen Ehering auszog und ihn ins Meer warf.«

»Das hat er für dich getan?«

»Er war betrunken und wollte angeben. Wahrscheinlich hat er am nächsten Tag danach getaucht. Jedenfalls ist er jetzt zurück in Genf und sie auch. Er sagt, sie sind getrennt und wohnen auf entgegengesetzten Seiten der Stadt, aber es spielt keine Rolle. Nicht, wenn er sie noch liebt.«

»Liebst du ihn, Kristina?«

»Ihn lieben? Als könnte ich so was wissen.« Ein schrilles Lachen folgte ihren Worten. »Ach, Hadley, ich hab mir so gewünscht, dass du mich magst. Dass du mich nicht für eine Chaotin hältst. Und jetzt sieh, was ich gemacht habe.«

Hadley setzte sich neben sie und legte ihr den Arm um die Schultern.

»Du bist doch keine Chaotin. Wenigstens gibt es Dramatik in deinem Leben. So bleibt es interessant, oder?«

Kristina lächelte schwach. »Tja, langweilig ist es nicht. Langweilig nie.«

»Also fährst du oft nach Genf, um ihn zu treffen? Habe ich dich deshalb in letzter Zeit so selten gesehen?«

»Oder wir treffen uns in der Mitte. Es gibt ein paar hübsche Orte am See. Alte Schlösser, so was. Wir wandern herum und schreien einander an. Immer derselbe Streit. Ich sage ihm, dass ich ihn nicht mehr sehen will, solange ich nicht weiß, dass es mit seiner Frau wirklich vorbei ist, und er ist zu ehrlich. Er ist schmerzhaft ehrlich. Es tut weh.«

Hadley konnte sich einen Schweizer gar nicht schreiend vorstellen. In ihrer Vorstellung waren sie alle beherrscht, schlank und elegant. *Jacques.*

»So ehrlich kann er ja nicht sein«, sagte Hadley. »Nicht, wenn er mit dir zusammen ist.«

Kristina starrte sie ausdruckslos an. Als sie blinzelte, tropften Tränen von ihren Wimpern.

»War er schon mal hier?«, fragte sie rasch.

»In Les Ormes? Nein, natürlich nicht. Es würde sämtliche Illusionen zerstören. Ich glaube, er hat den Eindruck, ich wäre ziemlich kultiviert.«

»Ich hätte ihn gern mal kennengelernt.«

»Hadley, du wärest dagegen. Du kannst nichts dafür, ich weiß, aber es wäre so. Du bist zu gut.«

»Bin ich das?«, fragte Hadley. »Nicht bewusst.«

»Bitte, lass uns das Thema wechseln. Ich rede und rede hier. Was schreibst du? Beziehungsweise, wovon halte ich dich gerade ab?«

»Einen Essay. Für Amerikanische Literatur. Über Hemingway.«

»Dein Lieblingsautor.«

»Woher weißt du das?«

»*In einem andern Land*. Davon hast du mir erzählt.«

»Ach ja. Lieblingsautor. Ja, auf jeden Fall.«

»Wie ist dein Dozent so?«

Hadley zögerte. »Er ist ein bisschen selbstverliebt.«

Sie sprach nicht davon, dass Joel Wilsons Augen immer zuerst ihre suchten, wenn er im Unterricht einen Witz riss. Dass er nach einer Vorlesung noch einmal an ihren Ellbogen getippt hatte, genau wie bei dem Umtrunk am See. Dass sie ihm einmal in einem überfüllten Flur begegnet war und er einen imaginären Hut gelüftet hatte und sie eine Geste gemacht hatte, als finge sie eine zugeworfene Kusshand auf, und ihren Fehler erst begriffen hatte, als sie schon drei, vier, fünf Schritte weiter war. Dass ihre Wangen heiß gebrannt hatten und sie gehofft, inständig gehofft hatte, dass er es für ein unverfängliches Winken gehalten hatte. Ein seltsames, übertriebenes Winken, aber nur das, nicht mehr. Sie erzählte nichts von alledem, weil es ihr im Vergleich zu Kristinas echter Liebesgeschichte bedeutungslos vorkam. Hadley kaute auf ihrem Stift herum. Kristina gab ihr einen Kuss, ein sanfter Druck ihrer Lippen auf Hadleys Wange.

»Danke fürs Zuhören. Und es tut mir leid, dass ich dir das alles nicht schon früher erzählt habe. Ich bin einfach nicht so stolz darauf, deshalb.« Sie stöhnte. »Ach, warum kann ich keinen normalen Freund haben?«

»Du könntest ihn verlassen, weißt du. Du brauchst ihn nicht. Er verdient dich nicht, so nicht.«

»Oh doch. Ich brauche ihn, und er verdient mich.« Sie betrachtete ihre Hände. »Hadley, ich hab gelogen. Ich liebe ihn. Ich liebe ihn wirklich.«

Hadley nahm die Hand ihrer Freundin und drückte sie.

»Vielleicht treffe ich ihn morgen«, fuhr Kristina fort. »Vielleicht sage ich ihm, wie ich wirklich empfinde. Und wenn es ihm nicht genauso geht, wenn er nicht frei ist, um dasselbe zu empfinden ...«

»Dann was?«

»Beende ich es.«

Damit ging sie, schloss leise die Tür und ging zurück in ihr Zimmer. Durch die Wand hörte Hadley das Schloss, gefolgt von einem Quietschen, als Kristina sich auf ihrem Bett niederließ. Eine Weile saß sie im Schein ihrer Schreibtischlampe und lauschte. Doch von nebenan war nichts mehr zu hören. Kein klingelndes Telefon, keine geflüsterten Geheimnisse. Hadley las die Worte noch einmal, die sie geschrieben hatte, bevor Kristina kam. Sie waren flach und leblos. Sie strich sie durch, mit dicken schwarzen Linien.

Sieben

Samstagnachmittag lief Hadley den Hügel hinab in die Stadt. Es war ein hübscher Oktobertag: eine blasse Sonne, ein paar wenige Wolken und so kalt, dass es einem den Atem nahm. Sie bibberte in dem Trenchcoat, den sie sich gekauft hatte, sobald ihr Stipendiumsgeld eingetroffen war. Aber mit dem in der Taille gebundenen Gürtel und dem steifen Kragen gab er ihr die europäische Ausstrahlung, die sie sich gewünscht hatte. Ungewöhnlich für ein Wochenende war, dass Hadley allein unterwegs war. Wie angekündigt, war Kristina nach Genf gefahren, um Jacques zu treffen. Ihre Geschichte hatte Hadley berührt, denn sie war abwegig genug, um absolut wahr zu sein. Sie sah, dass die braunen Pünktchen in Kristinas Augen bernsteinfarben leuchteten, wenn sie von Jacques sprach, dass ihre Lippen sich kräuselten wie zu einem Kuss. Hadley hatte noch nie jemanden gesehen, der so hoffnungslos verliebt wirkte. Sie beschloss, Kristina ein paar Pralinen zu kaufen, um sie aufzumuntern, ihr dadurch mitzuteilen, dass das Leben trotz allem noch süß war. Denn einen echten Ratschlag hatte sie nicht anzubieten, keine traurige Liebesgeschichte im Gegenzug zu erzählen.

Die Straßen waren voller Samstagseinkäufer, und sie alle strahlten eine große Anmut aus, lauter ausgeprägte Wangenknochen, flott geneigte Hüte und schwungvoll gebundene Seidenschals. Selbst ihre Einkäufe wirkten elegant, eine

Tarte aux Pommes in einer schlanken weißen Schachtel, zwei spitze Baguettes, die aus einem Korb lugten. Die Schoßhunde waren auch in großer Zahl unterwegs, stießen gegen die Knöchel ihrer Frauchen oder klemmten in Armbeugen. Hadley schlängelte sich durch die Menge, ihre schnellen Schritte führten sie bis fast zum See.

Die Chocolaterie Amandine sah aus wie eine altmodische Apotheke, mit einer Glasvitrine und Holzregalen voller Päckchen und Gläser. Der Geruch im Laden war weniger süß, als sie erwartet hätte, er hing schwer in der Luft, ein Aroma, das man glaubte, sehen und spüren zu können. Eine Glocke hatte Hadleys Ankunft verkündet, doch die Verkäuferin war mit einem älteren Herrn beschäftigt. Er wählte seine Pralinen offenbar einzeln aus, machte sich ausführlich Gedanken über ihren Geschmack und ihre Vereinbarkeit. *Merveilleux!*, rief er schließlich, als das letzte Stück seinen Platz in der Geschenkpackung gefunden hatte. Daraufhin drehte er sich mit einer gewissen Genugtuung um, und Hadley sah sein Gesicht. Als er sie bemerkte, huschte ein Anflug von Freude über seine Miene.

»Hadley«, sagte er. »Sie sind noch hier.«

»Ja, ich bleibe ein ganzes Jahr in Lausanne.«

»Vielleicht haben Sie mir das auch erzählt. Ich bin leider etwas vergesslich.«

»Aber Sie wissen meinen Namen noch.«

»Das stimmt. Und eigentlich bin ich nicht vergesslich. Ich spiele nur manchmal gern den alten Mann. Es gibt einem fabelhafte Freiheiten.«

»Tja, Hugo Bézier, ich weiß Ihren auch noch.«

»Das schmeichelt mir ungemein. Und wo ist Ihre überschwängliche Freundin?«

»Die ist gerade überschwänglich in Genf.« Als sie es sagte, fühlte sich ihre Unbekümmertheit wie Verrat an.

»Ich habe nicht so viel für Genf übrig. Sie haben recht daran getan hierzubleiben.«

»Für wen sind denn die Pralinen?«, fragte sie.

»Was? Ach die?« Er betrachtete die Schachtel in seiner Hand mit einer etwas ratlosen Miene. »Die könnten für Sie sein.«

»Sind das die Freiheiten, die man sich nehmen kann?«

»Schuldig im Sinne der Anklage.«

»Ich bin eigentlich hier, um Pralinen für Kristina zu kaufen. Besagte Freundin. Welche empfehlen Sie?«

»Die Auswahl von Pralinen ist eine hohe Kunst.«

»Das habe ich gemerkt. Sie haben sich Zeit gelassen. Ein wahrer alter Meister.«

Sein Lächeln wurde breiter. »Bitte, nehmen Sie diese.« Sanft drückte er ihr die Schachtel in die Hand. »Ich esse sie selten. Ich genieße es nur, sie auszusuchen.«

»Das kann ich doch nicht.«

»Bitte. Ich würde mich sehr freuen.«

»Sollen die für Kristina sein?«

»Nein, für Sie.«

»Aber hätten Sie etwas dagegen, wenn ich sie ihr gäbe?«

»Ich glaube, vielleicht schon.«

»Mir hat noch nie jemand Pralinen geschenkt. Einfach so, meine ich. Ein Fremder.«

»Ein Fremder? Ich weiß nicht recht, ob ich diese Bezeichnung gutheißen kann.«

»Vielen Dank, Hugo. Ehrlich.«

»*C'est un plaisir*«, sagte er mit einer kleinen Verneigung.

»Schön. Aber ich muss trotzdem noch welche für Kristina aussuchen. Vielleicht könnten Sie mir dabei helfen?«

»Es wäre mir ein Vergnügen.«

Am Ende entschieden sie sich für Pralinen in Form von

Rosenblüten. Neun Stück in einer quadratischen Schachtel mit roter Schleife. Vor dem Geschäft küsste Hugo sie drei Mal. Auf die linke Wange, die rechte Wange, wieder die linke.

»Auf Schweizer Art«, sagte er.

»Gehen Sie jetzt einen Ihrer Kognaks trinken?«, fragte Hadley.

»Aber sicher.« Er sah sie an, seine Augen so dunkel wie Sirup. Dann lüftete er den Hut und wandte sich zum Gehen. »Ich würde Sie bitten, mich zu begleiten«, sagte er. »Aber ich fürchte, das wäre tatsächlich eine Freiheit meinerseits.«

Sie sah ihm nach, als er langsam Richtung Hôtel Le Nouveau Monde ging. Bevor er außer Sicht war, nahm sie den Deckel von der Schachtel ab, die er ihr geschenkt hatte, und steckte sich eine Praline in den Mund. Sie hatte die Form einer Muschel und zerschmolz süß wie ein Kuss auf ihrer Zunge.

Hadley sah Kristina erst später am Abend. Sie lag auf dem Bett und las, als sie das Rasseln des Schlüssels und das Schaben der Tür hörte. Ein paar Minuten wartete sie ab, dann ging sie nach nebenan und klopfte.

»Kristina!«, rief sie.

Es kam keine Antwort, und sie klopfte erneut.

Jetzt hörte sie gedämpfte Schritte, und Kristina erschien in ihren Schlafsachen in der Tür. Dicke Wollsocken, Leggings und ein langes T-Shirt mit einem traurigen Pierrot auf einer Mondsichel. Sterne sprenkelten den Himmel hinter ihm.

»Hallo«, sagte Hadley. »Gehst du schon ins Bett?«

Kristina lehnte sich an den Türrahmen und schloss kurz die Augen. Ihre Lider waren zartrosa. »Genf«, sagte sie. »Ich hatte ja gesagt, ich fahre, und ich bin gefahren.«

»Und?«

Kristina schüttelte den Kopf. »Das Übliche.«

»Was meinst du damit?«

»Ich habe überhaupt keine Kontrolle über mein Leben, weißt du, Hadley? Mir passiert einfach alles nur.«

»Und Jacques…«

»Er hat gesagt, er liebt, was wir haben.«

»Aber das ist doch gut, oder? Irgendwie.«

»Es ist nicht dasselbe, wie *mich* zu lieben.«

»Hast du ihm das gesagt?«

Nachdenklich kratzte Kristina sich am Arm. »Ich habe es versucht. Aber Hadley, es ist sehr schwer, ihm zu widerstehen, in vielerlei Hinsicht. Ich meine, ich war den ganzen Tag mit ihm zusammen, und ich bin erschöpft, völlig erschöpft.«

Hadleys Miene musste sich verzogen haben – vielleicht hatten ihre Augen sich geweitet oder die Mundwinkel belustigt gezuckt –, denn Kristina wedelte mit den Händen und lachte. Plötzlich wirkte sie gar nicht mehr sehr müde.

»Nein, das meinte ich nicht! Das meinte ich nicht! Aber ja, natürlich, das auch. Nein, emotional ist er so anstrengend. Er lädt alles auf mir ab. Er sagt, es liegt an mir, ob wir weitermachen oder nicht.«

»Aber das ist doch gut? Dein Schicksal selbst zu bestimmen?«

»Nur, dass ich das nicht tue, oder? So funktioniert Liebe nicht. Egal. Ich möchte begehrt werden. Wünscht sich das nicht jeder? Wünschst du dir das nicht auch?«

»Ich möchte dich aufheitern«, sagte Hadley. »Die hier sind für dich.«

Sie hielt ihr die Pralinenschachtel hin. Kristina lächelte traurig und schüttelte den Kopf.

»Ach, Hadley, du bist so ein Schatz. Aber ich kann die nicht annehmen. Ich verdiene sie nicht. Ich wusste von Anfang an, worauf ich mich einlasse. Es ist alles meine Schuld. Weißt du was? Ich werde ihm das nie erzählen, aber dir erzähle ich es. Als ich Jacques zum ersten Mal sah, dachte ich, das ist der schönste Mann auf der ganzen Welt.« Sie stockte. »Und er gab mir das Gefühl, die schönste Frau zu sein.«

»Warum willst du ihm das nicht sagen?«

»Weiß ich nicht. Weil ich ich bin. Ich zweifle daran, dass ich jemals sage, was ich wirklich meine. Die Hälfte der Zeit rede ich Müll.«

»Das stimmt nicht, Kristina. Bitte nimm die Pralinen, ich hab sie extra für dich ausgesucht.«

»Und du bist so lieb, aber behalte du sie.« Kristinas Stimme klang erstickt von einem Gähnen. »Es ist mein Chaos, richtig? Ich werde es klären müssen. Du, ich muss jetzt schlafen, ich bin so kaputt. Aber wir sehen uns morgen, oder? Gegen Mittag vielleicht?«

Hadley ging zurück in ihr Zimmer und ließ sich wieder aufs Bett fallen. Sie zog die Schleife von der Schachtel und den runden Aufkleber von dem Band. Dann nahm sie eine Praline zwischen Daumen und Zeigefinger. Sie sah wirklich aus wie eine Rose mit dunkel schimmernden Blütenblättern. Kristina schien sich wirklich in anderen Sphären zu bewegen als der Rest von ihnen: ein romantischer Kurzausflug von einer fremden Stadt in eine andere, um sich der Wahrheit einer verbotenen Liebe zu stellen. Solche Dinge kamen in Hadleys Welt nicht vor. Was Kristinas Urteil über sich selbst betraf, ob ihre Worte grundehrlich waren oder ein Reigen schimmernder Lügen, darüber dachte Hadley nicht weiter nach. Sie packte die Pralinen wieder ein und stellte sie sorgfältig auf ihren Schreibtisch, um sie ihr an einem anderen Tag zu schenken.

Kristina und Jacques trafen sich weiterhin, und Hadley beobachtete ihre Liebesgeschichte aus dem Hintergrund. Manchmal waren Kristinas Wangen rot vom Weinen. Dann wieder wirkte sie wütend, ihre Miene starr, der Kiefer fest zusammengepresst. *Weißt du, was er gesagt hat? Er glaubt, er ist dabei, sich in mich zu verlieben. Was heißt das überhaupt? Entweder man ist verliebt oder nicht. Es geht nur um die Vorstellung von mir, egal was ich also mache, ich kann seine Gefühle nicht ändern, weil man an den Vorstellungen eines anderen nichts machen kann. Verstehst du?* Nein, Hadley verstand nicht, nicht so richtig. Einmal sagte Kristina, sie gebe Lausanne die Schuld. Sie habe keine Ahnung gehabt, dass Jacques nur ein paar Kilometer weiter in Genf wohne. Ihre Schicksale waren miteinander verschlungen, ihre Geschicke verliefen zu dicht nebeneinander. *Vielleicht sollte ich einfach weggehen,* sagte Kristina. *Ich könnte nach Paris oder Lyon wechseln oder zurück nach Kopenhagen. Es wäre mir ganz egal. Irgendwo, Hauptsache nicht hier.* Doch Hadley sah sie nach ein paar Tagen Montreux zurückkehren, mit meeresblau leuchtenden Augen und den Händen voller Einkaufstaschen mit den Namen von Designerläden. Sie erzählte von Abendessen in den Weindörfern, wo sie Sekt aus Kristallgläsern schlürften und hinterher halsbrecherisch die engen, gewundenen Straßen hinabfuhren. Und eines Tages trug sie eine neue Kette, einen Gagat-Anhänger an einer goldenen Kordelkette. Sie saß in der Küche in Les Ormes und drehte ihn abwesend zwischen den Fingern, legte den kühlen Stein an die Lippen.

»Ich fände es schrecklich, wenn du gehst«, sagte Hadley.

»Du bist der einzige Grund für mich zu bleiben«, entgegnete Kristina mit ernstem Gesicht, und Hadley wusste in dem Moment, dass es stimmte. Nur ein sehr dünner Faden hielt Kristina in Lausanne.

Sie versuchte, nicht eifersüchtig zu sein, wenn Kristina nicht bei ihr war. Vielleicht hätte es ihr weniger ausgemacht, wenn Jacques nicht so ein Phantom gewesen wäre. Für sie war er nur das Bild eines Menschen, nicht ganz real, denn Kristina sprach nur in Bruchstücken von ihm, verlockend, geheimnisumwittert. Wenn Hadley allein war, was immer häufiger der Fall schien, wanderten ihre Gedanken oft zu Joel Wilson. Ihr eigenes Phantom. Und genau wie Kristina Jacques für sich behielt, behielt sie Joel für sich. Nicht dass sie gewusst hätte, was sie überhaupt zu Kristina sagen sollte, aber irgendwie erwies Joel sich als wichtig. Hadley wusste, dass Kristina sein Unterricht gefallen hätte. Die Dramatik, die er verdichtete und ihnen servierte. Die Bedeutungsschwere und gleichzeitige Oberflächlichkeit, wenn er in einem Atemzug über den Schmerz lang gehegten Leids und die gefährliche Schönheit eines Glases grasgrünen Absinths sprach. Es hätte Spaß gemacht, zusammen zum Kurs zu gehen, hinterher alles bei Zigaretten und Martinis zu besprechen, während der Rest des Tages von ihnen abfiel. Doch ihr Studium führte sie in unterschiedliche Richtungen, und in gewisser Hinsicht genoss Hadley das auch. Denn auch wenn sie sehr gern Dinge gemeinsam mit Kristina unternahm, hatte auch ein Geheimnis durchaus etwas für sich.

Hadley ließ den Literaturkurs ihre ersten Wochen bestimmen, ihre Tage prägen. Sie las alles, was Joel empfahl, verführt von seiner Schilderung der verlorenen Generation, den Geschichten von Nachkriegsausschweifung und Exzess. Den gebrochenen Männern und spröden Frauen, Tagen, die von Liebesaffären erträglich gemacht wurden und vom billigen Fusel am Fuße eines Glases, das sich nie leerte. Sie las von Cafés mit beschlagenen Fenstern und rauchgeschwängerten Ecken und von den Schriftstellern, die dort schrieben, sich gut sichtbar für alle häuslich niederließen, um Aufmerksamkeit buhlten und mit ihren Notizbüchern wedelten. Sie las von Ausflügen zur Rennbahn, wilden Pferden mit bebenden Hälsen und wehenden Mähnen und den waghalsigen, von Hoffnung getriebenen Wetten der Zuschauer. Sie las von ganzen Städten im rasenden Taumel, von den schmalhüftigen Stierkämpfern, die am äußersten Rand des Todes tänzelten, den brodelnden Emotionen, die in allen geweckt wurden, die es aushielten zuzusehen. Sie las von den schnellen Küssen und verzweifelten Umarmungen, den Herrinnen und Herren über nichts, den Frauen, die einen Mann durch ihren bloßen Blick zum Schmelzen bringen konnten, den Männern, die eine Frau in den Wahnsinn treiben konnten, nur indem sie den Kopf abwandten. Sie las vom schlechten Benehmen der Amerikaner in Europa, Menschen im Schwebezustand, die sich das Beste eines Ortes nahmen und ihm das Schlechteste gaben. Sie las von Paris und Antibes, nur eine Zugfahrt von Lausanne entfernt. So nah, dass sie sich vorstellen konnte, sich in ein Abteil zu kuscheln und am See entlangzurasen, durch die Berge hinein in die Ebene und all das Rostrot und Smaragdgrün eines französischen Herbstes. Sie war noch nie in Paris gewesen, geschweige denn in Südfrankreich, aber wer brauchte das schon? Lausanne war wie eine Verschmelzung von beidem, mit seinen teuren Boulevards und Zuckergussgebäuden, exotischen Palmen und silbernen Wasserflächen. Hadley dachte an jene letzten, vom Regen durchweichten Seiten von *In einem andern Land*, an die Sturzflut von Traurigkeit und fragte sich, warum nicht mehr Geschichten im Glanz Lausannes spielten.

Im Unterricht, wenn Joel von den großen literarischen Traditionen der Auslandsamerikaner sprach, malte sie sich Kristina und sich selbst aus, wie sie zusammen durch die

Stadt zogen; Vergnügungshungrige, in jedem Sinn. Manchmal ersetzte sie im Geiste Kristinas Bild durch das von Joel. Sie sah seinen Arm um ihre Schulter gelegt, ein verwegenes Lächeln auf seinen Lippen. Sie stellte sich vor, Lausannes Geheimnisse mit ihm zu teilen, und so floss ihre Fantasie weiter und weiter, bis sie sich erschöpfte.

Acht

»Es ist wunderschön, oder? Wenn man so was mag.«

Joel stand am Fenster seines Büros, die Hände in den Hosentaschen. Sein Blick lag auf dem weitläufigen Rasen der Universität. Der See sah aus wie ein ferner Silberfaden, die Berge verschwanden im Dunst. Hadley saß auf dem niedrigen, durchhängenden Gästestuhl und beobachtete ihn.

»Wer mag denn so was nicht?«, gab sie zurück, bemüht, eine elegante Haltung auf einem Stuhl einzunehmen, der offenbar entschlossen war, das zu verhindern.

Sie war zur Sprechstunde gekommen, bisher allerdings war das Gespräch hin und her gehüpft und noch nicht bei ihrem Essay gelandet. Immer wieder sah Hadley auf die Uhr, weil sie sich der Begrenztheit ihres Zeitrahmens bewusst war, aber Joel nahm solche Einschränkungen offenbar nicht wahr.

»Es ist leicht, sich hier wie ein Außenseiter zu fühlen, meine ich damit«, sagte er. »Zu viel Idylle, nichts scheint real.«

Sie sah Joel Wilson nicht als vorübergehenden Bewohner. Ihn würde man nicht dabei erwischen, an stürmischen Straßenecken mit einem Stadtplan zu kämpfen oder in der *boulangerie* die falschen Münzen über die Theke zu reichen. Hadley stellte ihn sich in einer Wohnung am See vor, mit Bücherregalen an den Wänden und einem Jazzalbum, das sich auf einem alten Plattenspieler drehte. Es wäre die Art von Wohnung, in der eine Frau lediglich hoffen konnte, Spuren zu hinterlassen; eine seidige Unterhose, die unter dem Fuß des Betts klemmte, ein einzelner Ohrring vor dem Badezimmerspiegel. Keine Kinder, kein Hund.

»Könntest du dir vorstellen, dein ganzes Leben an einem Ort wie diesem zu verbringen?«

»Problemlos«, antwortete sie. »Ich dachte, ich würde mich hier wie eine Außenseiterin fühlen, aber so ist es gar nicht.«

»Ehrlich nicht?«

»Nein, du?«

»Sehr. Aber das hat mich eigentlich noch nie gestört.«

»Ich wünschte nur, ich müsste die Tage nicht zählen. Auf meiner Aufenthaltsgenehmigung ist ein Stempel, der besagt, wann ich abzureisen habe. Hast du den auch? Ich hasse ihn. Jeden Tag erinnert er mich daran, dass ich nur vorübergehend hier bin. Dass es nicht von Dauer ist.«

»Vielleicht ist es gut, von Zeit zu Zeit daran erinnert zu werden. Carpe diem, *non*?«

»Kann schon sein. Zumindest eine nette Betrachtungsweise.«

Nun trat er vom Fenster zurück und setzte sich ihr gegenüber. Hadleys Blick wanderte an ihm vorbei, abgelenkt von einem Poster an der Wand. Es war im gleichen Stil gestaltet wie die Karte, die sie in dem Alpendorf gekauft hatte, in diesem matt schimmernden Retro-Look, und rühmte die Freuden des süßen Nichtstuns, das goldene Zeitalter des Reisens. Es bot eine Welt, die zugleich oberflächlich und substanziell war, eine, die aus Grundfarben und Sonnenschein und der Schweizer Riviera bestand. Gestreifte Sonnenschirme säumten das Seeufer, blaue Berge ragten hinter wuscheligen Palmen auf, und Hotels mit kleinen Türmchen wirkten sanftmütig und eindrucksvoll.

»Das Poster gefällt mir«, sagte sie.

»Das da? Es hing schon hier. Als Willkommensgeschenk für mich.«

»Das ist aber nett.«

»Ja, fand ich auch.«

»Ich habe eine Postkarte im gleichen Stil.«

»Natürlich«, sagte er. »Es ist die perfekte Welt. Durch die zeitliche Distanz abgemildert, selbstverständlich, denn wir wissen ja, dass es nirgendwo so paradiesisch ist. Deshalb ist unsere Bewunderung mit einem Augenzwinkern verbunden.«

»Ich benutze sie als Lesezeichen. Ein Poster brauche ich nicht, ich muss ja nur aus dem Fenster schauen, und der Blick ist genauso schön wie alles, was ein naiver Künstler malen könnte.«

»Ach ja?« In ihm regte sich Erheiterung, man merkte es an den Fältchen neben den Augen und in den Mundwinkeln. Es gab ihm etwas Freches, aber auch Liebenswertes. »Ich sehe schon, mit dir werde ich noch so meine Probleme bekommen. Du bist eine von diesen Romantikerinnen, oder?«

Sie lachte. »In meinem Alter wäre es traurig, wenn nicht.«

»Warum wolltest du herkommen? Nach Lausanne?«, fragte er. Und sie wusste schon, dass sie aufrichtig antworten würde.

»Weiß ich nicht«, sagte sie.

Sie meinte das nicht einfältig, und sie sah ihm an, dass er es auch nicht so auffasste.

»Weil andere meinten, ich könnte es nicht. Vielleicht auch ein bisschen deswegen. Und wahrscheinlich hatten sie nicht ganz unrecht damit, denn, mein Gott, so was zu machen war mir noch nie eingefallen.«

»Das ist ein guter Grund. Aber ich bezweifle, dass es der einzige ist.«

»Ach ja?«

»Du wolltest ein anderes Leben ausprobieren«, sagte er. »Du mochtest das alte, konntest aber den Gedanken nicht abschütteln, dass es da draußen möglicherweise noch mehr gibt.«

»Woher weißt du das? Ich meine, warum sagst du es?«

»Und, stimmt es? Gibt es noch mehr da draußen?«

»Ich glaube eigentlich schon.« Hadley versuchte, nicht zu lächeln.

Er fixierte sie, seine Augen waren wie zwei blaue Murmeln, die Pupillen so scharf wie bei einer Katze. Hadley blinzelte.

»Du mochtest dein College zu Hause nicht, oder? Entschuldige, deine *Universität*?«

»Doch, schon. Sie ist okay.«

»Aber du dachtest vorher, sie wäre der Start in dein neues Leben, und das war sie dann doch nicht.«

»Machst du das mit allen Studenten, so einen Mentalcheck? Und überhaupt, sollten wir nicht über meinen Essay sprechen?«

»Nein. Und ja.«

Hadley wandte den Blick zuerst ab. »Okay. Du hast recht. Ich hatte es mir anders vorgestellt. Ich habe weiter zu Hause gewohnt, weißt du, und mich dort an der Uni eingeschrieben. Ich dachte, es wäre ein anderes Gefühl, war es aber nicht.«

»Und trotzdem hat es dich hergeführt.«

»Ja, das hat es.«

»Jetzt fühle ich mich schrecklich verantwortlich«, sagte Joel.

»Bisher schlägst du dich ganz gut«, sagte sie. »Ich meine, ich liebe deinen Kurs. Ich kann an nichts anderes denken. Ich will nur noch Hemingway lesen.«

»Die Klage hört man oft.«

»Ich hatte nicht erwartet, in die Schweiz zu kommen und mich in einen Amerikaner zu verlieben.«

Er zog eine Augenbraue hoch.

»Schriftsteller«, verbesserte sie sich schnell. »Einen amerikanischen Schriftsteller.«

Danach kochte er ihr einen Kaffee. Er goss ihn in einen angeschlagenen braunen Becher, um den sie plötzlich befangen die Hände schloss, als sie ihn an die Lippen führte. Er las die ersten Absätze ihres Textes.

»*Das Ende der Liebe in den Romanen Ernest Hemingways*«, las er laut vor. »Darüber könnte man zwanzig Essays schreiben. Aber achte darauf, auf jeden Fall auch über Anfänge zu sprechen. Der Anfang ist immer sagenhaft.«

Joel überzog ihre Sprechstunde um das Doppelte der vorgesehenen Zeit, und hinterher wusste Hadley genau, worüber sie schreiben wollte. Ein Schweizer mit glatten dunklen Haaren und randloser Brille saß auf dem Plastikstuhl vor Joels Büro. Er war als Nächster dran und hob erwartungsvoll den Kopf, als Hadley herauskam, eine leicht ungeduldige Falte auf der Stirn.

»Sorry«, sagte sie lächelnd. »Du kannst sofort rein, hat er gesagt.«

Sie hielt ihm die Tür auf, und er ging hinein, die Tasche prall gefüllt mit Büchern. Sie hörte Joel sagen: »Marcus, setz dich doch.« Mit einer Stimme, die keine besondere Begeisterung verriet, in der vielleicht sogar ein Anflug von Enttäuschung schwang.

»Wir haben leider nicht viel Zeit«, sagte er. »Also, kommen wir gleich zum Thema.«

Zwei Tage nach der Sprechstunde sah Hadley Joel Wilson im englischen Buchladen bei der Place de la Riponne wieder. Das Geschäft war eine Neuentdeckung von Hadley. Es war nicht sonderlich romantisch eingerichtet, keine knarrenden Dielen oder schwankenden antiquarischen Bücherstapel, aber es besaß ein *je ne sais quoi*, ein gewisses Etwas, von dem sie sich magisch angezogen fühlte. Vielleicht war es die umfangreiche Hemingway- und Fitzgerald-Sammlung. Die gesamte Rückwand war für amerikanische Literatur reserviert, und dort hielt Hadley sich immer am längsten auf. Liebevoll strich sie über die Buchrücken, als könnte sie durch bloße Berührung die Geheimnisse darin erkunden. Sie hielt gerade eine Ausgabe von *Paris – ein Fest fürs Leben* in der Hand, als er hereinkam. Hadley war mit Kristina verabredet, aber zu früh dran gewesen, und als die Ladenglocke klingelte, blickte sie lächelnd auf. Joel Wilson trat ein und erwiderte das Lächeln. Der Wind hatte ihm Haarsträhnen ins Gesicht geweht, und er strich sie zurück.

»Na, das ist ja mal eine nette Begrüßung«, sagte er.

»Ach, hallo. Eigentlich dachte ich, du wärst jemand anderes. Ich bin mit einer Freundin verabredet.«

»Aha, das erklärt auch den erwartungsvollen Blick. Du solltest vorsichtiger damit umgehen. Hat mir glatt den Atem verschlagen, Hadley Dunn. Was hast du da?«

Sie hielt das Buch in die Höhe.

»Sag nicht, du hast das noch nicht gelesen.«

»Doch, natürlich«, erwiderte sie hastig, ohne hinzuzufügen, dass das erst im vergangenen Sommer gewesen war und sie bis dahin nicht gewusst hatte, wie voll von »Hadley« es war. Sie erinnerte sich noch genau an den Moment, in dem sie gelesen hatte, Hemingway wünschte, er habe noch nie jemand anderen als Hadley geliebt. Sie hatte unwillkürlich den Mund geöffnet und ein Ziehen in der Brust gespürt. Nur weil alle die Stelle für misslungen hielten, hieß das noch nicht, dass sie nicht der Wahrheit entsprach. Als sie nun vor Joel Wilson stand, fiel ihr nichts anderes ein als: »Ich wollte es für eine Freundin kaufen.«

»Wirklich?« Sie bemerkte die Fältchen in seinen Augenwinkeln. Sie vertieften sich, als er lachte.

»Was denn?«, fragte sie ebenfalls grinsend.

»Ach, nichts. Nur, dass ich früher jeder meiner Freundinnen dieses Buch geschenkt habe. Wenn es ihr gefiel, wusste ich, dass wir auf dem richtigen Weg waren. Wenn nicht, tja, game over. Es war ein kindischer Test, aber das Ergebnis war einigermaßen idiotensicher.«

Hadley drehte das Buch hin und her. »Dann wolltest du also mit niemandem zusammen sein, der nicht genau wie du war?«

»Ich war achtzehn und blöd noch dazu.«

Sie stellte sich einen jungen Joel Wilson vor, mit glattem Gesicht, aber denselben tiefen, dunklen Augen, demselben flackernden Blau. Und demselben trägen Lächeln. Dieser Joel war immer noch da.

»Also«, sagte sie, »ich bin neunzehn, und ich schenke es einer Freundin, weil ich es mag. Und wenn sie es nicht mag, dann ist das auch in Ordnung.«

»Es ist eine Liebesgeschichte, das weißt du, oder? Eine dichterische Fantasie.«

»Ich dachte, es wäre eine Art Lebenserinnerung.«

»Eine hübsche Imitation davon, das auf jeden Fall. Oder auch nicht mehr so hübsch, wenn man sich mal mit Hemingway angelegt hat.«

»Ich liebe das ganze Herumsitzen in Cafés. Wie er von den Bergen erzählt. Und von Shakespeare and Company, was einfach zu vollkommen klingt, um wahr zu sein.«

»Das ist wahrscheinlich alles tatsächlich passiert. Und wir könnten in einen Zug steigen und auf der Stelle zu Shakespeare and Company fahren.«

»Den Laden gibt es noch?«

»O ja. Was hat dir noch gefallen?«

»Wie er über das Schreiben schreibt. Was es einem abverlangt, und was es zurückgibt.«

»Was ist mit dem Thema Liebe?«

»Ich weiß nicht«, meinte Hadley. »Das ist schwieriger. Nehmen wir das auch noch im Kurs durch?«

»Was, *Ein Fest fürs Leben*? Oder Liebe?«

»Deiner Meinung nach geht das eine ohne das andere nicht.«

Er lachte. »Eins zu null für dich. Wo wir schon beim Thema sind, dein Essay hat mir gut gefallen, Hadley.«

»Ehrlich?«

»Er ist sehr gut.«

»Danke«, sagte sie, dann: »Es hat wirklich viel gebracht, ihn mit dir zu besprechen. Danach hat das Schreiben Spaß gemacht.«

»Das habe ich bemerkt. Jetzt, wo ich ihn komplett gelesen habe, finde ich allerdings den Titel ›Das Ende der Liebe‹ problematisch. Ich hatte etwas angemessen Weltmüdes erwartet, aber so was hast du nicht geschrieben.«

»So was wollte ich auch nicht schreiben.«

»Du entdeckst offenbar Hoffnung an den ungewöhnlichsten Stellen. Das gefällt mir«, sagte er. »Mach weiter so.«

In dem Moment tippte der Ladeninhaber Joel auf die Schulter, und Hadley schlenderte weiter. Sie fühlte sich leuchten, innerlich und äußerlich. Sie blickte sich um und sah Joel in ein mitteilsames Französisch verfallen. Ihr fiel auf, dass er dabei die Lippen vorschob, wodurch sie weicher und ausgeprägter wirkten. Plötzlich lachte sie, drehte sich rasch wieder um und hastete in einen anderen Teil des Ladens.

»Was, hast du was gegen mein Französisch?«, rief er ihr nach.

Vor ihrem geistigen Auge sah sie nur seine Lippen und den schief gelegten Kopf, die neuen Gesten. Sie tat, als blätterte sie durch ein anderes Buch, während sie gleichzeitig gegen einen Lachkrampf ankämpfte.

»So, so, du findest mich also albern?« Seine Stimme ertönte dicht neben ihrem Ohr, und sie drehte sich langsam um, wieder einigermaßen gefasst. In den Händen trug er zwei randvolle Plastiktüten mit Büchern, die wohl bestellt gewesen sein mussten. Hadley sah ihm ins Gesicht und musste unerklärlicherweise schon wieder lachen.

»Entschuldige«, sagte sie. »Es liegt nicht an dir, sondern an mir. Muss die Höhe sein. Die macht mich hysterisch.«

»Frauen.« Er schüttelte den Kopf, die Miene belustigt verzogen. »Ich werde sie nie verstehen.«

Sie sah ihm nach, als er das Geschäft verließ, und dachte daran, wie er »Frauen« gesagt hatte, nicht »Mädchen«. Dann bemerkte sie, dass der Ladeninhaber sie musterte, lächelte und wandte sich ab. Sie fühlte sich leicht beschwipst. Als die Glocke wieder läutete, dachte sie schon, Joel käme zurück, aber dieses Mal war es Kristina.

»Ach, du bist ja schon hier«, sagte sie. »Ich dachte, ich wäre früh dran.«

»Bist du auch, aber ich war noch früher.«

»Was ist denn? Du grinst wie eine Irre.«

»Ach, ich freue mich nur. Ich habe gefunden, was ich gesucht habe. Ich wollte dir das hier schenken.« Hadley gab ihr das Exemplar von *Ein Fest fürs Leben*.

Kristinas Wangen färbten sich rot. Sie wandte sich ab. »Ach, Hadley, das hab ich schon.«

»Echt? Hast du nicht gesagt, du hättest noch nie Hemingway gelesen?«

»Hab ich auch nicht.« Kristina trat von einem Fuß auf den

anderen. »Aber weil du ständig von ihm redest, dachte ich, es wäre mal Zeit.«

Hadley dachte an Joel Wilson und seinen Frauen-Test. Sie fand es toll, das von ihm zu wissen. Man bekam so selten die kleinen Details des Lebens von jemandem erzählt.

»Und, gefällt es dir?«, fragte sie.

»Ich hab noch nicht richtig angefangen. Immer wieder lese ich die ersten Zeilen, und dann werde ich durch irgendwas abgelenkt. Ich komme einfach nicht richtig rein.«

Hadley verbiss sich ein Lächeln. Sie stellte sich Joel vor, der »durchgefallen« sagte und sich vielleicht eine Notiz in ein Heft schrieb, ein Kreuz neben einen Namen machte.

»Nicht jeder mag Hemingway.« Sie nahm Kristinas Arm. »Ich bin froh, dass ich dich vorher gefragt habe. Komm schon, gehen wir. Ich spendiere uns stattdessen einen *vin chaud*.«

Etwas über eine Woche später traf sie Joel Wilson im städtischen Schwimmbad. Hadley hatte sich angewöhnt, abends schwimmen zu gehen, und sie mochte die Atmosphäre des Hallenbads. Im flachen Wasser wurde geplaudert, an den Seiten tummelten sich Pärchen und kleine Gruppen. Es war Lausannes überdachter Wassertreffpunkt. Oft kam Kristina mit, aber manchmal überlegte sie es sich anders und fuhr lieber zu Jacques. An jenem Abend liefen die beiden sich über den Weg, als Hadley gerade ihr Zimmer verließ.

»Ich dachte, du wärst in Genf«, rief Hadley.

»War ich auch, aber ich bin früher zurückgekommen.« Hadley wartete auf mehr, aber Kristina klatschte nur in die Hände.

»Ich war seit Ewigkeiten nicht mehr schwimmen«, sagte sie. »Es wäre sicher gut, um den Kopf frei zu kriegen. Es macht dir doch nichts aus, kurz zu warten?«

Hadley setzte sich auf einen der Stühle im Flur. Fünf Minuten vergingen, zehn. Sie spazierte nach draußen und lehnte sich an die Mauer. Unter ihr glitzerte die Stadt. Sie stellte sich das Gefühl vor, hinterher aus dem Schwimmbad in die Nachtluft zu treten, die Haare noch feucht im Nacken, die Wangen von der Kälte wie geohrfeigt. Schwimmen im Winter war etwas, was sie zu Hause nie tat.

Endlich schlenderte Kristina durch die Tür, und Hadley drehte sich beim Klang ihrer Schritte um. Sie trug ein Sportoberteil, und ihre Haare waren zu einem hohen Pferdeschwanz gebunden. Ihr schicker Rucksack verlieh ihr etwas Beschwingtes.

»Sorry!«, sagte sie. »Jetzt bin ich da.«

Hadley hatte das Gefühl, sie in der letzten Zeit sehr wenig gesehen zu haben, und sagte das auch, woraufhin Kristina theatralisch seufzte.

»Ach, Hadley, wem sagst du das. Im Moment werde ich in alle Richtungen gleichzeitig gezerrt.«

Hadley verkniff sich ein Lächeln. »Aber das gefällt dir doch irgendwie auch, oder? Auf eine sonderbare Art?«

»Glaubst du das echt?«

»Weiß nicht. Vielleicht. Ein bisschen.«

»Hadley, ich bin doch keine Drama-Queen.«

»Na ja …«

»Stimmt das? Bin ich eine Drama-Queen? O mein Gott, das wäre ja furchtbar. Ich hasse solche Menschen. Hadley, bitte sag mir, dass ich nicht so bin.«

Sie griff nach Hadleys Hand, zog daran und quetschte ihr dabei sämtliche Finger zusammen. Hadley lachte und schüttelte sie ab.

»Nicht im unangenehmen Sinne.«

»Hast du es satt, von Jacques zu hören?«

»So viel höre ich ja gar nicht mehr von ihm, schließlich bist du im Moment so viel bei ihm.«

»Bin ich das?«

»Seit du mir von ihm erzählt hast, habe ich das Gefühl, du triffst dich öfter mit ihm als vorher.«

»Aber das stimmt ja gar nicht. Es kommt dir nur so vor, weil du jetzt weißt, wo ich bin, das ist der Unterschied. Bis dahin dachtest du immer, ich wäre so strebsam und würde ständig auf der Suche nach irgendeinem abwegigen Kunstgeschichtsbuch durch die Bibliothek schleichen.«

»Wahrscheinlich vermisse ich dich einfach ein bisschen, das ist alles.«

»Ach, Hadley, ich bin doch nicht weg. Nicht richtig.« Sie zögerte. »Eigentlich stimmt das nicht. Ich bin irgendwie weg. Ich sitze in einem sehr großen schwarzen Loch. Aber ganz unten ist ein Licht. Und solange dort ein Licht ist, möchte ich nicht rausklettern.«

»Ich weiß gar nicht, was das bedeutet«, meinte Hadley.

Kristina lachte hysterisch. »Mein Gott, glaubst du, ich?«

Nebeneinander liefen sie weiter und schwiegen eine Weile. Es war so kalt, dass Hadleys Lippen spannten. Der Asphalt unter ihren Füßen glitzerte vom Abendfrost.

»Wie alt ist Jacques?«, fragte sie unvermittelt.

»Älter als wir.«

»Wie ist das so?«

»Das ist wie … gar nichts. Es spielt überhaupt keine Rolle.«

Hadley nickte. »Das kann ich nachvollziehen.« Ihre Stimme klang wehmütiger als beabsichtigt. »Der Richtige ist der Richtige. Wie alt, ist doch egal, oder?«

Kristina betrachtete sie nachsichtig. »Du, in meinem Kunstgeschichtskurs gibt es einen süßen Typen, Max. Vielleicht würdest du ihn mögen.«

»Du brauchst mich nicht zu verkuppeln.«

»Nein, aber hättest du nicht gern jemanden?«

Hadley schob die Hände tiefer in die Manteltaschen. Sie fröstelte.

»Oder gibt es etwa schon jemanden? Jemanden, den du mir verschweigst?«

»Nein«, sagte Hadley. »Nicht mal ansatzweise.«

»Du wirst rot.«

»Das ist nicht rot werden, mir frieren die Wangen ab. Deine sehen genauso aus.«

Kristina schüttelte den Kopf. »Wer auch immer es ist, du solltest es einfach wagen. Stell nicht zu viele Fragen, stürz dich einfach kopfüber rein. Ich weiß, ich beklage mich über meine Beziehung mit Jacques, aber wenn ich bei ihm bin, wenn ich einfach alles andere ausblende, macht er mich so glücklich.«

»Mit fest geschlossenen Augen«, sagte Hadley.

Kristina quiekte vor Lachen. »Ganz genau. Wie sagt man noch, halten Sie sich gut fest und genießen Sie die Fahrt? Manchmal ist das einfach völlig in Ordnung, weißt du.«

Das Hallenbad war so gut besucht wie immer. Man hörte Spritzen und Schreien und ein undefinierbares Brummen, das alles durchdrang. Hadley trug eine Schwimmbrille und eine Bademütze, die ihre Haare versteckte, und fühlte sich in ihrem schwarzen Bikini knabenhaft. Sie stieg ins Wasser und schwamm sofort ein paar schnelle Bahnen Kraul, glatt wie ein Aal. Kristina brauchte ewig in der Umkleide, aber als sie endlich da war, trug sie einen fuchsiaroten Einteiler, neben dem Hadley sich vorkam wie im Turnanzug. Am tiefen Ende blieb Kristina stehen, vergewisserte sich, dass die Bahn frei war, und vollführte einen perfekten Kopfsprung, von dem sie erst nach der halben Bahn wieder auftauchte.

Hadley staunte und bemerkte, dass es dem Bademeister im Poloshirt ebenso ging.

Sie sah Joel nicht kommen. Sie stand im flachen Wasser und verschnaufte, als er sie auf den Arm tippte. In dem Glauben, es wäre Kristina, drehte sie sich um.

»Du schon wieder«, sagte er.

Im Wasser sah er anders aus. Seine Haare waren schuhcremeschwarz und glänzend nass, und seine Haut war tiefbraun. Auf der rechten Schulter hatte er eine feine Narbe.

»Hallo«, sagte sie.

Er war so nah, dass sie dankbar war, nicht neben dem Becken auf den rutschigen Fliesen zu stehen, wo ihre annähernde Nacktheit voll sichtbar gewesen wäre. Sie verschränkte die Arme vor der Brust.

»Du bist also eine Schwimmerin, was?«, sagte er.

»Nicht so richtig. Mehr eine Planscherin.«

»Nein, ich hab dich ein paar Bahnen schwimmen sehen. Du bist eine Schwimmerin.«

»Aber ich kriege die Atmung nie richtig hin.« Hadley stieß langsam die Luft aus. »Siehst du, ich bin außer Atem.« Sie merkte deutlich, wie ihr Brustkorb sich hob und senkte, als sie das sagte.

»Hier treibt sich also die bunte Truppe der jungen Wilden herum, was? Das städtische Hallenbad, der Lieblingstreff der Lausanner Literaten«, sagte er.

»Schließt du dich selbst da mit ein?«

»Die jung gebliebenen Wilden von mir aus. Und meine Badehose ist bunt.«

»Es ist der Chlorgeruch und die im Wasser treibenden Pflaster – eigentlich kommen wir vor allem wegen des Ambientes.«

Er lachte und rieb sich das Kinn, kratzte wieder an dem nicht vorhandenen Bart.

»Im Frühling schwimmen wir dann schon im See«, sagte er. »Verdammt viel malerischer als das Ding hier.«

»Was Schöneres kann ich mir nicht vorstellen«, sagte sie. »Umgeben von Bergen, oben der Himmel. Vollkommen ungestört.«

»Oh«, sagte Joel. »Ein Wink mit dem Zaunpfahl.«

Er wandte sich zum Gehen, aber Hadley erwischte ihn am Arm. Einen winzigen Moment lang streiften ihre Finger die Härte seiner Schulter.

»Nein.« Sie lachte ihre Verlegenheit wegen der plötzlichen Berührung heraus. »So meinte ich das nicht. Sondern dass ich es großartig finde, wie wir hier alle zusammen sind, hör doch, wie laut es ist, und doch sind wir alle voneinander getrennt und in unserer eigenen Welt.«

Sie blickte zur Seite und bemerkte Kristina auf der anderen Seite des Beckens. Sie bereitete sich auf den nächsten Sprung vor. Ohne die auf ihr ruhenden Blicke auch nur wahrzunehmen, stand sie da, dann stieß sie sich ab und tauchte in einem anmutigen Bogen fast ohne einen Spritzer ins Wasser.

»Also bist du allein hier?«, fragte er jetzt.

»Nein, meine Freundin ist hier irgendwo.« Hadley machte eine unbestimmte Handbewegung.

»Auch Engländerin?«

»Dänin.«

»Hast du schon Schweizer Freunde gefunden?«

»Würde ich gern, aber eigentlich nicht. Noch nicht. Du?«

»Die Institutsangestellten bleiben offenbar lieber unter sich. Wobei Caroline Dubois vor Kurzem ein Abendessen gegeben hat.«

»Wie war's?«

»Sehr schick.«

Hadley nickte, neugierig, wer noch da gewesen war oder

ob der elegante Rock und das eisige Lächeln nur für Joel allein bestimmt waren.

»Aber weißt du was«, fuhr er fort, »wenn man bedenkt, dass ihr Mann Weinkenner ist, haben wir aus den kleinsten Gläsern der Welt getrunken.

Hadley empfand eine unverhältnismäßig große Erleichterung. »War es sehr formell?«, fragte sie grinsend.

»*Très* formell. Ich mache mir Sorgen um die Gegeneinladung. Zu meiner Wohnung passt eher Wein aus dem Karton und Pizzaservice.«

»Ich glaube, in mein Zimmer passt gar kein Weinkarton.«

»Klein?«

»Aber perfekt geformt.«

»Willst du noch was über meine Wohnung wissen? Nach zehn Uhr abends darf ich die Waschmaschine nicht mehr benutzen.«

»Hast du da nicht sowieso Besseres zu tun?«

»Darum geht es nicht, Hadley. Freiheit fängt damit an, dass man seine Socken waschen kann, wann man will, wissen die Schweizer das nicht?«

»Ist das so? Dann solltest du besser los. Sonst verpasst du deine Gelegenheit.«

»Nein, das ist mein Freitagabend. Ich verlasse jetzt diesen Ort und suche direkt die nächste Kneipe auf. Um mich mit meinem alten Freund Jim Beam aufzuwärmen vielleicht.«

Wieder lachte Hadley, und es klang wie ein Glucksen. Im Wasser verlagerte sie ihr Gewicht von einem Fuß auf den anderen.

»Ich bin gerade erst gekommen«, sagte sie. »Ich hab erst zehn Bahnen.«

»Dann musst du noch mehr schwimmen. *Au revoir*, Hadley«, sagte er.

»Welche Kneipe?«, rutschte es ihr heraus.

»Welche? Nicht das Mulligan's, so viel ist sicher.«

Sie hätte es vielleicht als Abfuhr empfunden, hätte er sie nicht noch so angesehen, ehe er sich umdrehte. Es war kein übermäßig hungriger Blick, aber doch eine Anerkennung ihrer Existenz. Seine Augen huschten über ihren nassen Körper und die hellen Schultern und die schlanke Taille unter Wasser. Und dann, anstatt die wenigen Schritte bis zur Leiter zu gehen, stützte er die Hände auf die Fliesen und stemmte sich schwungvoll aus dem Becken. Hadley sah ihm nach, als er lässig Richtung Umkleide ging, Wassertropfen auf dem nackten Rücken. Als er einen Bogen um den Stuhl des Bademeisters machte, rutschte er aus, und ganz kurz dachte sie, er würde stürzen. Doch er behielt das Gleichgewicht und lief weiter. Es war eine liebenswerte kleine Panne in einem ansonsten glatten Abgang. Hadley lächelte und tauchte unter. Sie fühlte sich vollkommen schwerelos und so, als müsste sie überhaupt nicht atmen.

Neun

Ende November hatte Hadley Geburtstag, und zum ersten Mal in ihrem Leben wachte sie an jenem Tag in einer weißen Welt auf. Sie zog die Jalousien hoch und betrachtete die schneebedeckten Dächer. Der Himmel war schmutzig grau, und der See lag unverändert blau unter ihr. Auf ihrem Balkon häuften sich kleine Verwehungen, am Fenstersims bildeten sich Kristalle. Sie schob die Tür auf und spürte das Stechen der kalten Luft.

»Alles Gute zum Geburtstag, Hadley«, flüsterte sie.

Eine Karte von zu Hause war angekommen, und darin fand sie ein besonders schönes Exemplar von Sams Kunst. Wieder hatte er seine Schwester mit einem Schneemann gemalt, dieses Mal allerdings standen die zwei auf einer Blumenwiese, und die Sonne brannte. Er hatte mit den Buntstiften nicht über die Linien hinausgemalt und seinen ersten Brief dazu verfasst: *Alles Gute zum Geburtstag, Hadley, dein Sam, von Sam xxx.* Darunter hatten ihre Eltern noch Grüße geschrieben, und in der Karte steckte ein Fünfzigfrankenschein. *Feier schön mit deinen neuen Schweizer Freunden*, hieß es dazu.

Meine neuen Schweizer Freunde. Sie dachte an Jacques und malte sich aus, Kristina würde ihn später mitbringen. Etwas verlegen stünde er mit zerzausten Haaren daneben, einen Lippenstiftabdruck auf der Wange. Das würde natürlich nie passieren. Egal wie nahe sie und Kristina sich standen, es sah nicht so aus, als sollten sie und Jacques sich je begegnen. Abends wollten sie in der Altstadt essen gehen, Chase, Jenny, Bruno, Loretta, Kristina und Hadley, eine seltene Ausnahme von ihrer üblichen lieblosen Kocherei in der Wohnheimküche. Hadley hätte nichts dagegen gehabt, wenn ihr Geburtstag unbemerkt verstrichen wäre, doch Kristina hatte ihr Geburtsdatum auf der Aufenthaltserlaubnis entdeckt und war wild entschlossen, das nicht geschehen zu lassen. Deshalb hatte sie die anderen mobilisiert und einen Restauranttisch gebucht. Es wäre der erste bewusst gemeinsam verbrachte Abend seit mehreren Wochen.

Hadley stellte die Geburtstagskarte an einen Ehrenplatz auf dem Schreibtisch. Bis dahin hatte sie nie auch nur einen Hauch von Heimweh verspürt, aber an diesem Tag wünschte sie sich unwillkürlich, nur einen flüchtigen Moment lang, in den fröhlichen Lärm ihres Elternhauses zurück. Ihre Mutter würde laut zum Radio singen, ihr Vater so tun, als beschwerte er sich über die Hausarbeit, und ihr Bruder einen Fußball durch den Flur treten und den Teppich dabei in Falten legen. Sie könnte so leicht in diese Welt schlüpfen; zu Hause war sie Hadley, die immer eine zweite Portion Kartoffelbrei aß, Hadley, die auch bei Filmen weinte, die gar nicht traurig waren, Hadley, die immer drei Stufen auf einmal nahm, hoch *und* runter. Es war seltsam, dass genau die Dinge, die sie manchmal an ihrem Zuhause nervten, das Behütete, die Eigenarten und Gewohnheiten ihrer Familie, die Abkoppelung von der realen Welt, sich jetzt, wo sie nicht dort war, als das Verlockendste herausstellten. Zum ersten Mal seit ihrer Ankunft in Lausanne fühlte sie sich merkwürdigerweise, als sollte sie nicht dort sein, als wäre sie am falschen Ort. Sie zuckte die Achseln, um den Gedanken zu verscheuchen. Geburtstage machten sie immer sentimental. Ihr Telefon klingelte, und sie hob hastig ab.

»Herzlichen Glückwunsch, Hadley!«, riefen drei Stimmen wie aus einem Mund.

Hadley schloss die Augen und hörte ihrer Familie beim Singen zu. Sie lächelte und lächelte und versuchte angestrengt, nicht zu weinen. Zehn Minuten später, aufgerichtet von fröhlichem Geplauder und warmherzigen guten Wünschen, ging sie in die Küche, kochte Kaffee und machte es sich bequem, um die verschneite Landschaft zu betrachten. Der Blickwinkel war ein anderer als aus ihrem Zimmer, es war ein breiterer Streifen See und eine Reihe von kräftigen Ulmen unterhalb des Wohnheims zu sehen. Der Schnee war das perfekte Geburtstagsgeschenk, sagte sie sich, und sie würde ihn genießen. Wenn zu Hause überhaupt je Schnee fiel, dauerte es nie lange, bis er matschig und grau wurde. Städtische Lastwagen streuten mürrisch Splitt, und die Leute liefen mit wackeligen, unsicheren Schritten herum. An diesem Tag schwor sich Hadley, auf der Straße zu tanzen und den Kopf in den Nacken zu werfen, sodass Flocken auf ihren Wimpern landeten.

»Alles Gute zum Geburtstag!«

Kristina stürmte in die Küche und stellte eine Papiertüte auf den Tisch. Darin waren zwei knusprige, zartblättrige Mandelcroissants, ihr Lieblingsgebäck aus der *boulangerie*.

»Die sind für dich. Herzlichen Glückwunsch, meine Süße.« Kristina küsste sie auf beide Wangen.

»Ich hab gerade Kaffee gekocht. Willst du einen?«

»Geht nicht, ich muss los. Ich habe ganz früh ein Tutorium.«

»Ehrlich?«

»Ja. Ach, du denkst an Jacques. Immer, wenn ich jetzt sage, ich habe was vor, glaubst du, ich treffe mich in Wirklichkeit mit Jacques.«

»Und?«

»Nein, heute nicht.«

In Kristinas Stimme schwang etwas Schnippisches. Sie riss die Ecke eines Croissants ab und knabberte daran.

»Eigentlich gehe ich dir ein Geschenk kaufen. Das ist es, was ich vorhabe.«

»Aber du hast mir doch schon was geschenkt.« Hadley hielt die Tüte hoch. »Mehr brauche ich nicht.«

»Jetzt bist du echt albern.«

»Nein, das meine ich ernst. Wie wär's, wenn wir die Uni heute sausen lassen? Einfach in der Stadt im Schnee rumlaufen. Wir könnten mal wieder ins Hôtel Le Nouveau Monde gehen. Oder ein Tretboot leihen – geht das überhaupt im Winter? Stell dir nur den Blick vom Wasser aus vor.«

»Hadley, ich kann nicht. Außerdem ist Freitag.«

»Na und?«

»Da hast du Amerikanische Literatur.«

»Das kann ich doch mal ausfallen lassen.«

»Ich weiß schon, dass du glaubst, ich bemerke es nicht.«

»Bemerkst was nicht?«

»Dass du dir immer am Freitag extra Mühe gibst.«

Hadley sah an sich hinunter. Am Abend vorher hatte sie sich die Nägel kirschrot lackiert. Dazu trug sie ihr Lieblings-Winterkleid, ein kariertes aus Wolle, das viel Bein zeigte und sie größer wirken ließ, als sie war.

»Ich habe Geburtstag«, sagte sie. »Wenn man sich da nicht schick machen darf…«

»Okay, klar, recht hast du.« Kristina beugte sich vor und küsste sie noch einmal, und ihre Haare streiften Hadleys Wange. »Du hast jeden Freitag Geburtstag.«

Damit war Kristina durch die Tür, ein *Bis heute Abend* über die Schulter geworfen. Hadley schnippte einen Croissantkrümel von ihrer schwarzen Strumpfhose. Sie goss sich noch einen Kaffee ein und fragte sich, ob es wohl für jeden so offensichtlich war oder nur für jemanden, der sie so gut kannte wie Kristina.

Auf dem Weg zur Bushaltestelle bildete ihr Atem weiße Wölkchen, und der Schnee knirschte unter ihren Füßen. Eine zaghafte Sonne funkelte auf dem Asphalt, und Hadley wünschte, sie hätte ihren Fotoapparat dabei. Es war so ein Tag, den man festhalten wollte, den man sich mehrmals ansehen musste, um ihn zu glauben.

Joel Wilsons Vortrag hatte an diesem Vormittag etwas Gehetztes. Er wirkte zerstreut und klickte auf dem Kuli in seiner Hand herum, sein sonst so flüssiger Redestrom war von gedehnten *Okays* und anderen Füllwörtern unterbrochen. Es war, als wäre er lieber woanders. Im Bus hatte Hadley ein Gespräch mitgehört, dass die Skigebiete frühzeitig eröffnet werden sollten. Ihre Gedanken schweiften ab, und sie sah steile, leuchtend helle Abhänge vor ihrem geistigen Auge, Skifahrer tief in den Knien, die neue Spuren zogen, und das bunte Treiben auf der Skihütte hinterher. Joel konnte sie sich gut dort vorstellen. Sie malte ihn sich als leicht verwegenen Fahrer aus, mit am Ende des Tages brennend roten Wangen und im Nacken klebenden Haaren. Sie hoffte, Kristina hatte es ernst gemeint, als sie sagte, sie werde Hadley im Winter das Skilaufen beibringen.

Obwohl Joel durch die Vorlesung gehetzt war, geriet er gegen Ende ins Trödeln. Er machte sich an ein paar Zetteln in seiner Aktentasche zu schaffen und schien nach einer bestimmten Passage in einem Buch zu suchen. Als Hadley an seinem Pult vorbeikam, blickte er auf.

»Hallo, Hadley. Wie gefällt dir der ganze Schnee?«

»Ich finde ihn toll«, sagte sie. »Angeblich sollen die Skigebiete früher aufmachen, wenn es weiter schneit.«

»Wirklich? Sag bloß. Dann kann ich wohl in der nächsten Stunde nur mit reduzierter Teilnahme rechnen.«

Es war der erste Witz, den er in der vergangenen Stunde gemacht hatte, und sie fasste sich ein Herz. »Ich glaube, die Schweizer sind nicht gerade ein Volk von Regelbrechern. Denk nur an deine Waschmaschine.«

»Tja, stimmt, aber glaubst du, hier schwänzt niemand Kurse?«

»Sag du es mir.« Sie lächelte.

»Kein Student schwänzt *meinen* Kurs. Das stimmt natürlich. Und warum ist das wohl so?«

»Sie könnten gebrochene Herzen nicht ertragen«, sagte Hadley in dem Versuch, lässig zu klingen. Er sah sie mit verdutzter Miene an, und sie öffnete den Mund, um etwas Einschränkendes zu sagen, ihn zu erinnern, dass sie nur ihn zitierte, einige der ersten Worte benutzte, mit denen er sie alle zu Beginn des Semesters angesprochen hatte.

»Deine erste Vorlesung…«

»Dann hat also doch jemand zugehört. Was für eine Erleichterung.«

Sie lächelten einander an, Hadley dankbar für den Deckmantel und Joel mit einem Schimmer von Erheiterung, der nicht unangenehm war, ja, der sie freute, als sie später daran dachte. Sie murmelte etwas davon, zu spät zum nächsten Kurs zu kommen, und er ging mit ihr zur Tür. Im Gang verabschiedeten sie sich und gingen ihrer Wege.

Mittags traf sie ihn zufällig wieder. Hadley stand gerade in der Cafeteria und beäugte die Sandwichs, als sie ein Tippen auf der Schulter spürte.

»Sieht aus, als müsste ich dir zum Geburtstag gratulieren«, sagte er.

Sie lächelte. »Woher weißt du das?«

»Studentenkartei. Wir haben über jeden Einzelnen von euch eine Akte, weißt du. Verfehlungen in der Vergangenheit, erstes Haustier, alles drin. Aber ich sehe, dass du allein isst, warum das denn?«

»Warum hast du dir meine Akte angesehen?«

»So kann man am besten die Namen lernen.«

»Aber du weißt meinen Namen schon.«

»Und um eure Studienleistungen zu überprüfen. Es gibt einige Wissenslücken unter den Studenten, und ich bin gern informiert, wer welchen Kurs belegt hat. Deine Akte war nur eine von vielen, Hadley, und ich habe rein zufällig dein Geburtsdatum bemerkt. Also, Essen? Allein? Ich wiederhole, warum das denn?«

Ehe sie reagieren konnte, sagte er: »Hast du Lust, mit mir zu essen?« Und ohne auf ihre Antwort zu warten, legte er ihr Baguette auf sein Tablett und nahm sich selbst ebenfalls eins. »Ich kriege hier zwanzig Prozent Rabatt.« Er zeigte seinen Dozentenausweis vor wie eine FBI-Marke. »Such uns doch schon mal einen Tisch.«

Als sie sich hinsetzte, sah Hadley sich um. Sie hatte schon andere Studenten dort mit ihren Dozenten gesehen, Kaffee trinken, an einem Ecktisch durch Seminararbeiten blättern, und außerdem hätte man auch Joel leicht für einen Studenten halten können. Er hatte eine jugendliche Körperhaltung, ein Bein war über das andere geschlagen, der Saum seiner Jeans ausgefranst. An diesem Tag trug er ein ähnliches T-Shirt wie auf dem Institutsfoto. Weiß und leicht gewellt, wo es auf seinem Bauch lag.

»Und, schon Pläne für heute Abend?«, fragte er.

»Nur ein Essen. In einem Lokal namens Le Pin.«

»Davon hab ich Gutes gehört. Das klingt alles sehr zivilisiert.«

»Zumindest wird es so anfangen. Ich gehe davon aus, dass wir danach noch weiterziehen, und von da ab artet es vermutlich aus.« Sie dachte an Kristina und die fest geschlossenen Augen. »Komm doch auch noch auf ein Bier vorbei. Wenn du nichts anderes vorhast.«

»Geht leider nicht.«

»Klar«, sagte Hadley hastig. »Das Letzte, was du willst, ist, dich mit Studenten rumzutreiben.«

»Offen gestanden ist es sehr verlockend, aber ich habe schon was vor. Sonst würde ich keine Sekunde zögern.« Vielleicht bemerkte er ihre Verlegenheit, denn er wechselte schnell das Thema. »Also, was hat es mit den ganzen Schneegesprächen auf sich – fährst du Ski?«

»Äh, nein, bin ich noch nie. Aber ich würde sehr gern. Meine Freundin Kristina will es mir beibringen.«

Und sie erzählte weiter. Von dem Bungalow, in dem sie aufgewachsen war und in dem sie immer noch mit ihren Eltern und ihrem Bruder wohnte, während all ihre Freunde zu Hause ausgezogen waren. Von der flachen Gegend ringsum, die nirgends auch nur einen ansatzweise nennenswerten Ausblick bot. Sie sprach davon, dass sie hoch in die Berge wollte, höher, als irgendjemand je gehen konnte, nur um zu sehen, wie die Welt von dort oben aussah.

»Und mit den Skiern wieder runterfahren«, sagte er.

»Möglichst, ohne mir sämtliche Knochen zu brechen.«

»Du könntest es bestimmt gut. Ich kann mir vorstellen, dass du die Geschwindigkeit magst.«

»Warum sagst du das?«

»Und die Gefahr.«

»Nicht zu viel Gefahr.«

Nun setzte sie sich zurück und biss in ihr Baguette. Sie kaute langsam, und er schwieg. Sie kam zu dem Schluss, dass sie zu viel erzählt hatte. Ihre Eltern. Sam. Der Bus zur Uni jeden Tag. Es gab keinen Anlass für ihn, sich für so etwas zu interessieren.

»Ich bin in Kalifornien aufgewachsen«, sagte er plötzlich. Er rührte ein Stück Zucker in seinen Kaffee und schlug den Löffel an die Tasse, einmal, zweimal, dreimal. »Sobald wir alt genug waren, fuhren mein kleiner Bruder und ich mit einem klapprigen Pick-up hoch in die Berge, ich am Steuer, er mit dem Radio beschäftigt, auf der Suche nach irgendwas, Hauptsache laut und mit Gitarren. Den ganzen Tag blieben wir oben, mit Skiern vom Sperrmüll, und brachten uns selbst das Fahren bei. Wenn wir nach Hause kamen, waren wir grün und blau, überall was geprellt oder verdreht oder verstaucht, mörderischer Muskelkater, schneeblind, weil wir nie die richtige Ausrüstung hatten und die Sonne immer so heftig schien, dass wir dröhnende Kopfschmerzen bekamen. Aber wir waren glücklich. Sehr, sehr glücklich.«

»Wie heißt dein Bruder?«, fragte sie, damit die Geschichte noch nicht aufhörte.

»Winston. Klingt wie ein Katzenname, oder? Aber leider hatte er keine sieben Leben.«

Sie suchte nach den richtigen Worten und fand nur: »Oh?«

»Er ist gestorben. Autounfall. Leider war mein Pick-up nicht das sicherste Gefährt.«

Sie sah auf ihre Hände, die roten Nägel kamen ihr plötzlich grell vor. Sie ballte sie zu Fäusten.

»Das tut mir leid. Ich kann mir gar nicht vorstellen, wie das ist.«

»Du hast noch nie jemanden verloren?«

»Nein.«

»Nicht mal Großeltern?«

»Nein.«

»Da hattest du aber Glück.«

Er musterte sie, und sie spürte ihre Naivität leuchten, als könnte er durch sie hindurch bis auf die andere Seite sehen. Hadley hatte keine Erfahrung mit Verlust, und in jenem Moment wünschte sie sich wider jede Vernunft, dass es anders wäre. Ganz gleich was, ein gebrochenes Herz, ein alter, aber unsagbarer Kummer, nur damit sie ihm davon erzählen und zeigen konnte, dass sie ihn verstand.

»Ich weiß gar nicht, warum ich dir von Winston erzählt habe«, sagte er, und Hadley war erleichtert, dass sein Tonfall nachdenklich klang und nicht abweisend. »Das mache ich normalerweise nicht. Ich behalte ihn für mich. Siehst du das hier?« Er deutete auf die winzige Narbe oberhalb der Lippe. »Derselbe Autounfall. Die hab ich, seit ich siebzehn bin, und sie ist nie weggegangen. Das möchte ich auch gar nicht.«

Hadley begegnete seinem Blick und gab sich Mühe, ihm standzuhalten.

»Na, das ist ja ein super Geburtstagsgespräch«, sagte er. »Ich bin ein tolles Date, ehrlich.« Sie lachte locker, merkte sich aber die Formulierung. Sie wollte sich später daran erinnern, sie noch einmal abspielen. Joel machte einen Gedankensprung. »Wie alt wirst du? Einundzwanzig? Zweiundzwanzig?«

»Erst zwanzig.«

»Zwanzig.« Er schüttelte den Kopf. »Daran kann ich mich kaum noch erinnern.«

»Ist das wirklich schon so lange her?«

»Hauptsächlich war ich betrunken, glaube ich. Und außerdem ist es wirklich lange her. Offen gestanden bist du die Hälfte von mir, Hadley Dunn.«

»Vierzig?«

»So um den Dreh.«

In dem Moment ertönte kreischendes Gelächter, und sie drehten sich beide um. Eine Gruppe von Studenten alberte in der anderen Ecke der Cafeteria herum. Eine krümmte sich vor Lachen, und ihre Freundin schlug ihr auf den Rücken, als bekäme sie keine Luft mehr. Am Rande der Gruppe entdeckte Hadley Kristina, die sich mit einem großen Rothaarigen unterhielt. Rasch wandte sie sich ab, damit Kristina sie nicht bemerkte.

»Tut mir leid, Hadley«, sagte Joel. »Ich muss los. Freitags sind immer Institutssitzungen, und du kannst dir vorstellen, wie lange die dauern. Ich wünsche dir noch einen schönen Geburtstag, okay? Und danke für die Gesellschaft.«

Der Abschied wirkte unvermittelt, und er ließ sein halb aufgegessenes Baguette liegen. Langsam trank Hadley ihren Kaffee aus. *Du bist die Hälfte von mir*. Es gäbe so viele andere Möglichkeiten, das zu sagen, aber er hatte diese gewählt. Hadley hielt sie fest, die genaue Formulierung, drehte jedes Wort hin und her wie einen Edelstein an einer Kette. Als sie das nächste Mal den Kopf hob, war Kristina ebenfalls weg.

Zehn

Lausanne war klein genug, um das Gefühl zu haben, man könnte jederzeit einen Bekannten treffen, und manche Gesichter waren bereits vertraut: der Junge mit den riesigen Kopfhörern, der immer mit Rollerblades durch die Fontänen in Ouchy fuhr, die Universitätsbibliothekarin, eine sehnig aussehende Frau mit einer Wolke von weißen Löckchen und einem quietschenden Fahrrad, Hugo Bézier mit der katzenhaften Ausstrahlung, der beobachtete und abwartete und lächelte, wenn er sie sah. Nach und nach lernte sie solche Menschen zu schätzen, denn sie gaben ihr das Gefühl, den Rhythmus der Stadt zu kennen und selbst ein Teil davon zu sein. Und dann war da natürlich Joel Wilson. Ihre Pfade hatten sich schon im Hallenbad gekreuzt, in der Buchhandlung und einmal auf den knarrenden Stufen der *Escaliers du Marché*, der Markttreppe, wo er ihr eine brennend heiße Kastanie aus einer braunen Papiertüte anbot, die sie mit dem Gefühl annahm, etwas Weiteres mit ihm gemeinsam zu haben. Solange die Möglichkeit zufälliger Begegnungen bestand, lag in Ausflügen in die Stadt eine zusätzliche Spannung.

Sie zog sich gerade für den Abend um, als das Telefon in ihrem Zimmer klingelte. Hadley vermutete, dass es noch einmal ihre Eltern waren, die ein weiteres Mal *Happy Birthday* zum Besten geben wollten.

»Hadley? Ich bin eine furchtbare Freundin. Ich verspäte

mich, ziemlich sogar. Ich musste schließlich doch nach Genf fahren. Fangt ihr schon mal ohne mich an? Ich komme dazu, sobald ich kann. Tut mir echt leid.«

»Jetzt mal ganz langsam, Kristina. Ich dachte, du wolltest nicht nach Genf.«

»Ich weiß, ich weiß.«

»Soll ich nicht einfach in dem Restaurant anrufen und die Tischreservierung auf später verschieben? Dann gehen wir eben vorher noch was trinken. Kein Problem.«

»Nein, Hadley, das ist wirklich lieb von dir, aber ich komme sehr viel später. Bitte fangt ohne mich an. Ich will euch nicht den Abend verderben.«

»Wo bist du denn jetzt? Bist du unterwegs?«

Die Zugfahrt von Genf dauerte etwa eine Dreiviertelstunde. Es war die abendliche Stoßzeit für Pendler, die Abteile wären vollgepackt mit steifen Anzugträgern mit ihren schnell tickenden Armbanduhren, und ein schepperndes Wägelchen mit Erfrischungen würde im Vorbeirollen gegen die glänzenden Schuhspitzen stoßen. Sie stellte sich vor, wie Kristina im Spiegelbild des Fensters Lippenstift auftrug, nachdem Jacques den alten ganz weggeküsst hatte. Sie könnte in einer Stunde in Lausanne sein.

»Nein, ich bin noch hier. Es ist kompliziert. Und zu allem Überfluss hab ich auch noch mein Handy verloren, irgendwo zwischen Lausanne und Genf, weiß Gott wie. Ich war so durcheinander und muss es irgendwo liegen gelassen haben. Ich stehe jetzt in einer Telefonzelle. Hör mal, das Geld ist gleich weg, ich muss auflegen. Ehrlich, Süße, ich komme, so schnell ich kann.«

Damit war sie weg, und Hadley blieb mit dem Hörer auf dem Schoß und dem niederdrückenden Gefühl von Enttäuschung sitzen.

»Alles Gute zum Geburtstag!«, rief Jenny, als Hadley ihre Tür öffnete.

Bruno blies eine Luftschlange auf, und eine bunte Papierspirale fiel ihr vor die Füße. Chase drückte ihr eine Flasche Bier in die Hand.

»Komm schon«, sagte er. »Gehen wir los. Jenny, klopf doch mal bei Kristina.«

»Sie schafft es nicht rechtzeitig«, sagte Hadley. »Sie kommt nach.«

Mit einer ungewohnt vertraulichen Geste hakte Jenny sich bei Hadley unter. Sie lachte gelöst, ihre Wangen waren gerötet, und Hadley hatte das Gefühl, zu spät zu ihrer eigenen Party zu kommen. Sie ließ sich von Jenny mitschleifen, Bruno und Chase dicht auf den Fersen.

»Keine Loretta?«, fragte Hadley über die Schulter.

»Sie kommt direkt ins Lokal. Sie bringt noch ihren Freund Luca mit. Das ist doch okay, oder?«

»Klar«, sagte Hadley abwesend. Im Geiste war sie in Tonridge. Wenn sie zu Hause wäre, gäbe es einen unordentlich glasierten Kuchen voller brennender Kerzen. Im Fernseher liefe Film auf Film. Sam würde sie über den Tisch hinweg mit Smarties bewerfen. Trotz Jennys Arm und den Schritten von Chase und Bruno hinter sich spürte Hadley das bohrende Gefühl von Deplatziertheit. Sie stellte fest, wie haltlos sie sich ohne Kristina vorkam.

Das Le Pin lag versteckt in einer Straße zwischen Bahnhof und See. Mit seinen bogenförmigen Fenstern, in Reihen angeordneten Holztischen und dem geschrubbten Fliesenboden hatte es die Atmosphäre eines Pariser Cafés, eines Ortes, der mehr Tag als Nacht war. Zerknitterte, von nikotinverfärbten Fingern umgeblätterte Zeitungen hingen an Ständern. Ein zarter alter Mann saß neben der Tür und trank Rosé, eine Rennzeitung vor sich auf dem Tisch ausgebreitet. Doch auch die abendliche Note war erkennbar, wenn man danach Ausschau hielt. Kerzenwachs tropfte am Hals von Weinflaschen herunter. Im hinteren Teil lagen karierte Decken auf einigen Tischen. Neben der Kasse waren Körbe mit dünn geschnittenem Baguette aufeinandergestapelt, die bei Bedarf zusammen mit den laminierten Speisekarten den Gästen vorgesetzt wurden.

»Hier?«, meinte Chase. »Im Ernst?«

»Ich finde es toll«, sagte Hadley. »Es ist einfach perfekt.«

Sie setzten sich an ihren Tisch, und ein Kellner mit gegelten Haaren begrüßte sie gleichgültig. Alle bestellten Wein, und zwar jede Menge. Loretta traf ein, elegant in einem schwarzen Samtkleid, in Begleitung des Neuankömmlings Luca, der groß war, mit leicht hängenden Schultern und einem Lockenmeer. Er küsste Hadley auf beide Wangen und gratulierte ihr zum Geburtstag. Der Wein war rot und dünn. Bruno rümpfte die Nase und bestellte stattdessen Wodka. Sie studierten die Speisekarte, entdeckten Käsefondue und Pferdesteaks, Wildschwein mit Waldbeeren, Sauerkraut mit Bratwürsten. Jenny erklärte, sie würde nicht mal Pferd essen, wenn sie dafür bezahlt würde, und stachelte Chase damit zu einem Streit an, der sie beide mehr zu amüsieren als aufzubringen schien. Loretta und Bruno steckten die Köpfe zusammen und überlegten, sich ein Fondue zu teilen, und kicherten über die Strafen, die einen erwarteten, wenn man sein Brot verlor. Neben Hadley saß Luca, die Hand um den Stiel seines Weinglases gelegt, lächelnd.

»Was studierst du?«, fragte er in etwas holprigem Englisch.

»Literatur. Amerikanische, englische und französische. Du?«

»Französisch natürlich. Und ein bisschen Spanisch. Daher kenne ich Loretta.«

Erneut lächelte er und zeigte dieses Mal sämtliche Zähne. Er beugte sich zu ihr.

»Hattest du bisher einen schönen Geburtstag?«

Hadley wedelte kurz mit der Speisekarte. »Sehr schön.«

Als das Essen endlich kam, waren sie betrunken. Hadley hatte sich für das Tagesgericht entschieden, ein Fleischfondue, bei dem dünne Rindfleischstreifen auf einem heißen Stein brutzelten. Dazu aß sie dünne Pommes, und ab und zu nahm Luca sich davon und grinste dabei, als wäre es ein Insiderwitz. Immer wieder füllte er ihr Weinglas auf und spritzte dabei auf das Tischtuch, sodass die weißen Quadrate zwischen den roten sich rosa färbten. Chase und Jenny aßen beide Rindersteaks, und Bruno und Loretta fochten mit ihren Fonduegabeln und spielten mit der Flamme unter dem Topf. Sie wurden immer geräuschvoller. Gerade als Hadley sich fragte, ob sie die Einzige war, die bemerkte, dass Kristina noch nicht da war, hörte sie das Klingeln ihres Handys in der Tasche. Sie sprang auf, und ihr Stuhl schabte laut über die Fliesen. In einem Gang neben der Toilette nahm sie das Gespräch an.

»Hadley, bitte bring mich nicht um …«

»Wo bist du?«

»Gefällt dir das Lokal?«, fragte Kristina. »Ich dachte, es wäre wie die, von denen du immer in deinen Büchern liest. Voll von alten Schriftstellertypen.«

»Bist du mit Jacques zusammen?« Hadley hörte den wehleidigen Ton in ihrer Stimme und hasste ihn.

»Nicht mehr lange«, gab Kristina zurück. »Und physisch gesehen, nein. Ich stehe wieder in einer blöden Telefonzelle. Was für ein Tag.«

»Was heißt das, ›nicht mehr lange‹? Du meine Güte, Kristina. Immer sagst du solche Sachen, und dann unternimmst du trotzdem nichts.«

»Tut mir leid.«

»Es tut dir nicht leid. Sonst würdest du dich einfach entscheiden, was du willst, und dabei bleiben.«

»Sei nicht so, Hadley. Du verstehst das nicht.«

»Da hast du recht, ich verstehe das nicht. Besonders nicht heute.«

»Entschuldige, dass ich deinen Geburtstag verpasse.«

»Darum geht es nicht. Oder doch, ein bisschen. Du bist diejenige, die wollte, dass wir essen gehen, und die alle anderen überredet hat, und jetzt bist du nicht mal dabei.«

»Ich habe niemanden überredet. Sie wollten alle mit dir feiern, Hadley.«

»Und hier ist ein Kerl namens Luca, den ich gar nicht kenne und der ständig unter dem Tisch mein Knie anfasst.«

»Hadley, ich wollte, dass du einen ganz besonderen Abend hast, aber Jacques …«

»Benutz bloß nicht Jacques als Ausrede. Für mich klingt es, als wäre er immer nur ehrlich zu dir gewesen. Du bist es, die ein Drama daraus macht. Und du bist es, die jetzt bei ihm ist statt hier bei mir.«

»Hadley, das hört sich nach Eifersucht an, sei nicht eifersüchtig. Das brauchst du nicht zu sein, nicht mehr, denn …«

»Warum glaubst du, dass ich eifersüchtig bin? Moment mal, aber nicht, weil ich keinen Freund habe? Das denkst du doch? Hast du etwa diesen Luca eingeladen? Es war gar nicht Loretta, stimmt's? Mein Gott, ich bin ja so blöd, darauf war ich noch gar nicht gekommen.«

»Hadley, ich kenne keinen Luca, und so was würde ich dir auch niemals antun. Hör mal, es tut mir ehrlich leid, dass du das Gefühl hast, ich hätte dir den Geburtstag verdorben.«

»Weißt du was?«

»Was?«

»Du solltest einfach dort bei Jacques bleiben. Deinem geheimnisvollen Unbekannten. Bleib einfach da, Kristina. Du bist für heute Abend entschuldigt. Ich sage den anderen Bescheid. Vergiss es.«

»Im Moment bin ich offenbar für alle eine Enttäuschung. Ich kann den Menschen nicht geben, was sie wollen.« Sie stieß ein hohes Lachen aus. »Jacques hat mir gesagt, ich wäre ansteckend. Bei ihm klingt es wie eine Krankheit.«

»Tja, sieht aus, als hätten Jacques und ich doch was gemeinsam.«

Kristina schwieg. Als sie schließlich wieder sprach, war ihre Stimme leise, ohne jeden Elan.

»Ich bin sowieso schon unterwegs. Ich beeile mich und komme, so schnell ich kann.«

»Ich sag doch, lass es einfach, und tu nicht so, als würdest du dich meinetwegen beeilen. Letzten Endes machst du ohnehin, was du willst.«

Hadley legte auf und blieb noch eine Minute in dem Gang stehen. Sie hatte sich noch nie richtig mit jemandem gestritten, und dass sie es ganz gut gemeistert hatte und sich von Kristina nicht hatte weichklopfen lassen, deprimierte sie. Statt sich im Recht und stark zu fühlen, war sie innerlich leer wie ein verschrumpelter Luftballon.

Als sie zum Tisch zurückkehrte, stand auf ihrem Platz ein Stück Kuchen mit flackernden Kerzen, und alle fingen ein wenig falsch zu singen an. Jenny umarmte sie und schimpfte heftig über die immer noch abwesende Kristina. *Ist schon okay, ehrlich*, nuschelte Hadley in ihren Wein, während Jenny ihr tröstend den Arm tätschelte. Und Luca legte ihr wieder die Hand auf den Oberschenkel, so leicht, dass sie zu schweben schien. Halbherzig schüttelte Hadley ihn ab. Sie bestellten Schnaps, klaren, scharfen Alpenschnaps, und alle rutschten auf ihren Sitzen noch etwas tiefer. Sie redeten zusammenhangslos durcheinander, nur Hadley wurde immer stiller und stiller.

»Ich will tanzen gehen«, sagte sie schließlich unbestimmt in die Runde. »Ich will wohin, wo ich noch nie war. Kommt jemand mit?«

Chase sprach von einem Kellerclub in der Nähe des Bahnhofs, wo die portugiesische Clique tanzte und trank und die Musik die darüberliegenden Gleise übertönte. Hadley kippte ihren restlichen Schnaps und stand wackelig auf. Alle legten ihre zerknitterten Scheine auf den Tisch und schwankten hinaus auf die Straße.

Draußen hatte das Wetter gewechselt, die sanft kreiselnden Flocken des frühen Abends hatten sich zu einem blendend weißen Schneesturm entwickelt. Chase und Jenny tanzten über den Bürgersteig, gefolgt von Bruno und Loretta, eng umschlungen. Luca drehte sich um und wartete auf sie, er hatte einen Arm gebeugt und bedeutete ihr, sich unterzuhaken.

»Na, komm schon«, sagte er. »Du hast Geburtstag. Ich finde, du siehst nicht glücklich genug aus.«

Hadley bibberte und zog sich die Mütze tiefer in die Stirn. Sie ließ sich von ihm am Arm fassen, und zusammen schlitterten sie über das vereiste Pflaster. Sie stützte sich an ihm ab, als sie das Gleichgewicht verlor.

»Ich hab dich«, sagte er. »Alles ist gut, ich hab dich.«

Hadley blickte zu ihm auf, sie fühlte sich desorientiert. Zu viel Alkohol, zu viel Essen, die brennend kalte Luft. Immer noch hielt sie sich an seinem Arm fest.

»Ich war vorhin am Telefon schrecklich zu meiner Freundin«, lallte sie. »Das wollte ich gar nicht. Warum ist sie noch nicht da, Luca?«

»Pssst«, sagte er. »Ich werde dich jetzt küssen.«

Seine Lippen kamen näher; Hadley wich nicht zurück. Es war ein langer Kuss und ein hingebungsvoller Kuss, und obwohl sie es eigentlich nicht wollte, ließ sie sich davon mitreißen. Irgendwo hinter sich hörte sie einen Freudenschrei, und bald darauf löste Luca sich von ihr, weil ein schwungvoll geschleuderter Schneeball auf seinen Schuhen zerspritzte. Als sie aufblickten, sahen sie Chase lachen und sich die Hände an der Jeans abwischen. Luca klopfte ein Schneehäufchen zu einer Kugel, warf zurück und verfehlte zwar Chase, schoss aber Jenny die Pudelmütze halb vom Kopf, woraufhin sie quiekte. Dann waren sie alle mit dabei, warfen und lachten, Schnee auf den Jacken und den Schuhen. Hadley trat zurück und steckte die Hände in die Taschen. Sie sah zu, plötzlich sehr müde und ohne große Lust, sich zu beteiligen. Luca wandte sich zu ihr um, ein breites Grinsen auf dem Gesicht, und sie lächelte schwach zurück. Sie spürte einen leichten Schneeballaufprall auf dem Arm und entdeckte Loretta, die ihr fröhlich und mit rosigen Wangen von der gegenüberliegenden Straßenseite zuwinkte. Sie winkte zurück. Um sie herum spielten alle in den wirbelnden Flocken weiter wie Kinder in einer Schneekugel.

Lausanne war eine vornehme Stadt, tagsüber wie nachts. In jenen Wintermonaten jedenfalls blieben Partys meist auf geschlossene Räume beschränkt, und selten wimmelte es auf den Straßen von hemmungslosen Menschen. Die betrunkenen Auseinandersetzungen, die auf den Straßen englischer Städte nach einer bestimmten Uhrzeit so alltäglich waren, kamen selten vor. Wenn es überhaupt einmal Ärger gab, wurde damit wahrscheinlich ruhig und leise umgegangen, ohne die Dringlichkeit heulender Sirenen. Aber an jenem Abend, als sie schließlich weiterliefen, die Kleider feucht von der Schneeballschlacht, die Stimmen laut und hell, schrillte plötzlich durchdringendes Sirenengeheul durch die Luft. Sie kannten den Unterschied zwischen Schweizer Notarzt, Polizei und Feuerwehr nicht, doch mindestens zwei unterschiedliche Töne jaulten nur wenige Straßen entfernt.

»Kann es sein«, sagte Chase und drehte sich um, »dass ausnahmsweise mal was Aufregendes in der vernünftigen Schweiz passiert?«

Hadley spürte Lucas Arm um ihre Taille, er zog sie an sich.

»Ich kann mir schon was Aufregendes vorstellen«, flüsterte er, und seine Lippen streiften ihr Ohr.

»Luca«, sagte sie und wollte sich entwinden, »ich weiß nicht, ob …«

Und dann küsste er sie wieder. Hinter ihnen kreischten die Sirenen lauter und wieder leiser, und sie schloss die Augen. Dieses Mal erwiderte sie den Kuss nicht, nicht richtig, aber sie wehrte ihn auch nicht ab. Ihr Mund war gerade weit genug geöffnet. Ihre Hände hingen locker an den Seiten.

Hadley wachte mit einem dumpfen, pochenden Kopfschmerz auf. Sie zog sich die Decke übers Gesicht und blieb so liegen. Das Licht in ihrem Zimmer war hell, aber irgendwie schwer. Wahrscheinlich schneite es draußen noch. Die Ereignisse des vergangenen Abends blitzten nach und nach vor ihrem geistigen Auge auf. Lucas Kuss aus heiterem Himmel. Die Schneeballschlacht. Die winzige, überfüllte Kellerkneipe, in der sie sich alle verloren. Chase, der eine Reihe flaschengrüner Absinthgläser aufreihte, von denen sich jeder eins nahm. Das Gefühl von Lucas Arm um ihre Taille, während ihre Kehle brannte und Sterne vor ihren Augen tanzten. Sie waren mit dem Taxi nach Hause gefahren, und nur Luca, der nicht in Les Ormes wohnte, blieb in seinem langen Mantel allein auf dem Pflaster zurück, einen Arm zum Abschied erhoben. *Du hättest ihn mit zu uns nehmen können*, hatte Jenny kichernd gesagt, und Hadley hatte Verständnislosigkeit vorgetäuscht. *Er wohnt doch auf der anderen Seite der Stadt*, hatte sie gesagt.

Es klopfte an der Tür, und sie stöhnte.

»Moment!«, rief sie. »Eine Minute.«

Sie taumelte aus dem Bett und zog den Morgenmantel über. Es wäre Kristina, die ihre Entschuldigung loswerden wollte. Und Hadley wusste, dass sie sie sofort annehmen und selbst eine vorbringen würde. Obwohl Kristina nicht hatte ahnen können, wo sie später am Abend noch landen würden, hatte Hadley andauernd nach ihr Ausschau gehalten, als sie im Gedränge der Bar tanzte. Immer hatte sie ein Auge auf den Eingang gehabt, sich umgedreht, wann immer sie glattes blondes Haar entdeckte oder plötzliches Lachen hörte. Ohne Kristina war Lausanne einfach nicht Lausanne.

Sie öffnete die Tür mit einem Lächeln auf den Lippen.

Vor ihr stand ein Polizist. Und als er zu sprechen anfing, konnte sie ihn, obwohl sein Französisch langsam und bedächtig war, nicht verstehen. Sie hörte *Rue des Mirages*, aber das sagte ihr nichts. Dann sagte er Kristinas Namen. *Entschuldigen Sie*, sagte Hadley auf Englisch, *ich verstehe Sie nicht*. Er drehte seine Mütze in den Händen. Seine nächsten Worte kamen sehr behutsam, sehr leise, ja, so sanft, dass sie immer noch glaubte, sie hätte sich verhört, bis zu dem Augenblick, als sie in einem heftigen weißen Lichtblitz ohnmächtig wurde.

Elf

Der Polizeibeamte mit den hängenden Schultern und der beunruhigenden Uniform stand über sie gebeugt. Sie saß auf ihrer Bettkante und nippte vorsichtig an einem Glas Wasser. Er erzählte ihr, Kristina sei sofort tot gewesen und niemand habe Schuld. Es sei das dichte Schneetreiben gewesen, eine glatte Straße, ein plötzlicher Sturz und die unerbittliche Kante des Bürgersteigs, auf der ihr Kopf auftraf. *Ein tragischer Unfall*, sagte er und bettete seine Worte in abgenutzte Formulierungen ein, die nur dazu dienten, sie bei all den tragischen Unfällen einzusetzen, die jeden einzelnen Tag auf der ganzen Welt passierten. Daraufhin versuchte er zu lächeln, ein halbes Lächeln, bei dem sich nur eine Seite seines rotblonden Schnurrbarts hob. *Wahrscheinlich hat sie nichts gespürt*, sagte er in wohlmeinendem Englisch, und es war, als sollte Hadley, weil er das sagte, ebenfalls nichts empfinden. Zumindest nicht mehr als normalerweise, wenn einer dieser tragischen Unfälle geschah. Sie konnte dem Mann nicht in die Augen sehen, und doch wollte sie, als er aufbrechen musste, nicht, dass er ging. Er hatte ihr etwas gegeben, was sie noch nie erlebt hatte, eine schreckliche Neuigkeit, so sanft mitgeteilt, aber dadurch nicht weniger fürchterlich. Er konnte doch jetzt nicht einfach gehen? Zurück in die andere Welt hinaus? Sie starrte die Tür an, die er hinter sich schloss, und die Tür starrte zurück.

Der Tag, der darauf folgte, bestand aus seltsamen Einzelheiten, verschwommen und ungenau. Jenny trug eine rosa Strickjacke und kochte Tee auf Tee, drückte Hadley die Becher in die Hand wie eine sanfte Form von Medizin. Chase rauchte Zigaretten aus dem Küchenfenster und bibberte im kalten Wind, ein nervöser roter Ausschlag, den Hadley noch nie gesehen hatte, kroch ihm den Nacken hoch. Bruno und Loretta saßen nebeneinander, die Finger verschränkt, die dunklen Köpfe gebeugt. Der Polizist hatte mit jedem von ihnen kurz gesprochen, vorsichtige Fragen, auf die mit Kopfschütteln und Unverständnis reagiert wurde, und als er ging, kaute Chase an seinem Daumen und sagte zu ihnen allen: Ist das real? Draußen schneite es stetig weiter, doch es hatte nichts Malerisches mehr an sich. Wolken hingen grau und tief. Die Laternen gingen früh an. Irgendwann bestellte Bruno Pizza, und die ungeöffneten Schachteln standen auf dem Tisch herum. Hadley nahm eine von Chases Zigaretten und rauchte sie auf dem Balkon im Dunklen. Sie beugte sich ganz tief über das Geländer, bis ihr Kopf sich mit Sternen füllte. Ihre Zähne klapperten, und das Geräusch war so laut, so unbeabsichtigt, dass sie erst nicht begriff, dass es von ihr kam. Sie begann zu weinen, neue Tränen blieben auf den alten kleben. Sie spürte eine Hand auf dem Arm und ließ sich von Jenny wieder nach drinnen ziehen.

»Sie war auf dem Weg zu uns, Jenny«, sagte Hadley. Ihre Fingerspitzen färbten sich blau, und sie zerrte die Ärmel ihres Pullis nach unten. »Wahrscheinlich war sie nur auf diesen Nebenstraßen unterwegs, weil sie eine Abkürzung zum Restaurant nehmen wollte.«

Sie wollte hinzufügen, dass Kristina sich nur wegen ihrer, Hadleys, schroffen Worte so beeilt, nicht aufgepasst hatte, zu hastig über das vereiste Pflaster gelaufen war. Sie hatte ihr solch ein schlechtes Gewissen eingeredet, so schreckliche Dinge gesagt, Dinge, die gar nicht stimmten. Aber sie schwieg.

»Menschen fallen doch dauernd hin, oder?«, sagte sie schließlich stattdessen. »Ich kapiere es nicht. Wie konnte sie ausrutschen und sich den Kopf anschlagen und daran *sterben*? Wie können wir so empfindlich sein, dass der kleinste Sturz das Ende bedeutet? Die Leute gehen alle möglichen Risiken ein, und es passiert nichts, gar nichts. Kristina ist nur über eine Straße gegangen. Oder gerannt, egal, aber sonst nichts. Sie ist nicht von einem Haus gesprungen. Sie war nicht im Krieg.«

»Manchmal passieren Sachen einfach«, sagte Jenny. »Und man kann sie nicht erklären. Wisst ihr, ich habe von einem Jungen gehört, als ich noch in der Schule war, dem Freund des Freundes eines Freundes oder so, jedenfalls ist er auf dem Rugbyfeld einfach tot umgekippt. Sein Herz hat ohne Vorwarnung versagt. Stellt euch das vor.«

»Was, er ist einfach gestorben?« Bruno hob den Kopf.

»Kollabiert. Ich glaube, es war ein echt wichtiges Spiel, und er war der Starspieler, und …«

Hadley hörte nicht mehr zu, sondern zupfte an einem Faden in ihrem Ärmel. Es trennten sich ein paar Maschen auf, und sie zog weiter. Der Asphalt konnte trügerisch sein, wenn es eisig war, das wusste sie. Sie war selbst schon ausgerutscht, hatte sich mit der Hand an einem Geländer festgehalten, und einmal war sie auf den Hintern gefallen, als sie zum Bus rannten. Vor Schreck hatte sie gelacht, und Kristina hatte ihr die Hand hingestreckt und ihr aufgeholfen. Wie konnte es sein, dass der Kopf eines Menschen, ein so fester, so starker Kopf voll von Ideen und Träumen und Hoffnungen und Ängsten und einem Verlangen nach heißer Schokolade mit

Rum und zitronigen Cocktails und einem Genfer namens Jacques einfach beim kleinsten Stoß aufgab? Oder vielleicht war er auch kräftig gewesen. Ein Aufprall auf dem Boden. Ein harter Schlag auf den weichsten Teil des Kopfes. Aber war der Mensch so schlecht zusammengebaut, dass das Leben so leicht weggewischt werden konnte? Während der Schnee fiel und Menschen in Lokalen lachten und am Telefon Dinge sagten, die sie nicht so meinten?

»Hadley?«

Sie sah auf. Die anderen vier sahen aus, als schwämmen sie vor ihr herum. Irgendwo in den Tiefen des Wohnheims knallte eine Tür, dann folgten lautes Lachen und schnelle Schritte.

»Wir haben gerade überlegt«, sagte Jenny und biss sich auf die Unterlippe. »Kristina hatte doch einen Freund, auch wenn sie gedacht hat, wir wissen nichts davon. Woher wird er erfahren, was passiert ist? Wie kann ihm jemand Bescheid geben?«

Kristinas Eltern trafen am Sonntagmorgen in Les Ormes ein. Auf dem Flur waren Stimmen und das Klappern eines Schlüssels zu hören. Hadley machte ihre Tür einen Spalt auf und spähte hinaus. Sie standen neben dem Hausmeister, einem älteren Mann im blauen Overall, der beinahe entschuldigend den Rücken krümmte. Und da war eine Frau von der Universität, die Hadley schon einmal gesehen hatte, mit braunen Löckchen und einer diensteifrigen Ausstrahlung. Hadley hatte sich Kristinas Eltern immer als Bilderbuchpaar vorgestellt, makellos und auf dezente Art mondän. Nun sah sie einen Mann und eine Frau, beide pummelig, mit alten Mänteln und billigen Schuhen. Sie hielten sich aneinander fest, die Köpfe gebeugt. Hadley wollte schon ihre Zimmertür schließen, doch die Frau von der Universität bemerkte sie.

»*Excusez-moi, bonjour, vous êtes …?*«

»Hadley Dunn.«

Hadley hatte nicht schlafen können, und ihre Haare waren verfilzt, die Augen rot. Blinzelnd stand sie in ihrem Schlafanzug da.

»*Une amie de Kristina?*«

»*Oui.*« Hadley warf einen Seitenblick auf Kristinas Eltern, die sich nun zu ihr umgedreht hatten. Immer noch klammerten sie sich aneinander, doch die Köpfe hatten sie jetzt gehoben. Hadley versuchte, ihnen in die Augen zu sehen, schaffte es aber nicht.

»Kristinas Eltern sind hier, um ihre Sachen abzuholen«, sagte die Uni-Frau sachlich.

»Natürlich«, erwiderte Hadley.

Da trat Kristinas Mutter auf sie zu, und Hadley widerstand dem Impuls zurückzuweichen.

»Waren Sie gut mit Kristina befreundet?«, fragte sie in bedachtem Englisch.

»Ja, das war ich.«

Die Frau hatte ein etwas gedrungenes Gesicht, aber Hadley erkannte eine Ähnlichkeit mit Kristina. Ihr graues Haar war von Gold durchzogen, die Wangen mit Sommersprossen gesprenkelt. In den verwaschen hellblauen Augen schwammen Tränen. Sie küsste Hadley auf beide Wangen, und ihre Lippen waren kalt und kratzig.

»Danke«, sagte sie, und Hadley fühlte sich schwach vor Mitgefühl. Sie fand keine Worte, um es irgendwie besser zu machen. Letzten Endes konnte sie nur das sagen: »Frau Hartmann, ich werde Kristina sehr vermissen. Mehr, als ich jemals jemanden vermisst habe. Sie war so …«

»Voller Leben« hätte sie gern gesagt, weil es stimmte, Kristina hatte gesprüht vor Leben. Sie hatte so viel davon in sich gehabt, dass es auch auf andere Menschen überschwappte. Hadley zögerte, sagte es dann aber trotzdem. Kristinas Mutter griff sich mit der Hand ans Herz, die fünf Finger wie ein Seestern gespreizt, den Mund geöffnet. Hadley bereute ihren Satz sofort. Aber alles andere war auch nicht besser. Was war eine kurze Freundschaft, egal wie wichtig, schon im Vergleich zu einem ganzen Leben? Zu dem Wechseln von Windeln und dem Küssen eines schlafwarmen Köpfchens? Dem Helfen bei den Hausaufgaben am Küchentisch und dem Trocknen der Tränen beim ersten Liebeskummer? Hadley wusste, ihre eigene Traurigkeit war schon unbeschreiblich, aber alles, was darüber hinausging, war für sie nicht vorstellbar.

»War sie hier glücklich?«, flüsterte Kristinas Mutter nun.

Hadley nickte.

»Und Sie waren ihr eine gute Freundin, oder? Das sehe ich Ihnen an.«

Hadley hatte das Telefonat so abrupt beendet, und sie hatte keine Ahnung, wie lange Kristina nach dem Klicken noch weitergesprochen hatte. Ob sie noch einmal angerufen hatte, als Hadley ihr Handy schon ausgestellt hatte, bevor sie und die anderen sich auf den Weg in die Nacht hinaus machten, weil sie nicht die Absicht hatte, Kristina zu sagen, wohin sie gingen. Plötzlich wurde Hadley von dem Verlangen ergriffen, Kristinas Mutter alles zu erzählen, in ihre Arme zu sinken und sich von ihr über das Haar streichen zu lassen, wie ihre eigene Mutter es getan hätte. Sie sagen zu hören, *Ach, Kristina hat uns mit ihrer Art alle in den Wahnsinn getrieben, mach dir nichts draus, Hadley, sie wusste doch, wie sehr du sie mochtest, ganz bestimmt*. Aber sie konnte es nicht. Hadley machte zwei Schritte auf sie zu und breitete die Arme aus. Und Kristinas Mutter ließ sich gehorsam wie ein Kind von ihr umfassen. Doch trotz der Wärme ihres Körpers, des Drucks ihres weichen Busens und ihres heißen, keuchenden Atems lag eine unerträgliche Leere in ihrer Umarmung, das nicht abzuschüttelnde Gefühl, dass sie einander niemals hätten begegnen sollen, um sich gegenseitig zu trösten, und dass sie den falschen Menschen festhielten. Denn der richtige war fort.

Kristinas Vater fasste seine Frau sanft am Ellbogen. Er nickte Hadley knapp zu, doch seine Augen blickten durch sie hindurch. Die beiden gingen in Kristinas Zimmer und schlossen die Tür. Der Hausmeister stand im Flur herum. *Triste*, sagte er und starrte seine Füße an, *sehr traurig*, und Hadley antwortete mit einem leisen *oui*. Zentimeterweise schob sie ihre Tür zu, dann lehnte sie den Kopf an die Wand. Sie malte sich aus, wie Kristinas Eltern die Kleidung ihrer Tochter falteten, ihre seidigen Oberteile und Minikleider. Die prallvolle Kosmetiktasche und die vielen Fläschchen von der Ablage neben dem Spiegel nahmen. Ihre Bücher aufsammelten, die nicht ordentlich aufgestapelt wie bei Hadley waren, sondern achtlos verstreut, mit rissigen Rücken und verknickten Seiten.

Sie brauchten nicht lange, um das Zimmer auszuräumen, ungefähr so lange, wie Hadley brauchte, um sich etwas anzuziehen, sich die Haare zu bürsten und Hände und Gesicht zu waschen. Kristinas Eltern waren ausgehöhlt vor Kummer, völlig leer. Am Abend wären sie zurück in Kopenhagen, Lausanne nur mehr eine alptraumhafte Erinnerung, und Hadley konnte nichts tun, um das zu ändern. Sie konnte überhaupt nichts tun.

Da fiel ihr Jennys Frage nach Kristinas Freund wieder ein. *Jacques*. Schlimmer, als zu wissen, musste es sein, nicht zu wissen. Sich immer noch mit banalen Sorgen herumzuschlagen, stirnrunzelnd die Schneewolken zu betrachten, sich über einen überfüllten Bus zu ärgern oder über die Länge der Schlange am Zugticketschalter zu beschweren. Vielleicht reichte ihre Verbindung tiefer. Vielleicht spürte Jacques ein stechendes und doch schwer zu beschreibendes Gefühl von *falsch*, wie einen plötzlichen Kopfschmerz oder Übelkeit, sodass er auf der Straße anhielt und über die Schulter blickte, in der Hosentasche nach seiner Brieftasche tastete oder seine Mutter anrief, nur um sich zu vergewissern, dass sie noch ans Telefon ging. Hadley bezweifelte, dass er auf die Idee käme, Angst um Kristina zu haben.

Als Hadley in ihrem Bad stand, hörte sie im Nebenzimmer die Tür aufgehen und Stimmen murmeln, das Quietschen einer Gummisohle auf dem Linoleumfußboden. Eilig lief sie hinaus. Sie standen dicht zusammen, wieder diese vier, Kristinas braune Koffer neben den Füßen.

»Frau Hartmann?«, sagte Hadley.

Sie drehte sich um, und nur eine Sekunde lang sah Hadley etwas wie Hoffnung über ihre Miene huschen. Sie verhaspelte sich, als sie Kristinas Eltern fragte, ob sie Jacques kannten.

»Hat Kristina ihn je erwähnt?«

Kristinas Vater nahm einen Koffer in jede Hand und wandte sich zum Gehen. Ihre Mutter holte eine Wollmütze aus der Handtasche, setzte sie auf und zog sie sich über die Ohren.

»Es gab immer viele Jungs«, sagte sie. »Meine Tochter«, sie zögerte, »meine Tochter wurde sehr geliebt.«

»Ja.« Hadleys Stimme war ein Flüstern, so leise wie der rieselnde Schnee. »Das wurde sie.«

Zwölf

Ein weiterer Tag wie der vorherige wäre nicht zu ertragen gewesen. Die Enge der Wohnheimküche, wo sich alle um den Tisch drängten, wodurch Kristinas Abwesenheit noch deutlicher wurde. Die Überraschung und der Schock mochten sie ja alle mit gleicher Heftigkeit getroffen haben, die Trauer aber empfanden sie individuell und sehr unterschiedlich. Jenny hatte am Vortag gesagt: »Ich hatte nie das Gefühl, sie wirklich zu kennen«, worauf Hadley am liebsten geantwortet hätte: *Du kanntest sie ja auch nicht.* Chase und Bruno hatten Zustimmung gemurmelt und Hadley unterdessen Kristina vor sich gesehen, wie sie in dem französischen Garten mit den drei kleinen Jungen spielte oder wie sie immer ihr Mandelcroissant aß, die gesamte Füllung mit der Fingerspitze herausholte und rasch ableckte. Ihr spezielles Lächeln, wenn sie von Jacques sprach, zugleich schuldbewusst und froh.

Es klopfte an Hadleys Tür, und Jenny stand davor.

»Wir wollten ein bisschen am See entlangfahren«, sagte sie in einem beschwingten Tonfall. »Möchtest du mit?«

»Nein, danke.«

»Ach, komm schon, du hast doch nichts anderes vor, oder?«

»Ich glaube, ich möchte heute lieber allein sein.«

»Aber das ist nicht gut«, sagte Jenny.

»Stimmt. Nichts ist gut.«

»Ach, Hadley, so hab ich das doch nicht gemeint.«

»Das weiß ich.«

»Und warum kommst du dann nicht mit? Wir müssen einander aufheitern.«

Hadley schüttelte den Kopf, eine Flut von Tränen drohte sie zu überwältigen. Es war die Falsche, die vor ihrer Tür stand.

»Entschuldige, Jenny«, sagte sie. »Und danke. Aber ich bin wirklich nicht in der Stimmung.«

Sie zwang sich um Jennys willen zu einem knappen Lächeln. Sie brauchte nicht *aufgeheitert* zu werden. Kranke Kinder mussten aufgeheitert werden. Mädchen ohne starken Willen, die von einem Jungen angeschnauzt worden waren, mussten aufgeheitert werden. Sie sah sich mit den anderen in Brunos Auto sitzen, Fragen in den Raum werfen, nur um die Stille zu füllen. Ausdruckslos würden sie den See und die Berge und die Palmen betrachten, dann in einer grellbunten Bar in Vevey zu viel trinken, ein mageres *Croque Monsieur* essen und schließlich nach Hause wanken und beteuern, dass der Ausflug genau das Richtige gewesen sei. Alle aufgeheitert. Hadley hatte gelogen, als sie sagte, sie wolle allein sein. Sie wollte nur nicht bei ihnen sein, nicht ohne Kristina.

Hadley griff nach dem Telefon und tippte die Nummer ihrer Eltern ein. Sie stockte. Was sollte sie sagen? Dass sie sich noch nie so traurig oder so weit weg von zu Hause gefühlt hatte? Das konnte sie nicht. Vielleicht war es Blödsinn, aber solange sie nichts davon wussten, hatte Hadley das Gefühl, ein Teil ihrer Welt konnte weitergehen. Sie starrte ihren Schreibtisch an. Ihr Essay für Joel Wilsons Kurs lag darauf. Sie überlegte, ob sie versuchen sollte zu arbeiten, sich in Hemingway zu verlieren. Doch sie wusste, dass trotz der knappen, spröden Worte alles, was er nicht sagte, aus den Seiten aufsteigen und sie einhüllen würde, und statt bewegt zu sein oder inspiriert, würde sie nur die Sinnlosigkeit des Ganzen spüren. In ihrem Bücherstapel fiel ihr ein Buch mit einem bonbonrosa Einband ins Auge. Sie zog es heraus und drehte es um. Kristina hatte es ihr ein paar Wochen zuvor geliehen. Es war eine schmalzige Liebesgeschichte, die an der französischen Riviera spielte, und Kristina hatte sie amüsant gefunden. *Das könnte genauso gut meine Affäre mit Jacques sein*, hatte sie gesagt, *Küsse unter Palmen, Cocktails im Morgengrauen, alles drin. Hier, ich leih es dir*. Hadley hatte es genommen und sich bedankt, es dann auf ihren Stapel gelegt und vergessen, weil sie bezweifelte, dass es ihren Geschmack träfe. Damals hatte sie es nicht zu schätzen gewusst.

Das Buch trug Spuren von Strandleben, der Einband war ausgeblichen, Sandkörner klebten am Rücken. Hadley stellte sich Kristina auf dem Bauch liegend vor, die Sonnenbrille rutschte ihr von der Nase herunter. Jacques cremte ihr die Schultern ein und gab ihr zwischendurch einen schnellen Kuss. Hadley hielt sich das Buch an die Nase und konnte sich fast einbilden, den Duft von Ambre Solaire zu riechen. Das alberne Umschlagbild mit dem Bikinioberteil im Sand und dem glitzernden Martiniglas verschwamm vor ihren Augen. Sie blätterte durch die Seiten und sah, dass eine Postkarte darin steckte. Es war eines dieser offenbar allgegenwärtigen Retrobilder, wie es auch als Poster in Joels Büro hing, und zeigte ferne violette Berggipfel, mehrstöckige Villen, üppige Palmen und Orangenbäume. *Côte d'Azur* stand in eleganter Schrift darauf. Hadley drehte die Karte um und las. *Dieser Ort hat nichts Reales. Nur du bist real. Nur bei dir zu sein ist real.* Der Text war schlampig und ungleichmäßig geschrieben, als hätte der Verfasser ein Gläschen zu viel in der Mittagssonne getrunken oder säße auf einer hüpfenden Jacht, die Augen auf den Horizont gerichtet. Hadley kannte Kristinas Handschrift, aber das war sie nicht. Es konnte nur die von Jacques sein.

Hadley starrte die Postkarte an, als könnte sie ihr weitere Einzelheiten enthüllen, einen Hinweis auf seine Identität, aber da war nichts, nur eine ganz gewöhnliche Darstellung schöner Landschaft und ein chaotisches, liebeskrankes Gekritzel. Hadley las es laut, schmeckte jedes Wort. Dann fiel ihr ihre eigene nicht verschickte Karte aus dem Bergdorf ein. Noch ein ausdrucksloses und perfektes Bild von blauem Himmel, weißem Schnee und einer braungebrannten, fröhlichen Frau, die sich auf ihre Skier lehnte, das Gesicht der Sonne zugewandt. *Ein Privileg und ein unbefugtes Eindringen.* Das hätte vom selben Verfasser stammen können. Ein paar Zeilen, niedergeschrieben, weil sie sich weigerten, im Kopf zu bleiben.

Sie steckte die Karte zurück in das Buch und spürte erneut das Band zwischen sich und Jacques. Ein Aufwallen von Mitgefühl brachte sie regelrecht ins Taumeln, sie schwankte, ließ sich rückwärts aufs Bett fallen und starrte an die Decke. Sie hatte das Gefühl, die Decke könnte vielleicht herunterstürzen, und da wusste sie, dass sie raus musste.

Sie brauchte fast eine Stunde bis zum See, dennoch konnte sie sich später überhaupt nicht an den Weg erinnern. Ohne es überhaupt zu merken, marschierte sie quer über eine verkehrsreiche Straße, ein Fahrradfahrer wich gerade noch aus, ein Auto hupte. Sie rempelte einen Jungen auf einem Skateboard an, und er verzog ärgerlich das Gesicht, bis er sah, dass sie nur ein blasses Mädchen mit tränennassen Wangen war. Er blickte ihr nach. Erst als sie mit dem Fuß am offenen Gitarrenkoffer eines Straßenmusikers hängen blieb und seine wenigen Münzen über den Bürgersteig kullerten, wachte sie aus ihrer Trance auf. Sie beugte sich vor, um sich zu entschuldigen, und stieß am Kopf mit ihm zusammen, weil er sich im selben Moment nach dem Geld bückte. Er legte ihr die Hand auf die Schulter, und sie sah das Mitgefühl in seiner Miene. Als sie wieder aufstand und weiterging, hatte sie plötzlich nur noch einen Gedanken. Lausanne verlassen. Nicht, weil sie es wollte, sondern weil sie nicht wusste, ob sie bleiben konnte. Ohne Kristina war nichts mehr wie vorher. Der Zauber der Stadt war zerstört.

Hadley suchte sich an jenem Tag das Le Nouveau Monde nicht unbedingt aus, vielmehr, sollte sie später denken, hatte das Hotel sie ausgesucht. Sie war bis nach Ouchy gelaufen, wie sie es immer tat, zum Wasser und den Bergen und dem flachen, weiten Himmel, und da lag es, das Hôtel Le Nouveau Monde. Der Ort, an dem Kristina ihren Arm durch Hadleys gesteckt und gesagt hatte: *Das ist schön*. Und dann: *Wir müssen nur lächeln. Und so aussehen, als gehörten wir dazu*. Und damit waren sie in den Luxus spaziert, das Kichern hinter der Handfläche verborgen. Nun wischte Hadley sich die Augen und ging zur Drehtür hinauf. Der Portier in seiner roten Jacke mit den Goldknöpfen stand stramm. *Bonjour, Mademoiselle*, hörte sie ihn sagen, und seine Worte trugen sie in die große, glänzende Lobby.

Im Café wies ein Kellner Hadley einen Ecktisch zu. Sie zog den Mantel aus und setzte sich. Durch die Scheiben sah der Himmel stahlgrau aus, und der See schäumte wütend; drinnen herrschte eine Atmosphäre behaglicher Wärme. Sie bestellte sich einen Kaffee, und als er kam, vermied sie es, den Kellner anzusehen, denn sie spürte die Hitze in ihren Augen aufsteigen.

Für Hadley hatten Cafés schon immer einen Schutzraum dargestellt, einen Ort der Geborgenheit und des Trostes. Zu Hause in Tonridge gab es eines namens Le Boulevard. Es war mit einem schlechten Wandgemälde des Eiffelturms dekoriert, und es lief französische Akkordeonmusik. Früher ging Hadley nach ihren Kursen dorthin und stellte sich immer vor, es wäre ein Ort für Anfang und Ende: die gesenkten Köpfe und bedauernden Worte eines sich trennenden Paars, die aufgeladenen Blicke zweier Frischverliebter. Eine angemessene Bühne für die Gipfel und Täler der Gefühle. Das Hôtel Le Nouveau Monde jedoch schien nur für den Anfang gemacht. Alle dort sahen aus wie in der Blüte ihres Lebens, kosteten ihr Glück mit Eleganz und Anmut aus. Hadley beobachtete sie, die Augen so ausdruckslos wie Fensterscheiben. Womit hatten sie verdient weiterzuleben? Und wussten sie, wie Hadley jetzt erfahren hatte, dass alles jeden Moment ausgelöscht werden konnte? Mit steifem Rücken saß sie da und rührte in ihrem Kaffee herum und herum. Als sie aufblickte, begegnete sie dem Blick eines älteren Herrn auf der anderen Seite des Raums. Es war Hugo Bézier.

Er hob die Hand zu einem etwas komischen Winken, irgendwo zwischen Queen Elizabeth und einem zweifingrigen Salutieren. Hadley nickte ihm zu. Sie hatte keine Worte für andere Menschen, nicht an diesem Tag. Er aber ließ den Blick auf ihr ruhen, sodass sie auf ihrem Stuhl herumrutschte und sich abwandte. Als sie wieder zu ihm schielte, sah er sie immer noch an. Nun legte er seine Zeitung weg und erhob sich. Er wirkte größer, als sie ihn in Erinnerung hatte, und hielt sich sehr gerade. Sein Hemd war pastellrosa, und eine indigoblaue Krawatte wurde von einer adretten Goldklammer festgehalten.

»Sie sind es«, sagte er.

»Ja?«

»Ich hätte sie beinahe nicht erkannt, Hadley, *ma chérie.*«

Er sprach jedes Wort aus, als tastete er dessen Kanten ab,

rollte es über die Zunge. Seine leuchtenden Augen verblüfften Hadley, wie beide Male zuvor. *Ma chérie* hatte er gesagt, sanft wie ein Flüstern, und es bedeutete *meine Liebe*.

»Neulich in der *Chocolaterie* waren Sie so unbekümmert, Sie wirkten wie von der Straße hereingeweht, und ich konnte Ihre Freude spüren. Aber heute sind Sie anders. Da ist eine Schwere, drückend und losgelöst gleichzeitig. Wie ist das möglich?«

Sie hob ihre Tasse auf, stellte aber fest, dass ihre Hand zitterte. Also stellte sie sie wieder ab und verschüttete dabei Kaffee auf die Untertasse.

»Ich weiß nicht, ob das stimmt.«

»Mein ganzes Leben lang habe ich Menschen beobachtet. Sie überraschen mich selten noch mit ihren Geschichten. Möchten Sie noch etwas trinken? Etwas Stärkeres vielleicht? Sie kennen meine Gewohnheiten ja mittlerweile ein wenig, glaube ich.«

Sie schüttelte den Kopf.

»Das ist gut fürs Gemüt.«

»Glaube ich nicht«, sagte sie. »Aber vielen Dank.«

Sein Lächeln war so schlicht und aufrichtig, dass Hadley sich, ohne ein Wort zu sagen, von ihm verstanden fühlte. Diese kleine Geste der Freundlichkeit reichte aus, und sie begann zu weinen. Er holte ein Stofftaschentuch aus der Hosentasche, es war weiß und gestärkt, mit einem schmalen blauen Rand. Er reichte es ihr, und sie tupfte sich damit die Augen. Sie schniefte. Sie putzte sich die Nase.

»Bitte«, sagte er. »Entschuldigen Sie.« Er deutete eine Verbeugung an und zog sich zurück.

Hadley versteckte das Gesicht im Taschentuch. Es roch nach Waschpulver und einem altmodischen, heißen Bügeleisen. Erneut putzte sie sich die Nase und hob den Kopf.

Hugo saß wieder an seinem Tisch und las in der Zeitung, als wäre nichts geschehen. Sie legte einen Geldschein neben den halb vollen Kaffee. Auf dem Weg nach draußen musste sie an seinem Tisch vorbei.

»Bitte.« Er senkte die Zeitung, als sie gerade einen Bogen um seinen Platz machte. »Bitte gehen Sie nicht meinetwegen.«

»Es ist nicht Ihretwegen.«

»Ich habe Sie in Verlegenheit gebracht. Wirklich, das ist das Letzte, was ich wollte. Ich bin manchmal etwas tollpatschig, das ist alles.«

»Das ist es nicht«, sagte Hadley.

»Würden Sie sich dann zu mir setzen?« Er deutete auf den Stuhl ihm gegenüber. Wieder schüttelte sie den Kopf.

»Ich muss weg.«

»Warten Ihre Freunde auf Sie?«

»Nein.«

»Dann haben Sie etwas vor? Etwas zu erledigen?«

Sie zögerte. Schließlich sagte sie mit gepresster Stimme leise: »Ich wasche Ihr Taschentuch, und wenn Sie mir Ihre Adresse geben, schicke ich es Ihnen zurück.«

Hugo kniff die Augen zusammen. Ihm machte sie nichts vor, das sah sie ihm an.

»Sie können es doch einfach hierherbringen. Ich bin fast jeden Tag im Hotel. Ich würde ja sagen, Sie können es behalten, aber dann würde ich Sie vielleicht nie mehr wiedersehen. Wobei ich doch feststellen muss, dass wir einander recht häufig über den Weg laufen.«

Jetzt setzte Hadley sich ganz vorn auf die Stuhlkante. Sie strich mit den Händen über die Jeans.

»Mir ist nicht so nach Gesellschaft«, sagte sie.

»Das passt gar nicht zu Ihnen. Oder?«

In dem Moment erschien der Kellner mit zwei bauchigen

Kognakgläsern. Eines stellte er Hadley hin, dann machte er eine Verbeugung vor Hugo.

»Ich muss schon sagen, mir gefällt es hier«, sagte er. »Sie wissen offenbar genau, was sie tun müssen, damit man sich etwas besser fühlt, und zwar zum richtigen Zeitpunkt.«

Er hob sein Glas und neigte es in ihre Richtung, dann trank er. Nach kurzem Zögern tat Hadley es ihm gleich. Der Kognak brannte mit süßlichem Feuer in ihrer Kehle, und sie schloss die Augen. Als sie sie wieder aufschlug, bemerkte sie, dass Hugo sie über den Rand seines Glases hinweg beobachtete. In diesem speziellen Licht waren seine Augen gütiger als alle anderen, die sie je gesehen hatte.

Eigentlich hatte sie mit niemandem sprechen wollen, aber irgendetwas an Hugo Bézier lockte sie aus der Reserve. Vielleicht lag es einfach nur an seinem Alter, an der instinktiven Gewissheit, dass er das, was sie gerade empfand, sicherlich ebenfalls schon empfunden hatte. Als sie einander nun gegenübersaßen, spürte Hadley eine große Ruhe herabsinken. Der Lärm und die Enge von Les Ormes schienen weit weg. Sie erzählte ihm das Einzige, was von Bedeutung war.

»Meine Freundin ist gestorben.«

Seine Augen weiteten sich, nur kaum merklich. Er tippte auf das Tischtuch.

»Eine enge Freundin?«

»Ja.«

Hadley wartete, aber er sagte nichts. Zu viel Zeit verging, sie machte Anstalten aufzustehen und hob ihre Tasche vom Boden auf.

»Wo wollen Sie hin?«, fragte er.

»Ich dachte, ich könnte bleiben, aber ich glaube, es geht nicht. Entschuldigen Sie.«

»Nein, *c'est moi*, ich entschuldige mich. Ich bin nicht sehr gut darin, mit Menschen in außergewöhnlichen Situationen zu reden. Möglicherweise war ich das nie, aber mit Sicherheit bin ich aus der Übung.«

»Das ist wirklich in Ordnung, Sie kannten sie ja nicht. Sie kennen *mich* kaum.«

»Hadley, bitte setzen Sie sich wieder. Erzählen Sie mir von Ihrer Freundin.«

Er rutschte etwas vom Tisch ab, die Hände locker auf den Schoß gelegt. Seine Krawatte war am Hals sehr eng gebunden. In diesem Moment entdeckte Hadley eine Verlegenheit an ihm, eine plötzliche Scheu. Sie setzte sich wieder, verschränkte die Arme vor der Brust und senkte den Kopf.

»Es war ein Unfall«, sagte sie schließlich, hauptsächlich ans Tischtuch gerichtet. »Von der blödesten, schlimmsten, der lächerlichsten Sorte. Sie ist auf dem Eis ausgerutscht und hat sich den Kopf angeschlagen. Das ist alles. Wir haben es erst am nächsten Tag erfahren. Gestern. Ich weiß es erst seit gestern.«

»Das tut mir aufrichtig leid«, sagte er, und die unerwartete Gefühlsstärke, die in seinen Worten schwang, ergriff sie und ließ sie einen Moment lang nicht mehr los.

»Wie kann jemand gerade noch hier sein und in der nächsten Minute nicht mehr?«, fragte sie. »Andauernd rechne ich damit, dass sie an meine Tür klopft oder einfach ins Zimmer stürzt. Menschen dürfen nicht einfach so aufhören. Sie war doch nicht krank oder alt ...« Ihre Stimme brach. »Entschuldigung, ich meinte nicht, bloß weil man alt ist ...«

Hugo schüttelte den Kopf und machte eine wegwerfende Geste. Hadley presste sich die Finger an die Schläfen. Die Kopfschmerzen, die sie seit zwei Tagen plagten, schienen etwas nachzulassen. Sie rieb sich die Augen.

»Es war mein Geburtstag«, sagte sie. »Wir wollten alle zusammen ausgehen, aber sie war zu spät. Sie kommt sonst nie zu spät. Als sie anrief, war sie einfach so … ich weiß auch nicht. Ich war ehrlich sauer, und das habe ich ihr auch gesagt. So was mache ich sonst nie, mir fallen nie genau die Worte ein, von denen man weiß, dass sie jemanden wirklich verletzen. Aber dieses eine Mal habe ich tatsächlich meine Meinung gesagt, und jetzt bereue ich das ganz schrecklich. Mein letzter Satz war wirklich furchtbar. Und ich kann absolut nichts mehr daran ändern. Das ist so blöd, denn obwohl ich es schon so gemeint habe, obwohl es stimmte, hätte ich so viele tolle Dinge sagen können, die auch alle gestimmt hätten. Man möchte meinen, nichts könnte schlimmer sein, als dass sie weg ist. Aber das hier ist noch schlimmer. Und ich weiß, dass das selbstsüchtig ist, aber ich kann nichts dagegen machen. Sie wissen jetzt nicht, was Sie sagen sollen, oder? Ist schon okay. Nichts, was Sie sagen, würde mir helfen. Sie brauchen es gar nicht zu probieren.«

Er lächelte still, und es war wie eine kleine Lücke zwischen den Wolken.

»Sie haben das bisher noch nicht laut ausgesprochen, oder?«, sagte er.

»Woher wissen Sie das?«

»Weil Sie nicht wissen, was Sie denken sollen. Niemand weiß das je.«

»Ich schon. Ich weiß genau, was ich denken soll. Es ist alles eine riesige Zeitverschwendung. Es ist egal, was man macht oder wie, weil alles einfach *so* vorbei sein kann.« Sie schnippte mit den Fingern. »Glauben Sie, Kristina hat etwas geahnt? Als sie ausgerutscht ist, als sie den Boden auf sich zukommen sah? Vielleicht hat sie nur gedacht, *Ach, jetzt wird mein Mantel nass* oder *Mist, das wird wehtun*, aber nie, nie hätte sie doch gedacht: *Gleich hört alles auf. Für immer.*«

»Darin liegt eine gewisse Würde.«

»Würde? Da gibt es keine Würde. Es ist chaotisch und hoffnungslos, das ist es.«

»Nicht gänzlich hoffnungslos«, sagte Hugo. »Wir können vom Leben nicht mehr verlangen, als dass uns jemand vermisst, wenn wir fort sind. Sie vermissen sie, Hadley. Sie wurde geliebt.«

Eine Weile lang saßen sie einander nur schweigend gegenüber. Hugo hielt die Hände im Schoß gefaltet, Hadley quetschte den Fuß des Kognakglases zwischen den Fingern. Ihre Augen füllten sich mit Tränen, als sie den Kopf zum Fenster wandte. Der See sah so voll aus, als würde er gleich überlaufen. Zum ersten Mal, seit sie davon erfahren hatte, war Hadley vollkommen ruhig. Ihr Atem ging gleichmäßig.

»Ich bin nicht die Einzige, die sie vermisst«, sagte sie schließlich. »Sie hatte einen Freund. Jacques. Ich weiß nicht, wie ich ihn finden soll. Noch nicht mal, ob er weiß, was passiert ist.«

»Sie sind ihm nie begegnet?«

»Es war kompliziert. Er war verheiratet. Offenbar zwar getrennt, aber trotzdem verheiratet. Und Kristina hatte ein komisches Gefühl deswegen, ein schlechtes Gewissen, glaube ich. Sie hielt ihn geheim. Ich muss unentwegt an ihn denken. Woher sollte er es wissen? Es gibt niemanden, der es ihm erzählen könnte.«

»Nur Sie vielleicht.«

»Ja, ich weiß. Immer wieder denke ich, dass ich vielleicht versuchen sollte, ihn zu finden. Ist das albern?«

»Nein, überhaupt nicht.«

»Aber ich weiß gar nichts über ihn. Nur seinen Namen.«

»Das ist doch schon was.«

»Er wohnt in Genf.«

»Na also.«

»Ich glaube, er hat einen schicken Job. Oder vielleicht habe ich mir das nur so vorgestellt.«

»Es gibt immer Wege, jemanden zu finden, Hadley.«

»Ich hätte keine Ahnung, wo ich anfangen sollte«, sagte sie. »Und außerdem glaube ich nicht, dass ich hierbleibe. Beziehungsweise, dass ich hierbleiben *kann*.«

»Sie wollen doch nicht etwa nach Hause?«

Hadley zuckte die Achseln. »Vielleicht. Ich glaube schon. Wir haben alles zusammen gemacht, Hugo. Jetzt fühlt sich nichts mehr richtig an.«

»Und Sie glauben, es wird so viel besser, wenn Sie wieder nach England fahren?«

»Nicht besser, aber … Lausanne ist einfach nicht mehr wie vorher. Nichts ist mehr wie vorher.«

Hugo riss die Augen auf, als hätte Hadley etwas wahrlich Erschreckendes gesagt.

»Es wäre furchtbar schade, alles wegzuwerfen. Gleich zwei Leben zu vergeuden«, sagte er.

»Es wäre doch deshalb nicht vergeudet«, erwiderte Hadley ohne Überzeugung. »Ich würde eben wieder mein altes Leben führen. Einfach weitermachen.«

»Aber Sie wären trotzdem ohne Ihre Freundin. Und Sie wären auch ohne das hier alles.« Hugo machte eine ausladende Armbewegung. »Sie wären beraubt, in jedem Sinn.«

»Früher war es hier so perfekt, Hugo. Ist es immer noch, von außen. Vielleicht ist das das halbe Problem.«

»Ah. Natürlich glauben Sie das. Es ist hier viel zu schön für Traurigkeit, ja?«

»Ich war hier so glücklich, jetzt weiß ich nicht, ob ich das noch kann. Das ist alles.«

»Ich nehme an, Sie halten Lausanne für eine Stadt voller

glücklicher Menschen? Einen seligen Ort, *n'est-ce pas*? Aber Hadley, glauben Sie etwa, niemand weint an den Fontänen? Glauben Sie, niemand wacht auf und betrachtet diesen endlosen See, diese nach dem Himmel greifenden Berge und spürt nicht, dass sein Leben ins Leere läuft? Dass Menschen, nur weil sie klug sind und ordentlich wie ein Uhrwerk funktionieren, nicht denselben Schmerz spüren wie Sie?«

»So naiv bin ich nicht«, sagte Hadley. »Egal was Sie glauben.«

»Und ich nicht so lebenserfahren, egal was ich sage. Sie empfinden, Hadley, ganz einfach. Sie empfinden. Und Sie leben. Sie sind zu jung, um das zu wissen, aber nicht jeder tut das. Ja, es ist sogar möglich, fast ein gesamtes Leben ohne viel von beidem zu verbringen. Eines Tages werden Sie froh sein. Sie möchten doch nicht so alt wie ich werden, nur um dann im Rückblick festzustellen, dass Sie fürs Leben zu spät dran sind. Aber um Sie mache ich mir keine Sorgen, Sie sind nicht der Typ, der wegläuft, oder? Nein, Sie nicht. Sie bleiben und kämpfen.«

»Kämpfen? Wogegen? Da ist nichts.«

»Da ist alles.« Hadley sah Hugo in die Augen, und sie glänzten schwarz und eindringlich. Er klopfte sich mit einer Hand aufs Herz. Nur zwei Mal, eins, zwei.

Hadley wandte sich ab. Sie dachte an Kristina und ihr *»il faut profiter«*. Als Hugo weitersprach, sah sie ihn wieder an.

»Was ist mit diesem Jacques? Ich finde, es ist eine großmütige Idee, ihn zu suchen.«

»Damit könnte ich wenigstens etwas tun«, sagte Hadley leise. »Falls ich bleibe, heißt das.«

»Ja, das könnten Sie.«

»Und mich danach entscheiden, ob ich immer noch zurück will. Wenn ich ihn gefunden habe.«

Hugo nickte. »Ein Plan also. Ein guter Plan.«

Er nahm sehr leicht ihre Hand zwischen seine beiden. Seine Haut war warm und papiertrocken.

»Sie wissen ja, wo Sie mich finden. Wenn Sie Hilfe brauchen, müssen Sie nur fragen. Die Bar, das Schokoladengeschäft, das Café.« Er lächelte, und seine Wangen strafften sich. »Die schönsten Plätze.«

»Danke, Hugo. Und danke für den Kognak.«

»Gehen Sie jetzt?«

Sie entzog ihm ihre Hand und stand auf. Er blieb genau, wie er war, bemerkte sie, die Hände halb gewölbt, als hätte er ein Vögelchen daraus entfliegen lassen.

»Ja«, sagte sie.

»Aber Sie kommen zurück?«

»Ich hinterlege das Taschentuch an der Rezeption.«

»Nur, falls ich nicht hier bin.«

»Ja.«

»Aber das bin ich ja oft. Mein tiefes Beileid«, sagte er. »Ich weiß nicht, ob das vorhin deutlich genug geworden ist, und dafür bitte ich um Verzeihung. In manchen Dingen bin ich nicht so gut. Das wurde mir schon einmal gesagt, aber ich glaube, damals habe ich mich nicht allzu sehr für die Wahrheit interessiert. Sie scheint an Bedeutung zu gewinnen, wenn man älter wird. Ist das nicht seltsam? Man möchte meinen, es wäre umgekehrt.«

»Ich möchte, dass Jacques die Wahrheit erfährt«, sagte Hadley entschlossen.

»Und die wäre?«

»Dass Kristina tot ist. Und dass sie ihn geliebt hat. Was gibt es sonst noch?«

Ein winziges, furchtbar trauriges Lächeln zuckte in Hugos Mundwinkeln.

»Ich würde sagen, das ist genug«, erwiderte er. »Sie nicht?«

Bedächtig knöpfte Hadley ihren Mantel zu, dann zog sie die Handschuhe an. Hugo beobachtete sie, als wartete er darauf, dass sie noch etwas sagte. Also tat sie das.

»Immer wieder spiele ich unser letztes Gespräch im Kopf durch. Sie war aufgewühlt, ich meine, aufgewühlter als normal. Eigentlich habe ich sie gar nicht richtig zu Wort kommen lassen, weil ich so wütend war, aber… vielleicht hat etwas nicht gestimmt.«

»Ein Streit zwischen Liebenden?«

»Und sie war zu spät. Sie war sonst nie zu spät.«

»Manchmal läuft es einfach falsch, Hadley, das werden Ihnen die Leute sagen. Freunde lassen einander im Stich. Furchtbare Unfälle geschehen. Das ist der Lauf der Welt, und es gibt keine weitere Erklärung dafür.«

»Das weiß ich.«

»Ja? Ich bin mir nicht ganz sicher, ob ich es selbst glaube, nicht ganz zumindest. Es mag ja allgemeiner Konsens sein, aber für Konsens hatte ich noch nie so recht viel übrig. Es gibt immer eine Erklärung. Ein Muster, Ursache und Wirkung. Etwas scheint möglicherweise nicht zusammensetzbar, doch am Ende passen die Teile doch immer ineinander, wenn es das ist, was wir erreichen wollen. Und vielleicht sagt uns das Ganze dann nur, was wir bereits wissen – eine zufällige Kette von Ereignissen, dummes Pech –, aber das ist ja dann eben eine Erklärung, *n'est-ce pas*? Wir finden einen Anfang und ein Ende, und dann können wir verstehen. Trotz all ihrer Sinnlosigkeit liegt ein Sinn in der Welt, und wir können damit leben.«

Hugos Tonfall hatte seine übliche bedächtige Melodie verloren, der sonst so förmliche Salonrhythmus war einem leidenschaftlichen Tempo gewichen. Er untermalte seine Worte mit ausdrucksvollen Gesten. In dem Augenblick wirkte er viel jünger.

»Entschuldigen Sie«, sagte er, als er ihren Blick bemerkte. »Ich mache gern ein Rätsel aus einer Sache. Früher mal war das mein Beruf. Jetzt sind es einfach schlechte Manieren.«

»Aber nein«, sagte Hadley. »Sie haben recht. Sie war meine Freundin. Meine liebe, liebe Freundin. Also liegt es an mir, die Fragen zu stellen, die andere nicht stellen werden, oder nicht? Und es liegt an mir, Jacques zu finden.«

Sie hob die Hand zum Gruß, und er machte im Sitzen eine Art Verbeugung.

»Ach, und was haben Sie damit gemeint, dass es Ihr Beruf war?«

»Ich war mal Schriftsteller.«

»Und jetzt nicht mehr?«

Hugo schüttelte den Kopf, und die Last der Jahre kehrte in seine Miene zurück. Furchen traten auf seine Stirn. »Nein«, sagte er. »Jetzt nicht mehr.«

Dreizehn

Als Hadley von Ouchy aus zurücklief, herrschte eine unheimliche Stille. Es war die Tageszeit, der sie bisher nie besondere Aufmerksamkeit geschenkt hatte, unmittelbar vor der Dämmerung, wenn in der Geborgenheit der Häuser die Lichter zu brennen begannen und die Außenwelt sich zurückzog. In Hadleys Brust machte sich ein dumpfer Schmerz breit. Es war ein beklemmendes Gefühl, und sie begriff, dass es Einsamkeit war. In Lausanne war sie noch nie einsam gewesen.

Der Weg war weit und steil und stellenweise glatt, aber sie konnte nicht den Bus nehmen, nicht bei dem trostlosen Gelb des Innenlichts, den Scheiben, in denen sie ihr eigenes trauriges Spiegelbild sah, den Menschen, die ein- und ausstiegen, mit einem Ziel und einem Heim, das auf sie wartete. Mit gesenktem Kopf, die Hände tief in den Taschen vergraben, wanderte sie durch die kühlen und immer leerer werdenden Straßen. Vor gar nicht langer Zeit hätte sie denselben Weg als romantisch empfunden, mit Kristinas hellem Lachen, den silbernen Lichtkegeln der Straßenlaternen, einem fremden Amerikaner, der aus der Dunkelheit trat. Nun wollte die Einsamkeit nicht weichen, und Lausanne verströmte eine Düsterkeit, die Hadley vorkam, als würde sie niemals enden.

Als sie schließlich zurück ins Wohnheim kam, herrschte dort heitere Geselligkeit. Blecherne Musik und Durcheinandergeplauder klang aus den Küchen, und im Fernsehzimmer dröhnte ein Actionfilm. Durch die Gänge wehte Essensgeruch, irgendetwas Würziges, und zwei Mädchen, die Hadley nicht kannte, saßen mit hochgezogenen Füßen auf den beiden ramponierten Sesseln in der Eingangshalle, steckten die Köpfe dicht zusammen und flüsterten. Als Hadley vorbeikam, kreischten sie vor Lachen, und sie spürte einen Stich von Verärgerung.

Hatte es keine Bekanntmachung gegeben? Keine offizielle Erklärung, die durch die Flure klang? Hadley hatte sich einen Kranz an Kristinas Tür vorgestellt oder vielleicht ein Foto von ihr am Schwarzen Brett, eins dieser Bilder, die man auf Fernsehbildschirmen oder in Zeitungen sah, auf denen jemand sein letztes Lächeln lächelte. Oder vielleicht ein Gedicht aus der Romantik, von Christina Rossetti zum Beispiel, sorgsam in eckiger, bemüht ordentlicher Handschrift abgeschrieben. Dann würden die Bewohner auf dem Weg in die Küche oder den Waschkeller stehen bleiben, einen Socken fallen lassen, während sie von Kristinas Tod lasen, vor der Waschmaschine, in der ihre Kleider sich drehten und drehten, eine Träne vergießen. Es gäbe ein gemeinsames Trauern, geäußert in nicht mehr als einem wehmütigen Lächeln, und das Leben eines jeden dehnte sich etwas, um das traurige Schicksal Kristinas in sich aufzunehmen. Doch zwei Tage waren vergangen, ohne dass so etwas passiert war. In Les Ormes war alles wie immer. Vielleicht wäre es Hadleys Aufgabe gewesen, diese Dinge zu tun: das Foto auszudrucken, die Blumen auszusuchen, das Gedicht abzuschreiben. Sie hätte die anderen in der Trauer versammeln müssen, von der sie nicht wussten, dass sie sie betraf. Doch sie hatte es nicht getan. Sie wollte nicht an Filzstifte und Tesafilm denken, an die Suche nach den passenden Worten, um in der Vergangenheit über ihre Freundin zu sprechen. Jacques zu finden, nachzuvollziehen, wie Kristinas letzte Stunden verlaufen waren, das war eine andere Art des Gedenkens. Hugo hatte recht, man durfte die Dinge nicht einfach ruhen lassen. Man musste Fragen stellen, und man musste zu verstehen versuchen. Ein plötzliches Ausrutschen mochte grausames Pech sein, aber es gab ein *Vorher*, und es gab ein *Nachher*; und vielleicht war dieses Nachher Hadley.

»Du hättest mitkommen sollen, Hadley, es tat gut rauszukommen«, sagte Jenny.

Chase hatte ihnen allen ein Glas Supermarktwein eingegossen, die Sorte, die im untersten Regal stand und in Plastikflaschen verkauft wurde. Er war essigsauer, und Hadleys Augen brannten beim Trinken.

»Wir haben eine echt hübsche Stelle am See gefunden und draußen gesessen und heißen Cidre getrunken. Wir haben einfach alles vergessen, den ganzen Tag. Das hat wirklich geholfen.«

»Bruno und Loretta haben sich gegenseitig herausgefordert, ins Wasser zu gehen, was absurd war, weil es am Rand praktisch gefroren war«, erzählte sie. »Am Ende hat Loretta den Schuh ausgezogen und einen Zeh reingesteckt und mehr oder weniger im gleichen Moment einen Schwan aufgeschreckt, deshalb musste Bruno die Runde zahlen. Ausnahmsweise mal.«

Chase lachte und strich sich die Haare aus dem Gesicht. In den wenigen Wochen, seit er in Lausanne war, war es lang gewachsen. Es hatte fast dieselbe Länge wie das von Jenny und auch dieselbe Farbe, ein wässriges Blond.

Bruno schnappte sich die Plastikflasche vom Tisch und las verächtlich das Etikett.

»Ich hätte mal besser was von dort mitnehmen sollen, das Zeug hier ist untrinkbar.«

»Wir könnten ins Café Clio gehen«, schlug Loretta vor. »Ich hätte Lust zu tanzen, ihr nicht? Das ist genau das, was wir alle brauchen.« Sie umfasste Brunos Hände, löste sie gewaltsam von der Flasche und legte sie sich auf die Hüften. Sie tat, als würde sie einen etwas lahmen Lapdance vollführen, dann stand sie auf und kicherte in ihren Ärmel. Jenny lachte gutmütig mit.

Hadley trank ihren Wein aus einem angeschlagenen blauen Kaffeebecher, und nun schob sie ihn von sich weg. Mit unerwartetem Schwung kreiselte er über den Tisch und kippte scheppernd um. Alle sahen sie an.

»Ich verstehe einfach nicht, was ihr alle vergessen wollt«, sagte sie. »Dass es sie überhaupt gegeben hat? Dass lästigerweise etwas Trauriges passiert ist?«

»So ist das nicht, Hadley, das weißt du«, sagte Jenny. »Aber was können wir denn sonst tun?«

»Ich glaube nicht, dass irgendjemand sich große Mühe gibt, irgendwas zu tun«, sagte Hadley.

»Wir kannten sie gar nicht richtig«, meinte Chase. »Bei dir war das was anderes, aber für uns war es eben so. Das macht es nicht weniger traurig, nicht weniger tragisch, aber wir können es nicht alle endlos in die Länge ziehen und so tun, als wären wir ganz tolle Freunde gewesen, weil wir wissen, dass es so nicht war. Meiner Ansicht nach wäre das scheinheilig.«

»Scheinheilig?« Hadleys Stimme klang schrill und fühlte sich gar nicht wie ihre an.

»Hadley«, bat Jenny. »So meint Chase das doch nicht, das weißt du.«

Chase stand auf, und Hadley spürte seine Hand auf dem Arm. Er zog sie in eine kurze Umarmung.

»Entschuldige«, sagte er steif. »Jenny hat recht, es ist nur, dass keiner von uns momentan wirklich weiß, wie er sich verhalten soll.«

Er setzte sich wieder hin, und Hadley sah Jenny sein Knie drücken, das Gesicht vor Verständnis leuchtend. Unter dem Tisch verschränkten die beiden ihre Finger.

»Komm mit tanzen, Hadley«, sagte Loretta, ihre Singsang-Stimme hatte jetzt einen schmeichelnden Tonfall. »Es geht doch darum, sich besser zu fühlen, im Moment ist das wirklich so. Und Kristina würde zustimmen, das weiß ich. Sie hat immer gern was unternommen, oder?«

Ihre Versuche, sich ungezwungen zu geben, waren unerträglich. Hadley dachte an Chases und Jennys Hände unter dem Tisch und wie lange Jenny ihren Freund schon nicht mehr erwähnt hatte. Genau wie bei Bruno und Loretta schien ihre Zweisamkeit eine fröhlichere Stimmung zu fördern, so als sollten alle so glücklich wie sie sein, trotz aller Hindernisse. Diese Zurschaustellung von Freude fühlte sich für Hadley so falsch an, selbst wenn sie vermutlich so vergänglich wie ein gestohlener Tanz war. Hadley stand auf. Sie wollte etwas sagen, stockte dann. Sie setzte erneut an.

»Ich will versuchen, Kristinas Freund zu finden.«

»Den Freund, von dem wir alle nichts wissen sollten?«, fragte Jenny.

»So war das nicht«, verteidigte Hadley ihre Freundin hastig. »Sie hatte ihre Gründe.«

»Was meinst du mit ›versuchen zu finden‹«, fragte Chase. »Weißt du nicht, wie du ihn erreichen kannst?«

»Ich kenne nicht mal seinen vollen Namen.«

»Gibt es ihn überhaupt?«, fragte Bruno. »Frauen denken sich doch ständig Sachen aus.«

Loretta stieß einen kurzen Protestschrei aus, und die beiden diskutierten das Thema zwischen innigen Küssen.

»Es stand in der Lokalpresse«, sagte Chase. »Ich hab's gesehen. Kein Bild, aber ein Artikel, eigentlich nur eine Notiz. Vielleicht hat er es gelesen. Vielleicht weiß er es schon.«

»Mich hat überrascht, dass kein Foto dabei war«, sagte Jenny. »Ehrlich. Normalerweise, wenn jemand so hübsch ist, stellen sie ein Riesenbild dazu, als würde es das noch tragischer machen.«

Hadley starrte sie an. Sie spürte ihre Wangen vor Wut erröten. Chase fasste sie am Arm, und sie sah Jenny verblüfft das Gesicht verziehen.

»Weißt du überhaupt, wo du anfangen musst zu suchen?«, fragte er sanft.

»Noch nicht«, sagte Hadley. »Aber das finde ich schon heraus. Ich möchte wissen, was an dem Abend passiert ist, Chase. Als wir ohne sie gelacht und getrunken haben. Ich muss wissen, was passiert ist.«

Er sah sie an, als wollte er etwas sagen, seine Lippen kräuselten sich wie zum Widerspruch, doch er überlegte es sich anders und zuckte die Achseln.

»Wahrscheinlich hilft es, wenn man einfach etwas tut, oder?«

Hadley nickte. »Das hat heute schon mal jemand gesagt. Bleiben und kämpfen.«

Sie spürte die Blicke der anderen auf sich, also ging sie und kümmerte sich nicht darum, dass ihre Stimmen lauter wurden, als die Tür geräuschvoll hinter Hadley zuschlug. Etwas später hörte sie die anderen weggehen. Bald würden sie durch die immer noch verschneiten Straßen laufen, fröhlich und unbekümmert.

Hadley zog sich früh ihren Schlafanzug an und setzte sich im Schneidersitz aufs Bett. Für die anderen war es leicht, Abstand zu bekommen. Chase hatte recht, sie hatten nicht die gleiche Verbindung zu Kristina gehabt wie Hadley. Es war nicht ihre Geburtstagsfeier gewesen, zu der Kristina zu spät dran war, nicht ihre Worte, die sie dazu trieben, sich so zu beeilen, ohne Rücksicht auf Schneetreiben und Glatteis. Und sie hatten auch nie die unperfekte Kristina gesehen, in ihrem Pierrot-Shirt, mit strähnigen Haaren. Die roten Flecken auf ihren Wangen, wenn sie wütend oder ärgerlich wurde, weil sie über Jacques sprach. Die anderen hatten den Vorfall bereits hinter sich gelassen, das merkte Hadley ihnen an, und sie wusste, dass Kristina für sie bald nur mehr eine tragische Anekdote wäre, die sie in den Weihnachtsferien zu Hause erzählen konnten. Ein warnendes Beispiel, dass es selbst an einem so vollkommenen Ort wie Lausanne Tragik gab.

Sie stand auf und ging zum Fenster. Die Düsternis ihres unbeleuchteten Zimmers lag hinter ihr, und vor ihr funkelte die Stadt wie eh und je: unerbittlich optimistisch und beständig schön, ein Meer von Tausenden winzigen Lichtern. Vielleicht war sie voller weher Herzen; vielleicht war sie, wie Hugo gesagt hatte, eben doch wie jede andere Stadt. Sie stellte sich Hugo vor, irgendwo in einem Zimmer über seine Schreibmaschine gebeugt und auf ein leeres Blatt starrend. Der Schriftsteller, der nicht schrieb. Was wäre gewesen, wenn sie sich heute nicht mit ihm unterhalten hätte? Würde sie dann jetzt gerade ihre Sachen in den Koffer packen, die Postkarten von den Wänden zupfen? Sie war ihm dankbar, diesem Menschen, den sie kaum kannte. Hadley legte die Handfläche auf die kalte Fensterscheibe. Irgendwo jenseits der Dächer und weiter am Seeufer entlang, da war auch Jacques. Vielleicht wartete er, ohne sich dessen bewusst zu sein, darauf, dass Hadley ihn fand. Vielleicht bliebe sie gerade lange genug in Lausanne, um das zu tun. Sie nahm die Hand vom Glas und berührte ihre Wange damit. Die Fingerspitzen waren eisig, und sie zitterte bis in die Zehen hinab. Mit einem Ruck zog sie die Jalousien vor der Stadt herunter und wandte sich zurück in die Dunkelheit.

Vierzehn

Das Studentenwerk hatte psychologische Betreuung angeboten, und Hadley machte davon Gebrauch. Dank schweizerischer Effizienz fand Hadleys Termin bereits am Montagmorgen statt. Sie wurde in einen Raum geführt, der gleichzeitig Umsicht und Zuspruch vermittelte: nach Lavendel duftende Polsterstühle, eine Tafel mit ausdrucksstarken Plakaten über Verhütungsmethoden und Krankheiten, von denen sie noch nie gehört hatte. Die Psychologin bot Tee an und sprach Englisch mit zartem Akzent, während Hadley zuhörte, die Hände auf den Knien. Bei Hadleys Namen ließ sie das H weg, sodass er klang wie *Ad-lie*, französisch und melodiös, und Hadley hatte das Gefühl, es war gar nicht sie dort auf dem Stuhl. Es war eine andere in dem überhitzten Zimmer, die an den Tod dachte, als wäre es etwas Reales, was jedem zustoßen konnte. Als Hadley an der Reihe war zu sprechen, merkte sie, dass sie übermäßig höflich war, sogar ein paar Brocken Französisch einflocht, bis zu dem Moment, in dem sie lautlos weinte und überhaupt nichts mehr sagte. Hinterher, als sie in den Flur ging und sich den Schal zweimal, dreimal um den Hals wickelte, konnte sie sich nur an eines erinnern, das die Psychologin gesagt hatte: *Mit jemandem zu sprechen, der Trauer selbst erlebt hat, ist das Beste, was Sie tun können.* Wahrscheinlich bezog sie sich dabei auf sich selbst, doch so sanft sie auch war, so warm ihre Handflächen sich anfühlten, als sie sich verabschiedete, Hadley vereinbarte keinen weiteren Termin. Sondern sie dachte an Joel Wilson und die winzige weiße Narbe über seiner Lippe. Eine Narbe, deren Bedeutung man nicht kennen konnte, wenn er einem nicht davon erzählt hatte.

»Hadley, tut mir leid, aber jetzt ist es gerade ganz schlecht.«

Joel Wilson öffnete seine Bürotür nur eben so weit, dass sie die Unordnung hinter ihm sehen konnte. Wackelige Bücherstapel standen auf dem Fußboden, der Schreibtisch war unter einem Chaos von Zetteln praktisch verschwunden, und dumpfer Zigarettenrauch vergilbte die Luft. Er rieb sich über das Gesicht und sah sie aus zusammengekniffenen Augen an. Zum ersten Mal, seit sie ihn kannte, wirkte er wie ein viel älterer Mann.

»Ich bin mit einem Artikel für eine Veröffentlichung zu Hause hintendran. Frag erst gar nicht. Ihr Studenten glaubt, ihr wärt die Einzigen mit drängenden Deadlines, aber ich kann dir sagen ...«

Sie wartete auf das Ende seines Satzes, doch er brach unvermittelt ab. Im Unterricht war er immer so professionell, dass man sich ihn schwer selbst in Verzug mit seinen Texten vorstellen konnte. Plötzlich war sie wütend, dass er sich ausgerechnet diesen Tag ausgesucht hatte, um seine großspurige Lässigkeit gegen die kleinlaute Verzweiflung eines zerstreuten Professors einzutauschen.

»Ich muss mit dir reden«, sagte sie.

»Hadley, bitte.« Sein Blick bekam etwas Gequältes. »Ich hasse es, Studenten wegzuschicken, aber ich stehe wirklich mit dem Rücken zur Wand. Ich meine«, er machte eine ausladende Geste, »sieh dir das an, das totale Chaos. Ich finde nichts, was ich brauche. Im Moment komme ich mir völlig nutzlos vor.«

»Kristina ist gestorben.«

Er stand halb mit dem Rücken zu ihr, den Arm noch ausgestreckt, und erstarrte.

»Bei mir sieht es furchtbar aus. Entschuldige, was hast du gerade gesagt?«

»Meine Freundin ist am Wochenende ums Leben gekommen. Sie ist tot.«

Er griff sich an den Kopf und zog an seinen Haaren. Was man eben so machte, wenn einem absolut nichts einfiel.

»Das kann nicht sein, Hadley.«

»Ich weiß, dass du viel zu tun hast und jetzt ein schlechter Moment ist, und das tut mir leid, aber ...«

»Komm rein«, sagte er. »Steh nicht einfach nur da, komm schon rein. Entschuldige. Entschuldige.«

Er trat die Tür mit der Ferse zu und zog sie an sich. Sie stolperte beinahe über den gewellten Teppich, und die Tasche rutschte ihr von der Schulter. Es war eine heftige, feste Umarmung, und sie klammerte sich an ihn. Sie bekam kaum Luft, ihr Gesicht war in sein T-Shirt gedrückt, und eine Sekunde lang dachte sie, sie hätte zu atmen aufgehört. Sie löste sich von ihm.

»Warum hast du mich nicht zum Schweigen gebracht, als ich von meiner Arbeit gesprochen habe?«, fragte er. »Du hättest mir sagen sollen, dass ich den Mund halten soll.«

»Ich dachte, alle hier wüssten Bescheid. Jemand hat einen Termin bei einer Psychologin für mich gemacht. Da komme ich gerade her.«

»Ich hab nichts mitbekommen. Ich hatte mich hier eingeschlossen. In der Hölle.« Hastig verbesserte er sich. »Was sage ich denn da? Du bist in der Hölle.«

Hadley stellte ihre Tasche auf den Boden und hob sie wieder auf. Sie verschränkte die Arme vor der Brust. Ihr Atem ging stoßweise.

»Setz dich«, sagte er. »Moment, warte mal.«

Er stellte einen Zettelstapel von dem niedrigen Stuhl auf den Boden, und Hadley ließ sich darauf sinken. Als sie zu ihm aufblickte, wieder etwas gleichmäßiger atmend, mit etwas weniger geröteten Wangen, goss er zwei Gläser ein.

»Whisky.« Er reichte ihr ein halb volles Glas. »Der hilft, wenn Worte nicht mehr funktionieren.«

Sie nippte an dem Glas, schmiegte es an ihre Brust, nippte wieder. Der Whisky schmeckte hart und wütend, überhaupt nicht nach der süßen Hitze von Hugos Kognak. Doch er lockerte den Knoten in ihrer Herzgegend, und sie atmete ein und aus.

»Willst du mir erzählen, was passiert ist?«, fragte er.

Also erzählte sie. Alles, was sie wusste. Sie hatte Angst zu zerspringen, wenn sie auch nur eine Minute Pause machte, also sprach sie weiter und weiter, und er wurde mitgetragen, genau wie sie es sich vorher vorgestellt hatte. Er sah so geschockt, so zornig, so aufgewühlt aus wie sie selbst. Ihr wurde bewusst, dass es genau das war, was sie auch bei jemand anderem hatte sehen wollen. Wut.

»Ich wusste, du würdest helfen wollen, wenn ich zu dir käme«, sagte sie. »Ich wusste es.«

»Natürlich helfe ich dir, Hadley, wenn du jemanden zum Reden brauchst oder …«

»Das meine ich nicht«, sagte sie.

Sie erzählte ihm von Jacques. Und als sie es ihm erklärte, als er vor ihr auf einem Knie hockte, das Whiskyglas schräg in der Hand, wusste sie ohne jeden Zweifel, dass sie zum richtigen Menschen gegangen war und dass sie Jacques unbedingt suchen musste. Joel senkte den Kopf, und als er ihn wieder hob, glänzten seine Augen.

»Du willst also wirklich diesen Typen finden?«

Hadley nickte.

»Warum?«

»Er hat ein Recht, es zu erfahren. Die Sache zwischen ihm und Kristina war nicht ganz aufrichtig, aber soweit ich das beurteilen kann, war er immer ehrlich zu ihr. Und ich glaube auf jeden Fall, dass er sie geliebt hat. Es muss schrecklich sein, nicht die Wahrheit über jemanden zu kennen, den man liebt. Zu glauben, er wäre einfach verschwunden oder hätte keine Gefühle mehr.« Ihre Stimme war heiser und brüchig geworden. Mit zitternden Fingern strich sie sich die Haare glatt. »Mir fällt sonst niemand ein, der es ihm erzählen könnte. Sie hat ihn so getrennt von ihrem Leben gehalten, immer geheimnisvoll.«

»Bist du böse auf sie?«

»Natürlich nicht, wie denn?«

»Aber vorher… warst du vorher wütend auf sie? Wegen der Art ihrer Beziehung zu Jacques?«

»Nein, ich meine, dazu wusste ich eigentlich nicht genug«, sagte Hadley. »Aber das hat mich ja auch nicht aufgehalten. Ich war trotzdem ätzend zu ihr am Telefon. Es kam mir eben so vor, als würde sie ein Drama daraus machen, als erwartete sie von ihm, jemand zu sein, der er nicht war. Aber das kann man natürlich leicht sagen, wenn es nicht einem selbst passiert.«

»Und jetzt bereust du es.«

»Ja, ich bereue es. Ganz schrecklich. Ich hasse mich dafür. Aber ich kann es nicht einfach vergessen, und ich will wissen, was an dem Abend passiert ist. Was auch immer dabei rauskommt, ich will es wissen.«

»Bist du sicher, dass dir das helfen wird? Ich nämlich nicht.«

»Das ist das Einzige, worüber ich mir sicher bin. Ich hatte

schon überlegt, nach Hause zu fahren, ich dachte, es wäre das Richtige, und dann hat mir jemand klargemacht, dass das nicht stimmt. Ich bin es Kristina schuldig zu bleiben.«

Er stand auf, lehnte sich an den Schreibtisch und ließ sich ihre Worte durch den Kopf gehen.

»Vielleicht wäre es keine so schlechte Idee zurückzugehen, Hadley«, sagte er nach einer Weile. »Zumindest eine Zeit lang. Nur, um wieder zu dir zu kommen. Dein Gleichgewicht zu finden.«

»Ich will kein Gleichgewicht. Noch nicht. Ich muss das tun.«

»Du könntest ja später im Semester zurückkommen. Es müsste nicht das Ende sein.«

»Ich wollte dich um Hilfe bitten.«

»Ach, Hadley.«

»Hilfst du mir? Jacques zu finden? Das Ganze zu verstehen?«

Er gab keine Antwort.

»Bitte, Joel.«

»Wäre es nicht besser, es einfach auf sich beruhen zu lassen«, sagte er vorsichtig, »diese schreckliche, traurige Sache? Mach irgendwie weiter. Erinnere dich daran, wie toll sie war. Und versuch, das andere zu vergessen.«

»Das kann ich nicht.«

»Hast du denn jemanden, der dir dabei helfen kann? Dein Freund vielleicht?«

Sie schüttelte den Kopf. »Ich hab keinen Freund. Und ich bin zu dir gekommen, weil ich dachte, du verstehst, warum es wichtig ist. Ich weiß, dass das blöd ist. Es hat nichts mit dir zu tun, aber …«

Sie verstummte. Eine Träne rann ihr über die Wange, und sie wischte sie schnell ab. Noch eine Träne kam, und die wischte sie ebenfalls ab. Joel drehte sich abrupt um und stellte sein Glas grob auf dem Tisch ab. Es musste einen Sprung gehabt haben, denn es zerbrach. Glassplitter flogen auf seine Zettel. Er fluchte und hielt den Finger ins Licht.

»Verdammt noch mal.«

»Hast du dich geschnitten?«

»Mist, da ist eine Scherbe drin.« Etwas Blut lief seine Hand hinunter.

»Lass mich mal«, sagte Hadley. »Hier, sie ist nur ganz winzig.« Ganz sachte zog sie das Glasstückchen heraus. »Ich hab's schon. Siehst du?«

Ein Blutstropfen fiel auf den hellen Teppich. Joel hielt die Hand an die Brust und verschmierte sich das T-Shirt. »Ich mache hier alles voll.«

Hadley rannte zu ihrer Tasche und wühlte Hugos Taschentuch heraus. Sie faltete es mehrmals und band es dann um Joels Hand. Ein aufwändiger Verband für so eine kleine Wunde.

»Das ist nicht nötig«, setzte er an.

Sie trat zurück. »Schon fertig. Alles wieder gut.«

»Das Ding hat ungefähr Tischdeckengröße.«

»Es gehört nicht mir«, sagte sie. »Das musst du mir leider hinterher zurückgeben.«

»Hadley …«

»Ja?«

Er setzte sich aufs Sofa, während sie am Schreibtisch stehen blieb. Seine unverletzte Hand nestelte an dem Verband. Ein dunkelroter Fleck breitete sich auf Hugos Taschentuch aus.

»Es ist dir sehr wichtig, oder? Diesen Jacques zu finden.«

»Allmählich habe ich das Gefühl, es ist das einzig Wichtige.«

»Das Problem ist, dass ich nicht weiß, wo wir anfangen sollten. Und ob wir es jemals zu Ende bringen.«

»Ja, ich weiß.«

»Aber wenn du es probieren willst, wenn du Hilfe dabei möchtest, wenn du ehrlich glaubst, dass es dir damit besser geht … also gut.«

Hadley ging zu ihm. Ohne nachzudenken, setzte sie sich neben ihn und lehnte sich ganz matt vor Erleichterung an ihm an. Als ihr Kopf seine Schulter berührte, spürte sie ihn erstarren. Sie schloss die schmerzenden Augen und rechnete damit, dass er wegrutschen würde. Doch er legte den Arm um sie und zog sie näher an sich.

»Als mein kleiner Bruder starb«, erzählte er, »sagte meine Großmutter zu mir, dass es mir eines Tages wieder besser gehen würde. Ich müsste nur zuerst den schlimmen Teil überstehen. Und ich hab sie dafür gehasst, denn ich wollte nicht, dass das stimmt. Ich wollte leiden. Ich wollte furchtbar leiden, weil das alles war, was mir noch von ihm geblieben war, und ich wollte nicht glauben, dass jemand, den man liebte, jemand, der einem mehr bedeutete als jeder andere, sterben konnte. Und dass das nach einer Weile auch okay wäre. Also hielt ich den ganzen Schmerz und die ganze Wut fest und wollte sie niemals loslassen. Aber dann, eines Tages, völlig unbemerkt, war es passiert.

Ich wachte morgens auf, und weißt du, woran ich als Allerererstes dachte? Kaffee. Einen großen, dampfenden, pechschwarzen Becher. Und dann, erst in der nächsten Sekunde fiel mir ein, dass Winston nicht mehr da war. Ich hatte es nicht vergessen, aber die Lücke, die er hinterlassen hatte, war geschrumpft, nur einen Hauch, nur ein winziges bisschen. Drei Monate lang war ich jeden Morgen aufgewacht und hatte, sobald ich die Augen aufschlug, gedacht *O mein Gott, Winston.*

Aber an dem Tag nicht. Nicht sofort. Also stand ich auf und trank meinen Kaffee, und ich dachte an ihn und vermisste ihn immer noch. Dann dachte ich an die nächste Sache, was an dem Morgen zufällig Toast war. Eine Scheibe, mit sehr wenig Butter und verbrannten Ecken. Aber er schmeckte wie Toast. Zum ersten Mal seit Winstons Tod schmeckte er tatsächlich wie Toast.

Hadley, es sind Kleinigkeiten, dummes Zeug, aber wenn es passiert, bist du bereit, und du freust dich darüber, weil du ausgelaugt bist und weil du nicht mehr wütend sein willst. Du lässt die Trauer nicht los, aber irgendwie lässt sie dich nach und nach los. Nur ein bisschen, gerade genug. Genug, um dich wieder leben zu lassen. Toast essen, Kaffee trinken, einatmen und ausatmen, ohne dich zu fragen, wie du das schaffen sollst. Was ich sagen will, Hadley: Das jetzt ist die schlimmste Zeit. Jetzt gerade bist du in der Hölle. Und nichts, was jemand sagt oder tut, kann dich da rausholen. Gott weiß, es wird sich anfühlen, als würdest du nie wieder etwas anderes tun, als um Kristina zu trauern. Aber es wird besser werden. Eines Tages, irgendwann wird es besser. Und wenn dieser Tag kommt, dann bist du bereit, Hadley. Okay? Das glaubst du mir nicht, aber das macht nichts, ich hab es früher auch nicht geglaubt.

Aber soll ich dir mal was sagen? Es heißt immer, dass nur eins im Leben gewiss ist, und zwar der Tod. Tja, das stimmt eben nicht. Es sind zwei Dinge, und das zweite ist, dass man letzten Endes immer damit zu leben lernt. Und das ist gleichzeitig das Beste und das Schlechteste daran.«

Fünfzehn

Die Rue des Mirages lag ein paar Straßen unterhalb des Bahnhofs, und auf dem Rückweg von der Uni wagte Hadley sich zum ersten Mal dorthin. Joels Versprechen hatte ihr Mut gemacht, und sie hatte das Gefühl, er wäre bei ihr, obwohl er es nicht war. Die Straße wirkte ganz normal, olivgrüne Mietshäuser und eine mit Graffiti besprühte Garagenwand, etwas heruntergekommener als die meisten anderen vielleicht, aber nicht gefährlich, nicht wie ein Ort, an dem ein Leben mit plötzlicher Brutalität ausgelöscht wurde. Hadley blickte sich nach beiden Seiten um, es war niemand zu sehen, nur ein Schritt von der Hauptstraße entfernt, und man konnte ganz allein sein. Sie betrachtete die Fenster mit den Läden und die Rückseiten alter Häuserblocks. Sie richtete den Blick auf den Boden. An jenem Abend hatte sich vielleicht eine Blutlache ausgebreitet, leuchtend rot auf dem Schnee. Nun war da nur grauer Matsch mit Splitt darin. Kristina war die Rue des Mirages entlanggerannt und gestürzt, und es gab nicht das kleinste Anzeichen dafür, dass es überhaupt passiert war. Hadley hatte schon Gedenkstätten gesehen, traurige Plätze, wo dürre Blumensträuße und regenverschmierte Nachrichten an Brückengeländer gebunden oder auf vielbefahrenen Straßenkreuzungen abgelegt worden waren. Einem fremden Passanten boten sie Gelegenheit, kurz innezuhalten und nachzudenken, doch was waren sie für die Hinterbliebenen? Es war etwas anderes, als Blumen zum

Friedhof zu bringen, es war kein Zur-Ruhe-Betten. Vielleicht war es derselbe Impuls, den sie jetzt empfand, die kreisende Erde nur für einen Moment anzuhalten, sich zu weigern, den nächsten Tag und den darauf alles wegwischen zu lassen, was passiert war. Ein Akt der Verzweiflung eigentlich, der Versuch, einer Sache eine Bedeutung zu geben, während die restliche Welt unbekümmert weiterhetzte.

Am Ende der Straße gab es einen Blumenladen, und sie trat ein und suchte zwölf schneeweiße Rosen aus. Dann ging sie wieder auf die Straße und suchte nach einer passenden Stelle. Letzten Endes entschied sie sich für einen Laternenpfahl, an dem sie die Blumen sachte ablegte. *Ich hab es nicht so gemeint*, begann sie flüsternd, dann brach sie ab. Die einzigen Geräusche waren der Verkehr in einiger Entfernung, das Knirschen ihrer Schuhe im Schnee und das Rauschen des Windes, der sich in der Plastikumhüllung von Kristinas einsamem Strauß fing. Hadley stand auf und ging, und ihre Worte blieben unter Verschluss.

Als sie zurück ins Wohnheim kam, waren die Putzfrauen in Kristinas Zimmer. Hadley hörte das Jaulen des Staubsaugers und das Stampfen ihrer Plastikclogs auf dem Fußboden. Sie horchte und wartete, drückte sich vor ihrem eigenen Zimmer herum, und als sie gingen und die Tür nicht hinter sich abschlossen, sah sie ihre Chance. Schon wollte sie verstohlen hineingehen, da zögerte sie und sah sich erst gründlich im Flur um. Sie legte die Faust an die Tür. So oft hatte sie dort geklopft, ein schnelles Ra-ta-tat, um zu fragen: *Lust auf einen Kaffee? Fahren wir zusammen mit dem Bus? Die Sonne scheint, lass uns was unternehmen, sollen wir zum See?* Nun klopfte sie, nur einmal, leise. *Kristina*? Keine Antwort. *Ich komme rein*, sagte sie.

Es war leer, aber das hatte sie ja gewusst. Das Bett war abgezogen, im Papierkorb steckte eine frische weiße Tüte. Kristinas Pinnwand war vergessen worden, und sie hing immer noch frech an der Wand, gespickt mit Lebenszeichen: ein Stundenplan, voller Textmarkerstriche und Anmerkungen, der Flyer des La Folie, des Clubs, in dem sie zu Semesterbeginn getanzt hatten, bis ihre Haare klebten und die Fußsohlen schmerzten, und eine Ansichtskarte mit blauem Meer und noch blauerem Himmel. Letztere nahm Hadley ab und drehte sie um, doch auf dieser stand keine Nachricht. Sie ließ den Blick durchs Zimmer schweifen. Was hatte sie erwartet? Eine in den Spiegelrahmen geklemmte Visitenkarte von Jacques? Eine mit Tinte auf eine Serviette geschriebene Telefonnummer? Doch es gab keine Spur, nichts, um ihr die Suche auch nur im Geringsten zu erleichtern. Nur die trostlose Ausstrahlung eines erst kürzlich geräumten Zimmers, die unentrinnbare Traurigkeit der schief hängenden Jalousie, die gefaltete Decke am Fußende des Betts. Auf dem Weg hinaus schloss Hadley leise die Tür hinter sich. Sie bemerkte, dass Kristinas Name immer noch dort in dem kleinen Kästchen unter der Zimmernummer steckte. Kristina Hartmann. Es war seltsam tröstlich, ihn noch dort zu sehen.

Joel hielt sein Versprechen und war für sie da. In jenen ersten Tagen war er der einzige Mensch, den sie in ihrer Nähe haben wollte, und sie dachte nicht groß über dieses Gefühl nach, wunderte sich nicht über ihre wachsende Vertrautheit. Sie wusste nur, dass er besser als jeder verstand. Zwischen den Kursen zogen sie die Jalousien herunter und blätterten durch dicke blaue Telefonbücher und Studentenkarteien. Joel stellte sich sein Laptop auf den Schoß und suchte online, führte ausgiebige Internetrecherchen mit jeder nur denkbaren Wortkombination durch. *Jacques Kristina. Jacques Genf St. Tropez. Jacques dänische Freundin.* Nichts erzielte je einen vernünftigen Treffer.

»Vielleicht weiß einer der Studenten hier irgendwas. Probier das doch mal«, sagte Joel.

»Was, Kristinas Kommilitonen? Ich glaube nicht, dass sie denen was erzählt hat.«

»Manchmal fällt es leichter, wenn ein gewisser Abstand besteht.«

»Aber nicht über so etwas. Ich war die Einzige, die es wusste.«

»Mag ja sein, aber es wäre ein Anfangspunkt.«

Joel rieb sich mit beiden Händen das Gesicht. Hadley überlegte, ob er wohl ebenfalls mittlerweile unter Schlaflosigkeit litt wie sie selbst, denn er hatte dieselben verräterischen dunklen Ringe unter den Augen, das Indiz für endlose durchwachte Nächte.

»Du hast recht, sie könnten zumindest wissen, wann sie nach Genf gefahren ist. Vielleicht hat sie etwas zu jemandem gesagt. Das ist eine gute Idee.«

»Hadley, hilft das?«, fragte er. »Ich meine, helfe ich?«

»Natürlich. Das weißt du doch.«

»Ich weiß nur, wie sehr ich das möchte.«

»Joel, du hilfst mir viel mehr, als dir wahrscheinlich bewusst ist.«

»Ich frage mich nur, ob diese fruchtlose Suche nicht alles noch schlimmer macht.«

»Sie ist so ungefähr das Einzige, was es besser macht«, sagte Hadley.

Als sie ging, beugte sie sich vor und gab ihm einen leichten Kuss auf die Wange. Erst hinterher, als sie durch den Flur lief, wurde ihr klar, was sie getan hatte, und sie dachte daran, dass er die Hand danach ans Gesicht gehoben hatte, eine genauso unbewusste Geste wie der Kuss selbst.

Sie wusste, sie würde Kristinas Bekannte in der Ecke der Cafeteria finden. Dort hatte sie an ihrem Geburtstag mit Joel gesessen, als sie vorgab, Kristina nicht zu sehen, weil sie sich nur auf ihn konzentrieren wollte. Nun ging Hadley an den mit Kaffeebechern übersäten Tisch, an dem sie lümmelten und Zigaretten drehten. Da war das Mädchen, das ständig lachte und dessen Haare sich zu flammenroten Locken ringelten, der Junge mit der zerknautschen Samtjacke und den schweren schwarzen Stiefeln und ein älterer blonder Mann mit Brille und Sommersprossen auf den Wangen. Sie sagte *Bonjour*, und die drei sahen sie ausdruckslos an, grüßten aber locker zurück. Keiner von ihnen war Engländer. Der Blonde hätte Däne sein können. Hadley erklärte, sie sei eine Freundin von Kristina, und er reagierte zuerst.

»Ah, okay. Dann bist du Hadley? Aus dem Studentenwohnheim, oder? Klar. Hallo.«

Er hatte eine distanzierte Ausstrahlung, und als er Hadley die Hand schüttelte, war es eine kühle, knappe Geste. Der andere Mann winkte und lächelte mit nicht ganz perfekten Zähnen. Die Rothaarige sprach, und ihre Stimme war klangvoll, ihr Englisch mit Französisch gewürzt, lange Vokale und fließende Satzmelodie.

»*C'est tragique*«, sagte sie. »*Vraiment*, wir können es nicht fassen. Sie hat andauernd von dir gesprochen, weißt du? Wie geht es dir? Kommst du klar?«

Einen Moment lang überlegte Hadley, wie es wäre, sich in diesen Kreis von Kristinas Halbfreunden einzufügen. Sie waren freundlich, sie kannten ihren Namen. Doch Hadley spürte, dass sie jetzt schon wieder mit anderen Dingen beschäftigt waren, sie blieben nur gerade eben so lange betrübt und aufgebracht, wie man es von ihnen erwartete. Das französischsprachige Mädchen nestelte an den Perlen seiner Kette. Die anderen hatten einen Bekannten entdeckt. Rasch sprach Hadley weiter.

»Hat Kristina jemals einen Jacques erwähnt?«

Die Rothaarige schüttelte den Kopf, und ihre Locken federten hübsch. Sie wandte sich an die anderen. »Karl, Josef, habt ihr sie je über einen Jacques sprechen hören?« Sie zuckten die Achseln, ihr Lächeln wurde zerknirscht.

»Wir waren befreundet, aber nur locker, über die Uni, weißt du? Ein Kaffee nach der Vorlesung, ein Gespräch in der Bibliothek, so in dem Stil. Es tut mir sehr leid. *Vraiment.*«

»Was ist mit dem Freitag? Hat Kristina gesagt, was sie nach der Uni machen wollte? Hat sie was von Genf erzählt? Von *Genève*?«

Erneut schüttelte die Rothaarige den Kopf. Sie steckte sich eine dünne Zigarette in den Mundwinkel, eine beiläufige, unbekümmerte Geste.

»Es war nichts anders als sonst. Wir hatten Kunstgeschichte, danach waren wir zusammen hier. Nachmittags sind dann alle gegangen. Ich kann mich nicht mal erinnern, mich von Kristina verabschiedet zu haben, wenn ich ehrlich bin. Und das war das letzte Mal, dass ich sie gesehen habe, was ziemlich furchtbar ist, verstehst du? Ich fühle mich scheiße deswegen.«

Sie sprach *scheiße* sehr gedehnt aus, und in ihrer Variante klang es gar nicht so schlimm. Eher nach Lachen und Freunden und schnell vergehendem Bedauern, und so war es eben. Kristinas Kommilitonen konnten Hadley nicht mehr sagen, also bedankte sie sich, ein verkniffenes *Merci*, und ging.

Statt den Bus zu nehmen, ging sie zu Fuß, das Gesicht unter der Kapuze verborgen. Ihr fiel ein, dass Joel »wir« gesagt hatte, als sie über die Suche nach Jacques sprachen, und sie fühlte sich weniger allein.

Die Idee mit St. Tropez hatte sie nachts. Ihre Gedanken kreiselten in alle Richtungen, verknüpften, was sie sicher wusste, mit Dingen, die sie sich ausmalte. Jacques mit langen Schritten in den Rues Basses in Genf. Kristina, die fremden Kindern vorlas. Jacques in Hemdsärmeln unter einer sengenden Sonne. Kristina, deren Haar wie eine Woge schaukelte, als sie sich zu einem Kuss umdrehte. Sie hatte Hadley erzählt, dass Jacques in der Nachbarvilla gewohnt hatte. Ein echter, realer Ort. Als ihr die Verbindung bewusst wurde, sprang sie aus dem Bett und wollte schon eine Telefonnummer wählen, doch die gelbe Anzeige ihres Weckers sagte 3:45 Uhr. Also stieg sie zurück ins Bett und sah den Ziffern zu, wie sie sich ganz allmählich einer vernünftigen Uhrzeit näherten. Um 7:32 rief sie in der Universitätsverwaltung an. Den zweiten Versuch machte sie um 7:40, und dieses Mal hob jemand ab. Die Schweizer begannen ihren Tag früh. Minuten später notierte sie die Nummer von Kristinas Eltern in Kopenhagen. Es war leicht gewesen, die Rolle der verzweifelten Freundin anzunehmen, die unbedingt ihr Beileid aussprechen wollte. Die Zahlen wurden herausgegeben, und Hadley legte schon auf, als die Verwaltungsangestellte selbst noch ein paar tröstende Worte sagte.

»*Hej*«, sagte eine Stimme, und obwohl er bei ihrer Begegnung kaum gesprochen hatte, erkannte Hadley Kristinas Vater. Die Begrüßung klang irritierend locker, bis Hadley wieder einfiel, dass dieses *Hej* auf Dänisch einfach »hallo« hieß.

»Ah, hallo, Herr Hartmann«, sagte sie. »Ich weiß nicht, ob

Sie Englisch sprechen, aber hier ist Hadley Dunn. Kristinas Freundin. Wir haben uns kurz kennengelernt.«

»Kristinas Freundin?«

Seine Stimme war wie ausgehöhlt, so dünn, dass man glaubte, sie könnte jeden Moment brechen.

»Entschuldigen Sie bitte, dass ich Sie zu Hause störe. Wie …« Sie verlor den Faden, nahm dann einen neuen Anlauf. »Ich meine, wie geht es Ihnen? Ich hoffe gut. So gut, wie es eben geht natürlich.«

»Warum rufen Sie an?«

»Verzeihung, ich möchte Sie wirklich nicht belästigen, ich habe mir nur über etwas Gedanken gemacht. Vielleicht können Sie mir dabei helfen.«

»Wahrscheinlich nicht«, sagte er, nicht unfreundlich, einfach niedergeschlagen.

Hadley holte tief Luft und erklärte vorsichtig, sachte, dass sie sich mit der Familie in Verbindung setzen wolle, für die Kristina im Sommer als Au-pair gearbeitet hatte. Sie erkundigte sich, ob das bereits jemand getan habe und ob sie unter Umständen die Adresse bekommen könne. Sie rechnete mit einer Salve von Fragen, aber er stellte keine.

»Leider nein«, sagte er.

»Nein? Heißt das, Sie haben die Adresse nicht?«

»Nein«, sagte er. »Tut mir leid.«

»Und was ist mit dem Haus in Frankreich, in St. Tropez, haben Sie Kristina vielleicht mal einen Brief geschickt? Oder sie Ihnen?«

»Kristina war sehr unabhängig. Ihr Sommer war, wie sagt man das … ihr Sommer war ihre eigene Angelegenheit. Wer sind Sie? Sie sagten, Sie sind eine Freundin von Kristina?«

»Ja, aus Lausanne. Hadley. Ich versuche nur …«

»Hadley, wir versuchen hier weiterzuleben.«

»Weiterleben? Ja, natürlich. Ich weiß. Und ich wollte Sie auf keinen Fall belästigen, ich dachte nur ...«

»Wir haben keine Antworten auf Ihre Fragen. Wir wussten nicht alles über das Leben unserer Tochter. Vielleicht nicht genug. Wir waren nicht bei ihr, als sie starb. Das sind Dinge, mit denen wir nun leben. Mit denen wir uns abzufinden versuchen.«

»Ich weiß.«

»Also danke für Ihre Freundschaft mit unserer Tochter, aber wir können nicht helfen. Wir können nichts tun, nichts ändern.«

Seine Worte erstarben, und Hadley hörte ein unterdrücktes Schluchzen. Sie schloss die Augen und atmete tief durch, sie hasste sich für ihre Hartnäckigkeit.

»Darf ich nur fragen, hat ein Jacques bei Ihnen angerufen? Hat überhaupt ein Mann angerufen?«

»Entschuldigen Sie, auf Wiedersehen.«

Die Leitung wurde unterbrochen, und Hadley stöhnte. Irgendwo in Südfrankreich standen zwei Villen nebeneinander, doch die Bewohner waren längst fort und verschwunden. Die Stimme von Kristinas Vater blieb in ihrem Kopf, seine anfängliche Zurückhaltung, die sich zu Kummer und schließlich zu Verärgerung gewandelt hatte. Und das unbehagliche Gefühl, dass sie einen schlechten Eindruck hinterlassen hatte, neugierig und gleichgültig. Sie kroch wieder unter die Decke und weinte, bis sie keine Tränen mehr hatte.

Nachdem die Idee mit St. Tropez aufgeflackert und wieder erloschen war, ging Hadley zu Joel und schlug Genf vor. Sie brauchte Bewegung, das Verfolgen einer Linie auf einer Landkarte.

»Was, einfach durch die Straßen wandern?«, meinte Joel. »›Jacques, Jacques‹ brüllen?«

Es war Mittwoch, und sie saß in seinem Büro auf der Fensterbank, den Rücken an die Scheibe gelehnt. Unter ihr schwankten die Pappeln im Wind. Vereinzelte Studenten überquerten die Wege, Schals hinter ihnen herwehend, die Köpfe tief gesenkt. Sie wirkten zufrieden, normal. Hadley rieb sich die Augen und drehte sich wieder um.

»Kristina hat von ein paar Orten erzählt, an denen sie manchmal waren.«

»Ach so, warum hast du das nicht vorher gesagt?«

»Weil sie immer so vage war. Es gibt eigentlich keine echten Anhaltspunkte, aber ich könnte es zumindest probieren.«

»Was für Orte?«

»Das Seeufer. Die Altstadt. Es gab da ein Café, glaube ich, in der Nähe der Kathedrale. Ich weiß, viel ist das nicht, aber ich weiß nicht, was ich sonst tun soll.«

Hadley sah, dass Joel darüber nachdachte. Sie hatte schon festgestellt, dass er sich immer Zeit nahm mit seinen Antworten. Mit der gleichen bedächtigen Art unterrichtete er auch, man musste immer auf seine Entgegnung warten. Er klopfte einen Rhythmus auf den Schreibtisch. Dann nickte er langsam.

»Okay«, sagte er. »Ist gut. Vielleicht ist es gar keine schlechte Idee, aus Lausanne rauszukommen. Mal was anderes versuchen.«

»Ich nehme den Zug, wie Kristina. Eigentlich kann ich jetzt gleich fahren.«

»Hadley, warte. Ich fahre dich.«

»Das musst du nicht.«

»Doch. Du fährst nicht allein.« Er nahm seinen Schlüssel vom Schreibtisch und zog die Jacke über. »Zwei Bedingungen aber.«

»Nämlich?«

»Dass wir nach heute Abend einen Schlussstrich ziehen. Akzeptieren, dass Jacques vielleicht nicht gefunden werden kann.«

»Ich will noch nicht aufgeben.«

»Aufgeben? Meiner Ansicht nach ist es das Gegenteil. Etwas zu akzeptieren ist niemals aufgeben. Und ich habe noch eine zweite Bedingung.«

»Und die wäre?«

»Dass ich dich zum Essen einladen darf. Ich möchte wetten, dass du schon länger nichts Richtiges mehr gegessen hast.«

Hadley griff nach seiner Hand. Sie hielt sie, als wäre es die erste Hand, die sie je gesehen hatte. Sie inspizierte die schwieligen, breiten Finger, die gebräunte Haut, die riesigen Halbmonde seiner Nägel. Dann ließ sie sie hastig fallen.

»Danke«, sagte sie.

Damals, im September war sie in Genf gelandet, in *Genève*, an ihrem allerersten Tag. Von der Stadt hatte sie nur wenig gesehen, als der Zug durch die Randgebiete sauste, nur die üblichen Hochhäuser, hingeschmierte Graffiti und die unerklärlich deprimierenden Industriegebiete. Dennoch hatte sich in Hadleys Kopf die Vorstellung von Genf als einem trostlosen älteren Bruder des verspielten Lausanne gebildet: spießig und steif, in einem teuren, aber schlecht sitzenden Pulli und nagelneuen Schnürschuhen. Lausanne dagegen war eher ein Künstlertyp und ganz klar ein Mädchen. Aus nicht weniger gutem Haus, nicht weniger begütert, aber mit einem leichten Hang zur Unordentlichkeit. Vor der Kulisse Genfs sah Hadley den See als reines Wasserelement, als beschauliche, architektonisch inspirierte Hintergrundlandschaft für die flaggenbewehten Hotels. In Lausanne war der Lac Léman so viel faszinierender. Man blickte auf die verwegenen Konturen der Berggipfel dahinter, sah das wilde Klatschen der Wellen an den Stegen, die Schwärme empörter Möwen, und man war überzeugt, dass er lebendig war, dass unter den sonnenbeschienenen Wogen dunklere Tiefen verborgen waren.

Kristinas Berichte von ihren Treffen mit Jacques in Genf hatten an Hadleys Ansicht wenig geändert. Sie sah die beiden immer nur in Einzelbildern vor sich: an ein Geländer vor dem Springbrunnen gelehnt, sodass ihre Beine sich von der Hüfte bis zur Zehe berührten. Mit einer internationalen Speisekarte in einem golden erleuchteten Restaurant, perlenden Sekt in gekühlten Gläsern vor sich. Die Stadt selbst schien lediglich ein nichtssagender Rahmen für das Auf und Ab ihrer Liebesgeschichte. Dann fuhr Hadley mit Joel Wilson nach Genf.

Das Lokal, das Joel aussuchte, lag hinter einem hell erleuchteten Boulevard. Es war ein chinesisches Restaurant und hatte einen festlichen Eingang mit Papierlaternen und Pappmascheekatzen. Eine junge Frau mit zwei fest gebundenen Zöpfen und einer weinroten Weste führte sie zu einem Tisch im hinteren Teil. Die Papiertischdecke knüllte, als Hadley den Stuhl an den Tisch rückte. Sie schnippte eine Erbse von ihren Vorgängern auf den Boden. Eine Wand bestand komplett aus Spiegeln, die andere war mit einer riesigen Küstenlandschaft bemalt. Schwankende Dschunken mit bunten Lichtern trieben Nase an Nase, im Hintergrund zeichneten sich blaue Berge vor einem rosa Himmel ab.

»Warst du hier schon mal?«, fragte sie Joel.

»Nein.«

»Aber du fandest, es sah gut aus?«

»Nein, aber ich dachte, es wäre lustig.«

Hadley betrachtete die riesige Speisekarte. Sie führte mindestens zweihundert Gerichte in enger Schreibmaschinenschrift auf.

»Ich nehme die siebzehn und die einundvierzig.«

»Auf gut Glück?«

»Warum nicht?«

»Siehst du, ich wusste doch, dass es lustig wird. Dann nehme ich einundzwanzig, fünfzig und, was soll's, ich leg noch die achtzig drauf. Aber nur, wenn du mit mir teilst.«

Sie bestellten sich große Gläser schaumiges Bier und lehnten sich zurück. Es war zehn Uhr, und sie waren die einzigen Gäste. Hadley aß einen von den Krabbenchips und versuchte, nicht zu lachen. Es war das erste Mal seit Tagen, stellte sie fest, dass sie das Bedürfnis hatte zu lachen. Sie trank ihr Bier und blieb ruhig.

Es war bislang ein seltsamer Abend gewesen. Ohne konkrete Vorstellung waren sie in Genf angekommen. Joel hatte in einer Tiefgarage geparkt, und ihre Schritte hatten auf dem Beton gehallt, als sie nach dem Ausgang suchten. Schließlich waren sie eine säuerlich riechende Treppe hinaufgestiegen, knirschende Glasscherben unter den Füßen. Hadley hatte Joels Hand leicht auf ihrer Taille gespürt, als er sie durch eine Schwingtür hinaus auf die Straße führte. Genf kam ihr kälter vor als Lausanne, die Luft brannte auf den Wangen und drang durch die Schichten von Mantel und Pulli. Sie fröstelte, und Joel schlang den Arm um sie.

»Dir wird gleich warm«, sagte er und ging einen Moment lang im Gleichschritt mit ihr. Sie lehnte sich an ihn, und er drückte ihre Schulter, ehe er sich von ihr löste. Dann holte sie den Stadtplan aus der Manteltasche und strich ihn mit dem Handschuh glatt.

»Ich glaube, die Altstadt ist in der Richtung«, sagte sie.

Hatte es an jenem Abend einen Plan gegeben? Ja, soweit es

überhaupt einen geben konnte. Im Auto hatte Hadley angestrengt nachgedacht und alles aufgeschrieben, was Kristina je erwähnt hatte, eine dürftige Liste oft besuchter Sehenswürdigkeiten und ungenauer Ortsangaben. Sie hatte sie Joel vorgelesen, und er hatte geseufzt und die Musik lauter gedreht.

»Weißt du, das ist verrückt, Hadley«, hatte er John Coltranes hektische Rhythmen überbrüllt. »Oder was meinst du?«

»Aber was sollen wir sonst machen?«, hatte sie zurückgerufen.

»Hauptsache, du weißt es«, hatte er gesagt und mit den Fingern auf das Lenkrad getrommelt.

Hätte man Hadley gefragt, was sie zu finden hoffte, hätte sie einem Folgendes erklärt: Sie wollte einfach nur dem Ort nahe sein, an dem Jacques wohnte und arbeitete. Sie bildete sich ein, wenn sie ihm auf der Straße begegnete, würde sie ihn erkennen und er sie vielleicht auch, weil ihre Hoffnung sie wie einen Leuchtturm hervorhob. Sie wusste, dass das nicht unbedingt logisch war, aber was gab es sonst?

Zusammen liefen Joel und Hadley die gesamte Stadt ab. Sie standen auf einem kopfsteingepflasterten Platz und beobachteten eine Gruppe junger, schöner Genfer in einer Kneipe, deren Tafeln auf dem Bürgersteig Punsch und *coupes de champagne* verhießen. Sie blickten zu den gelben Fensterrechtecken unter steilen Dächern auf, sahen die Umrisse von Menschen darin und einmal das Gesicht eines Kindes, das in den Nachthimmel starrte, als zählte es Sterne. Sie liefen durch einen dunklen, stillen Park, beobachtet von finsteren Statuen. Keiner von beiden sprach, beide waren sie in ihre eigenen Gedanken versunken.

»Reicht das für heute?«, hatte Joel endlich gefragt. Sie waren zurück auf einer der Hauptstraßen, mit sich schlängelnden Trambahnschienen und hell erleuchteten Schuhgeschäften. Er blies sich in die Hände und rieb sie aneinander. Hadley betrachtete ihre mit Schaffell gefütterten Handschuhe und dachte, wie natürlich es wäre, sie um seine Finger zu legen und sie zu wärmen. Doch sie stopfte sie nur zurück in die Manteltaschen und nickte.

»Wirst du allen erzählen, was für eine Zeitverschwendung das war?«, fragte sie.

»Allen? Ich habe zu niemandem ein Wort gesagt.«

»Auch nicht zu deinen Kollegen? Deiner Chefin?«

»Ich dachte, du möchtest das nicht.«

»Aber sie wissen von Kristina?«

»Jeder weiß von Kristina.« Er machte eine Pause. »Aber wir vom Anglistik-Institut kannten sie nicht. Ich habe gehört, dass ihr Kunstgeschichtsdozent eine Schweigeminute abgehalten hat.«

»Eine Schweigeminute«, sagte Hadley. »Eine Minute, und dann machen alle schnell weiter wie vorher.«

»Die Welt muss sich weiterdrehen, Hadley. Es geht nicht anders.«

»Ja, ich weiß schon.«

»Und er hat es gut gemeint. Es war eine Art des Erinnerns. Jeder Mensch erinnert sich anders.«

Schweigend waren sie weitergegangen.

»Hast du Hunger?«, hatte Joel plötzlich gefragt.

Beim nächsten Restaurant, das sie entdeckten, waren sie stehen geblieben. Es war das chinesische. Sie bestellten sich zu viel zu essen und beobachteten einander über den Tisch hinweg, an den Schüsseln mit Klebreis, süßsaurer Soße und grünem Blattgemüse vorbei. Sie bestellten Bier nach. Hadley kaute sorgsam, die Nase gerümpft.

»Nicht gut?«

»Nicht gut.«

Alles war entweder zu salzig oder zu fade. Das Fleisch war faserig und von Fett durchzogen. Die Krabben waren holzig, mit rosa Eiern in den Leibern.

»Entschuldige.« Sie schob ihren Teller weg. »Ich hab wohl doch keinen Hunger.«

»Nur weil ich dich in den schlimmsten Laden der ganzen Stadt geschleift habe«, sagte Joel. »Unabsichtlich übrigens. Ich hatte Lust auf Risiko. War nicht so toll, was?«

»Irgendwie ist es wahrscheinlich nicht in Ordnung, wenn wir uns amüsieren«, sagte Hadley. Sie tupfte sich den Mund mit der Serviette ab, und der Lippenstift färbte ab. Rasch klappte sie den Stoff um, ehe er es sah. »Deshalb sind wir ja nicht hier, oder?«

»Also ich bin losgezogen, um auf keinen Fall Spaß zu haben.« Seine Mundwinkel zuckten, und er gestattete sich ein Lächeln. »Komm schon, Hadley, sei nicht so streng zu dir.«

Sie lächelte zurück und spürte ein leichtes Hüpfen in der Brust.

»Warum hast du gesagt, wir müssen aufhören, nach Jacques zu suchen?«, fragte sie. »Ich habe das Gefühl, wir haben gerade erst angefangen.«

»Ich glaube einfach«, sagte Joel vorsichtig, »wir müssen akzeptieren, dass er, wenn er gefunden werden will, auch gefunden wird.« Hadley starrte ihn fragend an, also fuhr er fort. »Ich meine, er wusste von dir, richtig?«

»Nicht unbedingt.«

»Ich bin mir sicher, dass sie von dir erzählt hat.« Nach einer kurzen Pause sprach er weiter. »Überleg mal. Für diesen Jacques ist es doch viel einfacher, sich mit Kristinas Welt in Verbindung zu setzen, als für uns umgekehrt mit seiner. Wir wissen nichts über ihn, aber selbst wenn Kristina ihm nicht viel von sich erzählt hat, weiß er immer noch genug, um an den richtigen Stellen die richtigen Fragen zu stellen, wenn er das wollte. Falls er sich Sorgen um sie macht, weil er ein paar Tage nichts von ihr gehört hat, falls er *nichts* von ihrem Unfall weiß, dann könnte er das relativ leicht herausfinden, oder? Und wenn er es doch schon weiß, wenn er den Zeitungsartikel gelesen oder sonst irgendwie davon gehört hat, will er vielleicht in seiner Trauer allein sein. Vielleicht will er ihre Freunde gar nicht kennenlernen. Vielleicht glaubt er, nicht dazuzugehören. Das sollten wir respektieren.«

»Das sind eine Menge Vielleichts«, sagte sie mit bedrückter Miene. »Aber so habe ich es noch gar nicht gesehen. Warum ist mir das nicht eingefallen?«

Joel zuckte die Achseln. »Das ist einfach nur Logik«, sagte er sanft und faltete seine Serviette immer wieder, bis sie ein dickes Quadrat bildete. Er ließ sie in sein leeres Glas fallen. »Aber das Herz kümmert sich eben nicht immer um Logik, stimmt's? Deshalb sind wir heute hier.«

Hadley hob ihr Bier hoch und ließ den letzten Schluck kreisen. »Ihre Stimme klang irgendwie komisch, als wir das letzte Mal gesprochen haben«, sagte sie zaghaft. »Sie war unglücklich, Joel. Und das lag nicht nur am schlechten Gewissen, weil sie meinen blöden Geburtstag verpasst hat. Da war noch was anderes. Ich glaube, sie und Jacques haben sich gestritten. Ich glaube, es ging ihr nicht gut.«

»Jedes Pärchen streitet sich, Hadley. Und wenn er verheiratet war, hatten sie mehr Grund zum Streiten als die meisten anderen.«

»Ich will nur wissen, was an dem Abend passiert ist.«

»Wir wissen es doch. Es ist sinnlos und furchtbar, aber wir wissen es.«

»Und was, jetzt hören wir einfach auf?« Eine einzelne Träne rann Hadley über die Wange. »Ja, vermutlich schon.«

Joel beugte sich vor und fing die Träne mit der Fingerspitze auf. Er warf einen Blick zur Seite und bemerkte, dass die Kellnerin sie in der Spiegelwand beobachtete. »Komm«, sagte er. »Zeit, nach Hause zu fahren, glaube ich.«

Sie fuhren schnell auf der *autoroute*, und Hadley wünschte, die Schilder nach Lausanne würden nicht immer kleinere Entfernungen anzeigen, die Kilometerzahlen wären höher. Es war dunkel im Wagen, und sie saß aufrecht, die Hände im Schoß verschränkt. Hin und wieder schielte sie seitlich nach ihm und sah die energischen Züge seines Profils, die Wölbung seiner Lippen, das vorspringende Kinn. Er wirkte kantig, die Augen wie zwei dunkle Löcher. Er blickte starr geradeaus beim Fahren und klopfte einen Takt auf dem Lenkrad. Sie wandte sich ab.

»Hadley? Weinst du wieder? Nicht weinen, bitte.«

»Es war einfach ein merkwürdiger Tag.«

»Ist schon okay. Es sind alles merkwürdige Tage«, sagte er.

»Ich hatte einen schönen Abend«, sagte sie leise. »Dürfte ich eigentlich nicht, hatte ich aber.«

Im dunklen Auto, erhellt nur von den Scheinwerfern entgegenkommender Fahrzeuge, fand Joel ihre Hand. Er hob sie an die Lippen und drückte sie an seinen Mund. Er küsste sie. Einmal. Dann noch einmal. Sie spürte seine warme Haut, rau von den Bartstoppeln.

»Man kann sich gegen die Schuldgefühle nicht wehren«, sagte er, die Stimme von ihren Fingern gedämpft. »Man muss immer wieder darüber nachdenken, was man getan oder nicht getan hat, was man gesagt oder nicht gesagt hat.«

Er hatte unvermittelt abgebremst, und ein Wagen raste hupend vorbei. Joel ließ sachte ihre Hand los, schüttelte den Kopf, umklammerte das Lenkrad und beschleunigte wieder.

Hadley ließ die Hand auf seinem Bein liegen. Sie spürte seine Hitze durch die Jeans und nahm die Hand weg.

»Vielleicht kann ich deshalb nicht loslassen. Das Letzte, was ich zu ihr gesagt habe, war im Zorn. Ich bin mir nicht sicher, ob ich dir das schon erzählt habe. Ich weiß, dass ich es zu Hugo gesagt habe, aber …«

»Wer ist Hugo?«

»Nur jemand, den ich ein bisschen kennengelernt habe. Ein alter Mann. Er ist derjenige, der mir geraten hat, in Lausanne zu bleiben. Du hattest gesagt, ich soll nach Hause fahren, aber er fand, ich soll bleiben.«

»Eigentlich wollte ich nicht, dass du weggehst.«

»Aber du dachtest, es wäre gut für mich, oder?«

»Vielleicht dachte ich auch, es wäre gut für mich.«

Sie sah ihn von der Seite an. »Das verstehe ich nicht.«

»Doch.«

Plötzlich blitzten vor ihnen die Neonschilder einer Tankstelle auf, und er fuhr von der Autobahn ab. Er hielt am Rand, abseits der hellen Lampen und der leuchtenden Zapfsäulen.

»Hadley«, flüsterte er, als er sich zu ihr beugte. »Ich sollte das nicht tun.«

»Ich möchte es«, sagte sie. »Schon die ganze Zeit.«

Ihre Gesichter waren ganz nah. Im Halbdunklen fühlte Hadley seine Lippen auf ihre treffen. Sie fragte sich, ob sie so bleiben würden, ohne sich ganz zu küssen, eine warme Berührung, geteilter Atem. Dann öffnete sich sein Mund, und die heiße Zunge drang zu ihr vor. Sie schloss die Augen und schmeckte das Salz ihrer eigenen Tränen. Seine Küsse waren hart und drängend. Als hätte er sie lange zurückgehalten.

Sechzehn

Als Hadley am nächsten Morgen aufwachte, war der Himmel grau und verhangen, und halbherzige Regentropfen spritzten gegen das Fenster. Sie hatte wieder vergessen, die Jalousie herunterzuziehen, und blieb flach unter der schweren Decke liegen. *Ach, Kristina*, dachte sie. Sie legte die Hand aufs Gesicht und strich sachte über ihr Kinn. Sie wusste, wenn sie in den Spiegel sähe, wäre da ein geröteter Fleck, eine zart wunde Stelle. Der einzig verbliebene Beweis für den vergangenen Abend. Niemand hatte sie je so geküsst, und sie hatte noch nie einen Kuss so erwidert, mit dieser leicht trunkenen Verzweiflung, diesem Bedürfnis, sich gänzlich verschlingen zu lassen. So gern hätte sie an Kristinas Tür geklopft. Sie hätten einander im Pyjama gegenübergestanden, und Hadley hätte auf ihr Kinn gezeigt. *Du glaubst ja nicht, was passiert ist.* Vielleicht hätten sie gekichert, und der Kuss wäre ihnen lustig vorgekommen, oder aufregend, oder beides. Doch ohne Kristina war es eine andere Art von Kuss. Wäre alles normal gewesen, vollkommen wunderbar normal, wäre es dazu überhaupt nicht gekommen.

Den restlichen Weg nach Lausanne waren sie in nahezu völligem Schweigen gefahren. Kein angenehmes, freundschaftliches Schweigen, sondern eine von Unausgesprochenem beschwerte Atmosphäre. Nach dem Kuss hatte Joel gemurmelt: *Tut mir leid, ich weiß nicht, was ich mir dabei ge-*

dacht habe. Dann hatte er hastig den Gang eingelegt und war wieder auf die *autoroute* aufgefahren. Hadley hatte das Gesicht dem Fenster zugewandt und getan, als hätte sie ihn nicht gehört.

»Hadley?«, hatte er gefragt.

»Ist schon okay. Mir tut es auch leid.«

»Vielleicht brauchen wir beide ein bisschen Abstand.«

Sie hatte die Hände auf dem Schoß verknotet und auf die Scheibe gestarrt, sich gewünscht, sie hätte etwas anderes gesagt oder auch einfach gar nichts.

Unmittelbar hinter der Abzweigung zu Les Ormes hatte Joel am Randstein angehalten, ohne den Motor abzustellen.

»Kann ich dich hier absetzen?«

»Kannst du.« Sie war ausgestiegen, hatte sich noch einmal umgedreht und gesagt: »Danke für heute.«

»Bis dann«, hatte er sehr knapp erwidert.

Hadley hatte die Wagentür zugeschlagen, und er war losgefahren, den Hügel hinauf. Hadley hatte die Hand zum Winken gehoben. Ob er es sah, war nicht zu erkennen gewesen.

Hadley duschte und betrachtete sich danach im Spiegel, das Kinn trotzig gereckt. Es wäre jetzt anders, das wusste sie genau. Zur Uni musste sie erst nachmittags, und sie hatte einen Einfall, so scharf wie ein stechender Schmerz in der Seite. Sie würde noch einmal in die Rue des Mirages gehen. Neue Blumen ablegen. Am gestrigen Abend hatte sie sich zum ersten Mal seit Kristinas Tod gut gefühlt, und egal wie flüchtig die Empfindung auch gewesen sein mochte, es war falsch gewesen.

Die Rue des Mirages war grau und still. Der Rosenstrauß lag noch am Fuße der Laterne, und als Hadley ihn aufhob, rieselten die bräunlichen Blütenblätter zu Boden wie schmutzige Schneeflocken. Sie legte einen neuen Strauß an die Stelle, exotisch aussehende bunte Blumen auf einer kalten Schweizer Straße.

»Kristina«, sagte Hadley. »Gestern ist was passiert.«

»*Elle ne peut pas vous entendre.*«

Hadley schnellte herum. Eine Frau stand auf der gegenüberliegenden Straßenseite und beobachtete sie. Ihre Haare hingen in zwei mädchenhaften, verfilzten geflochtenen Zöpfen herunter. Ihre Jogginghose war am Knie zerrissen und an den Knöcheln durchweicht.

»*Excusez-moi?*«

»*Anglaise?* Ich spreche Englisch. Sie kann Sie nicht hören, das Mädchen, das gestorben ist. *Elle n'est pas là. Elle est partie.*«

»Ich weiß, dass sie nicht da ist.«

Hadley starrte die Frau an. Es war zehn Uhr vormittags, und sie hielt eine Dose Bier in der Hand. Eine nicht angezündete Zigarette flatterte zwischen ihren Lippen. Hadley drehte sich wieder um. Sie bückte sich und ordnete den neuen Strauß, ignorierte die sich nähernden schlurfenden Schritte der Frau.

»Ich sag Ihnen doch, *elle n'est pas là*. Sie ist nicht hier. Die haben sie mitgenommen.«

Sie sprach Englisch mit einem unregelmäßigen französischen Akzent, aber es war einwandfrei verständlich. Hadley richtete sich auf und sah sie an. Sie hätte alles zwischen zwanzig und vierzig sein können. Ihre Wangen waren blass und eingesunken, über die Stirn verlief ein tiefes Netz von Sorgenfalten. Ihre Augen allerdings waren grau und wach und wichen Hadleys Blick nicht aus.

»Waren Sie hier, als die Polizei kam?«, fragte Hadley jetzt. »*Avez-vous vu la police?*«

»*Il neigeait.* Es hat geschneit. Es hat nicht aufgehört zu schneien.«

»Haben Sie Kristina gesehen? Meine Freundin? *Mon amie, la fille qui a été tuée?*«

»Ihre Freundin?«

»Sie war meine Freundin.«

»Sie ist durch den Schnee gerannt.«

»Meinen Sie damit, Sie haben sie vorher gesehen? Haben Sie … haben Sie … Sie haben sie stürzen sehen?«

»*Je veux une cigarette.*«

»Sie haben doch eine Zigarette.« Hadley nickte ihr zu. »Meinen Sie Feuer?«

»*Je veux une cigarette.*«

»Sie haben doch schon eine«, sagte Hadley und deutete auf ihre Lippen. »Sagen Sie mir bitte, *dîtes-moi*, was Sie gesehen haben. *Qu'avez-vous vu?*«

Die Frau fasste sich an den Mund und zog die Zigarette heraus. Sie hielt sie zwischen zwei Fingern und fing heiser zu lachen an.

»Ich habe kein Feuer, tut mir leid. Bitte, sprechen Sie weiter. *Continuez, s'il vous plaît.* Erzählen Sie mir, was Sie gesehen haben. Sie war meine beste Freundin. *Ma meilleure amie.* Ich möchte nur sicher sein, dass sie nicht gelitten hat. Wenigstens das.«

Die Frau steckte sich die Zigarette hinters Ohr und verzog die Lippen zu einem Grinsen.

»Finden Sie das komisch?«, fragte Hadley. »Vergessen Sie's. Mit Ihnen kann man nicht reden.« Sie wandte sich zum Gehen.

»Sie sind die Einzige, die gekommen ist«, rief die Frau ihr nach.

Hadley lief weiter.

Noch lauter hörte sie nun: »Niemand bringt Blumen.«

»Tja, das ist ja auch ziemlich sinnlos, oder nicht?«, sagte Hadley über die Schulter.

»*L'autre n'est jamais venu.*«

Hadley drehte sich nicht um.

»*J'ai dit*, der andere ist nicht gekommen.«

Hadley erstarrte. Dann wirbelte sie auf dem Absatz herum. »Welcher andere? *Qui*?«

»Mit dem Auto.«

Sie dachte an Jacques, der aus Genf kam. Einen Moment auf der Straße kniete, die flache Hand auf den harten Boden legte.

»Welches Auto?«, fragte sie. »Haben Sie ein Auto gesehen? *Qu'avez-vous vu?*«

Die Frau wedelte plötzlich lebhaft mit den Händen vor ihrem Gesicht herum.

»*Personne n'a rien vu. Il neigeait.*«

»Ja, ich weiß, es hat geschneit. Aber ...«

»Keiner hat irgendwas gesehen. Ich hab das Auto nicht gesehen. Das Auto hat das Mädchen nicht gesehen. Das Mädchen hat das Auto nicht gesehen. Keiner hat irgendwas gesehen.«

Hadley fiel die Kinnlade herunter. »Was? Meinen Sie den Abend, als es passiert ist? O mein Gott, wie sage ich das auf Französisch? Da war ein Auto? *Y a-t-il une voiture?*«

»Es hat nicht angehalten. Es ist verschwunden. Im Schnee verschwindet alles.«

Hadley zwang sich, ruhig zu atmen. Sanft legte sie der Frau eine Hand auf den Arm.

»*S'il vous plaît. Il est vraiment important.* Bitte, sagen Sie mir, was Sie gesehen haben. *Dîtes-moi.*«

»Keiner hat irgendwas gesehen.«

»Aber Sie schon, oder? Sie haben das Auto gesehen. *Une*

voiture. Es hat geschneit, *il neigeait*, aber Sie haben trotzdem ein Auto gesehen. *Qu'est-il arrivé?* Was ist damit passiert? Hat es…« Sie stockte. Sammelte sich, atmete tief durch. »Bitte. Denken Sie nach. *Cette voiture que vous avez vue… qu'est-il arrivé?*«

»*La voiture ne s'arrête pas. Elle a disparu.*«

»Moment mal, haben Sie ›*disparu*‹ gesagt? Es ist verschwunden?«

»Ja.«

»Es hat nicht angehalten?«

»*Non.*«

»Warum nicht? Hat es sie gesehen? Gesehen, dass sie gestürzt ist?«

»Sie ist gerannt, und dann kam das Auto, und dann ist sie gestürzt.«

»Es hat sie angefahren?«

»*Catastrophe*. Bumm. Dann… weg.«

Hadley schlug sich beide Hände auf den Mund. Zum zweiten Mal innerhalb einer Woche erlitt sie einen körperlichen Schock. Sie taumelte, und ein Schrei löste sich von ihren Lippen. Die Frau wollte sich umdrehen, aber Hadley hielt sie an der Schulter fest.

»Bitte. Warten Sie. Nicht gehen.«

Die Frau schüttelte sie ab. »*Ne me touchez pas.*«

»Verzeihung, Verzeihung, ich fasse Sie nicht mehr an. *Une question… La police? Avez-vous leur dit…?*«

»*Salauds.*«

»Was heißt das?«

»Keine Polizei. Ich spreche mit niemandem.«

»Aber mit mir haben Sie gesprochen«, sagte Hadley. »Mir haben Sie es erzählt. Sie wollten, dass ich die Wahrheit weiß, *la vérité.*«

»Ich will nur eine Zigarette rauchen«, sagte die Frau.

»Dann rauchen Sie sie doch! Oder nicht! Das ist mir scheißegal, aber hören Sie auf, davon zu reden. Sie können nicht so was sagen und dann einfach so tun, als wäre nichts. Oder als würden Sie nicht begreifen, was Sie gesehen haben, weil ich weiß, dass das nicht stimmt. Sie wissen ganz genau, was Sie gesehen haben, und deshalb haben Sie mich angesprochen. Weil Sie es jemandem erzählen wollten. Weil Sie wussten, dass Sie etwas Schlimmes gesehen haben.«

Die Frau wirkte benommen, ihre Miene jetzt abweisend.

»Bitte, bitte. *S'il vous plaît.* Sie sind die Einzige, die etwas weiß. Die Polizei hält es für einen Unfall, einfach nur ein dummer Sturz auf glatter Straße. Sie weiß nichts von einem Auto. Sie weiß nicht, dass es Fahrerflucht war. Niemand weiß, dass Kristina getötet wurde, außer Ihnen. Und mir jetzt. Wir können zusammen hingehen. *Nous pouvons aller ensemble, okay?*«

»*Non.*«

»*Oui.* Ich gehe zur Polizei. Jetzt sofort. Bitte kommen Sie mit, bitte. Und dann können die das Auto suchen, und … Wie heißen Sie? Entschuldigung, ich bin unhöflich, ich bin so unhöflich. Wie heißen Sie? *Comment vous appelez-vous?*«

»Lisette.«

»*Lisette, je m'appelle Hadley. Je suis désolée, vraiment.* Aber Sie verstehen nicht, *vous ne comprenez pas*, was Sie mir gerade erzählt haben, was Sie gesehen haben, das ändert alles.«

»Ich hab nichts gesehen.«

»Doch, Sie haben das Auto gesehen. *La voiture.*«

»Ich weiß gar nichts.«

»Aber wissen Sie, welche Farbe es hatte? Oder vielleicht konnten Sie das Nummernschild lesen? Wenigstens einen Teil davon?«

»*Ad-lie*? Ich erinnere mich an gar nichts. Ich erinnere mich nie an was. Jetzt nicht. Nicht mehr.«

»Aber meinen Namen wissen Sie noch! Und es ist ein komischer Name, kaum jemand merkt sich den richtig. Und Sie wissen noch, wie man Englisch spricht. Haben Sie das in der Schule gelernt? Sehen Sie, es ist noch da. Vielleicht, wenn Sie zurückdenken ...«

Lisette tippte sich an die Schläfe, und ihre Zöpfe hüpften. »Leider. Tut mir leid. Wie sage ich das auf Englisch? Da ist nichts mehr übrig.«

Damit schlenderte sie weg. Hadley blickte ihr die ganze Rue des Mirages nach, bis sie außer Sicht war, und dann blieb sie allein mit der halb erzählten Geschichte über ein Auto, das ein Mädchen angefahren und nicht angehalten hat.

Hadley schob sich durch die Drehtür der Hauptpolizeiwache. Sie setzte sich auf einen quietschenden Plastikstuhl und versuchte, nicht das kleine Kind anzustarren, das am Hals seiner klapperdürren Mutter weinte. Derselbe Polizist, der schon einmal mit ihr gesprochen hatte, der mit dem rotblonden Haar und dem entschuldigenden Blick, führte sie in einen kleinen Raum und bat sie, sich zu setzen. Er hörte ihr zu, die Hände vor sich auf dem Tisch gefaltet.

»Danke, *Mademoiselle*«, sagte er, als sie fertig war. »Und wir wissen bereits von dieser Entwicklung. Wären Sie einen Tag früher in der Rue des Mirages gewesen, hätten Sie unsere Beamten dort gesehen.«

»Danke? Danke? Ist das alles, was Sie dazu sagen?« Tränen quollen aus ihren Augen, und sie blinzelte sie weg. »Ich verstehe nicht, wie Sie glauben konnten, es wäre ein Unfall gewesen! Wie lange wissen Sie schon, dass es nicht so war?«

»Die Ergebnisse der Autopsie haben etwas gedauert.«

»Aber war es denn nicht offensichtlich? Ich meine, warum haben Sie es ihr nicht angesehen?«

Er erklärte, dass erst bei genauerer Untersuchung der dunkle Fleck einer Prellung auf Kristinas Oberschenkel bemerkt worden sei. Keine Knochenbrüche, aber der Beweis für einen Aufprall, der nicht vom Straßenbelag oder der Bürgersteigkante stammte.

»Kristina starb nicht durch den Zusammenprall mit dem Auto«, sagte er. »Das wissen wir schon. Sondern weil sie mit dem Kopf auf dem Pflaster aufschlug. Sie hatte großes Pech. Derselbe Unfall an einem anderen Tag…«

»Aber natürlich ist sie wegen dem Unfall gestorben. Ohne dieses Auto wäre sie nicht gestürzt. Wie können Sie so was sagen?«

»Ein Fall von Fahrerflucht wie dieser ist extrem schwierig, *Mademoiselle*. Wir verfügen über sehr wenige Beweise. Und es war kein starker Stoß.«

»Aber es muss doch Hinweise geben. Die Frau, von der ich Ihnen erzählt habe, Lisette, wenn sie es gesehen hat, dann vielleicht auch noch jemand anders.«

»Lisette Colombe ist leider nicht sonderlich hilfreich. Eine saubere und nüchterne Zeugin, die mehr gehört und gesehen hätte als ein Krachen und einen Schemen, das würde etwas nützen, *n'est-ce pas*? Tatsache ist, dass durch den heftigen Schneefall sämtliche Reifenspuren oder Fußabdrücke überdeckt wurden. Möglich, dass der Fahrer ausgestiegen ist, aber das können wir nicht nachvollziehen. Wir verfolgen alle Spuren, aber ich fürchte, *Mademoiselle*, Sie sollten sich auf die Möglichkeit einstellen, dass wir nie genau erfahren werden, was mit Ihrer Freundin passiert ist.«

»Außer, Sie finden den Fahrer.«

»Richtig.«

»Sie versuchen doch, ihn zu finden?«

»Wir haben eventuelle Zeugen aufgerufen, sich bei uns zu melden. Wir sind von Tür zu Tür gegangen. Aber es war ein schlimmer Abend, das Wetter war extrem. Niemand, der nicht unbedingt musste, war draußen.«

»Lisette war draußen.«

»Ja, stimmt. Lausanne hat seine Probleme wie jede andere Stadt.«

»Aber es war mitten in der Stadt, es muss doch sonst noch jemand etwas gesehen haben.«

»Es ist eine Seitenstraße.«

»Na und? Das ist alles?«

»Wir werden Lisette suchen und erneut befragen. Leider kennen wir sie gut. Aber es ist, wie Sie sagten, sie hat Ihnen alles erzählt, was sie weiß. Sie hat sogar Englisch mit Ihnen gesprochen. Sie wollte Ihnen helfen, konnte aber nicht. Damit, dass niemand irgendetwas gesehen hat, hat sie, glaube ich, ausnahmsweise einmal die Wahrheit gesagt.«

»Aber Sie forschen doch weiter nach? Sie bemühen sich?«

»Wir tun unsere Arbeit, Mademoiselle, was bedeutet, wir tun, was wir können, um diesen Fall zu lösen. Mehr kann ich Ihnen nicht versprechen.«

Hadley blinzelte hastig. Sie machte Anstalten aufzustehen, dann setzte sie sich wieder. »Darf ich jetzt gehen?«, fragte sie.

»Aber natürlich, das ist keine amtliche Befragung, Sie haben uns alles erzählt, was Sie wissen. Vielen Dank, dass Sie gekommen sind.«

Hadley zog ihre Mütze an und machte einen Knoten in den Schal. Sie schüttelte dem Polizisten die Hand, weil sich das wohl so gehörte. Kurz vor der Tür drehte sie sich plötzlich noch einmal um.

»Melden sich die Fahrer manchmal?«, fragte sie. »Ich

meine, Tage oder Wochen später? Kommt es vor, dass sie eines Tages aufwachen und feststellen, dass sie nicht mehr damit leben können? Dass ihr Gewissen, ihre Menschlichkeit, ihr *Irgendwas* sie nicht in Ruhe lässt? Und melden sie sich dann bei Ihnen und erzählen die Wahrheit?«

Der Beamte zögerte. »Das kann vorkommen«, sagte er. Seine Stimme war ausdruckslos und ohne eine Spur von Hoffnung.

Das Wort *Fahrerflucht* verbreitete sich wie ein Lauffeuer in den Fluren des Wohnheims. Chase und Jenny saßen in der Küche, als Hadley von der Polizei zurückkam, und sie sah ihre Augen vor unverhohlener Aufregung flackern, als sie es ihnen erzählte. Als sie von dem wenig optimistischen Beamten und dem Fehlen von Zeugen berichtete, drückten sie ihren Arm und tätschelten ihr die Hand und sagten, dass es wirklich Zeit wurde, das alles abzuschließen und nach vorn zu blicken. Als Hadley schließlich allein in ihrem Zimmer war, erstickte sie beinahe vor Empörung, ihre Kehle war wund vom unterdrückten Schluchzen. Unruhig tigerte sie auf und ab, die Hände an den Kopf gedrückt. Dann schnappte sie sich unvermittelt ihren Mantel und knallte ihre Zimmertür hinter sich zu.

Sie lief mit einer neuen Befangenheit über das Unigelände, als wüsste jeder, dem sie begegnete, über sie Bescheid. Ihre Lippen brannten noch von Joels Küssen, sein wortkarger Abschied hallte in ihren Ohren. Es war ein kalter Tag, am Himmel lag die Drohung weiteren Schneefalls. Studenten wanderten allein oder in kleinen Gruppen herum, den Mund hinter Schals geschützt, die Hände in den Taschen vergraben. Die Gespräche waren gedämpft und hastig. Knappe Seitenblicke huschten von einem zum anderen. Im Hauptgebäude zog Hadley ihren Schal und die Mütze aus und lockerte ihre Haare mit der Hand auf. Vor dem Spiegel in der Toilette überprüfte sie ihr Aussehen. Der Winterwind hatte ihr Tränen in die Augen getrieben, sodass die Wimperntusche verschmiert war. Sie wischte sie ab und strich sich einen Tupfer Rot auf die Lippen. Es half, ein Gesicht anzumalen.

Joels Büro lag im zweiten Stock, ganz am Ende des Anglistik-Flurs. Hadley klopfte an die Tür. Es kam keine Reaktion, also klopfte sie noch einmal nachdrücklicher.

»Mr. Wilson ist heute nicht da.«

Hadley drehte sich um und stand vor Caroline Dubois. Sie hatte ihre Brille abgenommen und hielt sie locker in der Hand. Hadley bemerkte, dass die Innenseite der Bügel lila war. Sie wirbelte sie zwischen den Fingern wie einen Schlagzeugstock.

»Ach so«, sagte Hadley. »Ich müsste mit ihm sprechen.«

»Es geht ihm nicht gut«, sagte Caroline. »Sein Unterricht wurde für heute abgesagt.«

»Das wusste ich nicht.«

»Woher auch?« Caroline kniff die hellgrünen Augen zusammen. »Sie sind Hadley, richtig?«

Hadley hatte noch nichts mit ihr zu tun gehabt, nicht einmal bei dem Begrüßungsumtrunk, aber der Fachbereich war klein. Vermutlich kannte sie sämtliche Austauschstudenten, denn so viele waren es nicht.

»Das mit Ihrer Freundin tut mir so leid«, sagte Caroline. »Mr. Wilson erwähnte bei der letzten Institutssitzung, dass Sie vielleicht etwas zusätzliche Unterstützung benötigen. Es kann schwer sein, wenn man weit weg von zu Hause ist, ich weiß, da läuft schnell mal was außer Kontrolle. Wenn Ihnen jemals nach einer Tasse Tee und einem Gespräch zumute ist, meine Tür steht immer offen.«

Ihr Englisch war perfekt, mit nur einem winzigen Hauch von Akzent. Es war eine sanfte, freundliche Stimme.

»Ich liebe englischen Tee«, fuhr Caroline fort. »Ich habe eine Schwester in London, die ihn mir kistenweise schickt. Falls Sie den Geschmack von zu Hause vermissen, wissen Sie, wohin Sie gehen können.«

Ein paar Tage vorher hätte Hadley das Angebot vielleicht angenommen. Sie hätte sich vorstellen können, starken Tee zu trinken, sich von Carolines weicher Stimme umgarnen zu lassen. Doch hätte sie das mit Jacques verstanden? Und nun, dieses Verbrechen, hätte es sie dazu bewegt, etwas zu unternehmen? Irgendwie konnte Hadley sich das nicht vorstellen. Ihre Gefühle waren zu irrational und ziellos für jemanden wie Caroline Dubois.

»Er hat etwas am Magen, wenn das für Sie nicht zu sehr ins Detail geht.«

»Wer?«

»Mr. Wilson.«

»Ach so«, sagte Hadley. »Verstehe.«

Einen Moment lang wirkte Caroline Dubois verwirrt. Sie öffnete den Mund, wie um etwas zu sagen, dann schloss sie ihn wieder. Dann setzte sie die Brille auf und legte eine Hand sehr sanft auf Hadleys Arm. Sie war kaum zu spüren.

»Denken Sie an den Tee, Hadley«, sagte sie. »Jederzeit.«

Hadley lief den Flur zurück. Sie fühlte, dass Caroline ihr nachblickte, doch als sie sich umdrehte, war sie wieder in ihrem Büro verschwunden und die Tür geschlossen. Hadley holte ihren Block aus der Tasche und riss einen Zettel heraus. Sie dachte an das schlechte chinesische Essen in Genf, das Joel aufgegessen hatte, während sie es hatte stehen lassen. Eine Magenverstimmung war nicht unglaubwürdig. Doch was, wenn es ihm nur peinlich war und er alles versuchte, um ihr aus dem Weg zu gehen? Nach dem Kuss hatte er sie kaum ansehen können, und das Gefühl, etwas Falsches getan zu haben, hatte sie beide auf dem gesamten Rückweg nach Lausanne begleitet. Wenn er nur wüsste, was mit Kristina passiert war, dass sich etwas Entscheidendes geändert hatte, wäre ihm bestimmt alles andere egal. Sie entschied sich für eine einfache Botschaft, für den Fall, dass jemand den Zettel fände und läse. *Tut mir leid, dass du krank bist, Joel. Wenn du wieder gesund bist – also vermutlich jetzt, wenn du das hier liest –, würde ich gern mit dir reden. Es ist dringend. Nicht, worüber du denkst. Danke. Hadley.* Sie unterschrieb mit einem Kuss, überlegte es sich aber wieder anders und überkritzelte ihn. Entnervt riss sie ein weiteres Blatt aus dem Block und schrieb den ganzen Text neu ab, in kalten, geraden Druckbuchstaben dieses Mal. Sie steckte den Zettel in sein Fach und schob ihn ganz nach hinten, zwischen einen Stapel Aufsätze und Hauspost. Dann machte sie das einzig andere, was ihr einfiel: Sie ging ins Hôtel Le Nouveau Monde.

Siebzehn

»Ich hatte schon beinahe aufgegeben«, sagte Hugo Bézier, sobald er sie entdeckte.

Er deutete auf den leeren Stuhl gegenüber, doch sie zögerte.

»Störe ich nicht?«

»Ganz im Gegenteil«, sagte er.

Sie setzte sich.

»Ich dachte, Sie hätten vielleicht Ihren Jacques gefunden und wären mit ihm durchgebrannt.« Er lächelte sie über seine Kaffeetasse hinweg an. »Natürlich bin ich entzückt, dass Sie hier sind. Dass Sie geblieben sind, obwohl ich mir da eigentlich sicher war. Und gekämpft haben Sie auch, glaube ich, denn Sie sehen müde aus. Wie geht es Ihnen, *ma chérie*?«

Sie drückte sich ihre Finger in die Augen und holte Luft.

»Hadley, was ist los?«

»Es gab eine Entwicklung«, sagte sie mit den Worten des Polizisten.

»Welcher Art?«

Hadley wartete mit ihrer Antwort. Sie behielt die Worte noch einen Moment im Mund, noch immer fühlten sie sich unwirklich an, als läse sie im Unterricht einen Text vor, eine Zeitungsnotiz. Dann erzählte sie Hugo von den Blumen in der Rue des Mirages, von Lisettes Auftauchen und ihrem abgebrochenen Gespräch und schließlich von Hadleys Gang zur Polizei, wo die schreckliche Tatsache bereits bekannt war, aber es so wenig Aussicht auf Fortschritt gab.

»Alles hat sich geändert«, sagte sie. »Und gleichzeitig auch nichts. Wie kann das sein? Nach der Polizei wollte ich es jemandem erzählen, der wüsste, was zu tun ist, jemandem, dem es wirklich wichtig wäre, also bin ich zu meinem …«

Hugo legte ihr eine Hand auf den Arm. »Ich bin froh, dass Sie zu mir gekommen sind.«

»Nein, ich meinte …« Sie wollte ihn korrigieren, ließ es dann aber. »Genau.«

»Ein Unfall mit Fahrerflucht und eine selbsternannte, unzuverlässige Zeugin. Du lieber Gott.«

»Lisette war da, aber sie war auch nicht da, Hugo. Sie hat eigentlich nichts gesehen, und selbst wenn, kann sie sich nicht erinnern. Es ist sinnlos. Ich kann nicht fassen, dass die Polizei anfangs nicht gemerkt hat, dass ein Auto beteiligt war. Und ich kann nicht nachvollziehen, was für ein Feigling …« Sie brach ab.

Hugo schob die Lippen vor und holte Luft. »Die wenigsten von uns wissen, wie sie in einer Extremsituation reagieren würden«, sagte er ruhig.

»Würden Sie etwa nicht anhalten? Wenn Sie jemanden angefahren hätten? Würden Sie einfach wegfahren, als wäre gar nichts passiert?«

»Ich möchte stark bezweifeln, dass man glauben kann, es wäre nichts passiert. Keiner kann das. Aber ich persönlich? Ich bilde mir gern ein, ich würde anhalten, aber woher soll ich das wissen?«

»Das zuzugeben ist schrecklich.«

»Aber doch wohl besser, als es nicht zuzugeben?«, konterte er. »Wenn ich mich nicht sehr täusche, wird die Polizei den Fahrer, der Ihre Freundin angefahren hat, nicht finden können. Verzeihen Sie mir die in Ihren Augen vermutlich recht brutale Offenheit.«

»Verstehen Sie das unter Hilfe, Hugo?«

Er schien sich zu besinnen. »Entschuldigung«, sagte er. »Aber jetzt erzählen Sie mal, natürlich hat sich die Lage verändert, ganz beträchtlich verändert, aber sind Sie schon vorangekommen, seit wir uns zuletzt sahen? Mit der Suche nach Jacques? Oder mit irgendetwas anderem?«

»Ich stecke fest. Genau wie Joel. Er …« Sie geriet ins Stocken, als sie seinen Namen aussprach, dann fing sie sich wieder. »Er findet, wir sollten aufhören zu suchen. Er meint, wenn Jacques wollte, dann könnte man ihn auch finden. So hatte ich das noch gar nicht gesehen. Ich dachte, es ginge nur in eine Richtung.«

»Joel?«

»Mein Dozent. Er hat mir geholfen.«

»Dabei dachte ich, dass ich der einzige Mann ehrwürdigen Alters in Ihrem Leben wäre.«

»Er ist nicht so alt, Hugo.«

Hugo rückte seinen Krawattenknoten zurecht und hustete steif.

»Haben Sie schon mal an eine Anzeige in der örtlichen Zeitung gedacht, einen Aufruf an Jacques, sich zu melden?«

Sie schüttelte den Kopf, denn das kam ihr etwas zu dramatisch vor, wie eine behördliche Bitte um sachdienliche Hinweise. Sie stellte sich ihre Wohnheimtelefonnummer leicht unscharf auf Zeitungspapier vor, daneben ein Foto von Kristina, wieder dieses *letzte Lächeln*.

»Es würde wie ein Trick erscheinen«, sagte sie. »Als bestünde der Verdacht, dass er beteiligt war. Also, Sie finden, ich sollte weitermachen? Die Suche nach Jacques nicht aufgeben?«

»Geben Sie niemals auf, Hadley. Was ist mit der Polizei, haben Sie das Gefühl, alle Möglichkeiten dort schon ausgeschöpft zu haben?«

»Fürs Erste, ja. Und auch wenn sie es nicht zugeben, ich befürchte, die sehen es genauso.«

»Lassen Sie sich nicht entmutigen. Ich verstehe das Argument Ihres Dozenten, selbstverständlich, aber das ist kein Grund, nicht mehr weiter nach Jacques zu suchen. Er kann ja trotzdem auf Sie zukommen, jederzeit, das ändert daran nichts. Was würden Sie sagen, wenn ich Ihnen eine Liste besorgen würde?«

»Was für eine Liste?«

»Ich habe noch einen Freund bei der Polizei. Ein alter Bursche, aber einer von den Guten. Ich kann ihn bitten, eine Liste zu erstellen. Junge Männer einer bestimmten Altersgruppe in Genf, die mit Vornamen Jacques heißen.«

Hadley stellte geräuschvoll ihre Tasse ab.

»Das könnten Sie für mich tun?«

»Aber ja, bestimmt.«

»Ehrlich, Hugo? Sind Sie … waren Sie … Polizist? Ich dachte, Sie wären Schriftsteller gewesen.«

Er lachte, und es war ein routiniertes Lachen, als hätte sie einen Witz erzählt, den er schon oft gehört hatte, aber immer noch amüsant fand.

»Vor langer Zeit einmal habe ich Krimis geschrieben. Sogar ziemlich viele. Die Recherche habe ich immer recht gern gemacht. Um der Authentizität willen habe ich ein paar großartige Freundschaften gepflegt.«

»Und Sie kennen immer noch Leute dort?«

»Ein oder zwei. Die meisten sind mittlerweile im Ruhestand. Auf dem Golfplatz an der Algarve oder an der Küste von San Diego. Es heißt, die Schweizer verließen die Schweiz nicht gern, aber ich würde sagen, bei ehemaligen Kriminalbeamten ist das Gegenteil der Fall. Vielleicht haben sie zu oft unter die perfekte Oberfläche geschaut. Hinter die Neutralität.« Er gluckste leise. »Oder manche sind natürlich auch einfach gestorben. Berufsrisiko bei uns Alten.«

Ohne ein Wort von ihm gelesen zu haben, wusste sie, dass er sicherlich ein guter Schriftsteller gewesen war, denn eines war klar: Er entschied, was er erzählte und wann, und durch stille Tricks, höflich dargereichte Taschentücher und Hilfsangebote, sorgte er dafür, dass man immer wieder zurückkam.

»Könnten Sie das bitte tun?«, fragte sie nun.

»Ich werde es auf jeden Fall versuchen.«

Er fragte nach weiteren Informationen, die sie über Jacques hatte, egal wie vage sie sein mochten. In seiner spinnenartigen Handschrift notierte er sich *unter 45, gut bezahlter Job, Stadtbewohner, kinderlos*. Schließlich bat er sie, in ein paar Tagen wieder zu ihm zu kommen.

»Vielen Dank, Hugo. Das ist wirklich fantastisch. Ich hatte keine Ahnung, dass Sie so … hilfreich sein könnten.«

»Ich bin selbst überrascht. Ich lasse hier Muskeln spielen, die ich lange nicht benutzt habe. Und jetzt müssen wir mit dem Rest anfangen.«

»Welchem Rest?«

»Diesem Verbrechen. Denn es ist ein Verbrechen, kein Unfall, kein ungeschickter Sturz, und es aufzuklären oder auch ›herauszufinden, was an dem Abend passiert ist‹, wie Sie ganz am Anfang zu mir sagten, ist doch wohl jetzt wichtiger denn je, *n'est-ce pas*? Niemandem wird es jemals so viel bedeuten wie Ihnen. Deshalb müssen Sie absolut alles, jede Winzigkeit probieren, die Ihnen einfällt. Sie und nur Sie.«

Seine Stimme bebte beim Sprechen. Hadley sah seine dunklen Augen glitzern, und seine Leidenschaft schnürte ihr die Kehle zu. Sie wandte den Blick ab und versuchte, sich zu fassen.

»Ich weiß nicht«, sagte sie. »Ich meine, was gibt es sonst noch?«

»Gehen Sie in die Rue des Mirages zurück.«

»Und was mache ich da? Selbst wenn ich Lisette wiederfinden würde, ich glaube nicht, dass sie mir noch etwas sagen kann.«

»Und es war richtig von Ihnen, sie auszufragen, so viel Wahrheit von ihr zu erfahren, wie sie zu geben in der Lage war. Andere hätten sich vielleicht mit jemandem wie ihr gar nicht erst abgegeben, Hadley, sehen Sie, Sie kämpfen schon, ich wusste es. Aber trotzdem, Lisette war möglicherweise nicht die Einzige, die den Unfall gesehen hat. Die Polizei ist bestimmt von Tür zu Tür gegangen, aber Sie sollten das selbst noch einmal tun. Vielleicht erinnert sich noch jemand an etwas. Irgendjemand weiß immer irgendetwas.«

»Kann ich das machen? Kann ich einfach so an fremden Türen klingeln?«

»Sie können alles, was Sie wollen. Was auch immer Ihnen einfällt, müssen Sie versuchen.«

Sie überlegte, ihn zu fragen, ob er sie begleiten würde, diesen alten Mann, der einen so scharfen Verstand zu besitzen schien, der genau wusste, wie man Ohnmacht in Tat umsetzte. Doch er hatte seine Gesellschaft nicht angeboten, hatte nur von »Sie« gesprochen, nicht von »wir«. Hadley dachte an Joel und verspürte einen Stich des Bedauerns. Wie lange würde der Kuss für ihn eine Rolle spielen? Wäre er morgen noch weg, übermorgen? Würde er ihren Zettel finden, und wenn ja, wüsste er, wie er sie erreichen konnte? Sie malte sich aus, wie er knurrend vor schlechtem Gewissen durch seine Wohnung tigerte, eine Wohnung, die Hadley noch nie gesehen hatte und vermutlich auch nie sehen würde. In dem Moment wurde ihr klar, dass sie ihn vermisste, obwohl sie ihn dazu gar nicht gut genug oder lange genug kannte. Sie vermisste ihn.

»Hugo«, sagte sie. »Könnten Sie sich vorstellen mitzukommen? In die Rue des Mirages? Allein traue ich mich nicht. Ich weiß, das finden Sie wahrscheinlich albern. Außerdem ist mein Französisch auch nicht gut genug. Ich wüsste gar nicht, was oder wie ich es sagen soll.«

Hugo wirkte erfreut. »Ich dachte schon, Sie fragen nie«, sagte er.

Sie gingen vom See aus bergauf, umtanzt von vereinzelten, winzigen Schneeflocken. Hadley sah Hugo sich eine einzelne Schweißperle mit der Spitze seines Taschentuchs von der Stirn wischen, sein Atem beschleunigte sich.

»Wir hätten ein Taxi nehmen können, wenn Ihnen das lieber gewesen wäre«, sagte sie.

»Nein, nein, ich genieße das Gehen. Ich komme nur sonst nicht in diese Gegend.«

»Wo wohnen Sie denn?«

Er deutete hinter sich. »Ach, da drüben irgendwo. Nichts Besonderes. Also, meiner Einschätzung nach sind wir nur noch zwei Straßen entfernt. Weiter.«

Hadley passte sich seinem langsameren Tempo an, und um kurz nach sieben erreichten sie die Rue des Mirages. Sie wirkte so normal wie immer, eine Ansammlung von Gebäuden mit müder Ausstrahlung und geschlossenen Fensterläden. Da war kein beunruhigendes rot-weißes Polizeiabsperrband, kein Kreideumriss. Die Straße war so verlassen wie eh und je, und von Lisette keine Spur.

»Hier ist es also passiert.« Hugo nahm den Hut ab und

strich sich das Haar glatt. »Ich glaube nicht, dass ich schon jemals in der Rue des Mirages gewesen bin. Oder vielleicht doch, vor langer Zeit. Dieser Tage neige ich dazu, mich immer nach dem gleichen Muster zu bewegen. Dieselben Orte, dieselben Gesichter.«

»Tut mir leid, dass ich Sie aus Ihrer Gewohnheit reiße.«

»Sie entschuldigen sich? Ich dachte, meine Dankbarkeit wäre offensichtlich.«

Hadley lächelte und zuckte die Achseln. »Also gut, wie gehen wir vor? Fangen wir an einem Ende an und klingeln einfach?«

»Am besten ja.«

Gemeinsam gingen sie vom einen Ende der Straße bis zum anderen. Sie klingelten an jeder Klingel und klopften mit jedem Klopfer. Ihren Fragen wurde mit Argwohn begegnet, mit Besorgnis und Bedauern, doch die Antwort war immer dieselbe. *Wir haben nur die Krankenwagensirene gehört. Vorher haben wir nichts bemerkt.*

Die allerletzte Tür, Rue des Mirages 148, gehörte zu einer Wohnung im obersten Stock eines Gebäudes, das innen den bitteren Geruch von Bleiche und kaltem Beton verströmte. Eine junge Frau in einem Seidenkleid öffnete, die Haare in kunstvollen Locken und Wellen hoch auf dem Kopf festgesteckt. Sie riss mitfühlend die Augen auf, während sie zuhörte, und nickte zustimmend mit dem Kopf. Hadley bemühte sich zu verstehen, was sie in elegantem Französisch mit Hugo sprach. Die beiden unterhielten sich eine ganze Weile, und sie schöpfte schon Hoffnung, doch als Hugo der Frau die Hand schüttelte und Hadley sanft wegführte, wusste sie, dass sie auch nicht hilfreicher als die anderen gewesen war.

»Sie hat gesagt, dass diese Seitenstraßen häufig als Abkürzung benutzt werden, um die Hauptstrecken zu vermeiden.

In der Rue des Mirages ist weniger Verkehr als in den meisten anderen, aber sie liegt nah am Bahnhof, und es rattern andauernd Züge vorbei. Deshalb sind die Bewohner an Lärm gewöhnt. Sie stellen einfach den Fernseher und die Musik lauter und laufen nicht ans Fenster, wenn sie etwas hören.«

»Was hat sie noch gesagt?«

»Das war alles, *plus ou moins*, mehr oder weniger.«

»Aber Sie haben sich ewig unterhalten.«

»Sie wollte wissen, warum wir zusammen unterwegs sind, ob wir verwandt sind. Ich glaube, sie war fasziniert. Ich habe nicht viel verraten.«

»Es gibt nicht viel zu sagen, oder?«

»Das ist Ansichtssache.«

Sie stiegen die letzten Stufen hinunter und traten auf die Straße. Ein eiskalter Windstoß schlug ihnen entgegen, und Hadley blies sich in die Hände, um sie warm zu halten. Sie gingen los.

»Und was jetzt?«, fragte sie. »Lisette hatte recht: ›Keiner hat irgendwas gesehen‹, das hat sie immer wieder gesagt. Sie meinte Kristina, sie meinte den Fahrer, und sie meinte jeden anderen nicht existenten Zeugen. Die Polizei hatte auch recht. *Salauds.*«

»Hadley!« Hugo prustete kurz vor Lachen. »Ihr Französisch ist erstaunlich.«

»Ich weiß noch nicht mal, was das heißt. Lisette hat es gesagt.«

Plötzlich stolperte Hugo, und Hadley fasste ihn am Ellbogen. Dabei stützte er sich kurz auf sie, und sie war überrascht, wie leicht er war. Er sah so kräftig aus.

»Alles in Ordnung?«, fragte sie.

»Ja, ja«, entgegnete er hastig. »Ich bin nur ein bisschen weggerutscht.«

»Es war anstrengend, so von Tür zu Tür zu gehen. Und dann auch noch bergauf.«

Eine Strähne seines perfekt frisierten Haars hatte sich gelöst und fiel ihm in die Stirn, was ihm etwas untypisch Derangiertes verlieh. Hadley widerstand dem Drang, sie wieder zurückzustreichen.

»Ich glaube, es ist ein bisschen vereist hier«, sagte er. »Sie sollten auch aufpassen.«

»Mach ich«, sagte sie sanft.

»Sie sehen auch müde aus.« Er warf ihr einen Seitenblick zu.

»Ich hab in letzter Zeit nicht gut geschlafen. Und dann, heute Morgen … das ist der Schock. Mir kommt das alles gar nicht real vor.«

»Sie müssen gut auf sich achten.« Hugo blieb stehen. »Haben Sie Freunde, wo Sie wohnen? Kümmern die sich um Sie?«

»Kristina war meine Freundin.« Nach einer kurzen Pause fuhr Hadley fort: »Mit den anderen ist es nicht das Gleiche, wir haben nicht dieselbe Verbindung. Aber sie bemühen sich. Ich glaube, ich mache es ihnen auch nicht leicht, besser gesagt, ich weiß, dass es so ist.«

»Und Ihr Freund vielleicht?«

»Ich habe keinen Freund.« Sie schüttelte den Kopf.

»Nein?«

Als Hugo Hadley musterte, tastete sie mit der Hand unbewusst nach ihrem Kinn. Sie spürte noch Joels leidenschaftlichen Kuss, sein stoppeliges Kinn.

»Vielen Dank für Ihre Hilfe, Hugo, das war wirklich großartig. Eigentlich müssten Sie sich gar nicht so kümmern, aber Sie tun es trotzdem. Warum?«

»Das würde doch jeder.«

»Nein, nicht so.«

»Morgen frage ich nach der Liste. Bald kennen wir jeden Jacques in Genf. Wenn Sie keinen Unterricht haben, sollten Sie noch mal zur Polizei gehen. Fragen, was die als Nächstes vorhaben. Wenn es irgendwie geht, seien Sie lästig.« Er schöpfte kurz Atem. »Dann gehen Sie mit einem Foto von Kristina zum Bahnhof. Nur für den Fall, dass jemand, der dort arbeitet, sie gesehen hat. Kann gut sein, dass nichts dabei herauskommt, aber wer weiß? Einen Versuch ist es wert. Einen Versuch ist es immer wert. Und Hadley, er hat jetzt geschlossen, aber der Blumenladen am Ende der Straße: Fragen Sie dort mal, ob die eine Überwachungskamera haben. Man weiß ja nie, sie könnte etwas aufgezeichnet haben. So, das war erst mal alles, glaube ich. Sie wissen, wo Sie mich finden, wenn Sie mich brauchen. Ich würde Sie ja überallhin begleiten, aber ...« Er verstummte.

»Ich habe Sie schon genug durch die Gegend geschleift«, sagte Hadley.

»Aber Sie berichten mir von Ihren Fortschritten?«

»Sicher. Muss ich der Polizei Bescheid geben? Sie informieren, was wir hier machen?«

»Nur, wenn Sie etwas finden.«

»Gut. Hugo, diese ganzen Sachen wären mir niemals allein eingefallen. Ich tue sie, jede einzelne, egal wie lange es dauert. Die Uni ist mir momentan völlig egal. Außerdem ist mein Dozent sowieso krank.«

»Ein günstiger Zeitpunkt also.«

Erneut fasste Hadley sich geistesabwesend ans Kinn, und sie sah, dass Hugo es bemerkte, seine Augen weiteten sich kaum merklich. Sie ließ die Hand sinken. Da sie nicht wusste, was sie sonst noch sagen sollte, verabschiedete sie sich und sah ihm nach, als er langsam ging. Sie hoffte, er nähme ein

Taxi nach Hause, denn es war kalt, und trotz seiner munteren Worte sah er weiß wie ein Gespenst aus. Er drehte sich noch einmal um, und sie winkten einander. Dann lief Hadley mit knirschenden Schritten allein über das vereiste Pflaster der Rue des Mirages und horchte nach Autos.

Achtzehn

In den folgenden Tagen ging Hadley ihren Mitbewohnern in Les Ormes aus dem Weg. Sie winkte Chase flüchtig im Vorbeigehen, reagierte aber nicht auf Jennys leises Klopfen an der Tür und huschte aus der Küche, ehe Bruno mit seinen Weinflaschen und seiner Gesprächigkeit auftauchen konnte. Sie alle hatten klar zum Ausdruck gebracht, dass sie Hadleys Bemühungen für gut gemeint, aber sinnlos hielten, und diese Einschätzung war zu entmutigend und zu ärgerlich, um sie immer wieder zu hören. Einmal redeten Bruno und Chase gerade über sie, als sie an ihrem Zimmer vorbeischlenderten. *Wie lange will sie noch so bleiben? Es ist tragisch, ja, aber man muss eben damit leben*, sagte Chase. Bruno murmelte eine Entgegnung, die Hadley nicht verstand, aber sicherlich war es Zustimmung.

Sie war vorher schon keine Stubenhockerin gewesen, aber von dem Auto zu wissen verschärfte noch ihre Trauer um Kristina und machte sie rastlos. Die Wohnheimküche mied sie gänzlich, ersetzte das Frühstück durch hastig im Vorbeigehen gekaufte Cafeteria-Kaffees. Abends aß sie in öden, anonymen Kaufhausrestaurants, trank teure Cola zu Quiche-Dreiecken und bitteren Salatblättern von klebrigen Tabletts. Wohin sie auch ging, beobachtete sie die scheinbar achtbaren Lausanner: ihre eleganten und förmlichen Küsse, ihre zelebrierten *café-croissants* und ihr makelloses schmallippiges Lächeln, wenn sie einem *bonne journée* wünschten, einen schönen Tag noch, ohne jeglichen amerikanischen Überschwang. War es so jemand gewesen, der gerade am Radio fummelte, sich umdrehte, um die Frage eines Kindes zu beantworten, nur kurz von der Straße abgelenkt war und deshalb Kristina tötete? So jemand, der halb hinter seiner Tür versteckt zu dem alten Mann und der jungen Frau gesagt hatte, *Non, Monsieur, Mademoiselle, je suis désolé, j'ai rien vu. Nein, tut mir leid, ich habe nichts gesehen.*

Unterdessen sah sie Kristina überall. Durch die Stadt eilend, nur das Aufblitzen einer apfelgrünen Tasche und honigfarbenen Haars. Ihr perfektes Profil im Fenster eines entgegenkommenden Busses, das zarte V, das ihr Gesicht in der Drehung bildete. Fünfzig Meter vor sich am Berg zu Les Ormes hinauf, mit gemächlich schlendernden Schritten, während Hadley atemlos aufzuholen versuchte. Diese Erscheinungen verblassten, sobald sie es in ihr Zimmer geschafft hatte. Dann lehnte Hadley sich an die raue Wand, die sie früher voneinander getrennt hatte, oder ging auf den Balkon und spähte durch die dunkle Scheibe von Kristinas Fenster, und sie sah und spürte und hörte nichts. Es war, als würde Kristina sich entziehen, wenn Hadley sie heraufbeschwören wollte; hielt sie aber nicht nach ihr Ausschau, war sie plötzlich überall.

Von Joel hörte sie nichts, und sein Schweigen quälte sie ebenfalls, wenn auch auf nicht so verstörende Weise. Trotz der trübenden Ungewissheit leuchtete der Gedanke an ihn noch hell wie ein Diamant. Einmal, auf der geschäftigen Place Saint-François, drehte Hadley sich beim Klang eines amerikanischen Akzents um, doch es war nur ein bärtiger, dickbäuchiger Mann in Bergsteigermontur, der seine Wanderstöcke schwang. Er grinste sie an und schmetterte ein *bonjour*. Und ein anderes Mal sah sie am Eingang zur Metro jemanden von hinten: dunkle Lederjacke, braunschwarze Haare, ausgeblichene Jeans. Doch es war nicht Joel, obwohl sie ihm noch drei, vier, fünf Schritte folgte, um sich zu vergewissern. Wäre Hugo Bézier nicht gewesen, sein Vertrauen und seine Beharrlichkeit, hätte sie manchmal das Gefühl gehabt, dass Lausanne sich in eine Geisterstadt verwandelte und sie mitnahm.

Hugos Vorschläge gaben ihr eine Aufgabe, und sie ließ sich auf jeden davon ein, auch wenn sie ihr gar nicht wie das echte Leben vorkamen. Sie druckte ein Foto von Kristina aus und nahm es zusammengefaltet in der Tasche mit, um es Bahnarbeitern mit blauen Mützen zu zeigen. Sie folgte Kristinas Weg, durch den Hintereingang des Bahnhofs, die Stufen hinunter, über die kleine Gasse, um die Ecke in die Rue des Mirages. Sie lief langsam und aufmerksam, blickte nach rechts und links, auf den Boden und hoch in den Himmel. Dann machte sie kehrt und ging dieselbe Strecke erneut, schneller dieses Mal, im Laufschritt, wie jemand, der zu spät zu einer Party kam. Der letzte Schnee war nicht liegen geblieben, und die Straßen waren nass und schwarz. Hadley rutschte nicht aus, es gab keinen Sturz, kein Auto brummte von hinten heran, und von Kristina waren keinerlei Spuren zu entdecken. Einmal sah sie Lisette aus dem Hintereingang des Bahnhofs hasten, doch die Frau sah einfach durch sie hindurch, als sie ihren Namen sagte, ohne das geringste Anzeichen von Wiedererkennen in der Miene. *Lisette!*, rief sie noch einmal, und ein Passant bedachte sie mit scharfem Blick und missbilligendem Schnauben.

Hadley ging in den Blumenladen und atmete wieder die schweren Düfte ein. Mit schlechtem Französisch und pantomimisch fuchtelnden Armen, den Ärmel von Lilien eingestaubt, fragte sie nach einer Überwachungskamera und erntete nur leere Blicke. Sie kehrte zur Polizeiwache zurück, wo sie um Informationen bat und keine bekam. *Es gibt nichts Neues zu berichten*, sagte man ihr, und sie schüttelte den Kopf und sagte sämtliche französischen Wörter auf, die sie sich extra zu diesem Zweck notiert hatte. Anhaltspunkte. Untersuchung. Unfallverursacher. Kalte, harte Begriffe, die sie im Lexikon gefunden hatte, einen Finger auf der Zeile, während sie sie abschrieb. Sie ging ein zweites Mal zurück, später am selben Tag, und ein drittes Mal am Tag darauf. Der rotblonde Polizist war auf einmal zu beschäftigt, um mit ihr zu sprechen. Das sagte er ihr, während sein Funkgerät an der Hüfte knackte und ein Kollege sie beobachtete, auf dem Plastikrand eines Kaffeebechers kauend.

Fast fünf Tage waren vergangen, seit sie zum ersten Mal bei der Polizei gewesen war, und die meisten davon hatte sie in der Stadt verbracht. Joels unangenehmes Schweigen und Caroline Dubois' forschende Augen hatten sie vom Unigelände ferngehalten. Einen französischen Sprachkurs hatte sie besucht, nur um sich blicken zu lassen, und drei Bücher aus der Bibliothek ausgeliehen, falls es jemanden interessierte. Genau die Art von Tarnung, die Hugo guthieß. Abgesehen davon ging sie wieder und wieder ins Hôtel Le Nouveau Monde, das Café dort und Hugo erschienen ihr manchmal wie das einzig Beständige in ihrem Leben. Jedes Mal musste Hadley an ihren ersten Abend mit Kristina dort denken, durchweicht vom Sommerregen, ihr Cocktaillachen und die Gespräche über unvorstellbaren Schnee. Kristina hatte ihren Arm genommen, und Hadley hatte diese Version ihrer selbst gemocht, die lockere, fröhliche junge Frau, die in einer fremden und wunderschönen Stadt am See spazieren ging. Das war die Sache mit Kristina gewesen, ihre Freundschaft hatte für Hadley zugleich ein neues Ich mit sich gebracht. Das oder etwas Ähnliches hatte Hadley einmal zu ihr gesagt, und Kristina hatte lieb gelacht und gesagt: »Das hat nichts mit mir zu tun, das liegt an Lausanne.« Und vielleicht stimmte das zum Teil, denn die beiden waren immer fest miteinander verschlungen gewesen.

Stets wartete Hugo an seinem üblichen Tisch auf sie, und wenn all ihre Bemühungen zu nichts geführt hatten, versicherte er ihr, dass es trotzdem richtig war, immer sein Bestes zu versuchen. Er hörte zu, wenn sie ihm von der wenig entgegenkommenden Polizei erzählte, der verdutzten, aber freundlichen Dame am Fahrkartenschalter, die Kristinas Foto betrachtet, gelächelt und schlicht *belle* gesagt hatte, der Frau im Blumenladen, die auf Hadleys Erkundigung nach einer *caméra de sécurité* gelacht hatte: »Wer will denn Blumen stehlen?« Wenn sie nicht mehr weiterwusste, richtete er sie auf.

»Es bringt alles nichts, Hugo, absolut nichts«, sagte sie. »Ich strample mich ab, versuche, etwas zu verändern, und wozu? Kristina ist trotzdem weg.«

»Sie sehen den Sinn nicht ein?«

»Ich weiß einfach nicht, was ich als Nächstes tun soll. Vielleicht gibt es kein Nächstes. Vielleicht ist es vorbei.«

»Besser, es gehen einem die Ideen aus, als man hatte gar keine.«

»Aber die Ideen stammten alle von Ihnen.«

»Aber Sie sind immer noch hier, oder nicht? Sie sind nicht weggelaufen. Das zählt doch eine Menge.«

»Wäre ich aber, wenn Sie mich nicht aufgehalten hätten.«

»Sie unterschätzen sich. Sie haben Kraft.«

»Kraft? Was für eine? Ich fühle mich nicht so.«

»Leben«, sagte er. »Sie sind randvoll damit. Und das gibt Ihnen eine Verantwortung, eine Verantwortung, so viel wie möglich daraus zu machen. Warum wissen die jungen Leute das nicht? Jemand hat das mal zu mir gesagt, und ich habe ihn ausgelacht, habe auf all meine Bücher gezeigt, meine letzte tolle Rezension. O ja, ich dachte, das alles würde ach so viel bedeuten.«

»Ich verstehe nicht, was das alles mit …«

»Ich fasele, ich weiß schon. Verzeihen Sie mir, *ma chérie.* Aber schlucken Sie die Rückschläge und machen Sie weiter, denn daraus besteht das Leben. Also, das echte Leben. Nun gut, ich habe selbst Misserfolge zu berichten. Oder nicht unbedingt Misserfolge, sondern mangelnde Fortschritte …«

Wenn er sich in ihre Geschichte vertiefte, leuchtete er. Seine Augen huschten hin und her, sein Verstand schwirrte. Man konnte sich so gut mit ihm unterhalten, dass Hadley manchmal sogar überlegte, ihm von Joel zu erzählen. Doch dann fiel ihr Hugos Blick auf die rote Stelle an ihrem Kinn wieder ein, beinahe anklagend. Zu seiner Studentenzeit waren die Dozenten sicher nicht in Lederjacken und kaputten Jeans herumgelaufen und hatten in dunklen Autos junge Frauen geküsst. Wahrscheinlich hätte er gesagt, dass Joel recht damit hatte, Abstand zu halten, dass er Hadley letzten Endes einen Gefallen tat. Oder vielleicht tat sie Hugo auch unrecht, möglicherweise war er früher mal ein verwegener Draufgänger gewesen, mit heller Haartolle, dunklen Augen und noch dunklerem Geist. Sie fragte sich, ob es wohl mal eine Madame Bézier gegeben hatte, eine dünne Schweizerin mit schwungvollem Lippenstift und einem puppengesichtigen Hund unter dem Arm. Vielleicht jemanden, der ihm seine *petits* Kognakschwenker brachte, wenn er schrieb, ihm die Zigarre aus dem Mund stahl und sich zu einem Kuss hinunterbückte. Ungeachtet seiner geschliffenen Manieren und seiner offenen Herzlichkeit blieb unter der Oberfläche ein Teil von ihm verborgen, den sie niemals kennenlernen würde, das wusste sie. Manchmal ertappte sie ihn dabei, sie zu betrachten, und genau wie damals, als er von seinen Rätseln gesprochen hatte, seinen Plänen und Überlegungen, fielen die Jahre von ihm ab. Sie erkannte es in seinen braunen Augen, in allem, was er nicht sagte, und auch in manchem von dem, was er sagte.

»Was ist denn, Hadley?«, fragte er am fünften Tag, als sie einander gegenüber an ihrem üblichen Tisch saßen. »Sie verschweigen mir doch etwas.«

Hadley glaubte nicht, irgendetwas gesagt oder getan zu haben, was ihn auf diese Idee gebracht haben könnte.

»Da ist nichts. Nichts mehr jedenfalls. Haben Sie mit der Liste etwas erreicht?«

»Morgen, hoffe ich. Aber daran haben Sie gerade nicht gedacht. Was gibt es Neues?«

»Nichts Neues.«

»Nein?«

Hugo beobachtete sie, und sein Blick war angenehm durchdringend. Sie stellte fest, dass seine Aufmerksamkeit sie nicht störte.

»Nichts Relevantes jedenfalls. Nichts Wichtiges, vor allem nicht im Vergleich zu allem anderen.«

»Aha. Dann hatte ich also recht.« Er strich sich mit den Fingern übers Kinn, demonstrativ, so kam es Hadley vor, und genau über die Stelle, an der bei ihr die Rötung gewesen war. Inzwischen war sie natürlich verblasst, aber das spielte für Hugo keine Rolle.

»Womit?«

»Es gibt einen Mann, nehme ich an.«

»So einfach ist das nicht«, sagte sie.

»Das sollte es aber. Für eine junge Frau wie Sie. Ihnen sollte die Welt zu Füßen liegen.«

Hadley senkte den Blick. »Das möchte ich noch nicht mal.

Ich dachte nur, jemand wäre diese Woche da, war er aber nicht. Wahrscheinlich ist es meine Schuld. Ich habe einen Fehler gemacht. Besser gesagt, wir beide, aber … ich habe es zugelassen. Ich wollte es sogar.«

»An sich mag ich Denkaufgaben«, sagte Hugo. »Geheimnisse lösen. Aber Sie, *ma chérie*, sprechen in Rätseln.«

»Ich sollte überhaupt nicht darüber sprechen. Nicht, wo Kristina tot ist. Ich sollte an nichts außer an sie denken.«

»Sie wusste vermutlich von Ihrem Bekannten?«

»Nein. Ich wünschte, sie hätte es gewusst, aber es gab nicht viel zu erzählen … vorher. Wegen ihr ist überhaupt nur etwas passiert, seltsamerweise. Es fing gerade an, sich gut anzufühlen, und dann lief alles schief.«

Hugo lächelte kurz und schnalzte mit der Zunge. »Verstehe«, sagte er, und als Hadley ihn ansah, war sie plötzlich sicher, dass er wirklich verstand, obwohl sie nichts verraten hatte. Sie versuchte, sich zu erinnern, ob sie Joel je erwähnt hatte – *mein Dozent*, absichtlich beiläufig erwähnt, mit leicht geröteten Wangen. Hugo entging nichts.

»Ich vermisse Kristina so sehr«, sagte sie. »An etwas anderes zu denken, etwas anderes zu fühlen kommt mir einfach falsch vor.«

Hugo nahm eine Zigarre aus seiner Jackentasche und strich mit den Fingern darüber, eine lockere und gleichzeitig ehrfürchtige Berührung.

»Etwas zu vermissen«, sagte er. »Ist das wohl besser, als es nie gehabt zu haben? Wir alle kennen natürlich die Ansicht der Dichter darüber.«

Hadley begegnete seinem Blick. Sie hielt ihm stand.

»Sie sind Schriftsteller, was glauben Sie?«

»*War* Schriftsteller.«

»Waren, sind …«

»Wissen Sie, ich kann es wirklich unmöglich beurteilen. Je mehr ich darüber nachdenke, desto überzeugter bin ich, dass ich mir den Großteil meines Lebens für die Bücher aufgespart habe.«

Seine Stimme war in dem Moment etwas zu laut, es fehlte die übliche Gelassenheit darin, und zum ersten Mal fragte Hadley sich, ob Hugo trotz seiner gepflegten Kleidung und seiner klugen Schlagfertigkeit ein einsamer Mensch war.

Neunzehn

Als sie zurück ins Wohnheim lief, setzte ein kalter Regen ein, zuerst nur in einzelnen Schauern, dann aber kräftig. Hadley hatte keinen Schirm dabei, und ihre Haare wurden nass und seehundartig. Ihre Baskenmütze ruhte gefaltet und vergessen in den Tiefen ihrer Tasche. Sie nieste, nieste noch einmal. In der Kehle spürte sie ein Kratzen, es fühlte sich an wie der Beginn einer Erkältung. Als Hadley *In einem andern Land* zu Ende gelesen hatte, damals an einem nieseligen Tag im englischen Sommer, hatte das Bild des durch die regennassen Straßen Lausannes wandernden Frederic Henry sie nicht mehr losgelassen. Trotz seiner Trostlosigkeit hatte es etwas Malerisches gehabt, eine gewisse *Richtigkeit*, die sie ansprach. Doch die Wirklichkeit war um einiges kälter, die traurigen Tage des echten Lebens übten keinen solchen Reiz aus. Sie verschwendete keinen Gedanken an Frederic Henry, als sie ein paar Stufen hinauf und in eine Seitenstraße lief. Unabsichtlich war sie wieder in der Rue des Mirages gelandet. Da fing sie an zu rennen, klatschte durch die Pfützen. Sie rannte bis zurück zu Les Ormes.

Als sie ihre Zimmertür öffnete, klingelte das Telefon. Sie stürmte hinein und griff nach dem Hörer, im Geiste war sie sofort bei Joel.

»Ja, hallo?«

»Hadley! Wir haben uns solche Sorgen gemacht. Dein

Vater meinte, ich soll mich nicht aufregen, aber ich konnte nichts dagegen machen.«

Joel hatte ihre Nummer gar nicht. Selbstverständlich konnte er es gar nicht sein.

»Hadley, Schatz, geht's dir gut?«

Wie erzählte man von einem Tod? Bei Joel und Hugo war sie einfach damit herausgeplatzt, als wären ihre Worte magnetisch aufgeladen, unwiderstehlich von ihren Kraftfeldern angezogen. Ihre Eltern waren Menschen, die sich schnell Sorgen machten. Auch wenn sie sich bemühten, Hadley stets munter zu unterstützen, sie wusste, dass sie ihre Tochter lieber näher bei sich hätten. Bisher hatte sie ihre Postkarten nach Hause warm und fröhlich gehalten, eine Welt von Vergnügungshungrigen im Zwanzigerjahrestil gezeichnet, gemäßigt durch Berichte über ehrliche Plackerei in der Universitätsbibliothek. Wenn sie schon glaubten, Hadley hätte ihr Nest verlassen, sollten sie zumindest denken, dass sie sanft gelandet war.

»Entschuldige, Mum«, sagte sie nun. »Ich wollte die ganze Zeit anrufen, aber es kam immer was dazwischen.«

»Du bist beschäftigt, natürlich bist du beschäftigt, das ist toll, und so soll es auch sein, du musst dich nicht mit uns rumschlagen. Aber ein kurzer Anruf ab und zu …«

»Ich weiß.«

»Und du hast noch gar nicht erzählt, wie dein Geburtstag noch war. Habt ihr euch alle gut amüsiert? Es klingt so glamourös, Hadley, Geburtstag in der Schweiz.«

Ihre Kehle schnürte sich zu, sie hatte Angst zu krächzen, wenn sie spräche. Also ließ sie ihre Mutter weiterreden.

»Wir haben von dem Schnee bei euch gelesen. Nicht nur in der Schweiz, überall. Wahrscheinlich hast du darin gespielt, oder bist du dazu schon zu alt? Komm, sprich mal kurz mit deinem Vater. Er schnaubt mir ins Ohr wie ein alter Hund, der Gute. Er hat auch ungeduldig darauf gewartet, von dir zu hören. Sammy ist in der Schule, er wird sauer sein, dass ich ohne ihn angerufen habe, aber ich konnte nicht eine Minute länger warten.«

Es raschelte leise, als ihre Mutter den Hörer weitergab. Hadley hörte ihren Vater auf dem Hocker im Flur Platz nehmen. Da wusste sie, dass sie nichts von Kristina erzählen würde, nicht dieses Mal. Stattdessen sprachen sie über eine Gans statt des üblichen Truthahns zu Weihnachten, und Hadley sagte, sie würde sich vielleicht, ganz vielleicht in diesem Jahr überreden lassen, mit ihrer Mutter zur Mitternachtsmesse zu gehen, ausnahmsweise.

»Kitzelt Sam bitte von mir«, sagte sie. »Unter den Achseln, wo er es hasst. Und gebt ihm einen Kuss. Sagt ihm – sagt ihm, ich vermisse ihn.«

Damit beendete Hadley das Gespräch mit ihren aufgeregten, die restlichen Tage bis zu den Ferien zählenden Eltern. Sie wollte ihnen keine Lügen erzählen, doch die Wahrheit würde Hadley überfordern. Ihr Mitgefühl, durch die Leitung aus meilenweiter Entfernung geschickt, bräche Hadley das Herz. Und wenn ihre Eltern sie fragten, ob sie sich schon auf zu Hause freue, was sie zwangsläufig tun würden, befürchtete sie zusammenzubrechen, einfach jede Fassung zu verlieren und alles zu vergessen außer den Worten *ja, o ja.*

Vielleicht lag es an dem Regen, der sie durchnässt hatte, oder an ihren endlosen Streifzügen durch die Stadt, jedenfalls bekam Hadley eine Erkältung und musste den Rest der Woche im Bett verbringen. Sie hatte sämtliche üblichen Beschwerden, Halsweh und eine unaufhörlich laufende Nase, doch sie wurde auch von Kopfschmerzen und einer Lustlosigkeit geplagt, die sie nicht abschütteln konnte. Jenny brachte ihr einen Stapel englischer Zeitschriften, zerlesene, eselsohrige Ausgaben, an denen der Duft von Wartezimmer haftete. Sie blieb nie lange, denn Hadley mit ihren roten Wangen und zerknitterten Schlafanzügen sah zu ansteckend für Besuch aus. Jenny legte nur ihre Gaben ab, lächelte ihr Grübchenlächeln und zog sich zur Tür zurück.

Immer wieder schlief Hadley ein, und unruhige Bilder drängten an die Oberfläche. Schon vorher hatte Hadley von Kristina und Joel geträumt, als Joel nicht mehr als ein wortgewandter Fremder gewesen war und Kristina die glitzernde Verheißung einer neuen Freundin. Während ihrer Krankheit nun tauchten sie wieder gemeinsam in Hadleys Traum auf, und obwohl sie ihr im realen Leben so vertraut waren, blieben sie darin verschwommen und kaum erkennbar. Kristina war von zarter Schönheit, aber bleich und verblassend, und Hadley konnte sich nicht auf sie konzentrieren. Jedes Mal, wenn sie in ihre Richtung sah, hatte sie das Gefühl, ohnmächtig zu werden. Diese kurzen Blicke boten keinen Trost, keinen jenseitigen Zuspruch, nur ein leeres Gefühl von Desorientierung. Joel war zwar da, zeigte aber keine Anteilnahme, kein Mitgefühl. Er wandte ihr den Rücken zu und wich ihrem Blick aus. Im Traum war nicht klar, ob sie einander überhaupt geküsst hatten. Hadley glaubte es nicht, doch die Sehnsucht, die sie empfand, als sie an seinem Rücken zerrte, ihn zu sich umdrehen wollte, war unberechenbar, ein haltloses, wildes Verlangen. Jacques war ebenfalls da, aber nur im Geiste, eine spöttische, körperlose Stimme am Rande des Geschehens. Nur Hugo war klar und scharf. Wann immer Hadley sich umdrehte, stand er neben ihr, trat elegant wie ein Tänzer zurück, lächelte freundlich, hielt aber immer Abstand. Sie alle fünf bewegten sich in schnellen Mustern, wie im Hütchenspiel eines Amateurzauberers, wo die Münze nie zum Vorschein kam und die Wahrheit verborgen blieb.

Der Traum wirkte bis zum folgenden Morgen nach. Erschöpft wachte sie mit dem Gefühl auf, überhaupt nicht geschlafen zu haben, und in dem kalten Bewusstsein, dass Kristina fort war und niemals mehr zurückkam. Trotz all ihrer verwirrten Blicke war sie ihr nie unerreichbarer erschienen. Hadley versuchte, sich auf echte, greifbare Dinge zu konzentrieren, die Ungewissheiten der Nacht wegzuwischen. Vermutlich hatte Hugo inzwischen die Liste beschafft, und er fragte sich bestimmt, wo sie blieb. Und Joels Kurs hatte sie nun schon ein weiteres Mal verpasst. Sie hätte gern gewusst, ob er wie üblich in den Raum geschlendert war und die Arme auf seine typische Art weit ausgebreitet hatte, ein Begrüßungsgrinsen auf dem Gesicht. Vielleicht hatte er ihre Abwesenheit bemerkt und zu viel hineininterpretiert, war in seinem Vortrag ins Stocken geraten oder hatte den Faden verloren, zur Tarnung extra breit gelächelt. Sie hatte nicht vorgehabt, so lange zu fehlen, aber das wusste er ja nicht. Vielleicht verschwand er ebenfalls, auf eine völlig andere Weise, entglitt ihr Tag für Tag etwas mehr.

Gerade als der nicht enden wollende Nachmittag sich endlich dem Abend zuneigte, klopfte es an ihrer Tür. Sie hörte eine Männerstimme *Hadley* rufen. Da sie gerade an ihn gedacht hatte – und wirklich, als sie später darüber nachdachte, steckte nicht mehr dahinter –, war sie absolut zweifelsfrei sicher, dass es Joel war. Ihr Herz machte einen Satz. Sie sah an ihrem verwaschenen Schlafanzug hinunter, strich sich mit der Hand durch die strähnigen Haare. Einen Blick in den Spiegel wagte sie nicht, denn sie wusste, dass sie darin eine abgekämpfte Version ihrer selbst sehen würde; trübe Augen, fiebrige Flecken auf den Wangen.

»Ich liege im Bett«, rief sie. »Und ich sehe furchtbar aus. Du kannst reinkommen, aber nur, wenn du die Augen zumachst.«

Die Tür ging auf, ein Schuh quietschte. Sie versuchte, eine bequemere Position auf dem Kissen zu finden, und warf hastig eine Handvoll zusammengeknüllter Taschentücher unters Bett. Er trat um die Ecke ins Zimmer.

Er hatte wirklich die Augen geschlossen, wie sie verlangt hatte. Seine langen Wimpern lagen dunkel auf der getönten Haut, und seine lockigen Haare waren zu einem halben Pferdeschwanz gebunden. In der Hand hielt er einen Strauß gelber Tulpen, die Lippen waren zu einem etwas albernen Lächeln geöffnet. Es hatte keine schelmischen Kommentare von Chase gegeben, keine wie zufällige Erwähnung seines Namens durch Loretta. *Luca.* Ihre Küsse auf der verschneiten Straße, ihre heißen Umarmungen in der Kellerkneipe, bei denen seine Finger am Saum ihres Kleides nestelten – Hadley wurde schlagartig bewusst, dass sie nicht eine Sekunde an ihn gedacht hatte. Es war alles durch die Ereignisse seitdem ausgelöscht worden.

»Eigentlich wollte ich schon früher kommen, aber Loretta meinte, das wäre keine so gute Idee«, sagte er. »Und dann war ich trotzdem hier, aber du warst nie da. Jetzt habe ich Bruno in der Stadt getroffen, und er hat mir erzählt, dass du krank bist, also wusste ich, dass ich kommen muss.«

Immer noch hielt er die Augen geschlossen. Hadley starrte ihn an und stellte fest, dass er bei Tag unbeholfen aussah. Sie erinnerte sich, dass er so attraktiv und selbstsicher gewirkt hatte und dass sie sich von ihm hatte küssen lassen, obwohl sie es eigentlich nicht wollte. Sie wusste nicht einmal, was sie an dem Abend von ihm gehalten hatte, ob sie ihn auch nur ein bisschen gemocht hatte. Es war schrecklich, nicht der Mensch zu sein, den jemand anders sich wünschte.

»Du kannst die Augen aufmachen«, sagte sie. »Ist schon okay.«

Er tat es und lächelte sie an. »Hallo Hadley. Es war keine leichte Zeit für euch alle hier oben, was? Ich hätte früher kommen sollen. Entschuldige. Aber ich wusste nicht genau, ob du mich sehen wolltest. Übrigens siehst du schön aus.«

»Du bist ein guter Lügner. Ich meine, von wegen schön aussehen, nicht das andere. Aber danke. Also, für beides.«

»Ist es okay, dass ich hier bin?«

»Aber sicher«, sagte Hadley. »Ich meine, ich würde dir nicht empfehlen, lange zu bleiben. Ich bin wahrscheinlich noch ansteckend, sonst holst du dir noch was. Bruno treibt sich sicher im Flur rum. Er hat immer Lust auf Gesellschaft.«

»Ich bin nicht wegen Bruno hier.«

»Ach so.« Hadley legte den Kopf anders hin und verschränkte die Arme vor der Brust. »Aber vielleicht sollten wir in die Küche gehen. Ich könnte uns einen Tee kochen. Vielleicht ist Jenny auch da, sie hat immer schöne Keksvorräte.«

»Ich bin nicht an Jenny und ihren Keksen interessiert.«

»Wärest du aber, wenn du wüsstest, was sie so alles hat. Sie kriegt sie aus England geschickt, rosa Waffeln und Marshmallow-Dinger und alles Mögliche.« Sie bemerkte, dass sie Blödsinn redete, und bremste sich. »Mir würde es sogar guttun, mir mal die Beine zu vertreten. Ich habe seit Tagen mein Zimmer nicht verlassen. Sollen wir mal nachsehen, ob jemand da ist?«

»Ich bin deinetwegen hier, Hadley. Nur deinetwegen. Seit deinem Geburtstag denke ich an dich.«

»Oh.«

»Hadley, ich …«

Sie unterbrach ihn. »Es war ein komischer Abend, Luca. Nichts ist so gelaufen, wie es sollte. Kristina hätte dabei sein sollen, war sie aber nicht. Ich hab zu viel getrunken und war nicht ganz ich selbst. Bin ich immer noch nicht. Alles hat sich falsch angefühlt, und das ist immer noch so. Tut mir leid. Ich weiß, das ist nicht das, was du hören willst.«

»Du bist noch traurig wegen dem Unfall, das haben Loretta und Bruno mir erzählt. Alle sind das natürlich. Und ich weiß, dass du die beiden Ereignisse im Kopf wahrscheinlich nicht trennen kannst, den Abend, den wir zusammen erlebt haben, und was mit Kristina passiert ist. Das ist schon okay, ich verstehe das. Aber ich mag dich wirklich. Ich würde dich gern glücklich machen.«

Hadley schüttelte den Kopf und zog sich die Decke höher unters Kinn. Sie wollte, dass er ging und seinen Blumenstrauß mitnahm. Ihr Kopf schmerzte.

»Du bist echt nett, Luca, aber ich glaube, ich hab dir einen falschen Eindruck vermittelt. Beim letzten Mal, und jetzt auch. Um ehrlich zu sein, habe ich dich nur hereingebeten, weil ich dachte, du wärst jemand anders«, sagte sie. »Tut mir leid.«

»An deinem Geburtstag hattest du nichts an mir auszusetzen. Da mochtest du mich.«

»Wir waren alle betrunken, Luca, das weißt du genau.«

»So betrunken auch wieder nicht. Und ich glaube nicht, dass man jemanden küssen kann und das Ganze dann einfach wieder vergessen.«

»Tja, seitdem war bei mir viel los.« Plötzlich war sie müde. Sie hatte ihm die Gelegenheit zu einem würdevollen Abgang geboten, und er hatte sie nicht ergriffen. »Und außerdem«, sagte sie ruhig, aber bestimmt, »gibt es jemand anderen.«

»Wen?«

»Es ist eigentlich noch nichts Richtiges mit ihm passiert, aber ich wünsche es mir. Nur das zählt. Ich wünsche es mir mit jemand anderem, Luca. Es tut mir leid.«

Er legte den Strauß auf Hadleys Nachttisch, neben ihre leeren Wasserflaschen und Zeitschriften und Taschentücher.

»Ich will keine andere«, sagte er. »Ein Kuss ist immer der Anfang von etwas.«

»Nicht immer. Manchmal ist er das Ende.«

Mit geröteten Wangen sah er sie durchdringend an. »So leicht gebe ich nicht auf«, sagte er.

Er knallte die Tür hinter sich zu. Hadley drehte sich auf die Seite, mit dem Gesicht zur Wand. Sie strich mit einem Finger über das weiß getünchte Mauerwerk. Sie konnten nicht beide recht haben, Luca und sie, aber das mussten sie, sonst funktionierte es nicht. Nichts funktionierte. Letzten Endes waren es Lucas Worte, an denen sie sich festklammerte, als sie allmählich wieder einschlief. *Ein Kuss ist immer der Anfang von etwas.* Ein willkommener Satz, der sich in ihre Träume schlängelte. Der auseinanderbrach und sich wieder zusammenfügte, wie ein flüchtiges Versprechen.

Zwanzig

Wer von einem Bilderbuchwinter träumt, sollte den Dezember in der Schweiz verbringen. In der Lausanner Altstadt verkauften filzbehütete Händler in Lederschürzen heiße Kastanien und Glühwein. Stämmige, rotwangige Männer und Frauen stellten auf der Place de la Palud ihre Tische auf und boten runde Käselaibe und Lavendelsträuße an. Gegen Abend kehrte Ruhe in die frostigen Einkaufsstraßen ein, gestört nur von einem kurzen Dröhnen von Musik, wenn die Tür einer Kellerkneipe vom Wind aufgerissen wurde, oder dem Schnalzen eines älteren Herrn, der höflich darauf wartete, dass sein Hund sein Geschäft verrichtete. Weihnachten stand vor der Tür, und Lausanne funkelte ruhig und still.

Am Wochenende ging es Hadley besser. Zum ersten Mal seit Tagen stellte sie sich in der beißenden Morgenluft auf den Balkon, den Bademantel fest um sich geschlungen, die Hausschuhe am eisigen Boden festklebend. Sie ließ den Blick über die Dezemberstadt schweifen. Es war der perfekte Tag, um nebeneinander zwei Reihen Fußspuren hinter sich herzuziehen, um heiße Schokolade mit Rum in der Ecke eines Cafés zu trinken, um am Wasser zu lachen und weiße Atemwölkchen auszustoßen. Egal was Joel sagte, es war unmöglich, sich einen neuen Tag vorzustellen, ohne daran zu denken, dass er auch Kristina hätte gehören müssen.

Sie war mit einem Entschluss aufgewacht. Nach dem Wochenende würde sie ihn suchen. Sie würde erzählen, was sie getan hatte und wo sie gewesen war und dass sie ihr Bestes gegeben hatte, wenn es auch nicht ausgereicht hatte. Sie würde sich wieder an seinem Unterricht beteiligen, sich in die Welt von Hemingway versetzen, einen Ort von Verheißung und Hoffnung und Liebeskummer. Wenn er vergessen wollte, was sonst zwischen ihnen passiert war, dann wäre das in Ordnung, denn er war ein Teil ihres Lausanner Lebens, und sie wollte ihn nicht auch noch verlieren. Das wäre dann ab Montag, aber zuerst Hugo Bézier und seine Jacques-Liste. Auch dazu hatte sie einen Entschluss gefasst. Es war ihr letzter Versuch. Alles andere hatte nichts gebracht, und ihre Amateurdetektivarbeit, die zerknitterten Fotos und das Klopfen an fremden Türen, all das war nun vorbei, egal was Hugo sagte und welche Emotionen er in ihr zu wecken versuchte. Vielleicht standen zwanzig Namen auf der Liste oder hundert, aber viel mehr konnten es doch wohl nicht sein. Jacques könnte für sie greifbar werden. Das würde sie noch tun, für Kristina und für ihn, und dann ihr eigenes Leben weiterführen. Nicht wie vorher, aber nach vorn gerichtet, Schritt für Schritt.

Hadley musste unwillkürlich lächeln, als sie Hugo an seinem Tisch entdeckte, und er blickte auf und sah es. Die Beständigkeit seiner Verhaltensmuster hatte etwas Beruhigendes. Er erhob sich, um sie auf beide Wangen zu küssen, und in der Geste lag etwas Höfliches. Sie sah ein Lächeln an seinen Mundwinkeln zupfen, als er den Kopf zurückzog.

»Entschuldigen Sie, dass ich jetzt erst komme«, sagte sie. »Ich war krank.«

»Sie sehen tatsächlich aus wie jemand, der erst kürzlich genesen ist.« Hugo legte den Kopf schief. »Sie sehen so frisch gewaschen aus.«

Sie lächelte. »Es geht mir viel besser. Und, haben Sie die Liste bekommen?«

»Das ist etwas Schreckliches, diese Erkältungen. In meinem Alter können sie der Tod sein. Buchstäblich. Ich hoffe, ich begebe mich nicht in außerordentliche Gefahr, wenn ich mit Ihnen Kaffee trinke.«

»Ich muss ja nicht lange bleiben. Wenn Sie mir die Liste geben, kann ich meinen wertlosen Körper entfernen, und Sie sind wieder in Sicherheit.«

»Sie zitieren Evelyn Waugh«, sagte er fröhlich.

»Also?«

»Also.« Er nahm die Stoffserviette vom Schoß und faltete sie sorgsam wieder zu einem Quadrat. »Ich fürchte, sie erfüllt nicht ganz unsere Hoffnungen.«

»Wie kann das sein?«

Der Kellner kam und goss aus einer silbernen Kanne Kaffee ein. Hugo wartete, bis er fertig war, und Hadley legte die Hände um ihre Tasse und wartete ebenfalls. Schließlich sprach er weiter.

»Jacques ist, wie sich zeigt, ein gängiger Name in diesen Breiten, aber darauf hätte ich Sie natürlich vorher hinweisen müssen. Ich war ebenfalls naiv, und das ist nicht zu entschuldigen.«

»Das hatte ich mir schon gedacht«, sagte sie. »Aber Sie verstehen nicht, Hugo, überhaupt irgendetwas in der Hand zu haben ist schon großartig. Ich bin im Dunkeln getappt. Ich hatte es aufgegeben.«

»Trotz der wohlwollenden Hilfe Ihres Dozenten?« Es lag besondere Betonung auf dem Wort Dozent, da war sie ganz sicher. Hadley reagierte nicht darauf. »Tja, hier ist sie also.«

Er reichte ihr einen Stapel Blätter, jede Seite von oben bis unten dicht beschrieben. Sie überflog sie, bemüht, einen Sinn in dem endlosen Informationsfluss zu erkennen.

»So kommt es aus dem Computer«, sagte Hugo. »Schwindelerregend, nicht wahr?«

Sie blätterte um und sah nur *Jacques Jacques Jacques Jacques. Jacques Legrand. Jacques Arnaud. Jacques Petit.*

»Das sind ja Hunderte«, sagte sie. »Tausende sogar.«

»Wenn Sie doch nur einen Nachnamen hätten.«

»Wenn ich einen Nachnamen hätte, bräuchte ich die Liste gar nicht.«

»Das stimmt auch wieder.«

»Dann hätte mir das Telefonbuch gereicht oder das Internet oder … es wäre so einfach gewesen. So einfach.«

Entmutigt ließ sie den Kopf hängen, ihr ganzer morgendlicher Elan war verpufft.

»Wenn man trauert …« Hugo setzte neu an. »Man weiß nie, wie man reagieren wird. Sie wollten unbedingt etwas tun. Helfen. Sie haben alles getan, was Sie nur konnten.«

Hadley sah zu ihm auf, und ihre Wangen waren gerötet.

»Und es hat nicht gereicht«, sagte sie. »Stimmt's?«

»Sollen wir nach draußen gehen? Ein wenig frische Luft tut bestimmt gut.«

Sie setzten sich auf eine der Bänke am Wasser, vor ihnen pickten ein paar Enten am Ufer herum. In seinem Wollmantel wirkte Hugo schmaler. Der karierte Schal am Hals war exakt gefaltet. Er trug seinen Hut, und die Schuhspitzen glänzten frisch geputzt. Als sie so neben ihm saß, hätte sie sich am liebsten an ihn angelehnt und den Kopf auf seine Schulter gelegt, wie sie es einmal bei Joel in seinem Büro getan hatte. Es war ein anderes Gefühl, aber in gewisser Hinsicht auch das gleiche, das Bedürfnis nach Berührung, nach etwas Festem inmitten der Ungewissheit. Sie hätte nichts dagegen gehabt, wenn Hugos knotige Hand ihr kurz das Knie getätschelt hätte, eine kleine Geste des Trostes. In den Händen hielt sie den Papierstapel voll von *Jacques Jacques Jacques.*

»Ich sollte das einfach in den See werfen.« Sie wedelte mit den Zetteln. »Zusehen, wie es versinkt. Joel hat gesagt, wir sollen aufhören zu suchen, und ich hätte auf ihn hören sollen. Wir haben stundenlang Telefonbücher durchforstet und das Internet, wir sind sogar in Genf durch die Straßen gelaufen. Dumm, nutzlos.«

»Joel? Ach, Ihr Dozent wieder. Tja, dass er überhaupt bereit war mitzumachen, sollte doch tröstlich sein. Die Zeit kann ja nicht völlig vergeudet gewesen sein.«

Hadley sah ihn von der Seite an, und auf seinen Lippen lag ein trockenes Lächeln. Sie tat, als hätte sie es nicht bemerkt.

»Aber Sie haben auch geholfen«, sagte sie. »Die Liste war von Anfang an überflüssig, oder? Sie müssen gewusst haben, dass sie kilometerlang wäre. Läuft das auch unter ›mitmachen‹?«

»Ich glaube nicht. Und die Tatsache bleibt, dass Sie nicht wissen, ob Jacques Bescheid weiß, und dass Ihnen das leidtut.«

»Ja, stimmt. Wir haben eine Verbindung, auch wenn er nichts davon weiß. Kristina hat uns beiden etwas bedeutet, und das sollte doch etwas gelten.«

»Tja, mir tut leid, dass es Ihnen leidtut.«

»Hugo, warum ist Ihnen das überhaupt so wichtig?«

»Warum ist es Ihrem Dozenten wichtig?«

»Ich bin mir nicht sicher, ob es das noch ist. Aber er versteht, was es bedeutet, jemanden zu verlieren.«

»Ah. Das.«

»Sie nicht?«

Hugo runzelte die Stirn. Sein Gesicht war faltig, aber nur wenig. Er hatte das Aussehen von poliertem Holz und eine ebenso undurchdringliche Miene.

»Ich habe über Verlust geschrieben, immer wieder. Es ist ein Element in jedem meiner Bücher, denke ich mal. Aber verstehe ich ihn? Nein. Das kann ich nicht für mich beanspruchen.«

Eine Zeit lang blieben sie schweigend sitzen, jeder in seine eigenen Gedanken versunken, während sie über das Wasser nach Frankreich hinüberblickten. Schließlich sprach Hadley wieder, und ihre Stimme klang dünn und brüchig.

»Hugo, Sie haben mir schon mehr geholfen, als Sie jemals ahnen werden. Und wir haben wirklich alles probiert. Ich weiß nicht, was wir sonst noch hätten tun können. Die Polizei sagt, der Fall ist noch nicht geschlossen, also besteht noch eine Chance, dass sich etwas ergibt, oder? Aber vielleicht sollte ich die Sache jetzt auf sich beruhen lassen. Es wird Zeit.«

»Die Sache mit Jacques? Oder die mit Ihrem Dozenten?«

»Warum fangen Sie immer wieder von meinem Dozenten an?«

»Weil ich seinen Motiven misstraue, natürlich. Ich bin argwöhnisch, Hadley. Er sieht vermutlich sehr gut aus? Es ist eine uralte Geschichte. Hat er schon versucht, Sie ins Bett zu kriegen?«

Trotz seiner Worte blieb sein Tonfall distanziert und locker. Hadley rückte von ihm ab.

»Ist Ihr Leben so langweilig, dass Sie sich andauernd Geschichten ausdenken müssen, Hugo? Ach ja, ganz vergessen, das ist ja Ihr Beruf. Früher mal zumindest. Sie haben das Ganze genossen, stimmt's? Die Drehungen und Wendungen eines unlösbaren Falles. Wahrscheinlich gehen Sie hinterher nach Hause und schreiben alles auf.«

»Ich habe seit Jahren nichts geschrieben, Hadley. Das habe ich längst aufgegeben.«

»Trotzdem können Sie einfach nicht anders. Sie reden hier von Joels Hintergedanken, aber was ist mit Ihren?«

»Ich habe keine.«

»Jedenfalls bin ich fertig. Mit der Suche nach Jacques und mit der Suche nach einem Sinn in einer Sache, die letzten Endes sinnlos ist. Die Polizei weiß das, Joel weiß das, ja, genau, *mein Dozent*, und ich weiß es jetzt auch. *C'est fini.*« Hadley machte eine ausladende Geste über das Hotel, den See, die weit entfernten Berge und Hugos glänzende Schuhspitzen. »Was halten Sie davon – dramatisch genug? Hellt Ihnen das den Tag auf?«

Er erhob sich, seine Arme hingen schlaff an den Seiten herunter. Sein Elan war fort.

»Immer wenn ich mich von Ihnen verabschiede, frage ich mich, ob ich Sie jemals wiedersehe«, sagte er. »Sehen Sie mich nicht so an – so alt bin ich nicht und so morbide auch nicht, aber Ihre angenehme Gesellschaft hab ich immer als geschenkte Zeit empfunden. Ich könnte mich natürlich täuschen, wie schon oft, aber der heutige Tag kommt mir doch wie das Ende unseres gemeinsamen Weges vor.«

»Machen Sie Schluss mit mir, Hugo?« Es war als Witz gemeint, kam aber verkniffen heraus.

»Unser gemeinsamer Wunsch nach Wahrheit lässt vielleicht nach.«

»Ich will ja die Wahrheit«, erwiderte sie heftig. »Aber wissen Sie was, ich möchte eine andere Art von Wahrheit. Ich möchte etwas anderes fühlen. Etwas, das nicht traurig oder schlimm oder hoffnungslos ist.«

»Auch dabei wünsche ich Ihnen viel Glück, Hadley.«

Er zog den Hut und ging, ehe sie reagieren konnte. Sein Gang war etwas steif. Sie glaubte, ihn pfeifen zu hören, aber vielleicht bildete sie sich das auch nur ein.

Das Café Grand war ganz anders als das gesetzte Hôtel Le Nouveau Monde. Es war brechend voll, Stimmengewirr dröhnte. Pelzjacken hingen mit auf dem Boden schleifendem Saum über Stuhllehnen, Besteck klirrte auf Porzellan. Ploppend und zischend wurden Wein und sprudelnde Getränke eingegossen, während die Kellner einen Hochgeschwindigkeitstanz zwischen den Tischen vollführten, silberne Tabletts hoch über den Kopf gereckt. Bruno und Loretta saßen an einem Ecktisch am Fenster, die Köpfe so weit vorgebeugt, dass ihre Nasen sich berührten. Hadley quetschte sich zu ihnen durch.

Auf dem Weg aus dem Wohnheim an diesem Morgen war sie den beiden begegnet, und Bruno hatte sie gefragt, ob sie sich später treffen wollten. Er und Loretta wollten vorher shoppen gehen, und er hatte flehend die Hände gefaltet und gesagt: *Bitte, wir werden dann dringend eine Pause von den Geschäften brauchen.* Hadley hatte sich nicht festgelegt, doch nach dem Gespräch mit Hugo, das sie deprimiert hatte, und zwar nicht wegen der unbrauchbaren Liste, war die Aussicht auf Gesellschaft reizvoll. Sie würde Bruno und Loretta nicht erzählen, womit sie in letzter Zeit beschäftigt gewesen war, und sie wusste, dass die beiden in ihrem Wunsch nach unkompliziertem Vergnügen nicht nachfragen würden. Hadley würde einfach lächeln und den Wein trinken, den Bruno ausgewählt hatte, und es würde guttun, die Anspannung etwas abzuschütteln, den Nachmittag in den Abend verschwimmen zu lassen, wie sie es schon seit Ewigkeiten nicht mehr getan hatte. Und vielleicht käme Luca nur flüchtig zur Sprache. Sie würde darauf achten, eine zerknirschte Miene zu ziehen, wenn sie sagte: *Er ist einfach nicht der Richtige für mich.*

Als sie auf den Tisch zuging, rief sie ihnen ein *Hallo* entgegen, und beide drehten die Köpfe und strahlten sie an.

»Hadley! Da bist du ja! Komm, ich besorge dir einen Stuhl.« Bruno sprintete los.

»Setz dich doch«, sagte unterdessen Loretta. »Nimm Brunos Stuhl. Wie geht's dir? Du siehst nicht so gut aus. Immer noch die Erkältung? Du Arme.«

Es war heiß in dem Café, und Hadley zog Mütze, Schal und Handschuhe aus und versicherte, es gehe ihr gut, *super* sogar. Bruno kehrte mit einem Stuhl zurück, wobei er sich übertrieben viel Mühe gab, niemanden damit anzurempeln, und *scusi, scusi* murmelte. Zu dritt drängten sie sich um den Tisch, der eigentlich nur für zwei gedacht war. Bruno goss Hadley den letzten Prosecco ins Glas und sah sich dann nach einem Kellner um, um noch eine Flasche zu bestellen. Loretta gelang es durch eine knappe Geste mit der Spitze ihres Kinns.

In dem Moment entdeckte Hadley Joel Wilson. Er saß auf der anderen Seite des Raums, gleich neben der Tür. Sie war an ihm vorbeigelaufen, ohne ihn zu bemerken. An seinem Stuhl hing die Lederjacke, und er saß mit aufgestützten Ellbogen am Tisch und las Zeitung. Er war allein, und trotz der Entfernung und seiner entspannten Haltung spürte sie seine Energie wie eine Druckwelle quer durchs Café. Hadley starrte ihn an. Sie hatte ihn nur seit einer guten Woche nicht gesehen und war doch absurd überrascht, dass er sich gar nicht verändert hatte. Es war beinahe, als könnte sie einfach zu ihm schlendern und ihm ein lockeres *Hallo* zuwerfen wie früher. Doch in ihrem Inneren zupfte etwas, und sie spürte ihre Wangen knallrot werden. Sie hatte sich etwas vorgemacht, als sie dachte, es könnte wieder werden wie vorher. Ein solches Verlangen schüttelte man nicht so einfach ab. Sie beobachtete, wie er die Zeitung faltete, unter den Arm klemmte und sich die Jacke über die Schulter warf. Jetzt erst sah sie sein

Gesicht; die Stirn war gefurcht, der Mund fest zugepresst. Auf der Wange hatte er einen Fleck wie von Druckerschwärze. Nun ging er zur Tür, riss sie auf und verschwand in den Lausanner Nachmittag.

»Hadley? Hast du überhaupt zugehört?«, fragte Bruno eingeschnappt.

Loretta musterte sie mit großen, fragenden Augen.

»Hast du jemanden gesehen, den du kennst?«, fragte sie.

»Ja«, sagte Hadley. »Entschuldigt bitte einen Moment. Ich muss kurz hinterher. Bin in einer Minute wieder da.«

Ohne einen weiteren Gedanken war sie auf den Beinen und an der Tür. Sie stürmte auf die Straße, sah sich nach rechts und links um und prallte fast gegen ihn. Joel stand unmittelbar vor dem Café, eine Zigarette zwischen den Lippen, ein brennendes Zündholz in der Hand.

»Hadley«, sagte er leicht überrascht.

Sie stellte fest, dass sie gar nicht wusste, was sie sagen sollte. Das Streichholz brannte weiter zwischen seinen Fingern. Er ließ es auf den Boden fallen und trat es aus. Dann nahm er die Zigarette aus dem Mund und schüttelte den Kopf.

»Bist du schon die ganze Zeit da drin?«, fragte er.

»Nein, ich bin gerade gekommen. Ich hab dich erst gesehen, als du aufgestanden bist. Warum gehst du?«

»Weil mein Kaffee leer ist.«

»Nicht meinetwegen?«

»Hadley, ich hab dich nicht mal gesehen. Genau genommen habe ich dich seit neun Tagen nicht gesehen. Nein, zehn. Wo warst du? Ich hab mir Sorgen gemacht.«

»Ehrlich?«

»Natürlich. Zuerst hatte ich Angst, du hättest dir auch den Magen verdorben, aber Caroline hat erzählt, dass sie dich gesehen hat und es dir gut ging.«

»Ich war auch krank, aber eine Erkältung. Hatte nichts mit chinesischem Essen zu tun.«

»Geschieht mir ganz recht, was schleppe ich dich auch in den Laden, oder? Aber niemand hat zehn Tage durchgehend eine Erkältung. Wo warst du?«

»Ich hatte einiges zu erledigen.« Sie traten zur Seite, weil eine Gruppe das Café verließ, junge Frauen und Männer mit leuchtenden Wangen und dunklen Jacken, die lachten und einander unterhakten. Hadley wartete, bis sie weg waren. »Ich habe ja versucht, dich zu finden, Joel. Alles stand plötzlich Kopf. Als ich von Kristina und dem Auto erfahren habe, musste ich dich sehen. Ich wollte so unbedingt mit dir reden, aber du warst nicht da.«

»Was für ein Auto?«

»Weißt du nichts davon? Ich dachte, das hätte sich rumgesprochen. Es stand auch in der Zeitung. Ich hab dir einen Zettel ins Postfach gesteckt.«

»Den hab ich nicht gefunden, ich schaue da fast nie rein. Du musst doch wissen, dass ich niemals einen Brief von dir einfach ignorieren würde. Erzähl, ich habe keine Ahnung.«

Vor Erleichterung bekam sie weiche Knie. Er legte ihr eine Hand auf jede Schulter und hielt sie fest, während sie sprach. Sie erzählte ihm alles: Hugo, Lisette, ihre Fragerei auf der Straße und dass nichts davon Kristina zurückbringen konnte. Sie spürte den Druck jedes einzelnen seiner Finger.

»Hadley«, sagte er schließlich. »Hadley, Hadley. Ich weiß nicht, was ich sagen soll.«

»Ich dachte nicht, dass es noch schlimmer werden könnte, aber da hatte ich mich getäuscht.«

»Damit hätte ich dich niemals allein gelassen. Warum bist du nicht noch mal zu mir gekommen? Du warst nicht in meinem Kurs, ich wusste nicht, was das zu bedeuten hatte.«

»Ich dachte, du wolltest mich nicht sehen. Nicht nach Genf.«

»Und ich dachte, du wolltest *mich* nicht sehen«, sagte er. »Verdammt, Hadley, was für ein Chaos. Ich hab mich nicht gerade geschickt verhalten. Entschuldige bitte. Was ist mit der Polizei? Wahrscheinlich sagen die, man kann nichts machen, oder?«

»Ich dachte, sie hätten aufgegeben, ohne es richtig versucht zu haben, aber dann habe ich es versucht und auch nichts erreicht. Joel, wie kann jemand so was tun? Einfach wegfahren? Und dann weiterleben, als wäre nichts passiert?«

»Wenn wir darüber nachdenken, werden wir verrückt«, sagte er, und Hadley hörte das »wir« und spürte den Trost darin und wusste, wie sehr sie das vermisst hatte. Er nahm die Hände von ihren Schultern und verschränkte die Arme vor der Brust. Dadurch wirkte er größer, wie ein American-Football-Spieler, der übers Feld raste, während Mädchen mit Rüschenröckchen auf der Tribüne herumhüpften. »Offen gestanden ist mir nicht klar, warum du noch nicht verrückt geworden bist.«

»Ich habe unerwartet einen Freund gefunden.«

»Wirklich? Hör mal, Hadley, das ist mir wirklich extrem unangenehm, aber ich komme zu spät zu einer Verabredung. Können wir ein anderes Mal weiterreden? Rufst du mich an?«

»Es gibt nichts mehr zu sagen, nicht zu dem Thema. Ich möchte über andere Sachen sprechen. Fröhliche Sachen.«

»Dann ruf mich an. Auch dafür.«

»Ich hab deine Nummer nicht.«

»Hab ich dir die nie gegeben?« Er grinste reumütig. »Wie unaufmerksam von mir.«

Er holte einen Kuli aus der Tasche und wollte eine Ecke von der Zeitung abreißen, doch Hadley streckte die Hand mit der Innenfläche nach oben aus.

»Schreib sie auf mich«, sagte sie.

Sie lächelte dabei, denn das klang überhaupt nicht nach ihr. Das klang nach einer mutigeren, lockereren Hadley. Eher, dachte sie später, nach Kristina als nach ihr selbst. Joel nahm ihre Hand und schrieb langsam die Ziffern auf, der Kuli kitzelte auf Hadleys Haut. Als er fertig war, klappte sie die Finger darüber.

»Ich rufe dich wirklich an«, sagte sie.

»Das hoffe ich.«

Sie tippte sich auf die Wange. »Du hast hier einen Fleck. Druckerschwärze.«

Er fand die Stelle und wischte sie ab. Dann sah er seine Fingerspitze an und wieder Hadley. Er lächelte abwesend.

»Weg?«

»Weg. Joel …«

»Ja?«

»Es war seltsam, dich nicht zu sehen. Ich meine, in letzter Zeit war alles seltsam, aber das hat dazu beigetragen. Ich weiß nicht, ob das richtig oder falsch ist.«

Joel überprüfte nicht, ob jemand sie beobachtete. Er schielte nicht die Straße hinunter, nach links und nach rechts oder durch die Fenster des Café Grand. Er beugte sich einfach vor und küsste sie. Hätte jemand zugesehen, hätte der Kuss vielleicht ganz flüchtig gewirkt, eine Berührung der Lippen, aber nur gerade eben. Hadley jedoch spürte die Hitze und den festen Druck und seine Finger, die sich um ihre Schulter schlossen. In dem Augenblick wusste sie, dass der Kuss im Auto kein Ende gewesen war. Es war, wie Luca gesagt hatte, nur der Anfang gewesen.

Zurück im Café hatte Hadley größte Mühe, ihre Gesichtszüge ruhig zu halten. Sie schlängelte sich zwischen den Tischen durch, ihre Füße berührten kaum den Boden.

»Wo warst du denn so lange?«, rief Loretta.

»Sorry.« Sie lachte glucksend. »Sorry. Ich musste mit jemandem sprechen. Also, Bruno, was meintest du noch mal? Es klang, als hättest du eine tolle Geschichte zu erzählen.« Sie rutschte näher an den Tisch und widmete den beiden ihre gesamte Aufmerksamkeit. Ihre entrüsteten Mienen wurden weicher.

»Nur, dass ich glaube, Engels-Jenny und unser amerikanischer Freund Chase haben was am Laufen. Nichts weiter Interessantes«, sagte Bruno immer noch leicht schmollend.

»Und was ist mit Jennys Freund?«, fragte Hadley.

Loretta schüttelte den Kopf. »Vorbei, glaube ich, und ich habe noch nie jemanden gesehen, der so wenig traurig war.«

Der Kellner kam und goss ihre Gläser wieder voll. Hadley betrachtete die tanzenden Luftblasen und ließ Bruno und Loretta weitererzählen, froh, dass das Gespräch sich nicht mehr um sie drehte. Den restlichen Nachmittag tranken sie Prosecco, und Bruno und Loretta schwelgten in Spekulationen über anderer Leute Liebesleben. Hadley hatte eine Hand unter dem Tisch, die Finger um Joels sorgsam notierte Telefonnummer geballt. Sie schwebte auf einer Welle von bernsteinfarbenem Schaumwein und mimte einigermaßen überzeugend jemanden, der sich für dieselben Dinge interessierte wie die anderen. Sie lächelte fast immer an der richtigen Stelle.

Einundzwanzig

Sie rief ihn am frühen Abend an, als in der Küche in Les Ormes gerade besonders viel Trubel herrschte. Chase und Jenny waren sehr beschäftigt damit, Nudeln zu kochen, und Hadley konnte ihre Romanze jetzt mit eigenen Augen sehen: die dicht zusammengesteckten Köpfe, das heimliche Lächeln. Ohne dass es jemand merkte, schlüpfte sie aus der Küche, um Joel Wilson anzurufen. Die Zahlen auf ihrer Handfläche waren präzise und gut lesbar. Sie fuhr sie mit dem Finger nach und wählte die Nummer. Es klingelte und klingelte, und als sie schon dachte, sie müsse eine stockende Anrufbeantworterbotschaft hinterlassen, hob er ab.

»Joel Wilson.«

Er sprach schnell und abrupt. Es brachte sie beinahe aus dem Konzept.

»Ach, hallo. Du hast gesagt, ich soll anrufen. Hier ist Hadley.«

»Hadley! Hadley, Hadley. Ja, genau.«

»Also … rufe ich an.«

»So ist es. Danke. Hör mal, ich sage es einfach direkt: Ich habe mich nicht sehr professionell benommen, und dafür entschuldige ich mich.«

»Um *professionell* habe ich nie gebeten.«

»Das wird hier aber verlangt. Ein Lehrer-Schüler-Verhältnis muss professionell sein. Es gibt einen Kodex, irgendwas,

was ich wahrscheinlich irgendwann mal unterschrieben habe. Jeder andere hier ist ein Muster an *Professionalität.*«

»Und sie haben Kristina im Unterricht genau eine Minute gewidmet, und das war's. Hast du mir das nicht erzählt? Da bevorzuge ich doch Unprofessionalität, du nicht?«

Schweigen in der Leitung.

»Joel?«

»Das Problem ist, Hadley«, sagte er jetzt leiser, als spräche er aus weiter Entfernung, von den Höhen weißer Gipfel oder dem Grund des eisigen Sees. »Normalerweise bin ich nicht so. Es ist eine seltsame Version von mir, dieses Ich in der Schweiz. Irgendwie habe ich mich hier offenbar in jemand anderen verwandelt.« Er zögerte, dann fuhr er fort: »Eigentlich erzähle ich niemandem irgendwas, und dir erzähle ich alles.«

»Das kannst du auch.«

»Nein, kann ich nicht. Es ist nicht sehr schlau, nichts davon ist sehr schlau.«

»Tja, ich hab dir was zu sagen, also hör bitte zu. Das hat Hugo mir bewusst gemacht. Die Suche nach Jacques, die Fahrt nach Genf, die ganze Recherche. Selbst gestern dein braves Nicken, als ich dir von meiner ganzen Fragerei und den Nachforschungen erzählt habe. Ich bin mir sicher, dass du alles für sinnlos hältst. Ich bin mir sicher, dass du nur nett warst und so getan hast, als wären das gute Ideen. Aber noch etwas ist mir klar geworden. Vielleicht gibt es noch einen anderen Grund, warum du mir helfen wolltest.«

»Und der wäre?«

»Na ja… vielleicht magst du mich. Vielleicht verbringst du gern Zeit mit mir. Vielleicht waren wir deshalb in Genf. Es könnte kompliziert sein, aber es könnte auch ganz einfach sein.«

Er schwieg.

»Joel?«

Immer noch sagte er nichts, also sprach sie weiter. »Ist schon okay, du brauchst nicht zu antworten. Im Moment weiß ich nicht, was ich eigentlich empfinde, aber dich und wie du mit mir umgehst, mag ich. Das weiß ich. Und ich glaube, du magst es auch.«

»Glaubst du das, Hadley?«

»Du nicht?«

Da lachte er, laut und prustend. In ihrem Inneren wallte etwas auf, und sie biss die Zähne zusammen.

»Warum lachst du?«

»Es gibt nur Lachen oder Weinen.«

»Was?«

»Bin ich so durchschaubar?« Seine Stimme klang immer noch erstickt. »Ich dachte, ich wäre cooler. Aber nein, zwei Küsse verraten wohl alles.« Jetzt begann auch sie zu lachen, ein heller, etwas beklommener Klang neben seinem tiefen. »Ach, Gott, Hadley, wenn du wüsstest, was gut für dich ist, würdest du jetzt aufhören. Ehrlich.«

»Vielleicht will ich nicht, was gut für mich ist.«

»Du weißt ja nicht, was du sagst.«

»Doch. Dieses eine Mal schon.«

»Das ist deine Chance. Im Ernst, ergreif sie. Leg jetzt einfach auf. Such dir einen Schweizer mit ordentlicher Frisur und guten Schuhen und vernünftigen Manieren. Es ist noch nicht zu spät.«

»Wahrscheinlich schon.«

»Du bist zu nett für so was.«

»Bin ich nicht. Oder zumindest will ich es nicht sein. Nett zählt doch nichts. Joel, in diesen letzten Wochen ist alles über mir zusammengebrochen. Aber du bist immer noch da.«

Er schien zu verschwinden und dann zurückzukommen. Er sprach jetzt langsam.

»Du willst das also machen?«

»Ja, will ich.«

»Was auch immer ›das‹ wird …«

»Ja.«

»Niemand darf das je erfahren«, sagte er, und es klang, als spräche er mehr zu sich selbst.

»Nein. Aber wir wissen es, oder?«

»Ja«, sagte er. »Und das ist das einzig Wichtige.«

Sie hatten kein nächstes Treffen vereinbart; er hatte nur gesagt *Gute Nacht, Hadley, schlaf gut, wenn es geht*, als hätten sie beide einen großen Tag vor sich. Am nächsten Morgen mied sie das Englisch-Institut, ohne recht zu wissen, warum. Sie suchte sich einen Tisch in der Naturkundeabteilung der Bibliothek, neben den Büchern über Felsformationen, und versteckte sich hinter einem Stapel Bücher und Aufsätze, arbeitete alles nach, was sie versäumt hatte. Als sie abends zurück ins Wohnheim kam, mit rosigen Wangen von ihren schnellen Schritten den Hügel hinauf, wartete ein Umschlag in ihrem Briefkasten auf sie. Es war keine Briefmarke darauf. Vielleicht hatte er ihn heimlich mit tief in die Augen gezogener Mütze eingeworfen oder mit einem genuschelten Satz über Neuigkeiten von zu Hause oder eine benotete Seminararbeit einem zufällig vorbeikommenden Studenten in die Hand gedrückt. In jedem Fall lag er in ihrem Briefkasten, und darin steckte ein aus einem Block gerissenes Blatt mit der hastig nachlässigen Schrift, die sie von den Rändern ihres Essays erkannte.

Silvester. Es muss begangen werden, und ich würde es gern mit dir zusammen begehen. Also Skifahren?

Hadleys erster Gedanke war, dass der Brief aus Versehen

bei ihr gelandet war. Dass er für einen Freund von zu Hause oder einen Kollegen bestimmt gewesen war und sich fälschlicherweise in ihren Briefkasten verirrt hatte. Und dann wusste sie es. Am Telefon hatten sie gesagt, sie wollten das machen, was auch immer *das* sein mochte. Vielleicht bedeutete es einen Ausflug in die Berge. Vielleicht hatte er sich erinnert, was sie ihm an ihrem Geburtstag erzählt hatte. Dass Kristina ihr das Skifahren beibringen wollte. Und was waren noch ihre eigenen Worte gewesen, als sie ihm in der Cafeteria gegenübersaß, die Beine verkrampft übereinandergeschlagen, als irgendwo hinter ihnen jemand in lautes Gelächter ausbrach? *Geschwindigkeit*, hatte sie gesagt. *Gefahr*. Erst hinterher, als sie vergeblich versuchte einzuschlafen, fiel ihr wieder ein, dass das Joel gewesen war, dass sie selbst diese Worte gar nicht benutzt hatte. Aber sie hatte genickt, zugestimmt, weil er recht hatte. Es war genau, was sie wollte.

Zweiundzwanzig

Es waren nur noch weniger als zwei Wochen bis zum Semesterende, und Weihnachten war überall. In Les Ormes knallten noch tief in der Nacht Türen, feierwütige Bewohner kicherten in den frühen Morgenstunden auf den Fluren. Eines Morgens stand ein hässlicher Baum im Eingangsbereich, wie hingezaubert, die silbergrauen Plastikzweige schwer mit bunten Kugeln behängt. Eines Abends beim Heimkommen entdeckte Hadley Jenny und Loretta, die gerade am Tisch Papiersterne ausschnitten. Chase stand mit gereckten Armen und hochgerutschtem T-Shirt auf einem Stuhl und befestigte Lamettaschnüre an Haken und Schrankecken. Bruno rührte in einem Topf mit Glühwein und stopfte sich Zimtplätzchen in den Mund. Er schöpfte ein Glas voll und reichte es Hadley, und sie gesellte sich zu der untypisch trauten Runde und stellte fest, dass dies der erste Abend seit Wochen war, den sie alle gemeinsam verbrachten. Was sie ebenfalls feststellte, war, dass sie noch wusste, wie man Papier faltete und zu Figurengirlanden schnitt, Händchen haltenden Mädchen und Jungen. Sie konzentrierte sich auf ihre Aufgabe, trank süßen, warmen Wein und lauschte der dahinplätschernden Unterhaltung der anderen. Chase stupste sie mit dem Ellbogen an.

»Fährst du Weihnachten nach Hause, Hadley?«

In letzter Zeit hatte Chase seine Stachligkeit abgelegt, und Hadley gefiel seine weichere Seite besser.

»Meine Eltern können es kaum erwarten«, gab sie zurück. »Und du? Zurück in die Staaten?«

Er nickte. »Ich hätte nichts dagegen hierzubleiben, mehr von Europa zu sehen, einfach ein bisschen abzuhängen, aber für meine Mutter kommt das nicht infrage. Es heißt zurück nach New Jersey zu meinen kleinen Brüdern und Schwestern. Und für Silvester habe ich auch noch nichts vor, irgendwas stimmt da nicht. Ich glaube, meine Freunde haben vergessen, dass es mich überhaupt gibt.«

»Also keine Küsse um Mitternacht für dich«, sagte Jenny und leckte die Kante einer blaugeränderten Girlande an. »Wie schade. Was ist mit dir, Hadley? Triffst du dich mit Freunden von der Uni?«

Es gab mehrere Möglichkeiten, das zu beantworten, und keine entsprach so ganz der Wahrheit, aber sie wollte nah dran sein. Sie wollte die Worte spüren, hören, wie sie klangen.

»Ich werde wohl wieder hier sein«, sagte sie. »Ich gehe ein paar Tage Skifahren.«

»Ach, wie schön! Mit wem?«, zwitscherte Loretta. »Lucas Eltern haben eine Wohnung in Cortina.«

»Nicht mit Luca«, sagte sie hastig. »Nur mit ein paar Schweizer Freunden.«

»Hast du Schweizer Freunde?«, fragte Jenny. »Ich hab bisher noch nicht mal mit jemandem gesprochen, der wirklich aus Lausanne kommt. In einem meiner Kurse ist ein Typ aus Zürich, aber der ist irgendwie komisch.«

»Ein paar«, sagte Hadley vorsichtig. »Nicht viele.«

»Ein Mann?« Loretta zwinkerte ihr zu.

»Vielleicht. Aber jedenfalls steht es noch nicht fest, ist nur eine Idee.«

»Hadley.« Jenny schnappte nach Luft. »Du bist so ein stilles Wasser! Spann uns nicht auf die Folter, wer ist er?«

»Noch niemand. Es fängt gerade erst an. Ehrlich, es gibt nichts zu erzählen. Wenn doch, sage ich Bescheid. Versprochen.«

»Das Versprechen wird nicht gehalten werden«, sagte Chase.

»Ach ja, und warum nicht?«, fragte Hadley.

»Frauen lieben Geheimnisse.« Er zuckte die Achseln. »Du und Kristina habt auch ständig getuschelt.«

»Wir haben nicht getuschelt, wir haben uns unterhalten, das machen Menschen so.«

»Dieser geheime Freund«, sagte jetzt Jenny. »Ich finde es nur echt seltsam, dass er nie hergekommen ist, nach allem, was passiert ist.«

»Eigentlich ist das überhaupt nicht seltsam«, entgegnete Hadley rasch. »Er hatte ja mit uns nichts zu tun.«

»Nicht mal mit dir?«

»Nein, nicht mal mit mir. Chase, Jenny, mal ehrlich, wollt ihr wirklich jetzt darüber sprechen? Ihr wisst doch gar nichts darüber. Ich ja auch kaum, und das ist die traurige Wahrheit.«

»An sich wollte ich gar nicht auf Kristina anspielen«, sagte Chase. »Einfach nur auf Frauen und Geheimnisse.«

»Ist schon gut. Macht nichts.« Hadley nahm einen der Papiersterne in die Hand und knickte die Kanten um. »Sie hätte das geliebt, wisst ihr. Nicht, dass wir über sie reden, sondern diese ganzen Weihnachtssachen. Das hätte sie geliebt.«

Sie konnte sich Kristina am Tisch bei ihnen vorstellen, an ihrem Wein nippend, Herzchen ausschneidend, um sie an die Küchenschränke zu hängen. Aber stimmte das überhaupt? Sehr wahrscheinlich wäre sie mit rot geküssten Wangen in die Küche gestürmt, als sie alle gerade ins Bett wollten. Und Hadley wusste, sie wäre mit ihr aufgeblieben, hätte ihr Gähnen unterdrückt, eine weitere Jacques-Geschichte hören wollen. Es hätte Schokoladenquadrate in Silberfolie und Geflüster gegeben, unterdrücktes Lachen, wenn jemand im Flur vorbeilief. Kristina war der einzige Mensch auf der Welt, dem Hadley von Joel erzählen wollte.

»Hadley.« Jenny beugte sich über den Tisch und drückte ihr die Hand. »Ich finde es toll, dass du einen Freund hast. Du verdienst jemanden, der dich glücklich macht. Es war ein echt beschissenes Semester.«

Hadley lächelte. Sie fischte eine Orangenscheibe aus ihrem Becher und knabberte daran.

»Wir gehen nur Skifahren«, sagte sie.

Sie hatte schon Freunde gehabt, aber noch nie jemanden wie ihn. Da war Ed gewesen, der stachelige weißblonde Haare hatte und Chaucer und französischen Hip-Hop mochte, und Paul, der als Mittelstürmer für Tonridges Amateurmannschaft spielte und nie die liebenswerte Gewohnheit ablegen konnte, ihren Vater »Sir« zu nennen. Aber das waren Jungs gewesen, bei denen Hadley nie wirklich ihre Fantasie bemühte, einfach nur ein Zeitvertreib im nicht enden wollenden Kleinstadtsommer, jemand, mit dem man auf der Parkbank sitzen und sich die Kopfhörer teilen konnte, weil alle anderen auch Pärchen bildeten. Verliebt war sie noch nie gewesen, weder zu Hause in der Schule noch auf der Uni.

Joel war neunzehn Jahre älter als Hadley, er neununddreißig und sie zwanzig, und sie war sicher, dass er schon so einige Beziehungen hinter sich hatte. Er lächelte zu schnell, beobachtete zu aufmerksam, besaß insgesamt zu viel Selbstvertrauen, um nicht schon eine Reihe von Frauen vor ihr verführt zu haben, doch Hadley hatte nie das Gefühl, dass eine von ihnen oder überhaupt das Bisherige eine Rolle spielte. Was hatte Kristinas Verlust gezeigt? Dass man die Zukunft nie kennen konnte. Dass an einem ganz gewöhnlichen Tag, wenn Schneeflocken durch die Luft schwirrten, wenn Kerzen auf einem Kuchen flackerten und dazu »Happy Birthday« gesungen wurde, wenn die Lausanner ihre Kleidung falteten und die Schuhe auszogen und sich in ihre Daunenbetten legten, jemandes Welt, und sei es auch nur die eines einzelnen Menschen, zerbrechen konnte. Angesichts solcher Umstände zählte die Vergangenheit wenig. Was blieb, war allein die Gegenwart.

Joel und Hadley konnten nicht Arm in Arm durch die Straßen von Lausanne schlendern wie andere Paare, sich unter den Kastanien oder an den Fontänen in Ouchy küssen. Sie konnten nicht an Ecktischchen in Cafés sitzen und über die Zuckerdose hinweg Händchen halten. Manchmal versuchte Hadley, sich solche Dinge vorzustellen, schaffte es aber nie. Sie fragte sich, ob das von Bedeutung war, die Unmöglichkeit, sich eine normale Zukunft auszumalen. Oft konnte sie nicht fassen, dass er überhaupt dort bei ihr war. Er schien zu verwegen für einen Ort wie Lausanne. Seine Haare standen zu störrisch vom Kopf ab, seine Wangen waren nicht glatt genug rasiert, er polierte seine Schuhe nicht und trug nicht zusammenpassende Socken. Viel eher konnte sie ihn sich dabei vorstellen, riesige Fische aus einem salzigen Meer zu angeln, sich in die Menge einer Stierkampfarena zu drängen, in einer mit Sägemehl ausgestreuten Kneipe Schnaps zu kippen. Mit solchen Bildern verwandelte sie ihn in ihre Version von Hemingway, und sie wurde seine kurzhaarige Gefährtin. Geschmeidig und hingebungsvoll, die Lippen von Küssen brennend.

Am Tag nach dem Brief packte Hadley nach dem Unterricht ihre Sachen absichtlich langsam zusammen, während Joel seine Zettel und Bücher in seine Mappe stopfte. Sie kratzte sich am Arm und wandte den Blick ab. Als der letzte Student gegangen war und die Tür hinter sich zugemacht hatte, ging sie zum Pult vor und schob zögerlich ihre Hand in seine. Joels Atem war heiß und wisperte an ihrem Ohr. Sie stürmten die Treppe zu seinem Büro hinauf und küssten sich dort, an das quietschende Bücherregal gedrückt, auf das abgewetzte Sofa sinkend, auf der Schreibtischecke sitzend, während seine Hände in ihren Haaren wühlten. Die Tür war abgeschlossen, die Vorhänge zugezogen, Coltrane, wie immer, übertönte das klingelnde Telefon oder das Klopfen eines Besuchers. Er zog ihr das Oberteil aus, eine karierte Bluse mit normalerweise widerspenstigen Knöpfen, öffnete sie spielend leicht, streifte sie über ihre Schultern und ließ sie zu Boden gleiten. Er küsste ihre Brüste, schob die Spitze des BHs nach unten, berührte ihre Brustwarzen mit den Lippen. Hadley keuchte auf und legte die Hände auf seinen Rücken, zog ihn dichter an sich. Doch plötzlich hörte er auf. Er zog ihren BH wieder zurecht, bückte sich nach der Bluse und legte sie ihr um die Schultern. Dann küsste er sie auf die Nasenspitze.

»Du machst mich fertig, Hadley Dunn«, sagte er.

»Ich bin schon fertig.« Sie wollte wieder nach ihm greifen.

Doch er hielt ihre Hand fest. »Bald sind wir in den Bergen. Weit weg von hier. Dann hält uns nichts mehr auf.«

»Das ist erst nächstes Jahr, bis dahin sind es noch Tage und Tage und Tage. Könnten genauso gut Monate sein.«

»Du brauchst mehr Zeit, um dir klar zu werden, ob ich nicht zu schlecht für dich bin«, sagte er.

»Bist du nicht. Du bist gut. Du bist super.«

Er schloss die Knöpfe an ihrer Bluse, einen nach dem anderen, als setzte er Hadley wieder zusammen, nachdem er sie auseinandergenommen hatte.

»Das wäre schön«, sagte er.

»Du klingst wie Jake Barnes. Gleich sagst du noch so was wie ›Ganz schön, sich das auszumalen, nicht wahr‹.«

»Du kannst nicht von *Fiesta* sprechen«, sagte er, »und erwarten, dass damit Schluss ist.« Erneut fing er an, die Bluse aufzuknöpfen, dann hörte er auf. »Weißt du was, so schwach bin ich nicht. Aber netter Versuch, Hadley.«

Sie seufzte und griff nach ihrem Mantel. »Wir werden nicht viel Skifahren, oder?«

Er schüttelte den Kopf von einer Seite zur anderen. Lächelte.

Sie trafen sich nicht nur hinter verschlossenen Türen. Trotz des sehr gepflegten Erscheinungsbilds hatte das Institut Vaudois auch wildere Abschnitte. Zwischen dem Sprachentrakt und dem Kunstgebäude gab es eine Wiese mit hohem, dichtem Gras, und dort küssten sie sich einmal mit frecher Schamlosigkeit. Gerade noch liefen sie auf dem Pfad, Joel mit einem Ordner unter dem Arm, Hadley mit einem Stapel Bibliotheksbücher, im nächsten machten sie einen Schritt zur Seite. Nach wenigen Metern waren sie nicht mehr zu sehen, die perfekte Stelle für ein *Rendezvous*, ein Tête-à-Tête. Hadley fragte sich, wie es kam, dass in solchen Momenten so oft französische Worte benutzt wurden. Vielleicht lag es daran, dass darin etwas Geheimnisvolles mitschwang, was Formulierungen wie »Wir müssen reden« oder »Können wir uns treffen?« fehlte. Sie wusste, dass das Wort für Verhältnis im Französischen *une aventure* war. Abenteuer. Das hatte etwas unfassbar Vollkommenes, es war lebendig und spannend und erkannte gleichzeitig an, dass die Sache vielleicht nicht von Dauer war, wahrscheinlich sogar nicht, aber dass es deshalb nicht weniger wunderbar war. Sie wusste, dass Kristina so für Jacques empfunden hatte. Nur wenige Meter abseits des Wegs hatte Joel sie geküsst, und später erinnerte sie sich, wie sie

Schritte gehört hatten und er ihr ganz sanft den Mund zugehalten hatte. Sie hatte die Zunge an seine Handfläche gepresst und Salz geschmeckt, mehr gewollt. Sie wusste, dass er sich zurückhielt, weil er ein schlechtes Gewissen hatte, und sie verstand das, verstand, dass sie beide so taten, als wäre eine Linie überschritten, aber nicht gänzlich ausgelöscht worden. Außerdem wusste Hadley, dass das Warten nicht mehr lange dauern konnte. Daran dachte sie, als sie sich Kiefernnadeln aus den Haaren zupfte. An ihren Schuhsohlen klebte Matsch, und sie musste lächeln.

Eines Nachmittags fand Hadley bei ihrer Rückkehr ins Wohnheim ein Päckchen in ihrem Briefkasten. Ihr erster Gedanke war der Mann, vom dem sie sich gerade verabschiedet hatte. Ein Geschenk vielleicht, eine Hemingway-Erstausgabe oder ein Exemplar von Joels eigener, von einem amerikanischen College-Verlag gedruckten Aufsatzsammlung mit einer handgeschriebenen Karte. Etwas, das Jahre später ein halbwüchsiges Enkelkind fände und mit einem romantischen Flackern in den Augen läse. *Wer war Joel?*, würde es fragen, die Lippen zu einem zaghaften Lächeln verzogen. Ihre Fantasie ging mit ihr durch, das wusste sie. Joels Platz in ihrer Lebensgeschichte war noch ungewiss.

Die Handschrift allerdings war nicht seine. Elegant und riesig erstreckte sie sich selbstbewusst quer über das braun eingewickelte Päckchen. Hadley öffnete es noch im Flur und fand darin ein Buch, ein vergilbtes Taschenbuch mit kitschigem Umschlag: eine Hand mit Handschuh, eine Waffe, eine Rose. Zwischen den Seiten klemmte eine Postkarte mit einem Bild vom Hôtel Le Nouveau Monde. Auf der Rückseite stand in der gleichen schwungvollen Schrift, wenn auch wegen des Platzmangels gezähmt und verkleinert, eine Nachricht.

»Hugo!«, stieß sie froh und erleichtert aus.

Trotz all der Ablenkungen hatte sie Hugo nicht vergessen, weder die Schärfe ihrer letzten Worte zu ihm noch seine Resignation. Sie war mehrmals zurück ins Hotelcafé gegangen, aber er war nie dort gewesen. Auch im Pralinengeschäft hatte sie ihn nicht angetroffen. Sie war durch die Rue des Mirages gelaufen, nicht auf der Suche nach Hinweisen, nicht mit hektisch nach rechts und links schnellenden Blicken, sondern einfach nur langsam, traurig. Ein paar Tage später hatte sie es noch einmal im Hotel probiert, und der Kellner, der sie erkannte, hatte sie gefragt, ob sie nach *Monsieur Bézier suche*. Sie hatte genickt. *Es geht ihm nicht immer gut, Mademoiselle*, hatte er erklärt, *er kommt nicht jeden Tag*. Also war Hadley wieder gegangen. *Früher war er aber immer hier*, hätte sie am liebsten gesagt, und dann hatte sie überlegt, was wohl los sein konnte. Sie hatte Angst gehabt, ihn nie wieder zu sehen. Aus unerfindlichen Gründen hatte sie vermieden, Joel etwas über ihn zu erzählen. Immer noch hörte sie die Betonung in Hugos Stimme, wenn er sagte, *Ihr Dozent*. Es war besser, die zwei blieben in getrennten Welten.

Nun las sie erleichtert Hugos Karte.

Verzeihen Sie mir meine albernen Unterstellungen. Es war das Gefasel eines kindischen alten Mannes. Und zu diesem Thema möchte ich Ihnen das hier schenken, eines meiner besseren Bücher, glaube ich. Schenken Sie dem Umschlag keine Beachtung, er ist ungefähr so gut gealtert wie der Autor. Die Worte darin sind nicht so schlecht, wie sie hätten sein können. Das Buch ist auf Französisch, sie brauchen also möglicherweise ein Wörterbuch. Außer natürlich, Ihr Interesse für amerikanische Literatur wurde von einer eifrigeren Beschäftigung mit der französischen Sprache abgelöst (und wieder – entschuldigen Sie), in welchem Fall Sie es jämmerlich leicht zu lesen finden werden. Fröhliche Weihnachten, Hadley. Meine allerbesten Wünsche, Hugo Bézier. PS: Ich bin tatsächlich Henri Jérôme. Un nom de plume, wie Sie auf dem Buch sehen. Vielleicht könnten wir uns im neuen Jahr wieder treffen. Die Tage scheinen mir ohne Sie furchtbar müde.

Hadley blätterte durch den Roman und sah die eng bedruckten Seiten, fleckig und alt. Sie wünschte, genug Französisch zu können, um es zu lesen. Vielleicht nähme sie es über Weihnachten mit nach Hause, mit einem Lexikon bewaffnet. Auf der Rückseite war ein Foto des Autors: ein Mann um die dreißig, aber eindeutig Hugo. Die Neigung des Kinns war genau gleich, wie auch die spitzbübischen Augen mit den schweren Lidern. Wäre das Bild nicht so ausgeblichen gewesen, hätten sie dunkelbraun geleuchtet. Er trug einen schwarzen Rolli, auf der Stirn lag eine perfekt gewellte blonde Haarsträhne. Die Oberlippe war unbekümmert gekräuselt. *Henri Jérôme.* Warum er sich wohl diesen Namen ausgesucht hatte, für Hadleys Ohren hörte er sich so farblos an. Vielleicht würde sie ihn danach fragen, falls sie sich noch einmal trafen. Im neuen Jahr, wenn sie selbst ein unbekümmertes Lächeln aufsetzen und sagen würde: *Wissen Sie, Hugo, Sie hatten recht. Joel ging es nur um das eine. Ich bin nicht halb so brav, wie Sie dachten.* Und dann würden sie beide lachen, und er würde nachsichtig den Kopf schütteln und ihnen etwas Anständiges zu trinken bestellen.

Hadley nahm das Buch mit in ihr Zimmer. Sie wusste, warum er es geschickt hatte, und sie verstand. Es war nicht nur ein Friedensangebot. Sie war sicher, dass sie das Foto von ihm als junger Mann sehen sollte und die Lobeshymnen aus den großen Zeitungen, *Le Monde* und *Le Figaro*. Er wollte vermitteln: *Das war ich und bin ich immer noch.* Ganz kurz stellte sie sich ihn und Joel vor, Auge in Auge, Schulter an Schulter, die Fäuste geballt. Einen jüngeren Hugo, angriffslustig wie Joel jetzt. *Henri Jérôme.* Sorgsam stellte sie das Buch ins Regal, neben Kristinas Riviera-Roman mit der verliebten Postkarte des noch nicht gefundenen Jacques zwischen den Seiten. Ihr Regal füllte sich allmählich mit Schätzen; für die Augen eines Fremden wenig bemerkenswert, doch für sie unendlich kostbar.

Dreiundzwanzig

Am Tag, bevor Hadley nach Hause flog, trafen sie und Joel sich abends. Er fuhr mit ihr in ein Örtchen am Seeufer, an der Straße nach Vevey. Es bestand aus nicht viel mehr als einigen Villen und einer Reihe von Segelbooten, die im Schilf ankerten. Es gab ein einsames Café mit einer einst fröhlichen, jetzt ausgefransten Markise, die im Abendwind flatterte. Joel und sie saßen unter der dichten Wärme eines Heizpilzes und sahen aufs dunkle Wasser. Hadley kuschelte sich in ihren Mantel, und er legte den Arm um sie.

»Ist dir warm genug?«, fragte er.

»So langsam«, erwiderte sie. Sie tranken Whisky, und Joel rauchte eine Zigarette nach der anderen. Die Ankerketten der Boote in der Nähe klirrten.

»Mich wundert, dass das Café überhaupt geöffnet hat«, sagte sie. »Wer kommt denn hierher?«

»Leute wie wir.« Er küsste sie auf den Scheitel. »Es gibt niemanden wie uns.«

»Das ist das erste Mal, dass wir zusammen ausgehen«, sagte sie.

»Aber du verstehst doch, warum.« Er drehte sich zu ihr um. Im trüben Licht wirkte sein Gesicht grau. »Ich würde dich liebend gern in die tollsten Lokale ausführen, aber das geht nicht. Wir würden jemandem begegnen, den wir kennen.«

»Wir könnten einfach zu dir nach Hause gehen.«

»Aber das ist nicht ausgehen.«

»Nein, stimmt, aber es wäre überhaupt etwas. Also, im Gegensatz zu nach dem Unterricht oder in deinem Büro oder hinten in der Bibliothek.«

»Hinten in der Bibliothek?«

»Du hast im Lyrik-Gang die Hand auf meinen Po gelegt«, sagte sie.

»Tja, tut mir leid.«

»Glaubst du, es wäre so schlimm, wenn man uns sehen würde?«

»Ja.«

»Und warum gehen wir dann nicht einfach zu dir nach Hause?«

»Aber ich schenke dir all das hier.« Er breitete den Arm aus und schwenkte ihn über das Schilfgras, das schwarze Wasser, die grauweißen Plastikstühle auf der Terrasse. »Ist das nichts?«

»Es fühlt sich einfach an, als würden wir uns verstecken.«

Er leerte sein Glas. »Ich möchte nicht, dass du dich so fühlst, Hadley. Das weißt du. Ich habe nur gezögert, dich mitzunehmen, weil ...«

»Neugierige Vermieterin?«

»Nein.« Er lachte.

»Neugierige Nachbarn?«

»Neugierig? Eher nicht existent. Ich wohne in einem Haus, in dem alle nur auf Zehenspitzen rumlaufen. Meine Nachbarn sind Geister, ganz sicher.«

»Was dann?«

»Nichts dann. Du hast recht. Was *machen* wir hier?«

»Vielleicht dachtest du, es wäre romantisch.«

»Romantisch? Ja. Kann sein.«

Dann küsste er sie. Einen seiner langen, leidenschaftlichen Küsse, die er ihr nur manchmal gab. Sie ergab sich ihm voll und ganz, und immer war er es, der sich zuerst löste. Doch seine leicht geöffneten Lippen und blassen Augen verrieten ihr, dass er das eigentlich nicht wollte.

»Also los, fahren wir«, sagte er.

In ihren Vorstellungen war Joels Wohnung immer voll von *ihm* gewesen: überladene Bücherregale, Plattenstapel, jeder Zentimeter Wand mit Bildern zugeklebt, auffällige Bilder und düstere Fotografien. Irgendwie hatte sie ganz vergessen, dass er ebenso zu Besuch in Lausanne war wie sie und seine Unterkunft vermutlich dementsprechend karg. Seine Wohnung lag ein paar Ecken hinter der Place Chauderon, in einer engen, steilen Wohnstraße und auf beiden Seiten von alten, fünfstöckigen Wohnhäusern umgeben. Joel bremste ab und suchte nach einem Parkplatz. Es gab nur wenige Straßenlaternen, aber Hadley konnte erkennen, dass die Fassade buttermilchgelb und jedes Fenster mit Läden ausgestattet war. Vor manchen hingen schmiedeeiserne Balkone, vollgestopft mit senkrecht stehenden Fahrrädern und Topfpflanzen mit Wintergestrüpp. Ein Fenster war von innen mit sonnengebleichter Zeitung zugeklebt. Neben der Tür hing ein Schild mit mindestens zwanzig Klingeln.

»Wie viele Leute wohnen denn bei dir im Haus?«, fragte Hadley.

Joel steckte umständlich den Schlüssel ins Schloss. »Wie gesagt, ich sehe nie jemanden.« Er schob die Tür mit der Schulter auf, und sie gingen hinein.

Der Boden war gefliest, und es roch muffig. Hadley wischte sich die Füße an einer borstigen Matte ab und betrachtete die Briefkästen. Das Deckenlicht flackerte.

»Komm«, sagte Joel. »Gehen wir rauf. Das ist nicht gerade die Lobby des Ritz.«

Doch Hadley nahm das gar nicht wahr. Vor Aufregung musste sie sich am Geländer festhalten. Sie prallte beinahe gegen seinen Rücken, als er unvermittelt stehen blieb und an der Biegung des Treppenabsatzes rasselnd eine Tür aufschloss.

»Und wir haben uns alle gewundert, dass die Wohnung so kurzfristig frei war«, sagte er und stieß die Tür auf. »Ich würde ja sagen, fühl dich wie zu Hause, aber das ist wahrscheinlich zu ambitioniert.«

Er knipste das Licht an, und Hadley sah sich um. Es war eine relativ große Einzimmerwohnung mit zerkratztem Parkettfußboden und hohen Decken. In der Ecke stand ein schwarzes Ledersofa. Auf dem Couchtisch lagen alte Ausgaben des *New Yorker* neben einem randvollen Aschenbecher und einem Teller mit angetrockneten Tomatensoßenresten. Es gab ein niedriges Bücherregal, das aus allen Nähten platzte, und eine Lampe mit Fransenschirm, wie der Rock einer alten Frau.

»Hadley, die Wohnung ist ein Loch. Ehrlich wahr. Was soll ich sagen?«

»Aber nein, die ist kein Loch.« Sie setzte sich aufs Sofa. »Wo ist dein Bett?«

»Du sitzt darauf.«

»Du schläfst auf dem Sofa?«

»Ich wollte mir die ganze Zeit ein Bett kaufen, kam aber nie dazu. Es ist eigentlich ziemlich bequem.«

»Das sehe ich.« Sie lehnte sich zurück.

»Wann geht dein Flug morgen?«

»Am späten Nachmittag.«

»Schon gepackt?«

»Das meiste. Ach, hey, hätte ich fast vergessen.« Hadley ging gespielt locker zu ihrer Tasche und holte ein Geschenk heraus. Es war in blaues Papier verpackt und mit einer weißen Schleife zugebunden. »Das ist für dich.«

»Du hast ein Geschenk für mich?«

»Natürlich.« Sie beobachtete, wie er es hin und her drehte, plötzlich schüchtern, und gespannt auf der Lippe kaute. »Nur eine Kleinigkeit«, sagte sie.

Sorgsam wickelte er es aus, strich das Papier dabei glatt. »Sehr hübsch verpackt«, sagte er. »Das wäre wirklich nicht nötig gewesen.«

Es war ein Buch, eine Sammlung von Fotos dieser Gegend der Schweiz, alle in den Zwanzigern und Dreißigern aufgenommen. Hadley hatte es auf dem Markt in Ouchy gefunden, in einer Kiste voller rauchfleckiger Taschenbücher und französischer Comics. Zuerst hatte sie es selbst behalten wollen, dann aber an Joel gedacht. Nun sah sie ihn darin blättern: die drei Hügel von Lausanne, ein dickbäuchiger Dampfer auf dem Weg nach Montreux, verschneite Landschaften mit gemeißelten Dörfern und Felsen, alle in Schwarzweiß oder koloriert. Es gab Bilder von Urlaubern, schlanken Männern und Frauen mit Sonnenhütchen und Strickpullovern, fröhlich und strahlend.

»Und sieh mal, wer da ist.« Sie deutete auf eine Seite und beugte sich näher zu ihm.

Ernest und Hadley Hemingway standen im Schnee. Sie trugen klobige Stiefel und Tweed, bauschige Hosen und Rollsocken. Sie waren einander zugewandt, sahen einander liebevoll, aber ruhig an, für aller Augen ein gut zusammenpassendes Paar. *Chamby 1922* lautete die Bildunterschrift.

»Sie wirken glücklich, oder?«, sagte Hadley.

Joel lächelte, als begrüßte er alte Freunde. »Möglicherweise täuscht das. Siehst du das Datum? Wenn es gegen Ende dieses Jahres ist, dann hat sie gerade seine gesamte Arbeit verloren.«

»War das damals?«

»Ja. Stell dir vor, du kommst nach Lausanne, ja, genau, unsere Stadt, und weißt, dass du einen Koffer mit allem, was dein Mann je geschrieben hat, irgendwo im Zug aus Paris verloren hast. Hinter diesem Foto steckt die Hölle.«

Hadley strich mit dem Finger über ihre Gesichter. »Ich weiß ja nicht. Für mich sehen sie glücklich aus. Ich wünschte, sie wären zusammengeblieben.«

»In der Geschichte wimmelt es von Menschen, die katastrophal schlechte Entscheidungen getroffen haben«, sagte Joel. »Man möchte meinen, wir lernen dazu, aber leider verblasst die Angst offenbar nicht mit der Evolution. Und Angst ist fast immer die Ursache.«

»Hat Hemingway das gesagt?«

»Nein.« Er nahm ihre Hand und küsste sie. »Hadley, das ist ein wunderschönes Geschenk, wirklich. Ich werde es immer aufbewahren. Weißt du, mein Geschenk für dich ist der Skiurlaub. Ich meine, du kannst ihn nicht auspacken, aber so erregt er auch weniger Verdacht an Weihnachten. Na ja. Vielleicht. Je nachdem, was du den Leuten erzählst.«

Hadley setzte sich wieder aufs Sofa. »Ich will jetzt nicht an andere Leute denken. Sag mir, was wir in den Bergen machen werden.«

Er legte das Buch weg und ließ sich neben sie auf die Couch sinken, die Beine vor sich ausgestreckt. Die Schuhe hatte er schon ausgezogen und reckte sich jetzt wie eine Katze, sodass die Zehen seiner ungleichen Socken nach außen zeigten. Mit einem schiefen Lächeln wandte er sich ihr zu.

»Wir wohnen in einer Hütte, die von allen anderen weit

weg liegt. Im Kamin brennt ein Feuer, das alles verqualmt und deine ganzen Sachen mit Holzrauch einnebelt, sodass du sie am liebsten essen willst. Es gibt eine Piste, über die wir mit den Skiern ins Dorf fahren können, und die einzigen Spuren, die du sehen wirst, gehören zu Hirschen oder Murmeltieren oder Füchsen.«

»Warst du schon mal da?«

»In meiner Fantasie schon oft.«

»Erzähl mir vom Bett.«

»Das Bett ist groß. Die Hütte ist klein, aber das Bett nimmt praktisch die ganze Hütte ein.«

»Ich dachte, es gibt einen Kamin?«

»Ja, gibt es auch, aber der ist klein und malerisch. Der bleibt für sich und stört uns nicht weiter, außer, wir wollen was von ihm.«

»Das klingt sehr romantisch.«

»Ja, oder? Und ich bringe dir natürlich das Skifahren bei.«

»Was, wenn ich ein hoffnungsloser Fall bin?«

»Glaube ich nicht.«

»Aber wenn doch? Was, wenn ich stürze und mich im Wald verirre?«

»Ich werde dich nicht aus den Augen lassen«, sagte er. »Hinterher werde ich dir zum Hals raushängen. Du wirst dir wünschen, dass wir uns nie begegnet wären.«

»Unmöglich.«

»Darf ich dich küssen?«

»Du hast noch nie vorher gefragt.«

»Ich versuche, mich wie ein Gentleman zu benehmen.«

»Bitte nicht.«

Sie beugte sich zu ihm, und sie küssten sich. Joel zog sie auf seinen Schoß, als wöge sie überhaupt nichts. Hadleys Lippen brannten. Sie schloss die Augen fest, aber einmal, nur einmal, schlug sie sie auf und sah ihn sie groß anstarren, die Pupillen verschleiert.

Sie machte die Augen wieder zu.

Zum ersten Mal ließ sie ihn ganz in ihr Innerstes.

Am nächsten Morgen wachte sie auf Joels Sofa auf. Sie blickte an die Decke und wurde traurig, wie immer, wenn sie sich an Kristina erinnerte. Ihr Rücken war steif von der schiefen Haltung, in der sie geschlafen hatte, und sie reckte sich. Zuerst konnte sie Joel gar nicht entdecken, dann sah sie ihn am Fenster stehen. Er rauchte und betrachtete die Straße. Sie dachte an die vergangene Nacht. Hinterher hatte er sie so lange so fest gehalten, dass es sich angefühlt hatte, als läge alles, was er brauchte, alles, was er wollte, alles, wovor er Angst hatte, in dieser Umarmung. *Ich kannte ihn bisher nicht*, hatte sie gedacht.

»Guten Morgen«, murmelte sie jetzt.

»Du bist wach. Hallo.«

Er blieb am Fenster, seine Miene war im hellen Gegenlicht nicht zu deuten.

»Wie geht es dir? Alles okay?«, fragte er.

»Okay? Mir geht es besser als okay.«

»Das ist gut. Das ist großartig.«

»Dir nicht?«

»Mir? Klar doch. Verkatert, sonst nichts.«

»Wir haben doch gar nicht viel getrunken.«

»Egal. Ich bin kein Morgenmensch.«

Nun trat er vom Fenster weg, und sein Gesicht wurde deutlich. Seine Augen waren gerötet, seine Haut bleich, heimgesucht von Gespenstern der Nacht. Vielleicht hatte er gar nicht geschlafen. Hadley hatte keine Erinnerung an ihn neben sich. Sie hatte sich wie an einer Küste angespült gefühlt, kraftlos, ermattet, und als Joel seinen Griff um sie gelockert hatte, war sie eingeschlafen.

Als er nun so kurz angebunden reagierte, fühlte sie sich plötzlich nackt und zog die Decke hoch, um ihre Brüste zu bedecken. Ihre Kleider lagen auf dem Boden verstreut, und sie wickelte sich wie in eine Toga ein und bückte sich danach.

»Ich hätte gedacht, dass es dir heute Morgen ein bisschen besser als sonst gehen würde.« Sie schüttelte ihre Jeans aus, ließ die Decke fallen und zog sie an. Dann richtete sie sich mit dem Gesicht zu Joel auf, den Oberkörper immer noch nackt. »Oder ist das ganz alltäglich für dich?«

»Hadley, so hab ich das nicht gemeint. Entschuldige. Ich benehme mich wie ein Arsch. Du warst … bist … viel zu gut für mich.«

Er ging auf sie zu und hob unterwegs ihr T-Shirt auf, das zerknüllt auf dem Boden lag.

»Hier.« Er zog es ihr über den Kopf und steckte ihre Arme durch die Löcher. Dann zog er den Saum hinunter auf die Taille.

»Du hast meinen BH vergessen«, sagte sie. Ihre Brustwarzen zeichneten sich durch das T-Shirt ab, und Joel starrte darauf.

»Stimmt«, sagte er. Sein Arm hing schlaff an der Seite herunter, und sie sah seine Finger flattern. Rasch steckte er die Hände wieder in die Hosentaschen. »Wenn du duschen willst, bitte. Ich hol dir ein Handtuch.«

»Joel?«

»Ja?«

»Nichts. Ich geh duschen.«

Ein schneller Abgang war vermutlich das Beste. Das beschloss Hadley, als sie unter dem wärmenden Wasserstrahl stand und die Seife ihre Augen tränen ließ. Als sie aus dem Bad kam, gab sie sich munter und gut gelaunt. Ein Kaffee wartete auf sie, und sie nahm ihn, ohne Joel anzusehen. Sie hielt den Becher mit beiden Händen und trank einen Schluck.

»Hadley«, sagte er.

»Was?«

»Was auch immer du glaubst, ich mache so was nicht ständig.«

»Ist schon gut, ich glaube gar nichts.«

»Ich will aber, dass du das weißt. Offen gestanden war ich noch nie in genau dieser Situation.«

»Wie auch? Das war ja unser erstes Mal. Vielleicht ist es für dich keine große Sache, für mich aber schon.«

»Ich bin dein Dozent, Hadley. Daran muss ich schon hin und wieder denken. Du nicht?«

»Natürlich. Wie kannst du mich so was fragen? Und ich weiß, dass du viel mehr riskierst als ich.«

»Sag das nicht, das ist mir so was von egal.«

»Aber ich denke darüber nach, Joel. Ja, du bist mein Dozent, ja, du bist doppelt so alt …«

»Hadley«, wollte er unterbrechen, doch sie sprach einfach weiter.

»Aber solche Dinge spielen jetzt einfach keine Rolle mehr. Wie sollten sie das? Nichts spielt eine Rolle wie vorher.«

Er sah sie an und rieb sich heftig das Gesicht.

»Manchmal weiß ich einfach nicht, was ich mit dir machen soll, Hadley.«

»Gestern Nacht wusstest du es.«

Sie sah sich nach ihrem Mantel und der Tasche um und entdeckte sie auf einem Stuhl. Genau da, wo sie die Sachen hingeworfen hatte, bevor sie mitten in seiner Wohnung stehend, die Hände in die Hüften gestützt, gesagt hatte, *Mir ge-*

fällt es bei dir, es hat eine gute Ausstrahlung, und er über das ganze Gesicht lachend auf sie zugegangen war. Nun holte sie die Sachen.

»Bitte geh nicht«, sagte er. »Bleib.«

»Ich glaube, ich bin schon zu lange geblieben.«

»Und jetzt bereust du es?«

»Was gibt es da zu bereuen? Es ist doch schon alles passiert.«

Sie breitete die Arme aus, die Handflächen nach oben gedreht.

»Alles passiert einfach«, sagte sie. »Und wenn es vorbei ist, ist es vorbei. Spurlos.«

Er trat auf sie zu.

»Spurlos?«, fragte er.

Sie nickte.

»Was, vollkommen spurlos? Ich weiß, dass du das nicht glaubst«, sagte er.

Mit einem Finger strich er ihr ganz leicht über die Wange, wischte eine Träne fort, einen einzelnen Tropfen.

»Wein doch nicht Hadley. Es gibt keinen Grund zum Weinen.«

»Immer wenn ich bei dir und glücklich bin, fühle ich mich hinterher schlecht. Aber das ist okay, so ist das eben, ich weiß. Ich möchte es nicht anders haben, noch nicht. Und ich weiß, Kristina hätte gewollt, dass ich glücklich bin, auch wenn ich sie im Stich gelassen habe, auch wenn ich ihr überhaupt nicht helfen konnte. Ich hoffe nur, sie weiß, wie sehr ich mich für sie bemüht habe …«

»Du hättest nicht mehr tun können.«

»… aber das ist das erste Mal, dass du auch nicht glücklich wirkst.«

»Bin ich aber, Hadley.«

»Das glaube ich dir nicht. Allein schon, wie du vorhin warst, als ich aufgewacht bin.«

»Du bist zu kostbar, um mies behandelt zu werden.«

»Jeder ist zu scheiß kostbar.«

»Ich möchte was Ernstes mit dir. Ich möchte, dass es etwas bedeutet.«

»Ernst ist nicht dasselbe wie traurig.«

»Ich bin nicht traurig, Hadley. Weit entfernt davon.«

»Joel, ich wünschte einfach, wir wären normal.«

»Wir? Wir könnten niemals normal sein.«

»Aber was, wenn wir uns anders kennengelernt hätten. Wäre das nicht besser gewesen?«

Joel nahm ihre Hand und zog sie an sich. Seine Augen hatten ein dunkleres Blau als sonst, meeresfarben. Seine Lippen waren geöffnet.

»Du warst eine Frau in einer Kneipe. Und dann standest du auf der Straße, in einer zu großen Jacke, die Wangen knallrot von der kalten Luft, und hast mich angeschaut, als hättest du halb Angst, ich würde mich auf dich stürzen, und halb, ich würde es nicht tun.«

»Ach komm schon.« Sie lachte. »So hab ich nicht ausgesehen.«

»Ich würde nichts ändern wollen, Hadley. Denn sonst wären es ja nicht wir, oder? Als ich dich in dieser furchtbaren Kneipe gesehen habe, dachte ich mir schon, dass du eine Studentin bist, aber es war mir egal. Ich bin dir nach draußen gefolgt, weil ich mit dir sprechen wollte. Und dann bist du in meinem Kurs aufgetaucht. *Hadley Dunn*. Die gesamte Stunde lang hast du mich fixiert, als würde ich dir ein Geheimnis erzählen. Und dann bist du zu mir gekommen. An deinem Tiefpunkt hast du mich aufgesucht. Was hätte ich denn anderes tun sollen, als dir zu helfen? Wie konnte ich widerstehen?«

»Darauf gibt es keine Antwort«, sagte sie. »Oder?«

Sie legte ihm beide Hände auf die Brust. Unter den Fingern spürte sie sein Herz klopfen.

»Keine, die ich hören möchte«, sagte er.

»Dann lassen wir doch das Reden.«

»Hadley, ich …«

Sie machte einen Schritt nach vorn und stahl ihm die Worte von den Lippen. Eng umschlungen sanken sie zu Boden, und alles Gesprochene verschwand.

Vierundzwanzig

Hadleys Flug ging erst später. Sie lief durch die Straßen von Lausanne, immer wieder erhaschte sie kurze Blicke auf sich in den Fensterscheiben. Die frostige Luft auf ihren Wangen wirkte belebend. Es war neu, dieses Gefühl. Hatte so Kristina empfunden, wenn sie nach einem Treffen mit Jacques zurück ins Wohnheim eilte, an den guten Tagen, den besten Tagen? *Lebendig*, dachte Hadley. *Ich fühle mich lebendig.* Und statt von diesem Gedanken erdrückt zu werden, brachte er sie zum Lächeln.

Sie war auf dem Weg zum See. Sie wollte sehen, ob Hugo im Hotel war, ein letztes Mal vor Weihnachten. In der Tasche hatte sie ein neues Taschentuch für ihn. Das alte war zwar gewaschen und nur leicht knittrig, aber es waren dunkle Flecken von Joels Blut darauf. So sehr er auch geschrubbt hatte, er hatte sie nicht herausbekommen, hatte er gesagt. Als Ersatz hatte sie Hugo ein neues gekauft, ein Weihnachtsgeschenk, wenn man so wollte. Es war aus cremefarbener Baumwolle mit blauer Bordüre und lag in einer Schachtel mit Schleifchen.

Im Hôtel Le Nouveau Monde entdeckte sie endlich Hugo an seinem üblichen Platz. Er rührte in seinem Kaffee und betrachtete die Aussicht auf den See, die ihm so vertraut sein musste wie ein Bild neben dem Bett. Seine Augen waren glasig, als er sich Hadley zuwandte. Die Wangen wirkten schmaler.

»Da sind Sie ja!« Ein Strahlen erhellte seine Miene. »Ich dachte, Sie wären längst fort, zurück auf Ihrem schönen Eiland. Sie bleiben doch wohl nicht über Weihnachten hier?«

Hadley erklärte, dass sie noch an diesem Tag flog und ihm nur fröhliche Weihnachten wünschen und sich für das Buch bedanken wolle. Die zwei Wochen, die vergangen waren, erwähnte sie nicht, auch nicht ihre Versuche, ihn zu finden.

»Ah, das Buch«, sagte er. »Das Buch.«

»Soll ich Sie denn in Zukunft Henri Jérôme nennen?«

»Henri Jérôme. Wie Henri Jérôme habe ich mich schon lange nicht mehr gefühlt.«

»Das Foto hat mir gut gefallen.« Hadley setzte sich ihm gegenüber. »Sie sehen wirklich wie ein cooler Typ aus.«

»Cool? Wohl kaum. Ich war vieles, aber cool gehörte, glaube ich, nie dazu.«

»Gut, dann eben attraktiv. Sehr attraktiv.«

»Das will ich natürlich nicht bestreiten. Kaffee?«

»Gern, danke. Entschuldigen Sie, dass ich letztes Mal so wütend geworden bin«, sagte Hadley, während er ihr aus einer silbernen Kanne Kaffee eingoss. »Das war nicht sehr nett von mir. Aber ich fühlte mich so hilflos. Plötzlich war ich am Ende der Straße angekommen, wie Sie sagten, und wusste nicht, was ich damit anfangen sollte. Sie haben Ihr Bestes für Kristina gegeben, und Sie waren so freundlich zu mir. Das gab Ihnen auf jeden Fall das Recht, mich etwas auf den Arm zu nehmen.«

»Wie ich Ihnen geschrieben habe, das waren die albernen Unterstellungen eines eifersüchtigen alten Mannes. Und ich gebe mich nicht gern geschlagen, das war der eigentliche Grund für meine Gereiztheit. Im echten Leben kommen Menschen mit schlimmen Dingen davon, mit Unfällen, die sich als Verbrechen herausstellen. Vielleicht habe ich deshalb die Fiktion immer vorgezogen.«

Hadley hob einen silbernen Kaffeelöffel auf und betrachtete ihn. Sie drehte ihn zweimal, dann legte sie ihn wieder hin.

»So schlecht ist das echte Leben nicht«, sagte sie.

»Aber es tut mir leid, dass ich Ihnen nicht mehr helfen konnte. Nicht, dass Ihr treuloser Dozent so sonderlich nützlich war.«

»Ach, er hat aber auch geholfen. Nur auf andere Art, denke ich mal.«

»Ja, das sehe ich.« Hugo hob die Tasse an die Lippen. »Ich wusste es sofort, als Sie heute hereinkamen.«

Hadley blickte rasch auf. »Wie bitte?«

»*Mais oui*, Sie haben eindeutig ein Federn im Schritt. Ich würde mir ja gern einbilden, dass es die Freude war, mich zu sehen, und dass es Ihnen ein Gefühl von wenigstens einer gewissen Beständigkeit auf der Welt vermittelt, mich hier stets um dieselbe Zeit bei meinem Kaffee und meinem Kognak zu finden. Aber ich fürchte, damit würde ich mir vergeblich selbst schmeicheln.«

Sie lachte und wandte den Blick ab. Dieses Mal würde sie nicht wütend werden, dieses Mal hatte er absolut und vollkommen recht.

»Sie haben heute etwas Spitzbübisches, das ist es«, sagte er. »Das dachte ich mir auch bei unserer allerersten Begegnung, wissen Sie. Es ist die Frisur. Die kurzen Haare.«

Sie strich sich über den Kopf und zerzauste die Spitzen. »Die müssen geschnitten werden, sie werden allmählich zu lang. Ach, hier.« Sie griff in die Tasche. »Ich habe ein Weihnachtsgeschenk für Sie. Na ja, nicht so richtig, aber Ihr Taschentuch. Nach all den Wochen. Entschuldigen Sie, dass es so lang gedauert hat. Genau genommen ist es ein neues. Ich dachte, das wäre netter, als das alte zurückzugeben.«

»Ein sehr schönes Exemplar.« Hugo drehte die Schachtel hin und her. »Vielen Dank.« Er sah sie wieder an. »Sie wirken heute wirklich unglaublich heiter. Aber man sagt ja auch, dass die Jungen leichter wieder auf die Füße kommen als die Alten.«

Hadley ließ ein Zuckerstück in ihre Tasse fallen und rührte, bis die Kristalle sich aufgelöst hatten. Sie leckte den Löffel ab.

»Ich bin nicht auf den Füßen, Hugo. Ich weiß nicht, was ich bin.«

Ihr Blick schweifte durch das Café Richtung See. Obwohl es ein ruhiger Tag war, war das Wasser aufgewühlt. Hohe Wellen schlugen gegen die Tretbootflotte, die gerade eben am Rand des Stegs zu sehen war, und ein Geschwader von mindestens zwanzig Möwen zog verschlungene Kreise.

Da nahm er ihre Hand und hielt sie fest. »Seien Sie vorsichtig.«

»Warum sagen Sie das?«

»Ich hatte plötzlich das Bedürfnis. Ist meine Intuition falsch?«

»Ich weiß nicht. Es ist ein tolles Gefühl, wie ein Rausch.« Sie stieß ein hohes Lachen aus. »Ich bin überrascht, dass Sie keinen Kognak bestellt haben, um mitzuhalten.«

Er ließ ihre Hand los. *Seien Sie vorsichtig*, wiederholte er. Dieses Mal sah er dabei nicht sie an, sondern irgendwo ins Leere. Als er weitersprach, hatte seine Stimme sich verändert.

»Während Sie anderweitig beschäftigt waren, habe ich nachgedacht«, sagte er. »Ich habe versucht, es selbst auszutüfteln.«

»Worüber nachgedacht?«

»Jacques.«

»Jacques könnte genauso gut ein Phantom sein. Das wissen wir beide.«

»Was, wenn er eben das wäre?«, fragte er. »Was, wenn er in Wirklichkeit gar nicht Jacques ist? Es war nur so ein Einfall, aber ich hatte ihn, als ich Ihnen die Karte schrieb, als ich den alten ›Henri Jérôme‹ entstaubte. Kristina braucht einen Spitznamen für ihren geheimen Freund, also warum nicht Jacques? Es klingt doch ganz hübsch, *n'est-ce pas*? Und falls das so war, meine Liebe, dann könnte Jacques jeder sein. Die Tarnung ist einfach, aber effektiv. Vielleicht sollten Sie mal die Menschen in Kristinas Leben unter die Lupe nehmen. Sogar diejenigen, die Sie beide kennen. Könnte einer davon Jacques sein?«

»Sie hat ihn an der Riviera kennengelernt, Hugo. Er hat keine Verbindung zu Lausanne.«

»Und das war eine gute Story, oder? Wie sie sich begegnet sind? Eine perfekte Geschichte.«

»Hugo«, begann Hadley, dann stockte sie. Fing neu an. »Manche Menschen führen so ein Leben. Ein schillerndes, perfektes, idyllisches Leben. Sie selbst vielleicht früher. Ich möglicherweise eines Tages. Zweifeln Sie wirklich an allem? Verdächtigen jeden?«

»Nicht an allem«, sagte er. »Nicht jeden.«

»Ich habe aufgehört zu suchen, das wissen Sie. Ich bemühe mich zu tun, was alle von mir wollen. Ich bemühe mich, damit abzuschließen und nach vorn zu schauen. Können wir es bitte dabei bewenden lassen?«

Den Rest ihres Kaffees tranken sie still, wechselten nur hin und wieder einen Satz Small Talk. Beide bewunderten den langsamen Tanz der Kellner und drehten die Köpfe, um einem fantastischen Konditorwägelchen nachzusehen, das hoch beladen mit Obsttorten vorbeigerollt und an einem anderen Tisch mit dezenter Begeisterung empfangen wurde.

»Möchten Sie etwas?«, fragte Hugo. »Die Kuchen sind köstlich hier.«

»Nein, danke«, sagte Hadley, ergänzte dann aber freundlich: »Vielleicht ein anderes Mal.«

Schließlich zog sie langsam ihren Mantel an. »Ich sollte mal los, ich habe noch nicht gepackt.« Sie holte die Mütze aus ihrer Tasche und setzte sie auf, dann strich sie die Haarspitzen mit den Fingern glatt. Hugo beobachtete sie mit schief gelegtem Kopf, ein Mundwinkel zuckte.

»Was könnte Henri Jérôme dazu bewegen, wieder zu schreiben?«, fragte sie unvermittelt.

»Die Frage kann ich nicht beantworten.«

»Ich glaube, es fehlt Ihnen.«

»Kann sein. Aber das Kapitel ist schon lange abgeschlossen.«

»Sie haben sie noch, oder?«, sagte Hadley. »Die Schriftstellernase. Sie wissen, wann Sie eine gute Story vor sich haben.«

»Was ist das hier? Komplimente. Ermunterung. Absurde Schmeicheleien. Falls ich noch einmal anmerke, dass Sie heute besonders gute Laune haben, würden Sie dann davon Abstand nehmen, mir den Kopf abzureißen?«

»Sie haben richtig gefolgert, Hugo.«

»Hmm?«

»Sie hatten recht über mich und den Dozenten.«

»Womit?«, fragte er langsam.

»Als Sie dachten, da könnte etwas laufen.«

»*L'amour*?«

»Sie waren derjenige, der es kommen sah. Gott weiß, wie, aber das haben Sie.«

Er lachte lautlos und kratzte sich nur mit der Fingerspitze am Mundwinkel.

»Ach, aber ist es Liebe, Hadley?«, fragte er.

»Das weiß ich nicht, aber… möglich. Vielleicht wird es mal Liebe. Auf eine seltsame Art ist es das schon.«

Hugo schnaubte. »Die Geschichte ist alt, wissen Sie. Ein Dozent, der sich mit seinen Studentinnen einlässt. Ich hatte Sie für etwas origineller gehalten.«

»Hat Henri Jérôme nie über Liebe geschrieben?«

»Er schrieb über den Tod.«

»Liebe nie?«

»Sex. Nicht Liebe.«

Hugo musterte sie, aber sie hatte nichts weiter zu sagen. Sie zuckte die Achseln. Aus unerfindlichen Gründen waren die Worte, die ihr in den Kopf kamen, *Tut mir leid*. Sie sprach sie nicht aus. Schließlich stand sie auf, und sie gaben einander drei Küsse, Wange an Wange, auf Schweizer Art, wobei Hugo ihr das Gesicht mit einer leicht verletzten Miene zuwandte.

»Also dann, fröhliche Weihnachten, Hugo. Wir sehen uns im neuen Jahr, hoffe ich.«

»Nur, wenn Sie Zeit haben. Sie klingen, als wären Sie künftig sehr beschäftigt«, sagte er, als sie sich schon zum Gehen gewandt hatte. »Sie haben also letztlich doch einen Jacques gefunden«, fügte er hinzu. »Ohne überhaupt zu suchen. Ihren eigenen geheimen Freund.«

»Ich hätte Kristina so gern davon erzählt«, sagte Hadley, ohne seinen Tonfall weiter zu beachten. »Das ist garantiert das Letzte, was sie von mir erwartet hätte.«

»Sie beide hätten über Ihre Affären tuscheln und für Ihre anderen Freunde ziemlich unerträglich werden können.«

»Die anderen würden das nicht verstehen, Hugo. Für sie wäre es nur großartiger Klatsch, und sie würden andauernd darüber reden.«

»Also ist es wirklich ein heimliches Verhältnis? O je.«

»Versprechen Sie, es nicht weiterzuerzählen?«

Hugo saß sehr aufrecht. Er wirkte etwas herrschaftlich mit seinem geraden Rücken. Abwehrend wedelte er mit der Hand.

»Meine Liebe, wem um alles in der Welt sollte ich es denn erzählen? Außer vielleicht, falls ich Ihren Köder schlucke, dem Papier. Der leeren Seite.«

Hadley lachte. »Schreiben Sie, was Sie wollen, Hugo. Mich stört das nicht. Im Gegenteil, ich finde, Sie sollten es tun. Möglicherweise genießen Sie es.«

Ihr Abschied dehnte sich in die Länge. Hadley winkte und drehte sich um, wurde aber von Hugos Stimme aufgehalten.

»Was für ein Weihnachtsgeschenk Sie ihm gemacht haben. Ihrem Dozenten.«

Unter seinem Blick wickelte sie unwillkürlich den Mantel enger um sich. Sie ging zu ihm zurück, spürte die Augen des Kellners auf sich.

»Er war gut zu mir«, sagte sie leise. »Okay? Als Kristina starb, war er der Einzige, der wirklich nachvollziehen konnte, wie es mir ging. So fing es an. Nicht mit etwas anderem, sondern mit Freundlichkeit.«

»Enden wird es nicht so«, murmelte Hugo.

»Und jetzt hat er meine Welt auf den Kopf gestellt«, sagte Hadley. »Im besten Sinne.«

»Sie klingen, als wollten Sie sich selbst überzeugen, meine Liebe.«

»Ist schon gut. Ich verstehe. Sie mögen keine Liebesgeschichten.«

»Ich glaube nicht daran«, sagte Hugo ausdruckslos.

»Und das glaube ich wiederum nicht.«

»Ihr Dozent, wie heißt er?«

»Sie kennen seinen Namen. Joel.«

»Joel«, wiederholte er mit Nachdruck. »Woran glaubt er Ihrer Meinung nach?«

»Er glaubt ans Leben. Und daran, es zu leben. Sich nicht zu verstecken und nur vom Rand aus zu beobachten.«

Hugo sah sie unverwandt an. Sie suchte nach dem Funken Humor in seinen Augen, der seinen Mund zu einem Lächeln verziehen würde, aber da war nichts. Sie wandte sich zuerst ab. »Frohe Weihnachten, Hugo«, sagte sie über die Schulter.

Fünfundzwanzig

Der Bungalow war hell mit bunten Lichterketten erleuchtet. Es passte nicht zu ihren Eltern, so zu übertreiben, aber dieses Jahr sei anders, sagten sie. Dieses Jahr sei es ein echter Feiertag. An der Haustür hing schief ein dickbäuchiger Plastikweihnachtsmann. Hadley stupste ihren Vater an und zog eine Augenbraue hoch.

»Ich weiß, das ist ein bisschen peinlich, aber deine Mutter konnte sich nicht beherrschen.«

Im Haus glitzerten die vertrauten Räume vor Lametta und Weihnachtskarten. Ein kleiner Baum stand in demselben roten Eimer, den sie jedes Jahr verwendeten, und in sämtlichen Kugeln und Anhängern funkelte Familiennostalgie.

»Da bist du ja!«, jubelte ihre Mutter und umarmte Hadley fest. Sam warf sich auf ihre Beine, umklammerte ihre Knie und versuchte, an ihr hochzuklettern wie ein Äffchen.

»Sie muss gemästet werden«, sagte ihr Vater. »Sieh sie dir an, dünn wie ein Zahnstocher. Angeblich strotzt die Schweiz doch vor Schokolade und Käse.«

»Es ist so toll, dich wiederzuhaben«, sagte ihre Mutter und drückte sie. »Du hast ja keine Ahnung.«

»Es ist schön, zu Hause zu sein«, sagte Hadley.

Ihre Mutter musterte sie prüfend. »Hadley, geht's dir gut?«

»Ja. Ich bin nur müde von der Reise.« Ihr Lächeln wurde verkrampft.

»Irgendwas stimmt doch nicht – was ist denn, mein Schatz?« Sanft legte sie ihrer Tochter die Hände auf die Wangen. »Wir haben dich so vermisst.«

Der Schmerz hinter den Augen hatte kurz vor Tonridge eingesetzt, als sie an den gedrungenen braunen Bungalows und akkuraten Hecken vorbeifuhren. Die Vertrautheit ihrer alten Welt war auf stille Weise herzzerreißend. Sie hatte das Gesicht dem Seitenfenster zugewandt und es geschafft, die Tränen zurückzuhalten, aber nun wurde sie davon überwältigt. Als ihre Eltern die Arme um sie schlangen, erzählte sie ihnen von ihrer Freundin namens Kristina. Eine Weile standen sie alle dicht zusammengedrängt mitten im Wohnzimmer. Sam hing an Hadleys Knöcheln und sang ein Lied über ein rotnasiges Rentier.

Hadley blieb etwas über eine Woche zu Hause, aber es kam ihr länger vor. Sie ging mit Sam in den Park und schob ihn auf der vom Frost rissigen Schaukel an, dass seine gelben Gummistiefel in den Himmel zeigten. Sie unterhielt sich bis spätabends mit ihren Eltern, sie machten die alten Kartenspiele, die sie früher geliebt hatte, und tranken Baileys aus nicht zusammenpassenden Gläsern. Sie fühlte, wie sie zurück in ihre alte Welt gezogen wurde, eine Welt, in der sie sich beinahe einbilden konnte, niemals in Lausanne gewesen zu sein, doch dieses Gefühl dauerte nie länger als ein oder zwei Momente, und meistens war sie froh.

An einem Tag zeigte sie ihren Eltern ihre Fotos aus der Schweiz, und da war Kristina, lächelte sie an, wie sie es vorher gewusst hatte. Kristina vor dem Springbrunnen am alten Platz, ein Bein keck angewinkelt, einen Arm zum Winken hochgereckt. Sie konnte sie beinahe lachen hören, *Beeil dich, Hadley, mach schon*, sie im versehentlich ausgelösten Blitzlicht blinzeln sehen. Kristina an die Mauer neben dem Eingang von Les Ormes gelehnt, hinter ihr die Stadt, einen Windstoß in den Haaren. Die Mütze, die sie trug, war weinrot und mit Pelz besetzt, und Hadley erinnerte sich sehr deutlich an den Tag. Sie hatten bei heißer Schokolade mit Rum und Sahne in einem Café gesessen und kichernd die langen Löffel abgeleckt. Ein Kellner hatte Kristina von seinem Platz in der Ecke aus beobachtet. So war sie gewesen; Menschen hielten in dem, was sie gerade taten, inne und starrten sie an, ohne dass sie es auch nur bemerkte.

Am nächsten Tag ertappte Hadley ihre Mutter dabei, Kristina wieder zu betrachten, die Fotos auf dem Schoß. Und sie sah ihren Vater aus dem Garten kommen, sich den Matsch von den Stiefeln abtreten und vor sich hin murmeln: *Die armen Eltern.* Hadley ließ ihr Heim seine Wirkung entfalten, sie trank seinen Tee und setzte sich auf seine Sessel, und die Worte ihrer Eltern und Sams Unkompliziertheit waren ein Trost.

Wirklich allein war sie nur im Badezimmer und abends im Bett. Das waren die Momente, in denen Joel seinen Weg zu ihr fand. In der Wanne tauchte sie unter, schloss die Augen und spürte das Wasser in ihren Ohren rauschen. Sie hielt den Atem an, bis sie nicht mehr konnte, rutschte keuchend wieder hoch und strich sich Seifenschaum auf die winterblassen Arme und die Brust. An ihrem letzten Abend in Lausanne waren Joels Hände überall gewesen. Seine Finger hatten Figuren gemalt, als schriebe er auf einem beschlagenen Spiegel, zarte Botschaften, die über ihren Rücken und ihren Bauch und auf der Innenseite ihrer Oberschenkel verliefen, und doch wies ihr Körper wundersamerweise keine Spuren auf. Wieder schloss Hadley die Augen und ließ sich treiben, verrieb die Seife in Kreisen, während das Wasser um sie herum abkühlte. *Du bist noch so neu*, hatte er mit Staunen in der Stimme gesagt. *Lass nicht zu, dass ich dich verderbe.* Sie hatte ihm durch die Haare gestrichen und gesagt, er solle still sein.

In ihrer ersten Nacht in Tonridge spürte sie beim Einschlafen sein Gewicht, innen und außen. Sie schob die Decke vom Gesicht weg, damit sie atmen konnte. Sie wollte in Lausanne bei Joel sein, nicht hier ohne ihn, und doch war sie unerklärlich dankbar für das, was sie kannte: den rasselnden Husten ihres Vaters am Ende des Flurs, das Kratzen ihrer alten Katze Brady an ihrer Tür, den wuchtigen Umriss ihres alten Schranks. Ein winziger Teil von ihr hielt sich an diesen Dingen fest, während sie ins Unbekannte trieb.

Am zweiten Weihnachtsfeiertag erzählte sie ihren Eltern von ihren Plänen für Silvester. Sie waren in dieser ziellosen Nachfrühstücks-Ferienstimmung, wenn sich der ganze Tag vor einem ausbreitete, niemand aber so genau wusste, wie er ihn verbringen wollte. Ihr Vater setzte sich ans Klavier und strich mit den Fingerspitzen auf den Tasten hin und her. Ihre Mutter faltete das zerknitterte Geschenkpapier neu und behielt Sam im Auge, der am Esszimmertisch Kartoffeldruck machte. Hadley kuschelte sich mit einem Buch in den Sessel, einen Block auf dem Schoß und den Stift zum Notizenmachen in Bereitschaft. Sie hatte zwei Arbeiten nach den Ferien abzugeben und hatte mit beiden noch nicht angefangen.

»Ach ja«, sagte sie plötzlich und ließ den Kuli sinken. »Wir haben noch gar nicht richtig darüber gesprochen, wann ich zurückfahre.«

Ihr Vater klimperte auf den hohen Tönen herum, eine fröhlich plätschernde Melodie. Er drehte sich nicht um.

»Sprich doch nicht davon, Hadley, du bist doch gerade erst angekommen.«

»Ich bin schon ewig hier«, sagte sie. »Und ich habe noch drei volle Tage übrig.«

»Drei Tage?«

Ihre Mutter drückte sich ein zum Quadrat gefaltetes Stück Geschenkpapier an die Brust. Ihre Hände sahen röter als normal aus, als hätte sie ein paar Sachen mit der Hand gewaschen und vergessen, die Gummihandschuhe anzuziehen.

»Ja«, sagte Hadley. »Ich muss zu Silvester in der Schweiz sein. Ich dachte, ich hätte es erwähnt.«

»Zu Silvester schon?«

Ihr Dad rutschte auf dem Klavierhocker herum, und er ächzte unheilvoll.

»O nein, habt ihr gedacht, ich bleibe länger? Das tut mir leid. Ihr habt doch nichts dagegen, oder? Es ist meine vielleicht einzige Chance, jemals Silvester in der Schweiz zu verbringen. Ich wurde zum Skifahren eingeladen.«

»Skifahren?«, sagten ihre Eltern wie aus einem Mund, entzückt und bestürzt gleichzeitig. Sam drehte sich um und fiel ebenfalls in den Chor ein. *Skifahren, Skifahren, Skifahren*, sang er, ohne mit dem Drucken aufzuhören.

Hadley legte das Buch weg und ging zu ihnen. Sie nahm ihrer Mutter das Geschenkpapier ab und zog ihren Vater am Ärmel. Sam verschmierte weiter rosa und gelbe Farbe am Tisch.

»Wir dachten, du wärst länger hier. Wir haben einen Rinderbraten in der Truhe, den schaffen wir niemals ohne dich«, sagte ihre Mutter.

»Wir wollten Filet Wellington kochen«, sagte ihr Vater. »Wir haben extra ein paar Rezepte gelesen.«

»Das wusste ich nicht«, sagte Hadley. »Tut mir ehrlich leid. Habt ihr denn etwas dagegen, dass ich fahre? Geld hab ich genug.«

»Darum geht es doch nicht, Hadley. Natürlich wollen wir, dass du bei deinen Freunden bist«, sagte ihre Mutter. »Es ist wichtig, Spaß zu haben nach … allem.«

Sie hielten ihre Hände, und Hadley fühlte sich wie eine Verräterin. In dem Moment überlegte sie, ob sie ihnen von Joel erzählen sollte. Aber was? Vielleicht, dass er im Unterricht Passagen vorlas, mit tiefer, unnachgiebiger Stimme und lockeren Pausen. Oder dass er immer so zögerlich lächelte, als hätte man es ihm herausgezogen und dadurch irgendwie mehr als nur das träge, breite Grinsen gewonnen. Oder dass er mit ihr nach Genf gefahren war, um vergeblich nach einem Mann zu suchen, der möglicherweise gar nicht gefunden werden wollte, und den Arm um ihre Schultern gelegt hatte, als sie eine schneebedeckte Straße überquerten. Aber nicht das: dass er sie auf seinem Sofa in seiner Wohnung in einer Seitenstraße von Lausanne geliebt hatte. Und genau so hatte es sich angefühlt, nach mehr als Sex, und einen riesigen und scheinbar endlosen Moment lang hatte sie Kristina vergessen und war nicht wütend, sondern froh gewesen.

Aber da sagte ihre Mutter: »Deine Freunde, die passen doch auf dich auf, oder? Sie wissen, dass du noch nie auf Skiern gestanden hast?«

Hadley nickte, und *Ja* war alles, was sie sagte.

An Hadleys letztem Abend kam ihre Mutter zu ihr ins Zimmer, als sie gerade ins Bett gegangen war.

»Darf ich?«, fragte sie scheu und blieb im Türrahmen stehen.

»Klar doch.« Hadley klopfte auf die Decke. Ihre Mutter setzte sich und verschränkte die Beine in den abgetragenen Hausschuhen.

»Ich weiß, dass du dich aufs Skifahren freust, aber bei

allem, was passiert ist … also, du weißt ja, dass du nicht zurückmusst. Nicht, wenn du nicht willst.«

Hadley drehte sich auf den Bauch und stützte sich auf die Ellbogen.

»Aber ich will zurück.«

»Das freut mich, sehr sogar, aber ich wollte nur sagen, dass niemand dir einen Vorwurf machen würde, wenn es dir nicht so ginge, wenn du das Jahr lieber hier weiterstudieren möchtest. Nach dieser armen Kristina …«

»Mum, ehrlich, ist schon okay. Ich will dort sein.«

Ihre Mutter nahm ihre Hand. »Du bist viel tapferer, als ich gewesen wäre.«

»Das ist eigentlich nicht tapfer«, sagte Hadley. »So würde ich das nicht nennen. Ich hatte tatsächlich darüber nachgedacht abzubrechen, aber dann habe ich es mir anders überlegt. Jemand hat mich dabei unterstützt, und darüber bin ich sehr froh. Es ist seltsam, aber ich war noch nie trauriger als in Lausanne, aber auch noch nie glücklicher. Ich weiß selbst nicht, wie das geht, aber es ist so.«

Ihre Mutter lächelte langsam, traurig. »Hadley, darf ich dich mal was fragen?« Sie strich mit der flachen Hand die Decke glatt. »Gibt es da einen Jungen?«

Hadley legte den Kopf zurück aufs Kissen. An der Decke klebten noch Leuchtsterne. Sie hingen schon seit Jahren dort und hatten ihre Leuchtkraft längst verloren. Ein Junge namens Simon hatte sie ihr geschenkt, zweifellos in der Hoffnung, dass er derjenige wäre, der sie zu Konstellationen anordnen, eines Tages auf dem Rücken liegen und sie selbst leuchten sehen dürfte, aber das durfte er nicht und auch sonst keiner.

»Woher weißt du das?«, fragte sie immer noch mit Blick auf die Sterne.

»Ich bin deine Mutter.«

Endlich sah Hadley sie an.

»Also gut«, sagte sie. »Aber er ist eigentlich kein Junge. Wohl eher ein Mann.«

»Ein Mann? Wie alt ist er denn?«

»Ich weiß nicht«, log sie. »Ein bisschen älter. Nicht so viel.«

»Wo hast du ihn kennengelernt?«

»Am Institut.«

»Ist er in einem deiner Kurse?«

»Ja. Amerikanische Literatur. Er ist Amerikaner.«

»Was macht er in der Schweiz?«

»Das Gleiche wie ich, er ist nur für ein Jahr als Gast da.«

»War er auch mit Kristina befreundet?«

»Nein.«

»Das ist vielleicht ganz gut«, sagte ihre Mutter. »Sieht er sehr gut aus, Hadley? Einer dieser wunderbaren Amerikaner mit kantigem Kinn?«

»Ich glaube, er hat kein besonders kantiges Kinn«, sagte sie. »Eigentlich nicht.«

»Was liebst du an ihm?«

»Lieben?« Hadley verzog den Mund zu einem Lächeln, sie konnte nicht anders. »Von Liebe habe ich nichts gesagt, Mum.«

Ihre Mutter beugte sich vor und küsste sie auf die Wange. Dann stand sie auf und strich sich den Rock glatt.

»Aber so ist es, oder? Das sehe ich dir an.«

Sechsundzwanzig

Hadley war noch nie am Flughafen abgeholt worden, und beinahe wäre sie es auch an diesem Tag nicht. Joels Verkleidung war zu gut. Er stand mehrere Meter hinter den eifrigen Begrüßungskomitees, den Leuten, die sich mit selbstgebastelten Plakaten, in Zellophan gewickelten Sträußen und erwartungsvollem Lächeln über die Absperrung beugten. Er trug eine Mütze, die sie noch nie gesehen hatte, eine flauschig gefütterte Trappermütze, die ihn an den Ohrläppchen kitzelte. Sein Lächeln war befangen, sein Blick wachsam; sobald jemand nur eine Sekunde zu lang in seine Richtung sah, machte er eine Miene, als wollte er wegrennen, die Rolltreppe nach unten schlittern und zurück in die Anonymität abtauchen. Er hielt Hadley am Ellbogen fest und zog sie zu einem hastigen Kuss an sich. Seine Lippen waren fest und unnachgiebig. Die Wangen waren frisch rasiert und ungewöhnlich glatt. Für Hadley fühlte er sich nicht besonders wie Joel an.

»Du bist zum Flughafen gekommen.« Sie zog den Kopf zurück, um ihn zu betrachten.

»Komm, hauen wir hier ab.«

Im Auto entspannte er sich. Er legte ihr die Hand aufs Knie und rieb mit den Fingern über den Stoff ihrer Jeans.

»Ich hatte mir schon eine fertige Geschichte ausgedacht, weißt du, falls ich jemanden sehe, den ich kenne. Fast habe ich sie schon selbst geglaubt und mich darauf gefreut, meinen alten Freund Jim zu sehen, frisch aus Madrid angekommen. Das war der Flug nach deinem, stand auf der Ankunftstafel.«

»Super Tarnung.«

»Jim und ich dachten, es wäre schlau, gleich heute Abend in die Berge zu fahren. So wäre morgen früh, wenn wir aufwachen, ein ganz neuer Tag. Ein neuer Anfang. Was meinst du?«

»Ich finde die Idee toll«, sagte sie und dachte, sie würden schnell durch die Nacht sausen, Jazz im Ohr. Joel würde die Hand auf ihrem Knie lassen, wenn er zwischen struppigen Tannen um die Haarnadelkurven bog. Die Straßen wären eisglatt, vielleicht würden sie ein bisschen ins Schleudern geraten, und Joel würde grinsend weiter hinauf in die Berge jagen. Hadley lehnte sich an und lockerte ihren Schal. Ihre Lippen brannten von den Küssen, die er ihr gegeben hatte, sobald sie außer Sicht waren.

»Ach so, ich müsste aber trotzdem kurz im Wohnheim vorbei und noch ein paar Sachen holen.«

»Wir können kaufen, was du brauchst«, sagte Joel.

»Nein, das ist doch Quatsch. Ich muss nur kurz ins Zimmer, dauert nur fünf Minuten.«

»Gut. Wenn es sein muss. Ich möchte nur nicht, dass wir wieder nach Lausanne reingezogen werden. Es soll ein Urlaub sein, alles soll sich ganz neu anfühlen.«

»Das wird es natürlich«, sagte sie und wandte ihm ihr Lächeln zu. »Was denn sonst?«

Sie wusste bereits, wie sie seinen Widerstand brechen konnte. Sie würde ihn in ihr komisches kleines Zimmer ziehen und aufs Bett schubsen, während vor dem Fenster die Lausanner Nacht funkelte. Danach würden sie in die Berge weiterfahren, und es wäre genau, wie Joel gesagt hatte, *ganz neu*.

»Ich glaube, du wirst froh sein, dass wir angehalten haben«, sagte sie.

Sie fuhren auf die *autoroute* auf und schnell auf Lausanne zu, Stoßstange an Stoßstange mit schicken Schweizer Autos. Joel blickte starr geradeaus, sein Gesicht war von den Lichtern gestreift. Hadley glühte innerlich von der Hitze ihrer Absichten und sah ihn ab und an von der Seite an, als wollte sie ihn herausfordern, den Grund für ihr Lächeln zu erraten.

Les Ormes war ausgestorben, was Hadley natürlich gewusst hatte. Trotzdem musste sie Joel praktisch mit Gewalt ins Gebäude schleifen. Er wollte im Auto warten, und nur ihre Lippen an seinem Ohr und ihr heißer Atem überredeten ihn, ihr zu folgen. Also stülpte er sich die Trappermütze wieder über, schob die Hände in die Hosentaschen und senkte den Kopf.

Sie stahlen sich ins Gebäude wie flüchtige Verbrecher und schalteten das Licht an. Es blinkte und summte, und sie quietschten durch den Flur, vorbei an den Briefkästen und dem dürren Weihnachtsbaum, den leeren Ledersofas. Keine Musik dröhnte aus den Küchen, keine Türen wurden zugeworfen, keine Stimmen hallten. Alle waren in den Ferien.

»Hier bin ich«, sagte sie und blieb vor ihrem Zimmer stehen. Etwas ungeschickt wühlte sie den Schlüssel aus ihrer Handtasche. Sie drehte sich zu Joel um, aber er war abgelenkt.

»Kristina Hartmann«, las er den Namen von der Nachbartür ab. »Du hast gleich neben ihr gewohnt?«

»Das weißt du doch.« Sie griff nach seiner Hand. »Komm, das ist mein Zimmer.«

»Du hast mir nie erzählt, dass ihr nebeneinander gewohnt habt«, sagte er.

»Aber das war doch der Witz daran. So haben wir uns angefreundet.«

»Warum hängt ihr Name noch an der Tür?«

»Ich schätze mal, sie sind noch nicht dazu gekommen, ihn zu entfernen.«

»Was, du läufst also jeden Tag dran vorbei und bist nie auf die Idee gekommen, es abzunehmen?«

Hadley hatte es damals bemerkt, und es hatte sie erstaunt, dass der pingelige Hausmeister und die ordentlich frisierte Frau von der Uni es nicht entfernt hatten. Sie mussten es einfach vergessen haben. Hadley hingegen wollte das gar nicht, denn es war der letzte Hinweis auf Kristina, und bis jemand anderes einzog, war es immer noch ihr Zimmer.

»Hadley, es ist nicht richtig, dass du das jeden Tag sehen musst.«

Er schob das Stück Papier mit dem Finger heraus und hielt es so in der Hand, dass der Daumen den Nachnamen verdeckte. *Kristina.*

»Ich glaube, ich mag es irgendwie«, sagte sie. »Ehrlich gesagt. Kannst du es zurücktun?«

»Nein. Das ist morbid.«

»Aber es ist immer noch ihr Zimmer.«

»Ich tue es nicht zurück.« Er steckte es in die Hosentasche.

»Dann gib es wenigstens mir.«

»Was, du willst diesen Zettel? Mit ihrem Namen drauf?«

»Nur weil … weiß ich auch nicht. Ich will nicht, dass du ihn wegschmeißt.«

»Hadley, ich dachte, du möchtest glücklich sein.«

»Was hat das denn damit zu tun?«

»Du brauchst nicht ständig an sie erinnert zu werden. Das hier«, er klopfte sich auf die Tasche, »ist gar nichts.«

»Wenn es nichts ist, warum kümmert es dich dann?«

Er legte den Arm um sie und zog sie an seine Schulter, aber sie entwand sich.

»Joel, bitte. Bis jemand anders einzieht, ist es immer noch ihr Zimmer.«

Er küsste sie nachdrücklich auf den Kopf.

»Deine Haare riechen nach Honig«, sagte er.

»Joel, kann ich bitte den Zettel haben?«

»Hadley. Weißt du, was zum Akzeptieren eines Verlusts unbedingt dazugehört? Die kleinen Dinge loszulassen. Das hier«, erneut klopfte er sich auf die Hosentasche, »ist so ein kleines Ding. Du musst es loslassen.«

Er nahm ihr den Schlüssel aus der Hand und schloss die Tür auf, stupste sie mit der Schulter an und ging voran.

»Es ist schon praktisch Neujahr«, sagte er. »Ein neuer Anfang. Es gibt so vieles, auf das man sich freuen kann, oder etwa nicht?«

»Okay«, sagte sie. »Also gut, dann.«

Sie knipste das helle Deckenlicht an. Die geflüsterten Versprechungen waren vergessen, und sie ignorierten beide das Bett. Hadley ging zum Schrank und sagte über die Schulter: »Ich muss nur ein paar Sachen einpacken.«

Falls er enttäuscht war, zeigte er es nicht. Er stellte sich ans Fenster. »Dieser Ausblick«, sagte er. »Man möchte am liebsten Anlauf nehmen und mitten reinspringen, findest du nicht? Als würde die Stadt einen verschlingen.«

Er öffnete die Balkontür, und Hadley spürte den kalten Luftschwall. Seine Schuhe knirschten, als er nach draußen trat. Hastig warf sie ein paar Sachen in eine Tasche. Als sie nach ihm sah, konnte sie im Dunkeln nur seinen Umriss erkennen, eine einsame Gestalt über der Stadt. Sie stopfte einen letzten Pulli in die Tasche und klappte sie zu.

»Fertig«, rief sie.

Er kam zurück ins Zimmer, die Wangen rot von der Kälte, und rieb sich die Augen.

»Es ist windig da draußen«, sagte er. »Wir sollten los, bevor es zu schneien anfängt.«

Die Fahrt in die Berge wäre perfekt gewesen. Die schwarze Nachtluft war frisch und klar. Der Schnee türmte sich am Straßenrand und leuchtete hellweiß im Scheinwerferlicht. Auf der Anzeige im Wagen sah Hadley die Außentemperatur absinken, kuschelte sich tiefer in den Sitz und zog den Schal fest. Sie hörten keine Musik und unterhielten sich nicht, das einzige Geräusch war das Zischen der Räder auf der glatten Straße. Joel blickte starr geradeaus, konzentrierte sich auf die engen Kurven und die starke Steigung. Hadley fragte sich, was sie getan hätte, wenn er sie in ihrem Zimmer in den Arm genommen und geküsst hätte. Wenn er sie sanft aufs Bett gelegt, geflüstert hätte, dass es ihm leidtat und er doch nur wollte, dass sie glücklich war. Hätte sie sich gelöst, sich von ihm nehmen lassen, wie sie sich ausgemalt hatte, ihn zu nehmen? Doch stattdessen hatte er verärgert auf dem Balkon gestanden, die ganze flüsterige, verschworene Stimmung verdorben von einer unbedeutenden Meinungsverschiedenheit über ein Namensschild an einer Tür. Hadley war nicht erwachsen genug, um sich problemlos wieder Gelassenheit überzustreifen. Sie fuhren immer höher in die Berge, und Hadley blieb still und betrachtete durch die Scheibe die weiße Welt. Sie fühlte sich nackt und verletzlich.

Letzten Endes war es schlichte Schönheit, die die Falten ausbügelte. Joel fuhr über eine feste Schneedecke, die Reifen knirschten, und sie stiegen unter einem Dach von unbewegten Tannen aus dem Wagen. Die eisige Luft brannte auf Hadleys Wangen und raubte ihr den Atem. In der Ferne funkelten die Lichter des Dorfes, doch ihr Fleckchen am Berg war dunkel und still.

»Hier entlang, glaube ich«, sagte Joel, nahm ihre Hand und verflocht seine Finger mit ihren.

Die Hütte war gerade eben zwischen den Bäumen erkennbar. Unter dem Dachvorsprung hing eine Lampe, und auf dieses Licht gingen sie nun durch knietiefe Schneeverwehungen zu. Die Luft war so reglos und hart und kalt, dass sie direkt durch Hadley hindurchzublasen schien und dabei jeglichen Rest von Ungewissheit mitnahm. Auf der Veranda traten sie sich die Füße ab und klopften Schneeklumpen von den Schuhen. Joel holte einen Schlüssel aus der Tasche und drehte ihn zweimal im Schloss. Hadley folgte ihm in die Hütte, während er das Licht anschaltete.

Es war ein einfaches Chalet für zwei, mit Steinfliesen und honigfarbenen Kiefernwänden. Holzbalken reichten ins Dach hinauf, auf dem Fußboden lagen Schaffellteppiche. Im Kamin war bereits ein Feuer vorbereitet, und Joel hielt ein Streichholz daran. Hungrig züngelten die Flammen empor und erfüllten den Raum mit flackerndem Licht. Außerdem stand ein Korb mit zwei Flaschen Wein und Schokolade, einem Stück Bergkäse und einer Schachtel Cracker für sie bereit. Darin steckte eine von Hand geschriebene Karte, auf der ihnen der Eigentümer *Bienvenue et bon ski* wünschte. Noch einmal fragte sie Joel, wie er die Hütte gefunden hatte, und er zuckte die Achseln. *Reines Glück*, sagte er und beugte sich vor, um sie zu küssen.

»Es ist wie ein Bühnenbild.« Mit einem Lächeln wich sie seinen Lippen aus. »Viel zu hübsch.«

»Was, ich fahre dich extra hier hoch, und du willst mich nicht küssen?«

»Ich fühle mich wie die Heldin in einem Märchen. Ich muss dich mir noch ein kleines bisschen länger vom Leib halten«, sagte sie und schlüpfte aus seinem Griff.

»Wir machen ein Picknick vor dem Kamin. Ist das märchenhaft genug?«

»Klingt ganz gut«, sagte Hadley. »Nicht übel.«

»Und wir essen umgekehrt, erst die Schokolade, dann den Käse. Glas Wein?«

»Es kann sich doch einfach jeder eine Flasche nehmen.«

»Hadley, hör mal, ich war langweilig auf der Herfahrt«, sagte er.

»Du warst nicht langweilig. Du warst stumm wie ein Fisch.«

»Dann eben: Entschuldigung, dass ich dich im Wohnheim genervt habe.«

»Ich möchte nicht darüber sprechen.«

»Also gut, tut mir leid, dass ich das noch nicht gemacht habe.«

Er begann, die Knöpfe an ihrer Bluse zu öffnen. Sie griff nach unten und zog das Ende seines Gürtels aus der Schlaufe.

»Dir ist verziehen«, sagte sie, und er zog sie in einen tiefen, dunklen Kuss.

Gemeinsam verschwanden sie an einen völlig anderen Ort, an dem es kein Reden mehr gab, nur gierige Lippen und Wispern und sanfte Geschmeidigkeit. Nur einmal schweifte Hadley im Geiste ab, und sie hatte den Gedanken, dass hier oben in den Bergen vielleicht die einzigen Dinge, die Bedeutung hatten, außergewöhnlich waren.

Siebenundzwanzig

Als Hadley aufwachte, spürte sie jede Stelle ihres Körpers seinen berühren, den Grat seines Knöchels, die Wölbung des Rückens, ihre Nase an seinem Ohrläppchen. Sie hatten es am Abend vorher nicht mehr ins Bett geschafft, sondern waren verschlungen auf dem Sofa eingeschlafen, die Decke um die Taille verknäult. Trotz Joels Wärme war ihr etwas kalt, das Feuer im Kamin war längst zu Asche zerfallen. Vorsichtig entwand sie sich, die Lippen fest zusammengepresst. Sie hob seinen Pulli vom Fußboden auf, zog ihn an und tapste barfuß in die Küche, wo sie Kaffee und frische Milch fand. Dann setzte sie Wasser auf, stellte sich ans Fenster und zog die Vorhänge auf. Draußen lag eine weiße, weiße Welt, und die Sonne kletterte bereits am hellblauen Himmel hinauf. Federwölkchen hingen in den Baumwipfeln. Hadley konnte weiter blicken als je zuvor, über steile Berghänge und gewellte Schneefelder hinweg auf grauweiße Gipfel und dunkle Wälder.

Sie spürte seine Hände auf den Schultern und drehte sich zu ihm um. Joels Haare standen senkrecht vom Kopf ab, und seine Stimme klang noch schlaftrunken.

»Als du aufgewacht bist und festgestellt hast, dass du hier bist, was hast du da gedacht?«, fragte er.

»Was willst du hören?« Sie lächelte. »Ja, ich bin dir dankbar, dass du mich hierher entführt hast. Nein, ich bereue es keine Sekunde lang. Und ja, es wäre wirklich nett, wenn du später meinen Aufsatz für Amerikanische Literatur für mich schreiben würdest, da ich in den Ferien ein bisschen abgelenkt war. Ich hab ständig an so einen Mann denken müssen, weißt du.«

Er ließ den Kopf hängen und stieß ein schroffes Lachen aus.

»Nein, ich meinte«, sagte er und knetete ihre Schultern, »war es, wie ich gesagt habe? Hast du die Augen aufgeschlagen und an etwas anderes gedacht? Wie ich dir damals in meinem Büro erzählt habe?«

»Ach das.«

Hadley wandte das Gesicht dem Fenster zu. Die Sonne warf blaue Schatten auf den Schnee. Verschneite Tannen standen tuschelnd zusammen. Sie beobachtete das Tropfen eines Eiszapfens vom Dach, die durchsichtige, scharfe Spitze. Alles hatte etwas Unwirkliches an sich. Solange sie dort stehen blieb und weiter aus dem Fenster sah, konnte nichts sie beide in die Welt, die sie kannten, zurückversetzen. Sie drehte sich wieder zu Joel um.

»Ich meinte«, sagte er, »hast du an Kristina gedacht?«

»Ich weiß, was du meintest.«

»Und?«

»Und … ich weiß, dass es besser werden wird. Ist es schon, so viel besser. Ich bin einfach noch nicht ganz so weit. Aber mach dir keine Sorgen. Mach dir bloß keine Sorgen.«

Er nahm ihre Hand. Sie trug nur einen Ring, einen winzigen Stern auf einem silbernen Reif. Er nahm ihn zwischen die Finger und drehte ihn sanft.

»Sagst du mir Bescheid?«, fragte er. »Wenn du eines Tages aufwachst und an etwas anderes denkst? Kaffee. Toast. Diese albernen, notwendigen Dinge, von denen ich gesprochen habe. Versprichst du mir, dass du mir Bescheid gibst, wenn das passiert?«

Sie umschloss seine Hand und sagte *Ja*.

Joel fuhr mit Hadley auf eine Piste. Die geliehenen Stiefel drückten, und ihre Waden protestierten anfangs. Doch zu ihrer eigenen Überraschung erwärmte sie sich viel schneller für das Skifahren, als sie gedacht hatte. Ihr gefiel, dass schon die kleinste Bewegung, das Beugen eines Knies, das Verlagern des Gewichts, etwas bewirken konnte, das Tempo erhöhen oder den Bogen eines Schwungs enger machen konnte. Joel beobachtete sie auf die Stöcke gelehnt, die Haare vom Wind nach hinten geweht. In seinem Skianzug sah er aus wie einer alten Ansichtskarte entsprungen, braun gebrannt und feurig.

»Kristina wollte es mir beibringen, weißt du«, sagte Hadley, als sie atemlos am Fuß eines Hangs standen. »Ich wette, dass sie es super konnte.«

»Ich erinnere mich, dass du das gesagt hast.«

»Skifahren, meine ich, ich wette, sie konnte super Skifahren. Als Lehrerin wäre sie vielleicht miserabel gewesen. Ich kann mir nicht vorstellen, dass sie geduldig rumgestanden und auf mich gewartet hätte, so wie du. Sie hätte einfach losfahren wollen. Wahrscheinlich über Hindernisse springen. Sie war wagemutiger als ich.«

»Du bist ziemlich wagemutig«, sagte er.

»Ich weiß ja nicht.«

»Immerhin bist du mit mir hier.«

Sie wollte sich zu ihm vorbeugen und rutschte weg, die Skier bewegten sich in unterschiedliche Richtungen. Sie landete kopfüber im Schnee, prustend vor Lachen und mit überkreuzten Skistöcken. Er fiel mit ein und streckte ihr die Hand entgegen. Die Berge fingen ihr Gelächter auf und warfen es zurück, wieder und wieder.

Als Hadley schließlich wieder auf den Füßen stand, die Ski in Position, grinste sie ihn breit an.

»Fang mich doch«, rief sie.

Sie ging in die Hocke, stieß sich ab und gewann rasch an Tempo. Der Wind peitschte ihr ins Gesicht, ihre Lippen waren zu einem seligen Lächeln verzogen. Sie hörte das Zischen von Joels Skiern hinter sich, aber er überholte nicht. Ihre Skier wackelten, die Stöcke zitterten, sie stieß einen leisen Schrei aus, aber sie blieb aufrecht, sie fuhr weiter, und es ging immer noch bergab. Unten tat Joel, als hätte sie ihn geschlagen.

»Das kannst du dir sparen«, sagte sie mit roten Wangen und freudestrahlend. »Ist mir völlig egal. Das war toll. Es hat sich angefühlt wie Fliegen.«

»Du hast es raus«, sagte Joel. »Du brauchst meine Hilfe nicht mehr. Du bist ein Profi.«

Hadley zog die Skier aus und wischte den Schnee ab.

»Fahren wir wieder hoch?«, fragte sie

Im Kokon des Lifts, hoch über den Hängen schwebend, schob Hadley sich die Skibrille auf die Stirn.

»Joel, ohne dich wäre ich nie hierhergekommen.«

»Das hättest du schon auch allein irgendwann geschafft.«

»Nein«, sagte sie. »Du hast mir das geschenkt. Das alles hast du mir geschenkt.«

Ihre Tage in den Alpen waren angefüllt von einer überwältigenden landschaftlichen Schönheit, die sich, das wusste Hadley, ihr für immer einprägen würde, Augenblicke, die sie schon zu vermissen begann, ehe sie ganz vorbei waren. Das pastellzarte Licht bei Sonnenuntergang, der lachsfarbene Schimmer auf dem Schnee, wenn sie zurück zur Hütte liefen. Die dürren Laubbäume auf den unteren Hängen, Eindringlinge im ansonsten dichten immergrünen Wald, und die dünne Eisschicht, die jeden kleinen Schössling im Morgenfrost umhüllte und aussehen ließ wie ausgestreckte Finger. Und sie wusste, sie würde sich an den Geschmack des Leitungswassers in der Hütte erinnern, so glatt und klar wie ein Diamant. Nachts trank sie es in großen Schlucken, während hinter ihr Joel erschöpft und reglos allmählich wegdöste.

Störende Gedanken schlichen sich nur selten ein. Auf dem Rückweg durchs Dorf kamen sie einmal an einer Gruppe junger Schweizer vorbei, die gerade zum Wochenende eingetroffen waren. Hadley beobachtete sie, während sie um ihre glänzenden Autos herumstanden und sich die Skistiefel anzogen. Auf ihren Nummernschildern stand GE für Genf. Sie horchte angestrengt, um ein paar Gesprächsfetzen aufzuschnappen, suchte unter ihren Gesichtern nach einem, das bleicher, ruheloser aussah als die anderen. Jacques war überall und nirgends, der Gedanke genauso hoffnungslos wie der, dass der Unfallfahrer überall und nirgends war. Sie wurde von unauffindbaren Menschen verfolgt, und das konnte auf die Dauer unmöglich gut sein. Deshalb war sie dankbar für die Realität, für die Greifbarkeit von Joel. Das sagte sie ihm auch, und er lächelte. *Freut mich, dass ich zu irgendwas gut bin.*

Joel wirkte anders in den Bergen. In Lausanne war er angespannt und immer leicht gereizt gewesen, auf den Fußballen wippend wie ein Boxer. Hier bekamen seine Bewegungen etwas Träges, nie blickte er sich über die Schulter oder zog die Mütze tief in die Augen. Lausanne war weit weg und mit ihm all die Menschen, die sie entdecken konnten, wie Caroline Dubois oder die Studenten aus Les Ormes oder Hugo Bézier mit seinen scharfen Beobachtungen und Andeutungen. Es war, als wären sie beide geflohen, und die Welt, die sie zurückgelassen hatten, kreiste tief unter ihnen.

Joel benahm sich auch in anderer Hinsicht nicht wie sonst. An einem Tag wurde Hadley müde und suchte sich ein Plätzchen auf einer sonnigen Terrasse, während Joel weiterfuhr. Sie wärmte sich an einem Becher heißer Schokolade und blickte auf die Piste hinunter. Er war leicht zu entdecken, nicht wegen seines roten Skianzugs, sondern wegen seiner tiefen Hocke, der peitschenden Geschwindigkeit, dem Schnee, der hinter ihm aufwirbelte. Sie sah ihn quer über die Piste rasen und über das niedrige Seil auf die ungezähmte Seite des Bergs springen. Für Hadley sah es aus wie eine steile Felsfläche, karge Hänge mit krummen, vom Wind gebeugten Tannen, die sich an die Kanten klammerten. Nur schmale Schneestreifen verliefen dazwischen. Er schoss in eine Senke hinab, vor ihm war nichts als grauschwarzer Stein, keine noch so dünne Schneedecke zu erkennen. Erschrocken schlug sie sich die Hand auf den Mund und verschüttete Schokolade auf die Untertasse, als er plötzlich abhob und durch die Luft flog. Falls er stürzte, dann elegant, aber sah nicht jeder im freien Fall so aus? Eine unvermittelte Gleichmut, ein Sichfügen, wenn der Boden immer näher raste. Joel blieb in der Hocke, und im letzten Moment, gerade als es aussah, als würde er auf dem Felsen bruchlanden, streckte er die Arme aus, und die Stöcke zeigten in den Himmel. Er schien nach vorn zu kippen, und Hadley konnte nur entsetzt zusehen. Dann war er über die Stelle hinweg und jagte weiter den Berg hinab, ein roter Blitz zwischen Stein und Schnee. Er hatte einen befahrbaren Streifen Schnee gefunden und ihn perfekt angesteuert, und nun war er schneller als je zuvor. Er verschwand außer Sicht. Genauso gut hätte ihn der Erdboden verschluckt haben können.

Hadley wartete, aber er kam nicht. Sie bestellte sich noch eine heiße Schokolade, und sie wurde kalt, ehe sie sie ausgetrunken hatte. Als die Nachmittagssonne hinter den Gipfeln verschwand, sank eine eisige Kälte herab. Sie wickelte sich die Schafwolldecke, die über der Stuhllehne hing, um die Knie. Mittlerweile war sie die Einzige, die noch auf der Restaurantterrasse saß. Sie suchte die Piste nach dem Rot seines Skianzugs ab, drehte sich erwartungsvoll um, wann immer sie das Klappern von Stiefeln hinter sich hörte. Schließlich bezahlte sie und fuhr mit einem der letzten Lifte zurück ins Dorf hinunter. Auch in der schaukelnden Kabine hielt sie überall nach ihm Ausschau, auf den steilen, bewaldeten Hängen, den Geröllfeldern, den Schluchten, die die glatte Schneedecke durchzogen. Während die letzten Skifahrer zum Dorf stapften, lief sie in die andere Richtung, zu ihrer Hütte. Ihre Füße schmerzten in den harten Stiefeln, die Skier waren unhandlich zu tragen, und sie fror vom langen Stillsitzen. Die Angst trieb sie an, und als sie endlich vor der Tür den Schnee von den Füßen klopfte und mit dem Schlüssel hantierte, pochte ihr Herz laut. Sie trat ein. Die Hütte lag im Schatten einiger Kiefern, und ohne die Lampen war es dunkel.

»Joel?«, rief sie, obwohl sie nicht damit rechnete, dass er da war.

Die Badezimmertür stand offen, und sie schrie leise auf. Ihre Angst verwandelte sich in Wut.

»Wo warst du? Ich dachte schon, dir ist was passiert, ich hatte Angst.«

Er stand im Halbdunkel. Den Skianzug hatte er bis zur Taille heruntergezogen, und sein Oberkörper war nackt bis auf ein um die Schultern geschlungenes Handtuch. Er hatte die Skistiefel noch an, und als ihre Augen sich an das trübe Licht gewöhnt hatten, bemerkte sie die schmelzende Schneespur von der Eingangstür her. Mit erhobenen Händen ging sie auf ihn zu.

»Joel, was sollte das denn?«

»Vorsicht.« Er knipste das Licht an, und sie schnappte nach Luft. Eine Seite seines Gesichts war schwarz und rot von halb getrocknetem Blut, auf der Schulter leuchtete ein riesiger blauer Fleck.

»O mein Gott, Joel.«

»Es sieht schlimmer aus, als es ist.«

»Wie ist das denn passiert? Ich hab dich über diesen Felsen springen sehen, aber du bist doch gut gelandet.«

»Das war der leichte Teil«, sagte er. »Ich hab mich einfach nur verschätzt. Bin zu nah an diesen blöden Baum geraten.«

»Warum bist du nicht auf der Piste geblieben? Warum musstest du unbedingt abseits fahren? Ehrlich, ich hab dich beobachtet, es sah aus, als wärst du lebensmüde.« Zaghaft berührte sie seine Wange, und er zuckte zusammen. »Lass mich dir helfen. Was kann ich tun?«

»Es sieht wirklich schlimmer aus, als es ist. Ich bin selbst schuld, ich hab mich verkalkuliert. Tut mir leid, dass du so lange warten musstest, Hadley. Ich hab es versucht, aber ich konnte mit den Skiern nicht zu dir zurück. Also bin ich einfach runtergefahren.«

»Ich wusste ja nicht, was passiert war, aber dass was passiert war, wusste ich. Ich hab es gespürt.«

»Hadley, mir geht's gut. Komm schon, küss mich. Nur hier auf die Seite.«

»Joel.« Sanft legte sie ihm die Hände auf die Schultern und sah ihn wieder zucken. »Ich tu dir weh.«

»Nein, du bist das Allerbeste. Ich fühle mich jetzt schon besser.«

»Was kann ich tun?«

»Nichts. Was zu trinken vielleicht. Für jeden von uns.«

»Musst du ins Krankenhaus?«

»Auf keinen Fall. Ehrlich, nichts passiert. Ich bin nur ein bisschen verbeult. Das lässt sich in den Bergen nicht vermeiden.«

Schwerfällig ging er ins Zimmer, setzte sich dann auf die Bettkante und zog die Stiefel aus. Hadley goss zwei Whisky ein und trug sie ins Zimmer hinüber, ihre Finger hinterließen Abdrücke auf dem kalten Glas. Sie reichte ihm einen, und er trank ihn schnell. Hinterher atmete er tief aus. Er stellte das Glas ab und grinste halbherzig.

»Weißt du, du könntest mir doch was Gutes tun, Hadley.«

»Ach, komm«, sagte sie. Dann: »Was, echt?«

»Echt.«

Sie stand vor ihm, und er legte die Hände auf ihre Hüften und zog sie sanft zu sich hinunter.

»Komm einfach hier zu mir«, sagte er. »Leg den Kopf auf meine Brust, und ich nehme dich in den Arm. Das ist alles, was ich will, mehr nicht.«

An diesem Abend saßen sie bis in die frühen Morgenstunden am Kamin und beobachteten die Flammen. Zuerst hatte Hadley Joel aus seinem Skianzug befreit. Dann hatten sie gebadet, und sie hatte über seine geprellte Schulter gestrichen, vorsichtig die Wange abgetupft, und er hatte die Augen geschlossen und die Zähne zusammengebissen, als das Wasser in die offenen Wunden rann. Hinterher malte er mit den Fingern ein Muster auf ihren Rücken, und sie stellte sich vor, was es war: zwei ineinander verschlungene Herzen, ein Vogel im Flug. Hin und wieder drückte er sie an sich, wenn er sich vorbeugte, um noch ein Scheit ins Feuer zu werfen. Wenn sie sich wieder zurücklehnten, atmeten sie den Holzrauch ein. Sie drehte sich um und küsste ihn. Sie schmeckte verbrannte Kiefer in seinen Haaren und auf seiner Haut. Gemeinsam betrachteten sie den Schatten, den ihre Körper auf die Holzwand der Hütte warfen: Hadley schmal wie ein Kind, Joel bärenstark und breitschultrig und überhaupt nicht verletzt.

Dann zeichnete er wieder auf ihre Haut. »Es gibt so vieles, was du von mir nicht weißt«, sagte er.

Hadley seufzte. Knisternd verschlangen die Flammen die staubtrockenen Scheite.

»Und es gibt so vieles, was du von mir nicht weißt«, entgegnete sie.

»Von dir? Du bist leuchtend weiß. Du bist eine Frau, die man als Mann ansieht und dabei seine eigenen schlimmsten Seiten entdeckt. Keiner ist gut genug für dich, Hadley. Ich am allerwenigsten.«

»Lügen«, sagte sie träge. »Alles Lügen.«

Joel küsste sie auf den Kopf. Seine Lippen blieben lange auf ihren Haaren liegen. Als er weitersprach, drangen seine Worte ganz durch sie hindurch.

»Was, wenn ich dir ungewollt wehtun würde?«, fragte er.

»Das würdest du nicht.« Und es fühlte sich wirklich so einfach an.

»Niemals absichtlich.«

»Eben.«

Draußen schneite es dicht und leise. Hadley schloss die Augen und öffnete sie wieder, und alles war noch genau gleich. Zischende Scheite. Zuckende Schatten. Schnee auf den Fensterbänken, beschlagene Scheiben. Joels Hand lag in ihrer, und sie war so warm und rau, so real wie alles andere.

»Erzähl mir eine Geschichte, Joel. Irgendwas über dich, was ich noch nicht weiß.«

»Was für eine Geschichte?«

»Eine wahre.«

Also begann er zu erzählen. Davon, wie er sich mit gerade zehn Jahren in Bücher verliebt hatte, als er die Regale seiner Großeltern geplündert und dort eine Ausgabe von Grimms Märchen gefunden hatte. Dass er die Sommerferien auf dem verdorrten Rasen liegend verbracht und von Froschkönigen, verlorenen Kindern und nicht passenden Schuhen gelesen hatte. Dass er hinterher immer noch Baseball gespielt hatte, Fahrrad gefahren war, seinen Bruder durch die Orangenplantagen gejagt hatte, sein Kopf aber die ganze Zeit voll mit Geschichten gewesen war.

Er erzählte ihr, dass er sich eines Tages, mit zwölf, auf dem Dach einer Scheune versteckt und eine halbe Packung geklauter Zigaretten geraucht hatte. Er hatte gehustet und gespuckt und war auf den unebenen Dachziegeln ausgerutscht. Daraufhin war er abgestürzt und hatte sich den Arm an drei Stellen gebrochen, und an der Stelle nahm er Hadleys Finger und ließ sie die kleine Beule unter seinem Ärmel fühlen. Er sagte, er könne sich immer noch an den Moment des Fallens erinnern, an den Boden, der in einem komischen Winkel auf ihn zuraste, als wäre die ganze Welt gekippt, und an die schwankenden Nesseln, die, statt seinen Sturz abzudämpfen, ihn von Kopf bis Fuß durch die Kleider verbrannten.

Er erzählte ihr von Winston, der immer vierzehn und sommersprossig bliebe und, unmittelbar bevor sie in einem nicht verkehrstüchtigen Pick-up von der Straße abkamen, laut lachte, und dass eines Tages nach seinem traurigen Verlust ein versteinerter siebzehnjähriger Joel Ernest Hemingway entdeckte. Woraufhin sein Herz, so zerschunden es war, wieder mit neuem Leben schlug.

Hadley beobachtete ihn, und am Ende sah er sie an.

»Ich wünschte, ich hätte dich schon immer gekannt«, sagte sie.

»Dann wäre es mir besser gegangen.« Joel lächelte, doch sein Blick blieb fern. »Jetzt bist du dran. Erzähl du mir eine Geschichte.«

»Ich habe nur eine.«

»Also, dann möchte ich die hören.«

»Du kennst den Großteil davon schon.«

Er setzte sich auf den Sessel. Hadley blieb auf dem Boden, schlang die Arme um die Knie und blickte ins Feuer.

»Es ist eine Liebesgeschichte.«

»Dann kenne ich sie, glaube ich, nicht.«

»Ich kam ohne Erwartungen oder Absichten hierher.« Hadley wandte sich ihm zu und sah ihm in die Augen. »Ich wusste praktisch nichts über Lausanne. Aber ich habe mich sofort in die Stadt verliebt, vom ersten Moment an. Weißt du noch, wie wir uns begegnet sind, an meinem ersten Abend?«

»Ob ich das noch weiß?« Er schüttelte den Kopf. »Natürlich.«

»Ich bin danach zu Fuß ins Wohnheim zurückgelaufen, durch die Altstadt. Irgendwann habe ich mich umgedreht und die funkelnden Lichter auf der anderen Seite des Sees gesehen. Und habe festgestellt, dass ich auch genau wusste, wie dieses Bild bei Tag aussieht, mit den Bergen im Hintergrund. Es war wie ein Gemälde, überhaupt nicht real. Und ich konnte es einfach nicht fassen. Ich konnte nicht fassen, dass ich dort war, ganz allein, in einer fremden Stadt. Dass dieses Leben mir gehörte. Von da an wurde es nur noch besser. Ich lernte Kristina kennen, und wir machten alles zusammen. Eine Freundin wie sie hatte ich noch nie gehabt. Sie war Dänin, kam mir aber so exotisch vor, als käme sie gar nicht von einem bestimmten Ort, sondern von überall. Ist das nicht eine alberne Vorstellung? Aber dadurch, dass ich hier war, veränderte sich etwas. Ich fühlte etwas, das ich noch nie gefühlt hatte.«

»Und was war das?«, fragte er leise.

»Dass alles möglich war.«

Er stand auf, und Hadley dachte, er käme zu ihr, doch er beugte sich über den Kamin. Mit dem Schürhaken stocherte er in den Scheiten, bis die Flammen hinauf in die Dunkelheit züngelten.

»Joel?«

Er drehte sich nicht um. Und als das Feuer prasselte und Glut auf seine nackten Füße flog, zuckte er kaum. Hadley stand auf und schlang ihm vorsichtig die Arme um die Schultern.

»Du hättest nicht mehr tun können. Ich hoffe, das weißt du. Denn solche Dinge sind wichtig, es spielt eine Rolle, wie Menschen sich verhalten, wenn … wenn ein Unglück passiert. Als du mir von Winston erzählt hast, sagtest du, man wäre in so einem Moment in seiner eigenen Hölle. Aber du warst ja bei mir. Durch dich fühlte ich mich nie allein. Und du hast mir noch etwas anderes gegeben. Etwas, von dem ich nicht einmal wusste, dass ich es suchte. Das ist es, was ich dir eigentlich erzählen wollte.«

Jetzt drehte er sich zu ihr um, und sie sah, dass seine Augen brannten. In diesem besonderen Licht sah es fast aus, als weinte er. Sie streckte die Finger aus, um ihm über die unversehrte Wange zu streichen, aber er hielt sie sanft fest.

»Deine Liebesgeschichte«, sagte er. »Ich wünschte nur, sie würde anders enden.«

»Aber sie ist doch noch nicht vorbei. Oder?«

Achtundzwanzig

An Silvester aßen sie in einem rustikalen Restaurant im Dorf, einem Raum voller dunkler Ecken. Auf ihrem Tisch stand ein riesiger Fonduetopf, und sie aßen wie die Einheimischen, ohne je die Lippen mit der Gabel zu berühren, geschickt den blubbernden Käse mit den Brotwürfeln abschöpfend. Nur ein Mal hatte Hadley an ein Silvester in Lausanne gedacht, vorher, als sie ihre gefütterten Stiefel angezogen und nach ihren Handschuhen gesucht hatte. Wie es wohl gewesen wäre? Sie und Kristina hätten sich im Bad vor dem Spiegel gedrängelt, Lippenstift aufgetragen und Haare frisiert. Sie wären groß ausgegangen. Oder hätte Jacques seine Freundin fortgelockt? Hastige Küsse auf die Wange und ein theatralisches Winken, und Hadley wäre allein gewesen und hätte sich gewünscht, sie hätte auch jemanden. Nun hatte sie das, und er war dort bei ihr. Sie trank Sekt und ließ ihn auf der Zunge perlen.

»Das ist perfekt, Joel«, sagte sie. »Absolut perfekt.«

»Fahren wir doch einfach nie nach Lausanne zurück. Bleiben wir für immer hier.« Seine verletzte Wange gab ihm etwas Verwegenes, sein Lächeln war schiefer als je zuvor. Ihr Abend hatte mit naturgekühltem Whisky begonnen. Joel hatte Eiszapfen vom Verandadach gebrochen. *Feuer und Eis*, hatte er gesagt, die Faust geöffnet und die glitzernden Scherben gezeigt. Nach dem zweiten Glas hatte Hadley aufgegeben, mit ihm mithalten zu wollen.

»Weißt du, wir sind gar nicht weit von den Orten entfernt, wo die Hemingways sich aufgehalten haben«, sagte er nun. »Chamby, Les Avants. Ich war noch nicht dort, aber im Frühling fahre ich. Vielleicht wären sie immer glücklich gewesen, wenn sie in den Bergen geblieben wären.«

»Glaubst du das ehrlich?«

»Nein.«

»Dann bist du also nur romantisch?«

»Mutwillig romantisch.«

»Tja, ich wünschte auch, wir könnten bleiben und genau wie sie sein, egal wie abwegig das ist.«

»Wir wären überhaupt nicht wie sie.«

Joel füllte ihre Gläser auf, der Sekt sprudelte bis zum Rand. Durstig trank er seines aus.

»Eigentlich möchte ich doch nicht bleiben«, sagte Hadley. »Zumindest nicht allzu lange. Ich würde den Trubel vermissen, die Menschen. Hier könnte man in einer Schneeblase wohnen und völlig vergessen, dass die restliche Welt überhaupt existiert. Das eigene Leben würde nie auf ein anderes prallen.«

»Genau das ist ja der Reiz«, sagte Joel.

Er sah sie an, und in seinen Augen loderte etwas. Die Kerze zwischen ihnen flackerte, Wachs tropfte auf den Tisch. Joel drückte die Kanten mit den Fingerspitzen glatt.

»Was würdest du machen wollen, wenn du kein Dozent wärest?«, fragte Hadley unvermittelt.

»Das ist ja mal eine Frage. Kann ich dir ehrlich nicht sagen.«

»Du unterrichtest also wirklich gern?«

»Ja.«

»Du unterrichtest mich gern, so viel ist sicher.«

»Tja, du bist eine begabte Schülerin.«

»Gab es schon andere begabte Schülerinnen?«

»Hadley …«

»Das macht nichts, ich bin nur neugierig.«

»Nein. Keine wie dich.«

»Was heißt das?«

»Mit so was riskiere ich meinen Job, Hadley. Es wäre dumm, das zu oft zu machen.«

»Aber du hast es schon mal getan?«

Joel nahm ihre Hand. »Nein, Hadley. Habe ich nicht. Ich bin nur für ein Jahr in Lausanne, genau wie du. Ich bin nicht auf der Flucht vor einem Skandal in den Staaten. Ich ziehe keine Spur gebrochener Herzen hinter mir her. Okay?«

»Ich wollte dich doch nur ein bisschen ärgern.« Hadleys Lächeln war fröhlich.

»Bitte, ärgere nur. Das ist dein Vorrecht.«

»Ich bin einfach nur so froh, dass du auch nach Lausanne gekommen bist. Anders kann ich mir das gar nicht vorstellen.«

»Du hättest jemanden gefunden.«

»Ich nehme nicht einfach jeden. Im Gegenteil, ich bin sogar sehr, sehr wählerisch.«

»Und wie zum Henker bist du dann bei mir gelandet?«

»Das ist ein echtes Rätsel, oder? Ich hab wohl nicht richtig aufgepasst.«

Joel füllte ihre Gläser auf, dann lehnte er sich zurück, die Stirn gerunzelt.

»Im letzten Semester war ich nicht so wahnsinnig glücklich in Lausanne«, sagte er.

»Aber ich dachte, du liebst es. Das hast du in deiner ersten Stunde erzählt. Dass die ganzen Literaturgrößen hier waren, um dem überfüllten Paris zu entfliehen, der drückenden Riviera. Du sagtest, sie seien gewandert und Ski gelaufen und hätten in schicken Hotels gewohnt. Bei dir klang es, als würden wir in die besten Fußstapfen treten.«

»Ich weiß nicht, vielleicht geht es ja nur mir so, aber ich fühle mich hier beobachtet. Alles muss perfekt sein.«

»Ich dachte, das wäre in Kalifornien genauso.«

Erneut hob er sein Glas hoch, aber es war schon leer. Er drehte es in der Hand und starrte es wie hypnotisiert an.

»Schon, aber das ist alles nur Show«, sagte er. »Man sieht das Bühnenbild, hört den aufgesagten Text. Jeder spielt mit, und das ist der Spaß daran. Aber hier ist es echt. Alles ist echt.«

»Hugo Bézier hat gesagt, es ist gar nicht so perfekt. Man muss nur an der Oberfläche kratzen, und es ist genau wie überall sonst. Nur elegantere Anzüge. Bessere Uhren. Hübschere Aussicht.«

»Dieser Hugo Bézier, was hat es mit dem eigentlich auf sich?« Er sah sie an und stellte das Glas ab. »Muss ich mich mit ihm duellieren oder so was?«

»Joel, er ist über siebzig.«

»Und was ist er noch mal, sagtest du, Krimiautor?«

»Krimiautor im *Ruhestand*.«

»Diese Art von Verstand setzt sich aber nie zur Ruhe, oder?«

»Ach doch, ich glaube schon, vor langer Zeit. Es ist komisch, weißt du, ich komme einfach nicht dahinter, ob ihn alles interessiert oder gar nichts. Ob er einsam ist oder vollkommen zufrieden.«

»Spielt das eine Rolle?«

»Keine Ahnung. Vermutlich nicht. Abgesehen davon könnte ich daran sowieso nichts ändern.«

»Du wärst überrascht, Hadley, du wärst überrascht.«

»Ich bin ihm dankbar, so viel weiß ich. Wenn er nicht gewesen wäre mit seinem ganzen Gerede von ›bleiben und kämpfen‹, wäre ich sehr wahrscheinlich jetzt wieder zu Hause. Nicht hier bei dir. Stell dir das vor.«

Joel rieb sich die Augen. Als er die Hände wieder wegnahm, waren seine Pupillen trübe.

»Wir brauchen noch was zu trinken. Sollen wir wechseln? Rotwein?«

»Ich hab noch ein volles Glas.«

»Dann trink das mal, und ich bestelle uns einen Roten.«

Er hielt einen vorbeilaufenden Kellner auf und wechselte schnell ein paar Worte mit ihm.

»Dein Französisch ist noch besser, wenn du betrunken bist.«

»Ich fange gerade erst an. Weißt du, Hadley, ich habe auch überlegt zurückzugehen.«

»Was? Wann? Das hast du mir nie erzählt.«

»Ungefähr um die Zeit, als wir uns kennengelernt haben.«

»Und was hat dich überzeugt zu bleiben?«

»Eine wenig kompromissbereite Chefin und ein schönes Gehalt.«

»Ach so.«

»Nein. In Wirklichkeit warst du es.«

»Das sagst du nur so.«

»Ich hatte nicht das Gefühl, als wäre mein Leben hier, und ich kam mir selbst fremd vor.«

»Das geht wahrscheinlich vielen so, wenn sie in einem anderen Land sind.«

»Dir nicht.«

»Ich habe eine großartige Freundin gefunden.«

»Ja. Genau. Ich wollte nach Hause und das Jahr noch mal neu anfangen. Und dann, plötzlich, hast du mir das Gefühl gegeben, gebraucht zu werden. Als könnte ich doch etwas Gutes bewirken.«

»Kristina hat uns zusammengebracht, oder? Der Gedanke gefällt mir. Sie dachte, ich wäre spießig, weißt du. Sie wollte mir nichts von Jacques erzählen, weil sie sicher war, dass ich nicht einverstanden wäre. Aber ein Verhältnis mit meinem Dozenten? Das hätte sie begeistert.«

»Hadley, wir sind nicht nur wegen Kristina hier.«

»Aber glaubst du nicht, dass das stimmt, in gewisser Hinsicht?«

Der Wein kam, und Joel goss ein. Die rote Flüssigkeit rann am Stiel der Gläser herab und sammelte sich auf dem hellen Tischtuch.

»Weißt du, ein Grund, warum ich Jacques finden wollte ...«

»Hadley ...«

»Nein, hör mir bitte zu, ich will nicht darauf herumreiten, ehrlich nicht. Es geht um was Romantisches. Ich wollte ihm nur eines sagen.«

»Was denn?«

»Etwas, das Kristina einmal zu mir gesagt hat. Sie hat wirklich praktisch nichts von Jacques erzählt, aber diese eine Sache eben schon, und ich fand sie toll.«

»Was war es?«

»Dass sie, als sie ihn das erste Mal gesehen hat, fand, er sei der schönste Mann der Welt.«

»Das hat sie gesagt?«

»Und dass er ihr das Gefühl gab, die schönste Frau zu sein. Das ist einfach das Romantischste, was ich je gehört habe.«

Joel nahm ihre Hand. Er umfasste ihren Ring, wie er es immer tat, und drehte ihn auf dem Finger herum, wieder und wieder.

»Findest du das nicht wunderschön? Ich wollte, dass Jacques das weiß. Damit er sich daran festhalten kann. Ich glaube, solche Dinge sollte ein Mensch wissen.«

»Du bist also eine Romantikerin, Hadley? Das wusste ich von Anfang an, und ich mag es, es ist eine schöne Eigenschaft.«

»Keine Ahnung, was ich bin. Vielleicht jemand, der zu schnell aufgibt. Ich habe nicht weitergesucht, ich habe die Polizei nicht weiter genervt. Hugo hat es nicht gesagt, aber ich weiß, dass er es gedacht hat. Aber ihm waren ja auch die Ideen ausgegangen.«

»Du hast dich abgefunden, etwas Neues angefangen. Ist das nicht besser?«

Im Kerzenschein sah Hadley seine Augen lodern. Plötzlich wollte sie zurück in die Hütte. Das neue Jahr sollte nichts anderes sein, niemand anderes. War das sich abfinden? Vielleicht ja, vielleicht nein, aber sie wusste, dass sie das alte Jahr mit heißem Flüstern abschließen wollte, ungestört, nur ihre beiden Körper, die sich im Rhythmus bewegten. Sonst nichts.

In dem Moment kam der Kellner mit zwei Gläsern *eau-de-vie*.

»*Bonne année!*«, wünschte er, als er sie auf den Tisch stellte.

Joel sah auf die Uhr und hielt sie hoch. Mitternacht war schon vorbei, sie hatten es verpasst.

»Hadley, wir haben ein neues Jahr.«

»Und wir haben den Countdown nicht mitgezählt. Bringt das Unglück?«

Er nahm ihre Hand. »Komm, hauen wir hier ab«, sagte er.

Sie traten in die eisige Bergnacht. Joel schwankte leicht. Er hatte den restlichen Wein ausgetrunken und nach dem Schnaps aufs Haus auch noch Hadleys Glas geleert. Sie lachte über ihn und schob die Hand durch seine Armbeuge. Um sie herum tobten ausgelassene Menschen durch den Schnee. Im Tal wurde ein Feuerwerk abgebrannt. Hadley spürte jemanden an ihrem Arm ziehen und drehte sich lächelnd um, bereit, jedem, dem sie begegnete, *bonne année*, frohes neues Jahr, zuzurufen. Doch ihre Miene wechselte schlagartig, als sie in ein bekanntes Gesicht blickte. Einen Moment lang konnte sie es nicht genau zuordnen, die dunklen Locken, die runden Lippen. Ihr Kopf war völlig leer. Dann setzte ihr Gehirn die Informationen zusammen. Sie ließ Joels Arm fallen.

»Luca, was machst du denn hier?«

»Dasselbe wie du.« Er sah an Hadley vorbei zu Joel. »Oder vielleicht nicht genau dasselbe.«

»Loretta sagte, du hättest ein Haus in den italienischen Alpen ...«

»Meine *Eltern* haben dort ein Haus. Ich bin mit Freunden hier. Du offenbar auch.«

Hadley schielte zu Joel. Schon wollte sie hastig eine Antwort formulieren, *Ach, wir sind uns zufällig hier begegnet*, aber Luca hielt sie davon ab.

»Ich hab dich im Restaurant gesehen. Meine Freunde und ich waren dort noch was trinken. Wir waren um Mitternacht da.«

»Ich hab dich gar nicht gesehen.«

»Du warst beschäftigt«, sagte er. »Mit Mr. Wilson.« Luca wandte sich ihm zu. »Eine Freundin von mir, beziehungsweise sollte ich wohl sagen, eine andere Freundin, denn Hadley und ich sind auch befreundet, ist in Ihrem Kurs. Sie redet andauern von Ihnen. Ihrer Meinung nach sind Sie der Beste. Da ist sie offensichtlich nicht die Einzige.«

»So, so, und wer bist du?«, fragte Joel.

»Luca«, sagte Hadley, »ich weiß, das sieht blöd aus, aber ...«

Er wandte sich zum Gehen und wedelte wegwerfend mit der Hand.

»Luca, warte.«

»Hadley? Belästigt der dich?«, fragte Joel etwas unkoordiniert.

»Frohes neues Jahr«, sagte Luca über die Schulter. »Euch beiden. Ach, und lassen Sie sich nicht in Schlägereien verwickeln«, ergänzte er und nickte Joel zu. »Sie wollen sich doch nicht Ihr Aussehen verderben.«

Hadley sah ihm nach, als er in der Menge verschwand. Sie drehte sich zu Joel um. Er hielt sich eine Hand aufs Gesicht und betastete seine Wunde, als hätte er ganz vergessen, dass sie da war.

»Und was jetzt?«, fragte sie.

Er zuckte übertrieben locker die Achseln.

»Joel, was jetzt?«

»Ich bin fast wieder nüchtern, so viel kann ich sagen.«

»O Gott, was machen wir denn jetzt?«

»Eine alte Flamme von dir? Sieht aus, als wäre er schwer angezählt.«

»Ist das alles, was dir einfällt? Jedenfalls nein. Nicht so richtig. Ich … hab ihn geküsst. An dem Abend, als Kristina gestorben ist. Bevor wir davon erfahren haben.«

»Ach, du warst an dem Abend mit ihm zusammen?«

»Ich hatte Geburtstag, und er ist ein Freund von einer Mitbewohnerin aus Les Ormes. Es war eine blöde Idee.«

»Nur ein Kuss, Hadley«, sagte er. »Was ist schon ein Kuss? Nichts.«

»Luca meinte später, es sei immer der Anfang von etwas, und damals wollte ich das glauben.«

»Weil du ihn mochtest?«

»Nein, weil es kurz nach Genf war. Als wir uns im Auto geküsst hatten. Deshalb.«

Joel senkte den Kopf und trat in den Schnee.

»Und jetzt hat er uns gesehen«, sagte er. »Aber der Kleine da wird nichts machen. Der hat kein Rückgrat.«

»Das weißt du nicht. Warum … Moment mal, bist du etwa eifersüchtig?«

»Mir ist doch scheißegal, ob du mit halb Lausanne geknutscht hast.«

»Du bist eifersüchtig«, sagte Hadley. »Das gefällt mir.«

Mit knirschenden Schritten liefen sie los, der Lärm des Dorfes hinter ihnen verebbte, Mondlicht wies ihnen den Weg zur Hütte. Die Hänge um sie herum waren verlassen; die Nachtarbeiter mit ihren wuchtigen Maschinen, die den Schnee festklopften und die Pisten für den Morgen präparierten, mussten früher aufgehört haben. Es war wunderschön und unheimlich zugleich. Auf dem vereisten Boden lag eine Schneeschicht, und ihre Füße schlitterten in alle Richtungen. Hadley führte Joel.

»Was wir machen sollten«, sagte Joel, »ist, hier ganz abzuhauen. Ich dachte, die Berge wären weit genug weg, aber da habe ich mich getäuscht. Was wir brauchen, ist eine Insel, was Exotisches. Wie wäre das?«

Er lallte etwas, aber ihr gefiel sein heißer Atem auf der Wange, sein auf sie gestütztes Gewicht. Sie hatte das Gefühl, wenn sie zur Seite träte, würde er stolpern und stürzen.

»Das wäre wunderbar«, sagte sie. »Perfekt.«

»Du und ich und sonst niemand, so weit das Auge reicht.«

»Klingt ziemlich toll.«

»Es wäre natürlich heiß, sodass man keine Kleidung bräuchte. Überhaupt nichts, kein Stück.«

»Natürlich nicht.«

»Kokosnüsse. Rum, jede Menge Rum. Affen auf den Bäumen. Wir würden uns die Haare lang wachsen lassen.«

»Gefallen dir meine kurzen Haare nicht?«

»Was? Und wie. Selbstverständlich gefallen sie mir. Aber ich lasse mir meine wachsen. Oder vielleicht nur einen alten grauen Bart, wie Hemingway. Würdest du mich mit so einem Bart trotzdem noch küssen?«

»Auf unserer Insel würde ich alles.«

»Wir wären vogelfrei. Braun gebrannt, betrunken und glücklich.«

Hadley lachte, und die Berge warfen das Lachen zurück. Sie hielten sich aneinander fest. Sie hielten einander aufrecht.

Der Neujahrstag brachte einen Schneesturm, der nicht angesagt gewesen war. Beim Aufwachen spähten sie in die Welt vor dem Fenster und sahen nichts als Weiß: Nebelschwaden und Schneeflocken.

»Bleiben wir heute drinnen?«, sagte Joel. »Ich bin ein bisschen angeschlagen. Ich dachte, ich hätte den Sturz ungeschoren überstanden, aber so ganz wohl doch nicht.«

Sie musterte ihn. Seine Augen waren rotgerändert, und seine sonnengoldene Bräune war vollkommen verblasst.

»Mit deinem Kater hat das nichts zu tun?«, fragte sie.

Er lächelte, Fältchen tauchten um seine Lippen und in den Augenwinkeln auf.

»Und dir geht's gut, nehme ich mal an?«, meinte er.

»Nein, mir geht's auch furchtbar.«

Sie verschwanden unter die Decke und blieben den Großteil des Tages dort, dösend und glücklich. Einmal weckte er sie, und zweimal weckte sie ihn, ihre Körper erinnerten sich an die Formen, die sie vorher gebildet hatten. Sie rief seinen Namen aus, und er flüsterte ihren, über ihr Schlüsselbein hinweg und in den Nacken. Der Tag verstrich, und sie sahen nur einander.

Am frühen Abend, als Joel weiterschlief, nahm Hadley ein

Bad. Sie zündete eine einzelne Kerze an, die neben ihr in einer nicht wahrnehmbaren Brise flackerte. »So fühlt sich also ein neues Jahr an?«, sagte sie laut, ein Lächeln auf den Lippen. Ganz ruhig lag sie im dunklen Wasser. Ihr Körper war ausgelaugt, zerfasert und doch gleichzeitig so komplett. Sie dachte daran, wie kostbar anfangs noch Joels kleinste Berührung gewesen war, ein kurzes Tippen mit einem Finger auf Hadleys Arm, ein leichtes Drücken der Schulter. Jeder Körperkontakt, egal wie sachte, wie flüchtig, war wie eine Verheißung gewesen. Oder auch etwas weniger vielleicht, eine geraunte Absicht. Dann kam die wunde Stelle am Kinn, das Einzige, was von ihrem Kuss im Auto geblieben war, und Hadley erinnerte sich noch, wie froh sie über diesen physischen Beweis gewesen war. Sein Verblassen nach einiger Zeit hatte sich wie ein Verlust angefühlt. Nun kannte Joel sie in- und auswendig, kein Fleckchen war unerforscht geblieben, kein Punkt unberührt, und sie begehrte ihn mehr als je zuvor. Erneut lächelte sie und ließ sich im Wasser treiben.

Wider Willen musste sie an Luca denken, und sie stöhnte genervt. Sie und Joel hatten den Tag absichtlich hinter verschlossenen Vorhängen verbracht, sich ins Bett zurückgezogen, ohne über den vergangenen Abend zu sprechen. Was würde Luca denken, wenn er sie beide jetzt sähe? Caroline Dubois? Hugo? Hadley spürte die Last ihrer missbilligenden Blicke auf sich und tauchte unter, schloss die Augen, verbannte alle aus ihrem Kopf. Der einzige Mensch, dem sie von Joel erzählen wollte, war Kristina. Sie malte sich aus, mit ihr in Les Ormes auf der Balkonmauer zu sitzen, die Beine baumeln zu lassen und sich gegenseitig ihre Liebesgeschichten zu erzählen. Hadleys bestand aus mit Raureif überzogenen Palmen und im zugefrorenen See verankerten Booten und schweigend beobachtenden Bergen. Sie würde erzählen, dass

Joel einmal ihren Namen in Küssen buchstabiert hatte, von den Fingerspitzen bis hinauf in ihre Ellbogenbeuge. Sie würde von den Fältchen in seinem Lächeln sprechen, davon, dass sie manchmal, wenn sie ihn ansah, sehr lange weinen wollte. War das echtes Glück, dieses unerträgliche, herzzerreißende Wissen, dass nichts ewig währte? Im Geiste hörte sie Kristinas Entgegnung: dass sie dasselbe bei Jacques empfunden habe. Ihre Stimme und ihr helles Lachen kamen Hadley so unfassbar, wundervoll nah vor. Sie blies die Kerze aus und sank zurück in die Dunkelheit.

Hadley schlief unruhig, und mitten in der Nacht wachte sie auf. Sie hatte einen Traum gehabt, aber sobald sie die Augen aufschlug, war er weg, und nur ein unangenehmer Nachgeschmack blieb. Sie drehte sich auf die Seite und tastete nach Joel. Er lag mit dem Rücken zu ihr, und sie kroch näher an ihn heran, schlang die Arme um ihn und drückte die Wange an seine Wirbelsäule. Sie horchte auf den flachen, ruhigen Atem des tiefen Schlafs, doch seiner war unregelmäßig.

»Joel«, flüsterte sie. »Bist du wach?«

Sachte küsste sie das geprellte Schulterblatt.

»Ich hab schlecht geträumt«, sagte sie leise, die Lippen auf seiner Haut, doch er rührte sich nicht.

Sie verlangsamte ihren Atem auf seinen Rhythmus, aber es klappte nicht richtig. Sie war zu rastlos. Sie drehte sich zurück auf ihre Bettseite, und es fühlte sich an wie ein anderes Land.

Endlich graute der Morgen, und die niedrige Wintersonne spaltete den Raum in zwei Teile. Es war ein willkommener Anblick nach dem gestrigen Schneegestöber. Hadley blinzelte und rieb sich die Schläfen. Joel wälzte sich im Schlaf herum und grunzte, als sie ihn wieder auf die Schulter küsste.

»Morgen«, flüsterte sie. »Ich geh uns Frühstück holen. Croissant?«

Er murmelte zustimmend.

»Ich hab Lust auf einen Spaziergang«, sagte sie. »Hüttenkoller sozusagen. Dauert nicht lange.«

Bald wären sie wieder in Lausanne und der Zauber ihrer Flucht in den Winter vorbei. Luca hatte es vielleicht schon ein paar Leuten erzählt. Loretta wüsste Bescheid, dann Bruno und bald auch Chase und Jenny. Und was, wenn es nicht dabei bliebe? Man konnte ein Geheimnis nicht in Les Ormes einsperren, früher oder später fände es seinen Weg in die Flure des Anglistik-Instituts, weiter in die Hörsäle, die Büros und hinaus auf den Campus. Hadley war noch nie *diese Frau* gewesen, diejenige, über die alle sprachen.

Beim Blick in ihr Portemonnaie stellte sie fest, dass sie nur noch ein paar Münzen hatte. Sie ging zurück ins Schlafzimmer und beugte sich tief über Joel.

»Hast du ein bisschen Geld?«, flüsterte sie sanft. »Meins reicht nicht für den Bäcker.«

Er drehte sich um.

»Joel?«

»In meiner Skihose«, brummelte er. »Da müsste ein Zwanziger drin sein.«

»Danke. Schlaf weiter.«

Seine Skihose lag zerknüllt auf dem Boden. Hadley suchte die Taschen ab, fand aber nur einzelne Münzen. Also tapste sie auf Zehenspitzen ins Schlafzimmer zurück, doch Joel schlief schon wieder, ein grollendes Schnarchen auf den Lippen. Seine Jeans hing über einem Stuhl, aus der Gesäßtasche ragte die Brieftasche hervor. Nach einem weiteren kurzen Blick auf seine schlafende Gestalt kam sie zu dem Schluss, dass er nichts dagegen hätte, und nahm sich die Brieftasche.

Sie strich über das alte braune Leder. Alles, was ihm gehörte, liebte sie, egal wie banal: einen gestreiften Socken, der quer durch den Raum geflogen war, einen Kuli, dessen Ende jungenhaft zerkaut war.

Innen war die Brieftasche flach und ordentlich, ohne die üblichen zerknitterten Quittungen und abgestempelten Busfahrkarten. Hadley zog einen Zwanzigfrankenschein heraus und stockte. Plötzlich hatte sie den Gedankenblitz, ein Bild von sich darin zu finden, ein Polaroid mit kokett gesenkten Lidern vielleicht, geknipst, als sie gerade nicht aufpasste, oder ein Passfoto aus einem Automaten, in den sie sich zusammen gequetscht hatten, die Gesichter dicht zusammen. Es war unerheblich, dass sie nie so posiert hatten oder dass Hadley sich nicht erinnern konnte, Joel überhaupt je mit einer Kamera in der Hand gesehen zu haben. Gegen jede Vernunft sah sie es vor ihrem geistigen Auge.

Sie wühlte herum, doch da war nur das Übliche: gefaltete Geldscheine, ein paar Karten, Führerschein. Und dann sah sie ihn. Ganz unten, einen schmalen weißen Papierstreifen. *Kristina Hartmann*, in schwarzer Maschinenschrift. Die Knitterfalten vom Herausschieben aus dem Türschild und dem hastigen Verstauen in der Hosentasche waren geglättet, nicht zufällig, sondern systematisch und wiederholt mit dem Daumen herausgestrichen worden. Er hätte den Zettel wegwerfen müssen, um sie davor zu bewahren, immer wieder an Trauriges erinnert zu werden, wie er gesagt hatte, aber stattdessen hatte er ihn behalten. Und er war nicht einfach vergessen worden, zusammengeknüllt mit dem Kleingeld in der Hosentasche geblieben, nein, er hatte ihn extra in die Brieftasche gesteckt. Er hatte ihn glattgestrichen. Ihn aufbewahrt.

Neunundzwanzig

Nach dem Schneesturm gaben die Berge ihr Bestes, um die Welt wie frisch gestrichen zu zeigen. Der Schnee hatte Dellen, wo er bereits schmolz, und die Tannen warfen gezackte blaue Schatten. Die schneebedeckten Straßen waren ruhig, denn es war noch früh, und die Skilifte hatten sich noch nicht in Bewegung gesetzt. Auf dem Weg ins Dorf wirbelten Hadleys Gedanken in ihrem Kopf herum, sie staunte, wie leicht sie sich hin und her reißen ließ. Gestern noch war sie bereit für das neue Jahr gewesen, verheißungsvoll leuchtend hatte sie es vor sich gesehen.

In der *boulangerie* bat sie auf Englisch um ein Baguette und zwei Croissants, selbst die einfachsten französischen Begriffe hatte sie vergessen. Sie klemmte sich ihre Einkäufe unter den Arm und wanderte langsam mit gesenktem Kopf zur Hütte zurück. Sie wollte Joel vor sich sehen und ihn normale Dinge sagen hören, sich von ihm zuerst auf die Wange und dann auf die Lippen küssen lassen, dennoch hielt sich hartnäckig ein unbehagliches Gefühl. Es war eine so unbedeutende Kleinigkeit, ein Name auf einem Stück Papier, und doch schien es mehr zu sein als das. Genau wie Liebende sich Andenken und Bilder in die Brieftasche steckten, hatte Joel Kristinas Namen aufbewahrt.

Joel stand schon in Boxershorts in der Tür der Hütte und winkte ihr. Sein Gesicht war zu einem Grinsen verzogen, die

Haare vom Schlaf zerzaust. Es war ein so schlicht schönes Bild, dass Hadley unwillkürlich lächelte. Barfuß rannte er ein paar Schritte durch den Schnee auf sie zu und küsste sie.

»Bist du verrückt? Du wirst noch erfrieren!«

»Ich hab dich den ganzen Berg herauf beobachtet. Du sahst so konzentriert aus, einen Fuß vor den anderen. Komm schon, gib mir deine Hand.«

In der Hütte nahm er ihr das Brot ab. »Ich bin halb verhungert«, sagte er, riss ein Stück Baguette ab und kaute. Die Fältchen tauchten in seinen Augenwinkeln auf und verliehen ihm etwas Bübisches. »Und natürlich habe ich dich vermisst. Wenn du nur fünf Minuten weg bist, vermisse ich dich schon.«

»Wie willst du denn dann in Lausanne zurechtkommen?« Sie hockte sich auf die Tischecke und ließ locker die Beine baumeln.

»Sprich nicht mal von Lausanne«, sagte er. »Das ist Welten entfernt.«

»Aber vielleicht sollten wir darüber nachdenken. Nächste Woche sitze ich wieder in deinem Kurs. Soll ich mich ganz nach hinten setzen? Mich verstecken?«

Auf dem Küchenschrank lag seine Brieftasche, so harmlos wie eine Brille oder ein Taschenbuch. Hadley versuchte, nicht hinzusehen.

»Wie gut kannst du Dinge verheimlichen?«, fragte er.

Sie betrachtete ihn. »Ziemlich gut.«

»Ich gar nicht.« Er nahm ihr Kinn zwischen Zeigefinger und Daumen und sah ihr forschend in die Augen. »Ich will genauso wenig etwas vertuschen wie du.«

»Aber was, wenn es darum gar nicht mehr geht?«, fragte sie. »Was, wenn Luca es jedem erzählt? Wenn es so rauskommt?«

»Dann sehen wir weiter.«

»Du machst dir keine Sorgen, oder?«

»Nein, denn weißt du was? Dass irgendein Bengel mich dich küssen sieht, ist wirklich nicht das Ende der Welt. Wenn das Institut mir deshalb auf die Finger klopft, halte ich das schon aus. Und wenn sie mich entlassen ...«

»Aber das passiert doch nicht, oder? Nicht wegen so einer kleinen Sache?«

»Kleine Sache?«

Sie lachte, und es war erleichternd. »Du hast recht, vielleicht ist das alles nicht wichtig.« Sie beschloss, nichts mehr dazu zu sagen.

Sie verließen die Hütte über dieselbe Straße, auf der sie gekommen waren, doch im strahlenden Licht der Wintersonne sah sie vollkommen anders aus. Es war ein ungewöhnlich warmer Tag für Januar, und immer wieder tropfte es von überhängenden Zweigen auf die Motorhaube. Hadleys Gesicht verschwand fast hinter einer riesigen Sonnenbrille. Sie fühlte sich mondän und gelöst. Sie war froh, den Zettel in seiner Brieftasche nicht erwähnt zu haben, denn sie hatte kein Argument vorzubringen, wusste nicht einmal, was sie überhaupt hätte sagen wollen.

Sie hatten sich noch ein letztes Mal in der Hütte geliebt. Seine Haut war von außen kühl gewesen, seine Berührungen aber fiebrig und voller Verlangen. Hinterher hatten sie ineinander verflochten auf dem Bett gelegen, ihr Brustkorb hatte sich in einem Rhythmus gehoben und gesenkt, den Hadley nicht durchbrechen wollte.

Auf der Heimfahrt machte Joel den Eindruck, die Rückkehr mit allen Mitteln verzögern zu wollen. Er hielt in einer Kurve an, nur um einen stürmischen Fluss zu betrachten, der zwischen altem grauen Schnee am Ufer durchrauschte. Er machte an einem uralt aussehenden, schwarzen Holzkreuz am Wegesrand Pause. Solche Andachtsstätten standen überall in den Bergen an den Straßen, und Joel erzählte ihr, sie seien von gottesfürchtigen Alpenbewohnern errichtet worden, um im tiefsten kalten Winter für einen weißen Lichtstrahl zu beten.

»Ich hätte nicht gedacht, dass du religiös bist«, sagte Hadley.

»Warum nicht?« Er fuhr mit der Hand über das Holz. Tätschelte es. »Du hast recht. Bin ich nicht. Aber ich bin froh, dass manche Menschen es sind.«

Sie stiegen zurück in den Wagen, und Hadley sah ihn einen Blick in den Rückspiegel werfen.

»Kristina war religiös, glaube ich«, sagte sie.

»Wie kommst du plötzlich darauf?«

»Sie hat immer ein kleines Goldkreuz um den Hals getragen. Ich dachte, es wäre reiner Schmuck, aber vielleicht stimmt das gar nicht.«

»Dann hatte sie vielleicht keine Angst vor dem Sterben.«

»Das ist aber wohl nicht das Gleiche wie einverstanden zu sein, nicht weiterzuleben«, gab Hadley rasch zurück. Sie rutschte auf dem Sitz nach unten. »Ich weiß nicht, Jacques war doch verheiratet. Insofern war sie wohl nicht gerade fromm.«

»Sie hat dir vielleicht nur erzählt, dass er verheiratet war.«

»Aber warum sollte sie sich das ausdenken? Es ließ sie nicht gerade in einem besonders guten Licht erscheinen.«

»Oder aber es machte sie aufregend.«

»Ich fand es nicht aufregend. Eher traurig. Weißt du, es ist komisch, dass du das über sie sagst. Manchmal frage ich mich, ob sie immer ehrlich war.«

»Was meinst du damit?«

»Keine Ahnung. Nur etwas, worüber ich in letzter Zeit öfter nachgedacht habe. Ich habe immer alles geglaubt, was sie mir erzählt hat, ohne Fragen.«

»So ist das bei Freunden, Hadley.«

»Kann sein. Ich weiß, dass sie mir Dinge über Jacques verschwiegen hat. Ich glaube, sie hatte deswegen ein schlechtes Gewissen, aber als ich hinterher versucht habe, die Puzzleteile zusammenzusetzen – wo sie an dem Freitagabend war und bei wem, warum sie so spät kam –, bin ich nie auf die Idee gekommen, sie könnte mir nicht die ganze Wahrheit erzählt haben. Ach, keine Ahnung. Ich weiß auch nicht, was ich eigentlich sagen will.«

»Solche Gedanken sind ein bombensicherer Weg, um verrückt zu werden.«

»Ja, das weiß ich.« Hadley drehte den Kopf zum Fenster. »Was ist mit dir? Glaubst du immer, was dir jemand erzählt?«

»Wenn er mir keinen Grund gibt, es nicht zu tun, ja.«

»Genau das ist es«, sagte Hadley. »Oder?«

Sie fuhren weiter, und das Auto brummte durch die Stille einer weißen Welt.

Als sie auf die Autobahn auffuhren und sich auf der Spur Richtung Lausanne und Genf einordneten, war die Sonne verschwunden. Die kühle, weiche Helligkeit der Berge schien, wie Joel gesagt hatte, Welten entfernt. In Hadleys Magengegend regte sich eine Beklommenheit. Jetzt schon konnte sie die fragenden Blicke ihrer Mitbewohner in Les Ormes spüren, Lucas Gerede hören. Und da war noch etwas anderes, ein unbestimmteres, verschwommeneres Gefühl, aber nicht weniger beunruhigend.

Sie konzentrierte sich auf Lausanne. Sie wollte so empfinden wie am Anfang. Damals hatte sie jede Kleinigkeit gewürdigt und sich die Stadt dadurch wirklich zu eigen gemacht, unbedeutende Dinge, wie sie auch ein Liebhaber bemerken würde, ein Halbmond auf einem Fingernagel, ein Muttermal, ein einzelnes Haar auf einer Männerschulter. Aber ihre Gedanken schweiften immer wieder ab zu: *Kristina Hartmann.* Ein Name. Sechzehn Buchstaben. Ihre liebe Freundin, von der nur noch ein Stückchen Papier geblieben war. Glatt gestrichen und aufbewahrt und gehütet. War das ein solcher Grund, wie Joel ihn gemeint hatte, ein ausreichender Anlass, jemandes Wort anzuzweifeln? Aber was genau anzuzweifeln? Es war eine so harmlose Sache, und doch hatte sie sich hartnäckig in Hadleys Kopf festgesetzt.

Zum ersten Mal seit Tagen dachte sie an Hugo. Sie wusste, was er sagen würde, und sie sah auch sein Gesicht dabei vor sich: die Augen, die sich verdunkelten und dann aufleuchteten, eine kaum wahrnehmbare Neigung des Kopfes. *Wenn wir die Frage nicht stellen, werden wir die Antwort nie erfahren.* Hatte er das einmal gesagt? Vielleicht hatte sie ihm den Satz auch einfach nur angedichtet, weil er nach Hugo klang und nach der Hadley des alten Jahres, derjenigen, die mit einem Foto in der Hand durch die Stadt marschierte. Sie warf einen Blick auf Joel am Steuer. Seine Hände ruhten locker auf dem unteren Rand des Lenkrads. Er wandte ihr das Gesicht zu und lächelte.

»Woran denkst du?«

»Nur an Lausanne. Und wie das kommende Jahr wohl wird.«

»Du klingst nicht, als würdest du dich wahnsinnig darauf freuen.«

»O doch. Aber ich möchte diesen Teil nicht so gern beenden.«

»Da bin ich ganz deiner Meinung.«

»Ich lasse mich gern von dir durch die Gegend fahren.«

»Tja, dann fahren wir eben einfach weiter. Bis nach Frankreich, einmal quer durchs Land, und am Ende landen wir auf der Jagd nach der Sonne an der Riviera.«

»Der Riviera?«

»Ganz genau. *La France*. Du würdest da gut reinpassen, Hadley, mit deinen langen Beinen und knabenhaft kurzen Haaren und deinem süßen, süßen Lächeln. Und mit dem Arm um dich gelegt würde ich auch reinpassen.«

»Ich wusste nicht, dass du schon mal an der Riviera warst.«

»Ich bin Dozent für amerikanische Literatur. Fitzgerald hat die Gegend praktisch erfunden. Hemingway schrieb *Der Garten Eden …*«

»Eden?«

»Ich nehme an, es ist eine Art Paradies, auf eine schräge Art und Weise.«

Sie wusste nicht, wo die nächsten Worte herkamen. Als sie später darüber nachdachte, kam sie zu dem Schluss, dass sie wohl schon den ganzen Tag gelauert hatten, an der Seespitze funkelnd, unausweichlich, aber schlüpfrig wie eine Luftspiegelung.

»Joel, das klingt jetzt bestimmt seltsam, ich weiß. Aber als ich heute Morgen Geld brauchte, habe ich in deinem Skianzug nichts gefunden und deshalb welches aus deiner Brieftasche genommen.«

»Das macht doch nichts, Süße, daran ist nichts seltsam.«

»Da drin habe ich etwas anderes gefunden. Das war das Seltsame. Ein bisschen seltsam auf jeden Fall.«

»Ach ja? Nämlich?«

»Den Zettel von Kristinas Tür.«

»Von Kristinas Tür?«

»Du weißt schon, im Wohnheim. Du sagtest, es sei morbid, ihren Namen hängen zu lassen, und hast ihn abgemacht. Du wolltest ihn wegschmeißen.«

Er zuckte nicht. »Ja, stimmt.«

»Na ja, ich habe ihn in deiner Brieftasche gefunden. Du hast ihn nicht weggeschmissen.«

»Ja. Na und?«

»Er war ganz glatt und steckte dort drin wie, was weiß ich, wie ein Fährticket oder ein Foto, das man behalten möchte. Wie ein Andenken.«

»Ein Fährticket? Hadley, wovon sprichst du überhaupt?«

»Ach, keine Ahnung, ich fand es nur komisch, dass du ihn aufbewahrt hast. Du hattest so eine große Sache daraus gemacht. Ich sollte nicht mehr traurig sein, hast du gesagt.«

»Du sollst auch nicht mehr traurig sein.«

»Und dass ich nicht auf Schritt und Tritt an Kristina erinnert zu werden bräuchte. Also hast du ihn abgenommen.«

»Genau.«

»Und warum hast du ihn behalten?«

»Verdammt, Hadley, ich weiß es nicht. Ich bin einfach noch nicht dazu gekommen, ihn wegzuwerfen.«

»Aber wie ist er von deiner Hose in die Brieftasche gekommen? Das macht man doch bewusst. Du musst ihn rausgeholt und gedacht haben, ›den bewahre ich jetzt auf‹.«

»*Den bewahre ich jetzt auf*? Bist du völlig durchgedreht?«

»Ja. Ich glaube schon. Entschuldige. Vergiss, dass ich was gesagt habe.«

»Hadley, was zum Henker soll das?«

»Einen verrückten Moment lang dachte ich … was auch immer. Warum solltest du ihn behalten? Das ist alles.«

»Das ist irre.«

»Aber …«

»Wenn du es genau wissen willst, ich habe ihn deinetwegen aufbewahrt. Weil ich mir blöd vorkam, dass ich ihn unbedingt abnehmen wollte. Okay?«

»Okay.«

»Hadley, ich hätte nicht gedacht, dass du so was machst, meine Sachen durchsuchen, Ideen ausbrüten …«

»Ich brüte keine Ideen aus, ehrlich nicht. Tut mir leid. Ich bin eine Idiotin. Können wir bitte die Uhr zurückdrehen?«

»Wie weit? Wie lange grübelst du schon über diese Sachen? Wie weit müssen wir zurückspulen, Stunden? Tage?«

»Minuten, nur Minuten. Höchstens Stunden.«

»Ich gehe auf Nummer sicher und drehe bis ganz zum Anfang zurück.«

»Joel, ehrlich, es ist erst seit heute. Als ich das Geld rausgenommen und den Zettel gesehen habe. Ich war nur … völlig überrascht.«

»Wir fangen noch mal von vorn an«, sagte er entschlossen.

»Also, wo sind wir?«

»Erinnerst du dich an meine erste Stunde? Als ich Hadley Dunn aufgerufen habe und du aufgestanden bist? Ganz verlegen, aber irgendwie auch erfreut.«

»Ja. Ich meine, *nein*. Okay.«

»Tja, da sind wir jetzt wieder.«

Er meinte es ernst. Seine Hände lagen nicht mehr locker auf dem Steuer.

»Also alles, was zwischen uns passiert ist – alles ausradiert?«

»Ja.«

»Wir haben uns noch nicht mal geküsst?«

»Nein.«

»Also wie, wir fangen buchstäblich noch mal von vorne an?«

»Ganz am Anfang.«

Sie sank in sich zusammen und lehnte den Kopf an seine Schulter.

»Das ist ein bisschen forsch«, sagte er. »Wo wir uns doch gerade erst kennengelernt haben.«

So fuhren sie bis nach Lausanne zurück.

Trotz Joels Witz zog sich der Bodensatz ihres Streits bis in den Abschied hinein. Er lauerte unterschwellig, trübte die Stimmung. Er setzte Hadley am Fuße des steilen Hügels zum Wohnheim hinauf ab. Es dämmerte bereits, und die Stadt war wieder abgekühlt, überall Schneeflecken und glitzerndes Pflaster.

»Was, du lässt mich laufen?«, fragte sie.

»Ich kann nicht riskieren, vor dem Wohnheim zu parken. Alle kommen jetzt aus den Ferien zurück, das ist es nicht wert. Außer natürlich, dein Freund Luca hat es schon überall rumerzählt, in dem Fall ist es vermutlich auch egal.«

»Dann gehen wir doch einfach davon aus. Zumindest werde ich dann vor die Tür gefahren.«

»So ist es sicherer.«

»Sicherer, klar. Von mir aus. Dann fahre ich eben mit dem Bus rauf.«

Joel war auf den schmalen Parkplatz eines kleinen Hotels gefahren. Es sah geschlossen aus, die Tafel für die Tagesgerichte des Restaurants war sauber gewischt.

»Ich dachte schon, du willst mit mir hierbleiben«, sagte sie in etwas leichterem Tonfall. »Eine letzte Nacht, bevor die Realität zuschlägt.«

»Zu spät, Hadley. Ich fürchte, sie hat uns schon eingeholt.« Er klang mürrisch, die Lebhaftigkeit von vorher war erloschen. Er beugte sich über den Sitz und küsste sie. Nur einmal. Ganz schnell.

»Also, wie geht's weiter?« Sie legte den Kopf schief und musterte ihn.

»Wir sehen uns bald. Im Unterricht, denke ich mal.«

»Vorher nicht?«

»Ich hab tonnenweise Arbeit zu erledigen. Aufsätze korrigieren. Deinetwegen habe ich alles ziemlich schleifen lassen, kann man wohl sagen.«

»Aber, ich meine, es hat sich doch nichts verändert, oder? Wir sind immer noch …«

»Immer noch was, Hadley?«

»Was auch immer wir vorher waren.«

»Wovor?«

»Weiß ich nicht. Hör mal, ich fand den Urlaub toll. Ehrlich.«

»Ich auch.«

»So was hat noch nie jemand für mich getan. Es war magisch. Danke. Vielen, vielen Dank.«

»Bitte.« Er trommelte mit den Fingern auf das Lenkrad. »Ebenfalls danke. Das war ein … ein großartiges Silvester, Hadley. Besser, als ich mir je vorgestellt hätte.« Seine Stimme war angespannt, und sie brach am Ende.

»Mir hat es auch super gefallen.«

Sie beugte sich zu einem vernünftigeren Kuss vor, und er kam ihrem Wunsch nach. Gerade so eben.

Als er wegfuhr, blieb sie mit dem Gefühl zurück, ihm etwas geschenkt zu haben, was er nicht ganz angenommen hatte.

Dreißig

Schon von Weitem hörte Hadley, dass die Küche in Les Ormes voll war. Und als sie die Tür öffnete und die Gesichter von Jenny, Chase, Bruno und Loretta sich zu ihr umwandten, wusste sie sofort, dass Luca es ihnen erzählt hatte. Sie sah es in ihren durchdringenden Blicken, als suchten sie nach der einen Sache, die ihnen selbst entgangen war. Alle knipsten ihr Lächeln an, und Hadley sank im Türrahmen in sich zusammen. Sie ließ die Hand auf der Klinke liegen, unsicher über ihren nächsten Schritt.

»Da ist sie ja!«, sagte Jenny. »Endlich!«

»Wir dachten schon, du wärst in die Berge durchgebrannt und würdest nie zurückkommen«, sagte Loretta.

»Hast du gute Vorsätze fürs neue Jahr?«, fragte Bruno. »Wir unterhalten uns gerade über unsere, aber sie sind total langweilig. Ich wette, deine sind spannender.«

Nur Chase sprach offen. »Ist schon gut. Luca ist gerade gegangen. Er hat uns erzählt, dass ihr euch zufällig getroffen habt, und auch, wer bei dir war. Er ist nur sauer, dass er dich nicht kriegt, und deshalb soll dich sonst auch keiner haben. Mach dir keinen Kopf deswegen.«

»Ach, Hadley, wie konntest du nur? Dein Dozent? Ist der nicht total faltig?« Jenny streckte die Zunge heraus und schüttelte sich übertrieben.

»Ich würde ja sagen, er ist sexy«, meinte Loretta. »Wenn

Luca nicht wäre. Er mag dich wirklich, Hadley. Er findet, du hast ihn an der Nase herumgeführt.«

»Frohes neues Jahr allerseits«, sagte Hadley. »Es ist schön, wieder da zu sein. Und ich habe Luca kein bisschen an der Nase herumgeführt.« Sie ging zum Spülbecken und füllte ein Glas mit Wasser, dann schüttete sie es wieder aus. »Wie ihr alle übrigens auch wisst.«

»Wir wissen gar nichts«, sagte Jenny. »Du erzählst uns ja nichts.«

»Aber ihr versteht doch, warum das nicht ging«, gab Hadley zurück. »Oder?«

»Wenn Kristina hier gewesen wäre, hättest du es ihr erzählt?«

Hadley sah sie unverwandt an. »Nein, hätte ich nicht. Denn wenn Kristina hier wäre, bezweifle ich, dass ich überhaupt mit Joel zusammen wäre.«

»Joel«, meinte Jenny. »So heißt er? *Joel.* Schon der Name klingt alt.«

»Warum sagst du das, Hadley?«, fragte Bruno.

»Spielt keine Rolle.«

»Du bist immer so geheimnistuerisch«, sagte Jenny.

»Und du bist so neugierig«, erklärte Loretta und gab Bruno einen Kuss auf die Stirn.

Während die anderen kicherten, ging Hadley auf den Balkon hinaus. Sie kletterte auf die Mauer und ließ die Beine baumeln, sie wünschte, Lausanne würde sie verschlingen. Oder vielleicht hatte Joel recht: Alles wäre einfacher, wenn sie in den Bergen geblieben wären. Chase kam auch nach draußen.

»Mach dir keine Gedanken«, sagte er. »Sie lieben eben Klatsch und Tratsch. Das ist nicht böse gemeint. Hattest du schöne Weihnachten?«

»Jenny ist so gekränkt. Ich verstehe nicht, warum. Und ja, hatte ich, danke. Es tat gut, zu Hause zu sein.«

»Jenny bildet sich einfach gern ein, sie wüsste alles, was hier so los ist.«

»Und du? Bildest du dir das auch ein?«

»Mir sind die meisten Sachen ziemlich egal«, sagte Chase. »Und ganz bestimmt – nicht persönlich nehmen – dein Liebesleben. Wobei ich mich natürlich freue, dass du eins hast.«

»Danke.«

Jenny klopfte ans Fenster. »Chase«, rief sie. »Es ist eisig da draußen, komm wieder rein.«

Er hob die Schultern. »Ich wurde zurückbeordert.«

»Du musst nicht gehen, weißt du«, sagte Hadley. »Was ist mit deinem Weihnachten? Wie war Amerika?«

Er nahm eine Zigarette aus der Tasche und drehte sie zwischen den Fingern. »Amerika war noch genau wie vorher. Vielleicht bleibe ich noch und rauche die.«

»Chase!«, rief Jenny durch die Scheibe.

»Wie hat dir das Skifahren gefallen? Ihr hattet ja super Wetter, hab ich in der Zeitung gelesen.«

»Es war wunderschön.«

»Strahlend blauer Himmel und frischer Pulverschnee. Dann kann er also Skifahren, dein Typ?«

»Ja. Und mir hat er es auch beigebracht. Am Ende war ich nicht schlecht.«

»Sehr cool. Ach, übrigens, es gibt eine Neue«, sagte er. »In Kristinas Zimmer. Ist mir aufgefallen, als ich vorbeigelaufen bin. Ihr Name hängt an der Tür.«

»An der Tür steht ein neuer Name?«

»Helena Freemantle. Sie war vorhin in der Küche, als Luca da war. Es konnte ja nicht ewig leer bleiben. Aber geht's dir gut?«

»Klar.« Sie zupfte an einem eingerissenen Nagel und bemühte sich angestrengt, Chase nicht in die Augen zu sehen. *Helena Freemantle.* Neue Buchstaben, ein neuer Zettel, ordentlich in das Fach geschoben, in dem der alte gesteckt hatte.

Sie entfloh der Küche unter dem Vorwand, noch einen Aufsatz fertig schreiben zu müssen. Sobald sie in ihrem Zimmer war, seufzte sie erleichtert auf, doch fast unmittelbar darauf klopfte es an ihrer Tür.

»Ach, was denn jetzt noch?«, fauchte sie aus Versehen laut. Mit entschuldigender Miene öffnete sie die Tür.

»Entschuldige, dass ich störe, ich wollte mich nur kurz vorstellen.«

Helena war riesengroß und hatte feuerrote Haare, die zu einem dicken Zopf geflochten waren. Ihr Gesicht war übersät von Sommersprossen, nicht wie Kristinas zart gesprenkelt, sondern spektakulär voll davon. Ihre Zähne waren groß und makellos, und sie lächelte ungezwungen.

»Ich bin deine neue Nachbarin. Helena Freemantle. Oder einfach Hels, viele nennen mich Hels.«

»Hallo Helena. Entschuldige bitte, ich wusste nicht, dass du es bist. Ich brauchte nur mal ein bisschen Ruhe.«

»Möchtest du einen Tee? Ich habe einen Wasserkocher im Zimmer. Damit ich nicht jedes Mal extra in die Küche muss.«

»Das ist schlau.«

»Nicht, dass ich menschenfeindlich bin, aber manchmal will man einfach nur in Ruhe einen Tee, ohne sich ständig ins Getümmel stürzen zu müssen. Ich war da, als dieser Luca vorbeikam und sie alle aufgehetzt hat.«

»Darüber möchte ich echt nicht sprechen.«

»Die anderen waren nicht gemein. Nur überrascht. Neugierig. Aufgeregt. Oder so. Na ja, Luca war nicht gerade aufgeregt, aber du weißt, was ich meine.«

»Ist schon gut«, sagte Hadley. »Ich wollte nur gerade einen Aufsatz fertig schreiben, also, ich hab eigentlich keine Zeit für einen Tee. Aber …«

»Du warst mit ihr befreundet, oder? Mit dem armen Mädchen, das vorher in meinem Zimmer gewohnt hat?«

»Ja.«

»Tut mir leid, dass ich nicht sie bin«, sagte Helena.

»Ist ja nicht deine Schuld.« Unwillkürlich musste Hadley ebenfalls lächeln. »Aber trotzdem danke.«

»Komm schon, eine Tasse. Bitte. Ganz ehrlich, als ich vorhin in der Küche saß und den anderen zugehört habe, wie sie endlos über dich geredet haben, dachte ich mir, sie klingt so viel interessanter als ihr alle.«

»Bin ich aber nicht«, sagte Hadley. »Eigentlich nicht. Nur dass ich mit meinem Dozenten geschlafen habe, macht mich noch nicht interessant.«

»Komm schon, Hadley, trinken wir einen Tee zusammen. Ich kenne diesen Dozenten ja nicht. Ich kenne niemanden hier. Ich bin sicheres Territorium. Ich bin sozusagen die Schweiz.«

Hadley musste lachen und gab nach. Sie ließ die Tür hinter sich ins Schloss fallen und folgte Helena ins Nebenzimmer. Es fühlte sich nicht mehr an, als hätte es je Kristina gehört. Helena plauderte locker vor sich hin, und Hadley machte es sich bequem und hörte zu. Sie war aus dem Norden von England, einem winzigen Städtchen nahe der schottischen Grenze. Wegen Drüsenfiebers hatte sie das erste Semester verpasst. Da sie Angst gehabt hatte, überhaupt nicht mehr fahren zu können, betrachtete sie ihre Ankunft in Lausanne als Geschenk der Götter. Als Helena Wasser für den Tee kochte, stellte Hadley erstaunt fest, dass sie ihr gern von Joel erzählen wollte – und zwar nicht von ihrem ersten Kuss oder dem gemeinsamen Ausflug in die weiße Bergwelt. Sondern von dem Zettel an der Tür. Dass vor *Helena Freemantle* dort *Kristina Hartmann* gestanden und er das Namensschild aufbewahrt hatte. Doch dafür war es noch zu früh. Solche Geheimnisse, wenn es denn eines war, konnte man nicht so einfach jedem anvertrauen.

»Ach.« Helena sprang auf. »Da fällt mir was ein. Ich habe was gefunden, was du vielleicht möchtest. Es lag unter dem Bett, die Putzfrau muss es übersehen haben. Ich musste meinen Hausschuh da unten rausholen, dabei hab ich es gefunden. Hier.«

Sie gab Hadley ein Buch. Es war *Paris – ein Fest fürs Leben* von Hemingway. Staubflocken hingen an den Ecken, aber abgesehen davon war es nagelneu, der Rücken noch ganz glatt.

»Die anderen haben erzählt, dass du amerikanische Literatur studierst. Als sie über deinen Dozenten gesprochen – Verzeihung, *gelästert* – haben. Egal, wahrscheinlich hast du es schon gelesen. Aber ich dachte, wenn es Kristina gehört hat, möchtest du es vielleicht haben.«

Mit der Fingerspitze wischte Hadley den Staub ab. Es war das Buch, das sie Kristina nicht hatte kaufen dürfen, weil sie es bereits hatte. Damals hatte Hadley sich darüber gefreut, dass Kristina offenbar nachvollziehen wollte, warum Hadley Hemingway so gern mochte. Es war außerdem das Buch, das Joel Wilson ihr in dem englischen Buchladen aus der Hand genommen hatte. Mit einem verlegenen Grinsen hatte er gesagt: »Das Buch habe ich früher jeder meiner Freundinnen geschenkt.« Und auch das hatte Hadley so gefallen, ein junger Joel, der eine Freundin wollte, die die gleichen Sachen mochte wie er.

»Ich hab kurz durchgeblättert, und es liegt ein cooles Lesezeichen drin«, sagte Helena.

Hadley zog die Postkarte heraus. Es stand nichts darauf, aber das Bild erkannte sie wieder. Hoch aufragende Berge, kreiselnde Sonnenschirme, kristallklares Seewasser, alles in bunten Farben. Es war genau wie das Poster an Joel Wilsons Bürowand, ein Willkommensgeschenk des Instituts, wie er ihr damals gesagt hatte. *Schweizer Riviera*, makellos und wunderschön, ein nostalgischer Reisetraum.

»Ich weiß, diese Karten gibt es wie Sand am Meer«, sagte Helena. »Schon am Flughafen hingen sie überall. Aber sie ist hübsch, oder? Und wir dürfen hier wohnen, in dieser perfekten Welt. Oh, entschuldige, das war unsensibel. Ich weiß, dass sie eigentlich nicht perfekt ist. Aber sie wirkt so, findest du nicht? Für eine Fremde wie mich auf jeden Fall.«

Hadley sah zu ihr auf. Sie hielt ihre Stimme so gleichmäßig, wie sie konnte. »Darf ich das behalten?«

»Aber natürlich, ich hab es ja extra für dich aufgehoben. Es war ein Glück, dass die Putzfrau es übersehen hat. Sonst wäre es bestimmt im Müll gelandet.«

Hadley legte die Karte zurück in das Buch und klappte es zu.

»Danke, Helena. Vielen Dank.«

Danach ging sie zurück in ihr Zimmer, lehnte eine zweite Tasse Tee und ein Stück Shortbread ab. Sie beteuerte, es gehe ihr gut. Nein, gar nicht blass, kein Problem, überhaupt nichts.

Mechanisch machte Hadley sich fürs Bett fertig. Hin und her mit der Zahnbürste, einmal kurz mit dem Kamm durch die Haare. Ihr Telefon klingelte, und sie beäugte es unschlüssig, ehe sie abhob.

»Es tut mir leid, Hadley«, sagte Joels Stimme.

»Was denn?«, fragte sie vorsichtig.

»Im Auto, ich hab mich da verbissen.«

»Macht nichts.«

»Hör mal, ich hätte eine Idee für nächstes Wochenende. Warst du schon mal in Locarno? Das soll ...«

»Joel, warte mal. Was meintest du auf der Hütte damit, du hättest Angst, mir wehzutun?«

»Hab ich das gesagt?«

»Das weißt du doch.«

Hadley konnte Musik im Hintergrund hören, das leise Grummeln von Jazz.

»Also?«, sagte sie.

»Ich hatte Angst, dass du mich für perfekt hältst, obwohl ich es nicht bin.«

»Niemand ist perfekt. Und so dumm bin ich nicht.«

»Das ist nicht dumm, das ist liebenswert«, sagte er. »Hadley ...«

»Ja?«

Schweigen.

»*Ja*?«, hakte sie nach.

»Ich liebe dich aber, weißt du.«

Es war eine seltsame Art, es zum ersten Mal zu sagen. Es klang eher wie ein Nachsatz oder eine Beteuerung, eine Erinnerung an jedes zuvor gesagte *Ich liebe dich*, das es doch gar nicht gegeben hatte. Nicht, als sie sich umschlungen, nicht, als sie sich geküsst oder mit heißem Atem geflüstert hatten. Nicht, als sie eisglatte Hänge hinuntergesaust, durch die nie ganz schwarzen Alpennächte spaziert und in Federbetten gefallen waren.

Kein einziges *Ich liebe dich*, und es war nicht wichtig gewesen. Bis dahin jedenfalls. Hadley legte sich die Hand auf den Mund. Schloss die Augen.

»Hadley? Bist du noch dran?«

»Ich dachte, ich wüsste, was ich sagen soll«, gab sie zurück. »Weiß ich aber nicht.«

Einunddreißig

Sie schlief nicht. Im Badezimmer betrachtete sie sich im Spiegel, und der Zweifel, der in ihr aufgekeimt war, schien einen Schatten auf ihr Gesicht zu werfen. Sie wirkte blass, ihre Augen ausdruckslos wie Knöpfe. Sie duschte, blieb unter dem heißen Wasserstrahl stehen, bis ihr winziges Bad in Dampf gehüllt war, und hinterher sprühte sie Parfüm auf und malte sich die Lippen knallrot an. Dann zog sie ihren dünnen Trenchcoat an und ging leise an den Türen ihrer schlummernden Nachbarn vorbei in die eisige Morgenkälte hinaus.

Lausanne strahlte Eleganz aus. Die Pflastersteine waren von Frost überzogen, und die ersten zarten Sonnenstrahlen spiegelten sich auf den pastellfarbenen Fensterläden. Adrett gekleidete Büroangestellte mit um den Hals geknoteten Wollschals liefen mit klappernden Ledersohlen durch die Straßen. Hadley schlängelte sich zwischen ihnen hindurch, kürzte durch die Seitenstraßen ab, bis sie schließlich das Hôtel Le Nouveau Monde erreichte.

Hugos Tisch im Café war leer. Sie setzte sich genau daneben, den Rücken gerade wie einen Spazierstock, die Hände auf dem Tischtuch verschränkt. Plötzlich stand ein Kellner neben ihr und bückte sich dienstbeflissen. Er hatte sie beim letzten Mal bedient, Hadley erinnerte sich an sein lakritzschwarzes Haar, das schiefe Lächeln.

»*Mademoiselle*, falls Sie Monsieur Bézier suchen, der

ist nicht hier. Aber er hat letzte Woche angerufen und eine Nachricht für Sie hinterlassen.«

»Ach. Eine Nachricht? Was denn?«

»Falls Sie ins Café kommen, sollen wir Ihnen ausrichten, dass er momentan in der Résidence Le Printemps wohnt, in der Rue des Roses.«

»Warum wollte er mir das mitteilen?«, fragte sie.

»Es ist ein Pflegeheim, *Mademoiselle.*«

»Ist er krank?«

»Monsieur Bézier ist ein sehr zurückgezogener Mensch. Er hat uns nur gebeten, diese Nachricht an Sie weiterzugeben, falls Sie kommen sollten, was Sie getan haben. *Merci, Mademoiselle.* Darf ich Ihnen etwas bringen? Einen *café renversé* vielleicht?«

Hadley zögerte. »Ähm, ich weiß nicht genau, besser nicht. Besser … Eigentlich bin ich nur hier, um Hugo zu sprechen. Rue des Roses, sagten Sie? Ist das hier in der Nähe?«

»Nur drei Straßen weiter, *Mademoiselle.* Biegen Sie am Maritime Restaurant rechts ab, dann ist es die zweite Straße links.«

Sie stand auf, ihr Stuhl quietschte laut in der Stille des Saals.

»*Mademoiselle*, einen Moment noch. Die ganze Nachricht lautet: *Er hat über die Geschichte nachgedacht, und die Handlung hat eine unerwartete Wendung genommen.*

»Die Geschichte? Welche Geschichte?«

»Monsieur Bézier ist Romanautor, glaube ich, *Mademoiselle.*«

Damit verbeugte er sich und zog sich zurück.

Printemps hieß Frühling, und das Pflegeheim in der Rue des Roses strahlte eine dazu passende Frische aus. An der Straße war ein Tor, eine daneben in den Stein eingelassene dezente Goldtafel verkündete den Namen der Einrichtung, und eine kurze, geschwungene Kiesauffahrt führte zu dem zwischen Säulen liegenden Eingang. Die Ausstrahlung war die eines diskreten, aber luxuriösen Hotels. Unter jedem Fenster lagen sorgsam gepflegte Rosenbeete, die sogar im Winter blühten.

Vor der Tür zögerte Hadley kurz. Sie nahm ihre Baskenmütze ab und strich sich mit der Hand durch die Haare. Eine Schwester in pistazienfarbener Tracht kam die Stufen herunter auf sie zu, und trotz ihrer klobigen Schuhe war sie die Eleganz in Person. Hadley bot ihr bestes Französisch auf.

»Monsieur Bézier?« Die Schwester lächelte. »Bitte kommen Sie mit. Er wird sich sehr freuen, Sie zu sehen, *Mademoiselle* Dunn.«

Hugo saß in einem karierten Morgenrock auf einem Stuhl am Fenster. Um den Hals lag lose gebunden ein Seidentuch, seine Haare waren perfekt gekämmt, doch seine Gesichtsfarbe hatte einen Grauton, und am Kinn waren erste Stoppeln zu erkennen. Hadley empfand unvermittelt eine Woge von Zuneigung für ihn. Eilig lief sie zu ihm, ihre Schritte durchbrachen die Stille im Raum.

»Ich wusste, es gibt einen Grund, nicht aufzugeben«, sagte er, als sie seine Hand nahm.

»Was ist passiert? Geht es Ihnen gut?«

»Ich hatte noch nie viel für Weihnachten übrig, also dachte ich mir, ich lasse es dieses Jahr ausfallen. Genau am dreiundzwanzigsten hatte ich passend einen Herzinfarkt und habe die Festtage im Krankenhaus verbracht, beaufsichtigt von einer recht strengen Schar von Krankenschwestern. Danach habe ich mich hier für einen kleinen Urlaub eingemietet. Ein angenehmes Plätzchen.«

»O mein Gott, ein Herzinfarkt? Aber es geht Ihnen wieder gut?«

»Wunderbar. Wissen Sie, diesen Gesichtsausdruck habe ich bei Ihnen immer gemocht, so stoisch irgendwie. Aber das alles ist sehr langweilig, also genug von mir. Was ist mit Ihnen, Hadley, geht es Ihnen gut? Ist es ein frohes neues Jahr für Sie?«

»Mir geht's ganz gut. Hugo, ich war im Hôtel Le Nouveau Monde und habe Ihre Nachricht erhalten. Aber was, wenn ich nicht hingegangen wäre? Dann hätte ich nichts erfahren. Sie hätten mir einen Brief schicken sollen.«

»Genau darum ging es«, sagte er. Er wickelte sich die Kordel seines Morgenmantels um die Fingerspitze. Bei jemandem, der normalerweise so beherrscht war, wirkte diese kleine Gebärde verstörend. »Ich wollte keinen Mitleidsbesuch«, fuhr er fort. »Sie sollten nur kommen, wenn Sie mich sowieso gesucht hätten. Bei unserer letzten Begegnung war ich etwas frostig, und dafür habe ich mich seither gescholten.«

»Also haben Sie es dem Zufall überlassen?«

»Nicht so ganz. So würde ich es nicht sagen.«

Seine Fingerspitze verfärbte sich langsam weiß. Er wickelte die Kordel ab und ließ sie in den Schoß fallen. Hadley wandte den Blick ab.

»Was genau ist das hier?«, fragte sie schließlich.

»Ein sehr teures Hotel für gebrechliche Menschen. Zum Frühstück wird hervorragender Räucherlachs serviert, wovon ich nur ein winziges Stückchen bekomme, ganz ohne Rührei. In Anbetracht des Preises, den ich hier zahle, halte ich das für ein schweres Verbrechen.«

Hadley beäugte Hugos abgetragene Hausschuhe und den am Stuhl lehnenden Stock. Er bemerkte ihren Blick und wedelte mit ungewohnter Lebhaftigkeit mit der Hand.

»Ich bin schrecklich unpassend gekleidet«, sagte er etwas theatralisch. »Hätte ich gewusst, dass Sie genau jetzt kommen, hätte ich mich besser vorbereitet. Was für einen Anblick ich abgeben muss, wie ein hinfälliger Greis.«

»Aber Sie erholen sich gut? Werden Sie wieder gesund?«

»Ja. Ich glaube nicht, dass ich schon jemals so verwöhnt wurde. Und es war nur ein kleiner Infarkt, hat man mir gesagt – wie Sie sehen, bin ich ziemlich unversehrt. Jedenfalls keine Schäden, die für Ihre jungen Augen sichtbar sind.«

»Sind Sie sicher, dass ich Sie nicht lieber ausruhen lassen soll?«

»Ausruhen!«, protestierte er. »Ich mache ja nichts anderes. Die Tage verstreichen, unterbrochen nur von kleinen, unzureichenden Mahlzeiten und dazwischen etwas Schlaf. Hier und da mal ein Gespräch mit einem anderen Gast oder Patienten oder Kunden, wie auch immer wir uns bezeichnen sollen. Ich bin schon halb zu Staub zerfallen. Und dann …«

»Und dann?«

»In letzter Zeit treibt mich etwas um.«

»Das tut mir leid«, sagte sie. »Haben Sie Schmerzen?«

»Mich hat schon so lange nichts mehr umgetrieben. Nicht seit meinem letzten Buch, vor ganzen siebzehn Jahren. Als ich noch geschrieben habe, befand ich mich immer in einem Zustand wundervoller Erregung, mein Verstand lief auf Hochtouren. Das war mein Lebensstil. Mir war nicht bewusst, wie sehr ich das vermisst habe, bis ich es wieder empfand.«

»Sie schreiben wieder?«

»Noch nicht.«

»Ich habe mich über Ihre Nachricht gewundert: *Die Handlung hat eine unerwartete Wendung genommen.*«

»Ah, ja, ich hatte gehofft, das würde Sie herführen.«

»Was meinten Sie damit? Und was treibt Sie um?«

»Die Idee zu einer Geschichte.«

»Aber das ist ja großartig, es gibt Ihnen etwas, worauf Sie sich konzentrieren können. Das ist toll.«

»Nein. Eigentlich nicht. Es ist eine grausame Idee. Ich habe schon ein furchtbar schlechtes Gewissen, weil ich überhaupt daran denke. Aber ich habe mir eingeredet, wenn Sie nichts dagegen einzuwenden hätten, wenn Sie mir diese … Freiheit gestatten, dann machen Sie einem alten Mann möglicherweise ein sagenhaftes Geschenk.«

»Ich verstehe nicht. Was soll ich denn tun?«

Er nahm ihre Hand. Er lächelte, aber nur im Ansatz.

»Sie mögen Happy Ends, oder? Die Liebe überwindet jedes Hindernis. Und im Leben wünschen Sie sich möglichst perfekte Happy Ends. Aber in meiner Geschichte … Am besten fange ich von vorne an. Ich war zu lange von den Dingen abgesondert, die wichtig sind. Jeder einzelne meiner Tage wurde von Routine geprägt, bis ins kleinste Detail. Als ich noch schrieb, waren meine Tage völlig auf den Kopf gestellt. Manchmal fing ich um drei Uhr nachts zu arbeiten an, weil ich plötzlich eine Idee hatte und nicht schlafen konnte. Oder ich schrieb einfach die ganze Nacht durch und schlief den ganzen Tag. Eine Geschichte packte mich an der Kehle und ließ mich nicht wieder los. Meine Tage waren erfüllt von Leben und Tod und Sex. Meine Nächte auch. Was noch? Schönheit. Niedertracht. Großmut. Kleinlichkeit. Ich lebte jede Empfindung und schrieb jede mögliche Figur, all meine Anfänge, all meine Enden. Henri Jérôme veröffentlichte achtzehn Romane. Die Menschen wollten lesen, was er zu schreiben hatte. Und dann eines Tages hörte ich einfach auf. Ohne Grund. Kein schlimmer Schicksalsschlag. Keine verlorene Liebe, brennende Enttäuschung oder sonst etwas, mit dem die Leute gern die traurige Romantik eines Schriftstellers, der nicht schreibt, zu erklären versuchen. Ich hatte schlichtweg das Gefühl, alles gesagt zu haben, was ich je hatte sagen wollen.«

»Aber das ist wundervoll, Hugo, das können nicht viele von sich behaupten«, setzte Hadley an, doch er war noch nicht fertig. Er sprach weiter, seine Hände hüpften lebhaft.

»Und nun, ohne das Schreiben, kommt – nichts. Leere Tage, die mich anstarren wie eine unbeschriebene Seite. Statt mit Worten habe ich sie damit gefüllt, andere zu beobachten. Ich erfinde keine Ereignisse mehr, sondern sitze nur am Rand und sehe zu. Machtlos, aber recht zufrieden, verstehen Sie mich nicht falsch. Wussten Sie, dass ich nur zwei Minuten zu Fuß vom Hôtel Le Nouveau Monde entfernt wohne? Ich habe eine große Wohnung mit einem der schönsten Seeblicke von ganz Lausanne, und doch suche ich für meinen Kaffee, für meinen Kognak dieses Café auf. Dort herrscht ein Gefühl von Ordnung, als wäre alles richtig auf der Welt. Ein Tag ist wie der andere, man könnte beinahe glauben, die Zeit wäre stehen geblieben. Das mag ich inzwischen, diese Verlangsamung bis fast zum Stillstand. Und dann kamen Sie herein. Sie haben diese Tölpel an der Bar gar nicht beachtet und mir gestattet, mich mit Ihnen zu unterhalten. Nach diesem Abend habe ich zum ersten Mal seit, nun ja, seit sehr langer Zeit wieder ans Schreiben gedacht.«

Mit einem leichten Staunen in der Miene schüttelte er den Kopf. Nur das Hervortreten seines Kiefers verriet die Tiefe seiner Emotionen.

»Sie sind meine Geschichte, Hadley, besser gesagt, meine Geschichte ist Ihre. Alles, über das ich nachgegrübelt habe, was mich wachgehalten hat, ist von Ihnen. Kristina. Jacques. Ihr Dozent. Und Sie. Besonders Sie.«

Hadley starrte ihn an. Sie wusste nicht, worauf er hinauswollte, aber es fühlte sich an wie Neuland. Sie verschränkte die Hände auf dem Schoß und bohrte mit den Fingernägeln eine Spur in die Innenfläche.

»Als ich noch schrieb«, erzählte er, »träumte ich meine Handlung oft. Ich ging mit einem Problem im Kopf schlafen, und in tiefster Nacht wurde die Lösung enthüllt. Ich bewahrte einen Block neben dem Bett auf, damit ich noch beim Aufwachen etwas aufschreiben konnte. Wenn ich länger wartete, bis nach dem Wachwerden, Kaffee, Frühstück, entschlüpfte mir alles wieder. Manche meiner besten Ideen hatte ich im Schlaf.«

Hugo lehnte sich zurück, als eine andere Pflegerin in der gleichen pistazienfarbenen Tracht ihnen eine Karaffe Eiswasser und eine Kanne Jasmintee brachte. Mit peinlicher Sorgfalt stellte sie alles ab, und Hugo wartete, bis sämtliches Geschirr aufgedeckt und die Kanne perfekt positioniert war. Hadley ließ ihn nicht aus den Augen.

»Sprechen Sie weiter«, bat sie.

Hugo holte ein Notizbuch aus der Morgenrocktasche. Es war schwarz und an den Ecken umgebogen, so dick wie eine Hotelbibel. Er hielt es in beiden Händen.

»Natürlich sind viele Träume Unsinn. Verrücktes Durcheinander. Und Gott weiß, dass ich in letzter Zeit ein paar fabelhafte Pillen bekommen habe.«

Er rutschte auf dem Stuhl vor und stupste dabei mit dem Fuß seinen Gehstock an, sodass er klappernd zu Boden fiel. Keiner von beiden bückte sich danach. Hugo schlug das Notizbuch auf und klappte den Einband so weit nach hinten, dass der Rücken geknickt wurde.

»Sie müssen mir also verzeihen und dürfen mich nicht für … rachsüchtig halten. Ich weiß, dass Sie mich gelegentlich für einen eifersüchtigen alten Narren gehalten haben, und das nicht zu Unrecht. Aber, Hadley, ich hatte eine ganz wunderbare Idee für eine Geschichte, so wunderbar sogar, dass ich fürchte, es ist gar keine Geschichte. Ich habe die irrationale, aber ausgeprägte Angst, dass es der Wahrheit entspricht.«

Er reichte ihr das Notizbuch. Sie schlug es zu, und das Geräusch hallte durch die Flure.

»Ich weiß nicht, ob ich das lesen möchte. Nicht nach dieser Einleitung. Sie machen mir Angst, Hugo.«

»Ich mache Ihnen keine Angst.«

»Sie haben mir kaum etwas von Ihrem Leben erzählt, und plötzlich bekomme ich alles auf einmal. Ich bin gerührt, ehrlich, aber …«

»Bitte lesen Sie es. Bitte.«

Hadley sah das Buch an. Sie schlug es auf und blätterte durch die Seiten. Jede war dicht beschrieben, mit einem kleckernden Füller, überall Randnotizen, Durchgestrichenes.

»Ihre Schrift ist unmöglich«, sagte sie. »Außerdem ist alles auf Französisch.« Schon wollte sie ihm das Buch zurückgeben, da stutzte sie. Zwei Namen standen dort, die sie erkannte.

»Was ist das?«

Hugo beugte sich vor und tippte auf die Seite. »Da steht *Joel est Jacques.*«

»Ich weiß, was da steht, aber was bedeutet es?« Ihre Stimme klang eisig kalt, scharf.

»Joel ist Jacques.«

»Um Himmels willen, Hugo, so schlecht ist mein Französisch nicht.«

»Und? Wollen Sie denn gar nichts dazu sagen?«

»Was denn? Es ist reine Fantasie. Das haben Sie selbst gesagt.«

»Ich sagte, so hat es angefangen. Aber inzwischen glaube

ich es. Ich glaube, es ist die Wahrheit. Und Ihrer Miene nach zu urteilen, glauben Sie das vielleicht auch.«

Hadley warf ihm das Buch zu, und er fing es auf dem Schoß auf und schlang schützend die Finger darum.

»Ach ja? Und was macht Sie da so sicher? Wie können Sie, ganz allein hier in diesem Heim vergraben, so eine Behauptung wagen?«

Hugo beobachtete sie fast reglos, während ihre Fragen auf ihn einprasselten.

»Das ist doch verrückt, Hugo. Irrsinn. Sie haben ›meinen Dozenten‹, wie Sie ihn hartnäckig in diesem typisch herablassenden Tonfall nennen, noch nie gesehen. Sie wissen überhaupt nicht, wie er ist. Keine Ahnung haben Sie.«

»Ich bin ihm nie begegnet, da haben Sie ganz recht.«

»Und Kristina kannten Sie auch nicht. Sie ist also auch eine Lügnerin, ja? Alles, was sie mir erzählt hat, hat sie sich ausgedacht? Das ist doch lächerlich.«

»Sie sind zu Recht wütend.«

»Ich bin nicht wütend. Ihre Idee ist zu dumm, um sie mit Wut zu würdigen.«

»Und Sie sind zu Recht aufgebracht.«

»Bin ich nicht. Ich bin nicht aufgebracht.«

»Hadley, bitte, eins müssen Sie wissen: Das Letzte, was ich jemals will, ist Ihnen wehzutun.«

Sie klappte den Mund auf, eine böse Entgegnung auf der Zunge, doch dann stockte sie. »Das gehört zu den wenigen Dingen, die ich weiß«, sagte sie leise.

»Dann müssen Sie mir zuhören, Hadley. Ich bin sicher, wenn Sie zurückdenken, wenn Sie versuchen, meine Gedankengänge nachzuvollziehen, werden Sie sehen, was ich sehe. Es wird Gründe geben, zwei oder drei Einzelheiten, die einfach nicht ganz passen. Dinge, die zu dem Zeitpunkt nicht ungewöhnlich wirkten, weil es immer Ausreden gibt und immer Erklärungen gibt. Aber jetzt, in diesem Licht, am heutigen Tag, denken Sie noch einmal neu darüber nach. Denken Sie nach und sagen Sie mir, dass die Möglichkeit nicht besteht.«

Es hatte am gestrigen Tag begonnen, als etwas Kleines und Dumpfes und Nagendes, und in der Nacht hatte es sich dann allmählich und schleichend zu einem immer stärkeren Unbehagen ausgewachsen. Nun, als sie Hugos Worten lauschte, setzte es sich zu einem Ganzen zusammen. In dem Moment begriff Hadley, dass Erkenntnis nichts war, was im Kopf stattfand; nein, es war eine körperliche Empfindung, ein Würgegriff, ein ungebremster Schlag.

»Eine Möglichkeit?«, sagte sie. »Nein, ich glaube nicht, dass es eine Möglichkeit ist.«

»Hadley.«

Sie atmete schwer, ihr Brustkorb hob und senkte sich schnell. Obwohl sie es bemerkte, konnte sie es nicht verlangsamen, bekam keine Luft mehr. Sie schloss die Augen und konzentrierte sich. Sie spürte Hugos Hand auf dem Arm. Tränen fielen von ihren Wimpern.

»Sie hat mich einmal mit ihm aufgezogen«, sagte sie mit vor Anspannung dünner Stimme.

»Wer?«

»Kristina. Mit Joel. Sie hat gesagt, ihr sei aufgefallen, dass ich mir immer etwas Schönes anziehe, wenn ich amerikanische Literatur habe. An dem Tag hatte ich ein Kleid an und mir die Nägel lackiert. Es war mein Geburtstag. Ich habe ihr gesagt, dass es nur deswegen war.«

»Aha.«

»Ich wollte, dass sie ihn kennenlernt, weil ich dachte, dass sie sich gut verstehen würden, aber gleichzeitig wollte ich ihn auch für mich behalten. Wissen Sie, ich dachte, wenn er sie sieht, wenn er sie auch nur ein kleines bisschen kennenlernen würde, dann würde er nicht…«

»Hadley?«

Sie sprach in die Teetasse in ihrer Hand, gedämpfte Worte, die Hugo kaum verstehen konnte. Er beugte sich näher zu ihr, den Blick unablässig auf ihr Gesicht gerichtet.

»Er war mein Dozent. Aber so habe ich ihn eigentlich nie betrachtet, weil ich ihn schon vor dem Semester kennengelernt hatte und ich damals gar nicht auf die Idee gekommen war, er könnte etwas mit dem Institut zu tun haben. Ich dachte nur, er wäre jemand wie ich, allein in Lausanne, neu in der Stadt und aufgeregt.«

»Eine zufällige Begegnung«, sagte Hugo. »Zwei Fremde.«

Jetzt sah Hadley ihn an, und er erwiderte ihren Blick mit perfekter Symmetrie. Endlich stimmten sie überein.

»Joel«, sagte Hadley. »Jacques.«

»*Mon Dieu.*«

Das Zimmer um Hadley herum löste sich auf. Fort waren die plattfüßigen Pfleger und der schwache Geruch von teurem Desinfektionsmittel und die zur falschen Zeit servierten Porzellanteekannen. Alles verschwand, und übrig blieben nur Hugo und die einzelnen Teile seiner Geschichte.

Draußen, hinter den kugeligen Baumkronen, ging die Sonne rot schimmernd über dem Wasser unter. Hadley saß zusammengesunken wie eine Kranke auf dem Stuhl, mit dem Rücken zum Fenster. Hugo sah sie konzentriert mit roten Wangen an. Sie erzählte ihm von dem kleinen, unbedeutenden Papierstreifen, auf dem *Kristina Hartmann* stand. Wie armselig sie sich vorgekommen war, als sie Joel im Auto darauf angesprochen hatte, die Stimme schrill und bebend. *Er hat ihn in die Tasche gesteckt und gesagt, er würde ihn wegwerfen, weil er nicht wollte, dass ich jedes Mal, wenn ich ihn sehe, traurig werde. Aber stattdessen hat er ihn aufbewahrt. In seiner Brieftasche, und ich habe ihn gefunden und wusste nicht, ob das etwas zu bedeuten hat.* Sie berichtete von der verstaubten Ausgabe von *Paris – ein Fest fürs Leben*, die Helena in Kristinas Zimmer unter dem Bett gefunden hatte. *Joel hat es ihr geschenkt, oder? Denn er hat mir erzählt, dass er das früher immer gemacht hat, dass er jeder Freundin dieses Buch als eine Art Test geschenkt hat, um zu sehen, ob es ihr gefällt. Ich habe gelacht, als er mir das erzählt hat, weil ich das Buch liebe. Und als Kristina mir erzählte, sie hätte es sich selbst gekauft, habe ich es geglaubt.* Hugo hörte mit großen Augen zu und nickte, denn so blumige Gedankengänge standen nicht in seinem Notizbuch.

»Er hat mir nie einen Grund gegeben, ihm nicht zu glauben«, sagte sie. »Erst seit gestern habe ich das Gefühl, dass etwas nicht stimmt, aber was, wusste ich nicht. Ich wäre nie auf die Idee gekommen, dass es *das* ist. Niemals.«

»Wirklich nicht? Denken Sie nach. Haben Sie ihm von Kristina erzählt, oder wusste er es schon?«

»Ich habe es ihm erzählt. Ich bin extra zu ihm gegangen, weil ich seine Hilfe wollte.«

»Und wie hat er reagiert?«

»Er war geschockt. Wie jeder, der so was hört. Nein, Moment, da war noch was. Er war gestresst. Bevor ich kam, war er schon gestresst. Er sagte, es wäre wegen einer Deadline. Er hat sich die Haare gerauft. Glauben Sie, er hat da schon gelogen? War das *Trauer*? Nein, das kann nicht sein, Hugo, er war so nett. Er hat sich total zurückgenommen. Er hat zugehört und war von Anfang an nett. Und hilfsbereit. Er war so unheimlich hilfsbereit. Er war der Einzige, mit dem ich wirklich über Kristina sprechen wollte, weil er es verstanden hat. O Gott.«

»Er hat es verstanden.«

»Er hat besser verstanden als jeder andere.«

Das letzte Sonnenlicht war aus dem Raum gesickert. Hadley stand auf und ging zum Fenster. Unten am See, in Richtung Genf, lag noch ein schmaler Streifen Orangerot, dann verschwand er wie ausgeknipst, weil sich am Himmel dichte Schneewolken ballten. Alles verschwamm, und sie rieb sich heftig über die Wangen. Sie drehte sich wieder zu Hugo um.

»Es war alles genau vor meiner Nase, und trotzdem konnte ich es nicht sehen. Ich begreife nicht, wie Sie es ausgetüftelt haben.«

Er erzählte ihr, dass er die Puzzleteile verschoben hatte, hierhin und dorthin, bis sie ein nachvollziehbares Bild ergaben. *Nur eine Idee für eine Geschichte*, sagte er, *anfangs*, und während er sprach, rasten Hadleys Gedanken in ihrem Kopf herum. Es passte alles ganz schrecklich zusammen. Kristinas Märchen von der kaputten Ehe als Tarnung für die echte Tatsache, dass Joel am Institut arbeitete, für das verbotene Verhältnis mit einem Dozenten, womit Hadley nun selbst bestens vertraut war. *Jacques*. Ein französischer Traum von einem Namen, eine Notlüge. Vielleicht hatten sie sich wirklich an der Riviera kennengelernt. Immerhin war Joel gleichmäßig und tief gebräunt, und im Unterricht klickte er sich durch Dias von palmengesäumten Promenaden und eleganten Menschen in Badeanzügen, sprach von den Hemingways, den Fitzgeralds, erzählte wissend von den Sommern, die alles veränderten. Dennoch wäre es ein großer Zufall gewesen, dass er auch in Lausanne an der Uni anfing. Kristina musste alle Details abwandeln, wer er war und wie er aussah und wo er wohnte, um den Schleier der Verschwiegenheit zu wahren. Genau wie Hadley mit Schweizer Freunden Skifahren gewesen war. Und genau wie der Amerikaner, den sie ihrer Mutter aufgetischt hatte, ein Kommilitone aus ihrem Kurs war. Ein lockerer Reigen von kleinen Notlügen. Aber dass Joel verheimlichte, wer er wirklich war? Das war weder klein noch eine Notlüge. Ein Bild verfestigte sich. Es war der Gedanke, wie perfekt die beiden zusammengepasst haben mussten. Kristina mit ihren langen blonden Haaren und endlosen Beinen, Augen so groß wie Fenster, und Joel den Arm lässig um ihre Schulter gelegt, der sie zu einem Kuss an sich zog. Sie mussten ungefähr gleich groß gewesen sein, ihre Lippen perfekt aufeinanderpassend. *Der schönste Mann der Welt und die schönste Frau.* Hadley erinnerte sich an Joels gequälten Blick, als sie ihm erzählte, was Kristina über ihren Liebhaber gesagt hatte. Sie hatte es fälschlicherweise für Mitgefühl gehalten.

»Es war ja nicht nur eine Lüge«, sagte Hadley jetzt. »Es war Schicht auf Schicht nur Täuschung und Betrug. Wir sind durch ganz Genf gelaufen, auf der Suche nach jemandem, den es gar nicht gab. Wie konnte er immer wieder lügen und lügen?«

»Vielleicht glaubte er, keine Wahl zu haben. Sehen Sie es mal aus seiner Perspektive, nur einen Moment lang, wenn Sie es ertragen können. Wenn die Frau, die er eigentlich nicht lieben durfte, getötet wurde, eine Studentin, eine verbotene Affäre, dann musste er heimlich trauern. Und dann standen Sie vor seiner Tür. Was sollte er denn tun? Er durfte Ihnen seinen Kummer nicht zeigen.«

»Sie verteidigen ihn?«

»Aber nicht doch.«

»Ich habe mich in ihn verliebt.«

»Ja, das haben Sie mir erzählt, *ma chérie.*«

»Was, und Sie haben es nicht geglaubt?«

»Sie waren schrecklich unglücklich, und er hat es geschafft, das zu ändern. Das immerhin habe ich mit eigenen Augen gesehen. Und Sie haben vielleicht, ohne sich dessen bewusst zu sein, das Gleiche für ihn getan. Ich frage mich, ob es dasselbe ist, als kämen zwei Menschen unter gewöhnlichen Umständen zusammen. Vielleicht nicht.«

»Nichts ist jemals gewöhnlich, oder? Nicht für die Menschen, die es betrifft.«

»Sie und ich haben uns in einer Bar kennengelernt. Klingt das nicht fantastisch? Ich könnte mir einbilden, vierzig Jahre jünger zu sein.«

»Und war das gewöhnlich?«

»Das war das Außergewöhnlichste, was mir seit Langem passiert ist.«

Hadley senkte das Gesicht in ihre Hände. Sie spürte Hugos Hand auf der Schulter, der Hauch einer Berührung.

»Es ist nicht undenkbar, dass Sie durch die gemeinsam verbrachte Zeit und den Trost, den Sie beide voneinander geschöpft haben, Kristina in seiner Zuneigung ersetzt haben.«

»Ich will aber niemanden ersetzen. Und vor allem nicht so.«

»Niemand ist doch ein unbeschriebenes Blatt.«

»Ich war es.«

Hugo lehnte sich zurück und blickte über den Rasen hinweg Richtung See. Sein Gesicht bebte, während er überlegte, was er zu ihr sagen konnte.

»Ich war nicht auf der Suche. Mir hat es gereicht, einfach nur hier zu sein, an diesem wunderschönen Ort. Und dann brach alles zusammen, und er war da.«

»Er war nie der Einzige.«

»Nein«, sagte sie. »Aber er war derjenige, der wirklich etwas bedeutete.«

»Er hat Sie nicht verdient, Hadley.«

»Er hat gesagt, dass er mich liebt«, sagte sie leise.

»Wann?«

»Gestern.«

»Und?«

»Ich habe es nicht erwidert.«

Hugo seufzte. Ein langsames Ausatmen. Seine kurz geröteten Wangen waren wieder blass.

»Aber er weiß es bestimmt, oder?«, fragte er. »Sie wissen es immer.«

»Ja? Ich bin mir da nicht so sicher. Ich bin mir über gar nichts mehr sicher. Die Frau in Ihrer Geschichte, was macht sie?«

»So weit bin ich noch nicht.«

»Aber was würden Sie sie tun lassen? Und er, was ist mit ihm?«

Hugo steckte das Notizbuch zurück in die Morgenrocktasche und faltete die Hände im Schoß.

»Es tut mir leid«, sagte er. »Ich kann den Rest der Geschichte nicht mehr vor mir sehen. Sie ist weg.«

Hadley starrte ihn an, Bitterkeit wallte in ihr auf. Plötzlich verspürte sie den Wunsch, Hugo an den Armen zu packen und zu schütteln, bis er ihr etwas anderes sagte. Sie biss sich auf die Lippe und wandte den Kopf ab.

»Diese Romanidee, diese *Wahrheit* ist Ihnen nicht einfach in einem Traum eingefallen, oder? Sie hatten schon länger den Verdacht. Viel länger. Jetzt ist mir das klar. Sie mit Ihrem Gerede von Phantomen und Pseudonymen. Sie haben Andeutungen gemacht, aber zu sachte. Sie hätten es einfach geradeheraus sagen sollen. Wovor hatten Sie Angst? Dass ich es nicht hören will? Dass Sie mich damit vergraulen würden?«

»Es war nur ein Gedanke. Eine absurde Vorstellung. Genährt von einer gewissen Voreingenommenheit gegen ihn und meinem Misstrauen seine Motive betreffend. Sie hätten mich ausgelacht. Oder angeschrien.«

»Ja, wahrscheinlich.«

»Und Sie wären schrecklich verletzt gewesen«, sagte er.

»Und jetzt? Was bin ich jetzt?«

»Vielleicht jemand, der die Wahrheit kennt.«

Seine Stimme war so sanft wie die Schneeflocken, die inzwischen vor dem Fenster fielen. Beide drehten sie die Köpfe, um zuzusehen.

»Jacques ist Joel, und Joel ist Jacques«, sagte Hadley, nicht lauter als ein Murmeln.

Sachte kreiselten die Flocken herab und schmolzen, sobald sie den Boden berührten.

Zweiunddreißig

Bevor sie an jenem Tag die Résidence Le Printemps verließ, warnte Hugo sie noch.

»Geben Sie ihm Gelegenheit zu sprechen«, sagte er. »Wir können uns trotz allem irren.«

Dabei streichelte er ihre Finger, vom Knöchel bis zur Spitze. Sanft zog Hadley ihre Hand weg, und Hugo nickte. Ein reumütiges Lächeln.

»Ich warte«, sagte sie. »Ich möchte, dass er es von alleine erzählt. Ich glaube, das wird er. Ich weiß es.«

»Seien Sie sich nicht zu sicher.«

»Sie haben ihn nie gemocht, oder? Auch ohne diese Sache.«

»Nein, aber ich kann mir nicht vorstellen, dass Ihnen das jetzt ein Trost ist.«

Hadley lief den dunklen Kiesbogen hinab. Am Tor drehte sie sich noch einmal um. Hugo sah ihr aus dem Fenster nach. Er hielt eine Hand zum Abschied hoch. Sie nickte und hob ebenfalls kurz die Hand zur schweigenden Entgegnung.

Am nächsten Morgen ging sie in Joels Kurs. Sie setzte sich nach ganz hinten und beobachtete ihn. Er wirkte munter und fröhlich, aber Hadley suchte nach den Rissen in der Fassade, nach den Spuren von Trauer, und sie entdeckte sie. In den dunklen Ringen unter seinen Augen, der brüchigen Stimme, den weißen Fingerspitzen, wenn er sich schwer auf das Pult stützte. Und doch brachte er die Studenten in den vorderen Reihen zum Lachen. Sie schrieben mit, was er sagte, und unterstrichen einzelne Sätze zur Betonung, malten Zeilen mit Textmarkern rosa an und rissen die Arme in die Luft, wenn er eine Frage stellte. Hinterher drängten sich einige Studenten um sein Pult, und Hadley wartete ab. Sie hörte witzige Bemerkungen über seinen Skiunfall. Seine Wange leuchtete inzwischen gelb, unter dem Auge war schwarzer Schorf, aber in ihren Augen sah er nicht mehr verwegen aus, nur gebrochen. Sie sah ihn in ihre Richtung schielen, an den eifrigen Gestalten vorbei, die ihn umringten, genau wie er es die ganze Stunde lang getan hatte. Hadley erwiderte seinen Blick ruhig. Die aufgeschlagene Seite auf dem Block vor ihr war mit tief eingegrabenen schwarzen Linien bedeckt, ihr Kuli hatte einen Sprung im Gehäuse. Sie ging, bevor die Gruppe um sein Pult sich aufgelöst hatte.

Mittags sah sie ihn in der Cafeteria am Tresen stehen und hastig einen Espresso trinken, wie ein Italiener. Caroline Dubois war bei ihm, und die beiden waren ins Gespräch vertieft. Carolines lockerer Haarknoten hatte sich gelöst, und eine rotbraune Strähne fiel ihr auf die Schulter. Sie beugte sich dicht zu Joel hin, als sie sprach. Hadley starrte auf ihren Teller Pommes. Sie suchte sich eine Fritte aus, tauchte sie in Ketchup und knabberte konzentriert daran.

Später am Nachmittag hielt er sie im Vorbeigehen auf dem Flur am Arm fest.

»Was machst du heute Abend? Ich will dich sehen.«

»Ich weiß nicht genau.«

»Bitte, Hadley.«

Er drückte ihren Arm und wiederholte nur, dass er sie wiedersehen wolle. Nein, als Hadley das Gespräch später im Kopf noch einmal abspulte, stellte sie fest, dass er gesagt hatte, er *müsse* sie wiedersehen. Und trotz allem fühlte sich das gut an, sein unstillbares Verlangen nach ihr.

Am Abend klingelte sie bei ihm. Die Gegensprechanlage blieb stumm, also drückte sie erneut auf den Knopf.

»Hallo, ja?«

»Ich bin's.«

»Hadley?«

»Wer sonst?«

Er drückte die Tür auf. Der Eingangsbereich sah noch schäbiger aus, als sie in Erinnerung hatte. Leere Weinflaschen lagen wie Kegel herum. Sie stapfte durch eine Flut von Werbeblättchen und Pizzareklame. Bis zu diesem Moment war sie nicht nervös gewesen. Nun stieg eine Übelkeit in ihr auf, und sie hielt sich am Geländer fest, als sie mit unsicheren Schritten die Treppe hinaufging.

Er hatte die Wohnungstür einen Spalt geöffnet, und sie schob sie ganz auf. Joel kam aus der Küche, ein Geschirrtuch in der Hand. Er blinzelte, und sein Blick war so bedrückt, dass sich ihr Bauch vor Mitleid verkrampfte.

»Du wolltest, dass ich komme«, sagte sie so gleichmäßig wie möglich.

Joel steckte das Geschirrtuch von der rechten in die linke Hand, und Hadley trat mit demselben Unbehagen von einem Fuß auf den anderen.

»Kein Kuss?«, fragte sie bemüht locker.

Joel warf das Tuch zum Küchenschrank, aber es flog zu kurz und fiel auf den Boden. Er beachtete es nicht und fasste Hadley an den Schultern. Er zog sie an sich. Aber er war nicht ganz bei der Sache. Seine Lippen waren hart. Hadley wandte sich ab, ihre Maskerade war fehlgeschlagen. Ganz kurz wünschte sie, Hugo Bézier wäre bei ihr, er könnte diese weit hergeholte Geschichte viel besser erzählen. Sie setzte sich auf die Sofakante, den Körper straff angespannt. Joel blieb unschlüssig neben ihr stehen.

»Du hast am Telefon einfach aufgelegt«, sagte er, ohne sie dabei richtig anzusehen.

»Das war keine Absicht.«

»Ich hab dir gesagt, dass ich dich liebe.«

Jetzt sah er ihr in die Augen, und sie wich nicht aus. Sie versuchte, ganz in ihn hineinzublicken, doch da waren nur blasse Dunstschleier, ein unbestimmtes Blau, kleine Pupillen, die ihr nichts verrieten.

»Ja, ich weiß«, sagte sie.

»Ist das alles?«

»Ich wusste nicht, was ich sagen soll.«

»Klar.«

»Entschuldige.«

»Nein, ich muss mich entschuldigen. Es war zu früh, so was zu sagen. Und zu spät für anderes.«

»Joel …«, setzte sie an.

»Du hast etwas Besseres verdient.« Er ging neben ihr in die Hocke und nahm ihre Hände. Seine waren warm und trocken, und Hadley hielt sie ganz fest. »Das habe ich gleich am Anfang gesagt, und ich habe es immer genau so gemeint. In den letzten Tagen habe ich viel nachgedacht. Hadley, ich muss unsere Beziehung beenden.«

Das war eine Ohrfeige. Das Letzte, was sie erwartet hatte.

»Erst sagst du *Ich liebe dich* und dann nicht mehr?«

»Darum geht es nicht.«

»Und was ist mit diesem Wochenende? Locarno? Fahren wir also nicht? Einfach so?«

»Ich wünschte, wir könnten.«

»Das glaub ich dir nicht«, sagte Hadley.

»Kann ich dir nicht verdenken.«

»Was für eine Antwort ist das denn?«

Er war aufgestanden und hatte sich ans Fenster gestellt. Genau an den Fleck, wo er auch an Hadleys erstem Morgen in dieser Wohnung gestanden hatte, als er mit gesenktem Kopf und rauchend auf die Straße starrte, statt neben ihr zu liegen.

»Joel«, sagte sie mit so viel Nachdruck, wie sie aufbrachte.

Da sah sie, dass seine Schultern bebten. Zuerst dachte sie, er lachte, und fragte sich kurz, ob das alles ein schlechter Witz war, ein missverstandenes Theaterspiel. Doch dann hörte sie ein Schluchzen, ein ersticktes Geräusch, das sich gewaltsam aus ihm zu befreien, ein eigenes Leben zu besitzen schien.

»Joel.« Auch ihre eigenen Worte wurden von einem Schluchzen bedroht. »Ist schon gut. Ich weiß es.«

Sie sah ihn erstarren. Hörte ihn scharf einatmen. Sie ging zu ihm, mit langsamen, bedächtigen Schritten, einen Fuß vor den anderen. Sie schlang die Arme um seine Taille, lehnte den Kopf an seinen Rücken und fing sein Zittern auf. Nichts von alledem hatte sie vorgehabt, aber sie tat es.

»Woher?« Er drehte sich zu ihr um. »Doch nicht wegen diesem verdammten Zettel?« Seine Stimme war ein heiseres Flüstern.

»Jacques«, sagte sie.

»Kristina …«

Als er ihren Namen sagte, war sein Gesicht zu einem lautlosen Schrei verzerrt. Stille dröhnte um sie herum, und der Name, *Kristina*, drehte sich im Wind. Hadley hielt Joel noch fester, die Finger auf seinen Arm gepresst.

»Es gibt so vieles, was ich dir sagen muss«, stieß er hervor. »Aber das eine, was du mir glauben musst, ist, dass ich dich liebe.«

Mit tränenfeuchten Augen sah sie ihn an. Seine Haare

waren zerzaust und hingen ihm in die Augen. Er war ein Mann, den der Kummer aufgefressen hatte. Wie konnte bei alldem noch Liebe für sie übrig sein? Erst in dem Moment begriff sie, dass sie es bis dahin nicht richtig geglaubt hatte, nicht ganz, nicht durch und durch. Aber nun waren sie wie umringt von jeder einzelnen Lüge, die er je erzählt hatte.

»Ich weiß gar nicht, wer du bist«, sagte sie. »Oder?«

»Hadley, ich kenne mich selbst kaum.«

»Ich sollte nicht hier sein. Ich muss gehen.«

»Hadley, ich muss es dir erklären …«

»Ich weiß nicht, wie das gehen soll.«

»Bitte lass mich erklären.«

»Du hast mich lächerlich gemacht. Vielleicht hattest du deine Gründe, und vielleicht war es keine Absicht, aber es ist so. Deshalb kann ich mir jetzt nichts anhören. Ich will es nicht wissen. Später ja, aber noch nicht. Nicht jetzt.«

Sie ging aus der Wohnung und schloss dabei ihren Mantel, ungeschickt nestelte sie an den Knöpfen herum. Sobald sie durch die Tür war, rannte sie die Treppe hinunter. Als sie unten ankam, hörte sie einen Laut, blieb stehen und lauschte. Es hätte der Wind sein können, der um das Gebäude stöhnte, das Heulen eines vorbeifahrenden Autos, vielleicht sogar das Knurren des angeleinten Hundes eines alten Mannes. Es hätte eines oder auch alles davon sein können, oder es hätte Joel Wilson sein können, der weinte.

Zwei Tage verstrichen, ohne dass er versuchte, sie zu erreichen. Hadley schwänzte ihre Kurse, mied Les Ormes und hielt sich von der Résidence Le Printemps fern. Sie verlor sich in der Stadt. Sie lief durch die Rue des Mirages, suchte nach etwas und nach nichts. Letztlich zogen die Berge sie zum See hinunter. An dem Tag waren die Alpen schlammgrau und wuchtig, dicke Wolken jagten um die niedrigen Gipfel. Es war eine Landschaft, die Hadley erdete und sie klarer denken ließ, und sie betrachtete sie, ließ sich davon einnehmen. Nur wenige Straßen entfernt saß Hugo in seinem Morgenrock, die spitzen Fußknöchel unter der Pyjamahose herausragend. Bestimmt wachte er jeden Tag auf und fragte sich, ob sie zurückkäme. Schrieb er jetzt gerade in sein Notizbuch? *Ich wollte meine eigene Geschichte schreiben*. Das sollte sie ihm später sagen.

Plötzlich wusste sie, dass sie unbedingt die Stimmen ihrer Eltern hören musste. Sie holte das Handy aus der Tasche und wählte.

»Mum?« Sie legte die Hand um den Mund, da der Wind nun lauter brüllte.

»Hadley, was für eine schöne Überraschung.«

Sie schloss die Augen. »Was macht ihr gerade?«

»Ach, das Übliche«, sagte ihre Mutter. »Sam ist bei seinem Freund, dein Vater kommt gerade von der Arbeit. Wo bist du? Es ist so laut.«

»Ich bin unten am See. Das ist der Wind.«

»Du rufst aber nicht vom Handy aus an, oder? Das kostet doch ein Vermögen.«

»Ich wollte nur mit euch sprechen.«

»Tja, das ist sehr nett. Liebes, wir haben nach deinem Skiurlaub gar nichts mehr von dir gehört, war es so, wie du es dir erhofft hattest?«

Hadley nahm das Telefon in die andere Hand und blies sich in die eisigen Finger.

»Ich war noch nie irgendwo, wo es so schön war«, sagte sie.

»Und konntest du es? Skifahren?«

»Ja.«

Hadley dachte daran, dass sie einmal die Kontrolle verloren und Joel sie aufgefangen und den Arm um ihre Taille geschlungen hatte, sodass ihre Skier zwischen seine glitten. Lachend waren sie in den Schnee gesunken, und sie hatte ihn auf sich gezogen. Seine Haut hatte nach Sonnenmilch geschmeckt, seine Lippen waren von der kalten, harten Luft rau gewesen. Dann fiel ihr seine Abfahrt über die Felsen ein, die waghalsige Geschwindigkeit, der verrückte Sprung, als wäre ihm egal, ob er lebte oder starb. Im Rückblick war es nachvollziehbar, das Auslöschen jeder Empfindung außer der, die in diesem einen Moment existierte. Die düstere Entrücktheit.

»Erzähl mir was.« Hadley hatte Mühe, ihre Stimme gleichmäßig zu halten. »Was treibt Dad denn so? Wie geht es ihm?«

»Ach, dem geht's gut, du kennst ihn ja. Sprich doch mal kurz mit ihm, er wird sich so freuen, dich zu hören.«

Wieder schloss Hadley die Augen, während der Hörer weitergereicht wurde.

»Die Katze will raus«, hörte sie ihren Vater sagen.

»Ach, lass doch die Katze«, meinte ihre Mutter.

»Hadley! Wir haben in der Sportschau nach dir Ausschau gehalten, dich aber nicht gesehen.«

»Hallo«, sagte sie matt. Zu Hause war sicher schon schön warm eingeheizt, und wahrscheinlich hatten sie früh die Vorhänge zugezogen. Bald käme Sam mit rosigen Wangen und munter plaudernd zurück.

»Und dir geht's gut?«, fragte er. »Alles in Ordnung?«

»Ja, wie immer.« Mehr bekam sie nicht heraus. Sie biss sich auf die Lippe und hoffte, er würde sich in einen Redestrom stürzen. Einen detaillierten Bericht von Sams neuestem Unsinn vielleicht oder wie viel er bei seinen kleinen Pferdewetten gewonnen hatte.

»Lass es dir gut gehen, Hadley, aber vergiss das Studium nicht. Und was war das jetzt mit diesem Amerikaner?«

Im Hintergrund war gedämpft ein Tadeln zu hören. Hadley sah ihren Vater vor sich, tänzelnd wie ein langsamer alter Boxer, während ihre Mutter ihm mit einem hellen Lachen das Telefon wieder abnahm.

»Hör nicht auf deinen Vater, Hadley. Hab so viel Spaß, wie du nur kannst«, sagte sie. »Vergeude keine Minute.«

Da wusste Hadley, dass sie auflegen musste. Sie rang sich einen überschwänglichen Abschied ab, einen, der nach tollen Plänen und aufregenden Orten und Freude klang, vor allem nach Freude, aber am Ende wurde nur ein Flüstern daraus. Ihre Eltern grüßten sie im Chor. In dem Bestreben, ihr alles Gute zu wünschen, war ihnen entgangen, dass es ihr nicht gut *ging*, und genauso musste es sein. Hadley stellte sich vor, dass sie mit dem fortfuhren, was sie vorher gemacht hatten, aber mit neuer Energie, einer gewissen Lebhaftigkeit.

Sie hielt das Telefon in der Hand und drehte es hin und her. Joel war der einzige Mensch, der ihr je den Boden unter den Füßen weggerissen hatte, erst im guten Sinne und nun in einem unvorstellbar schlimmen. Aber das Gute war immer noch da. Es zählte noch. War es nicht ihre eigene Entscheidung, wie schwer es wog, dass er sie angelogen hatte?

Sie überlegte, was sie wusste und was sie sich vorstellen konnte. Joel hatte an der Riviera Sonne getankt, das war ihr jetzt klar. Die Fältchen um seine Augen kamen vom Blinzeln unter Palmen am glitzernden Wasser. Er war kein sich entfremdender Ehemann, sondern ein Dozent in fremden Gefilden gewesen, ein Romantiker, der in die Fußstapfen seiner literarischen Helden trat. Vielleicht war ihm als Erstes Kristinas Haar aufgefallen, das mit jeder Strähne das Sonnenlicht auffing. Lausanne war Gesprächsthema bei einem Abendessen am Hafen gewesen, die Feststellung, dass wie durch ein Wunder ihr Schicksal miteinander verknüpft war. Joel hatte sich auf seinem Stuhl zurückgelehnt und die Hände hinter dem Kopf verschränkt, ein schöner Schlamassel, eine Liebesaffäre mit einer künftigen Studentin. Doch da hatte er bereits ihre Honighaut geschmeckt, ihre zarten Lippen, und es durfte noch nicht das Ende sein. An ihrem letzten Abend im Süden hatten sie sich auf *Jacques* geeinigt, Kristinas Idee, lachend vorgebracht. Vielleicht hatte sie sich vorgestellt, dass Joel mit Hemd und Krawatte in einem Hörsaal stünde und Herzchen mit Kreide auf die Tafel malte, und abends nähme sie seine Hände und legte sie auf all die Stellen, die er tagsüber nicht berühren durfte. *Jacques.* Für die anderen Studenten musste sie eine Geschichte erfinden, *eine gescheiterte Ehe, ein schwieriges Verhältnis.* Vielleicht hatte sie nicht mit einer Engländerin gerechnet, die zu so einer engen Freundin wurde und jedes Mal leuchtende Augen bekam, wenn sie *Liebe* sagte.

Hadley drückte sich die Hände auf die Augen. Leise, mit nur dem Wasser als Zeugen, begann sie in ihren Handschuh zu sprechen.

»Also bin ich letztendlich dahintergekommen, Kristina«, sagte sie. »Mit ein bisschen Hilfe. Du hättest es mir erzählen können, weißt du? Oder wäre das nicht so witzig gewesen? Denn es hat dir ja Spaß gemacht, mich mit meinem Dozenten aufzuziehen, stimmt's? Wäre es so schlimm gewesen, einfach die Wahrheit zu sagen? Du konntest mir vertrauen. Ich glaube nicht, dass Joel mich absichtlich lächerlich gemacht hat, aber was ist mit dir? Du warst nicht perfekt, niemand ist das, aber ich war mir so sicher, dass du besser bist.«

Der Wind peitschte ihr Tränen aus den Augen. Durch die dicken Kastanienbäume konnte sie den Umriss des Hôtel Le Nouveau Monde erahnen. Sie lief darauf zu.

»Und jetzt? Was jetzt?«, sagte sie halblaut. »Du bist weg. Es ist furchtbar für mich, jeden Tag ist es furchtbar, aber so ist es. Und wir sind noch hier, Joel und ich, Jacques und ich, er und ich. Kristina, was, wenn das, was wir empfinden, echt ist? Trotz der Lügen und trotz allem, was passiert ist, was, wenn es auch wahr ist? Hugo glaubt, es wäre völlig falsch, aber du, was glaubst du?«

Manchmal wimmelte Ouchy von Menschen, aber an diesem Tag war es ruhig. Hadley stapfte durch vereiste Laubhaufen, Kies knirschte unter ihren Füßen. Sie hatte die Hitze von Joels Hand gespürt, wenn sie ihre umschloss, seinen an ihren gepressten Körper in der Berghütte. Die unbezweifelbare Wahrheit, die in einem Kuss enthalten war. Aus dem Dunklen kamen diese Dinge, und sie wusste, dass sie ihr gehörten. Während sie sich durch die Kastanien schlängelte, dachte sie an Joels abgrundtiefe Traurigkeit und daran, dass er trotz Hadleys Anwesenheit so allein damit gewesen war. Hätte sie es nur gewusst, hätte er ihr nur die Wahrheit anvertraut, wie anders wäre alles gewesen. Oder vielleicht nicht? Möglicherweise wäre alles genau gleich gewesen.

Durch das Laufen wurde ihr wärmer. Er hatte sie getröstet, als sie es am dringendsten brauchte. Das war echt gewesen. Er hatte sie geküsst und im Arm gehalten. Das war echt gewesen. Er hatte sie von allem Traurigen und Schlimmen abgelenkt und sie in die weißen Alpen gebracht und sie dort geliebt. Das war echt gewesen. Jeder Schwindel war immer von wärmenden Worten und Hoffnung begleitet gewesen, von der Hoffnung, dass es eines Tages wieder besser würde. Und das war echt gewesen.

Am Hotel blieb sie stehen. Eine kurze Flaute ließ die Flaggen erschlaffen. Der Portier schaukelte auf den Fersen. Er nickte ihr zu. Vielleicht erkannte er sie, wahrscheinlich war er aber nur höflich. Sie ging vorbei, ihre Gedanken wandten sich wieder Joel zu. Sie hatte ihn immer als trotzig empfunden, von einer für sie unergründlichen Energie erfüllt. Und es stimmte, dass ein Teil von ihm für sie immer unerreichbar geblieben war. Wenn sie nebeneinander in der Dunkelheit lagen, wenn sie ihn unbemerkt beobachtete, wenn er die Musik im Auto auf volle Lautstärke drehte und das Lenkrad umklammerte, als wollte er es aus der Verankerung reißen. Vielleicht war sie eben doch gewarnt worden. Er hatte ihr in die Augen gesehen und gesagt, sie solle die Finger von ihm lassen, weglaufen, solange sie noch könne. *Such dir einen netten Schweizer mit ordentlichen Manieren und guten Schuhen*, hatte er das nicht gesagt? Und dennoch hatte sie sich in ihn verliebt.

Jacques. Sie lächelte ein schmales Lächeln. Von Anfang an war sie der Ansicht gewesen, dass zwischen ihr und Jacques eine durch ihre Zuneigung zu Kristina geschmiedete Verbundenheit bestand, dass sie und er vereint waren in ihrer getrennten Trauer. Es war Kristina, ihre liebste Freundin, die sie zusammengebracht hatte. Und daher beschloss sie in diesem Moment, dass es nicht Kristina wäre, die sie auseinanderrisse. Es gab keinen Jacques. Es gab nur Joel.

Dreiunddreißig

Es dämmerte, als Hadley mit dem Bus zurück ins Wohnheim fuhr. Um sie herum funkelte und glitzerte Lausanne wie eh und je. Perfekt gestaltete Schaufenster strahlten hell, die eleganten Hotels waren beleuchtet wie Bühnenbilder. Hadley schloss die Augen. Was sie vor allem wollte, war schlafen. Am nächsten Morgen würde sie zu Joel gehen. Sie würde ihm sagen, dass sie bereit war zuzuhören und dass sie versuchen würde zu verstehen.

Massig und leicht bedrohlich lag Les Ormes da. Eine kränklich gelbe Laterne erhellte den Weg zur Tür. Auf den Stufen standen ein paar Studenten aus unterschiedlichen Ländern und rauchten, in ihren schwarzen Winterjacken wirkten sie wie ein Schwarm Krähen. Sie unterhielten sich und lachten auf ihre Zigaretten. Hadley schob sich rasch vorbei. Sie hatte gerade einen Schritt in den Flur gemacht, als Helena auf sie zueilte. Sie musste auf einem der Ledersofas gewartet, durch die kostenlosen Zeitungen und eingerissenen Magazine geblättert haben, und nun waren ihre Wangen bonbonrosa vor Aufregung.

»Hadley, da bist du ja! Ich hab dich überall gesucht!«

»Hels, ich bin so müde. Ich leg mich einfach direkt hin.«

»Aber da ist Besuch für dich. Ich habe ihn gesehen, als ich nach dem Unterricht nach Hause kam. Er lungerte so ein bisschen im Flur rum, offen gestanden machte er einen leicht zwielichtigen Eindruck. Aber er sieht so gut aus, man würde ihn nie einfach so ansprechen und fragen, was er da macht oder nach wem er sucht. Es war absolut klar, dass er kein Student war. Und sobald ich dann in meinem Zimmer war, hab ich gehört, dass jemand an deine Tür klopft. Ich hab nur den Kopf rausgesteckt, falls es Jenny oder Chase ist oder so. Aber dann war er es.«

»Wer denn, Helena?«

»Dein Dozent.«

»Was, Joel? Hier?«

»Ich hab ihn in meinem Zimmer warten lassen. Ich hätte ihn ja in die Küche gebracht, aber die anderen hätten ihn in der Luft zerrissen. Er ist sehr einsilbig. Er hat nur gesagt, dass er zu dir will, aber ich wusste sofort, wer das sein muss. Mein Gott, er sieht gut aus, Hadley.«

Er stand mit dem Rücken zu ihnen und blickte aus dem Fenster, über den Balkon auf die winzigen Lichter Lausannes und die dunklen Berge dahinter. Vielleicht war er in seiner eigenen Welt, denn er machte keine Anstalten, sich umzudrehen, als die Tür aufging. Hadley konnte in Ruhe seine blonden Haare betrachten, seine große Gestalt, den dunklen Mantel, der bis unter die Knie reichte. Sie schloss die Tür hinter sich. Es war nicht Joel Wilson.

»Hallo«, sagte sie.

Wundersamerweise kam das Wort in einem Stück heraus. Er drehte sich um. Sein Mund zuckte wie zu einem Lächeln, dann stockte er und nickte nur, als bestätigte ihr Anblick etwas Entscheidendes; Zusammenhänge herstellen und Rätsel lösen, hätte Hugo vielleicht gesagt. Nun streckte der Mann ihr die Hand entgegen, und sie ging auf ihn zu und ergriff sie.

»Sie sind Hadley.«

Sie konnte einfach seine Hand nicht loslassen. Ihre Finger quetschten seine, klammerten sich fest, als hinge ihr Leben davon ab. Seine Augen weiteten sich, und ihre füllten sich mit Tränen.

»Es gibt Sie wirklich« war alles, was sie entgegnete.

Kristinas Tod war fast sechs Wochen her, und diese ganze Zeit hatte Jacques geschäftlich im Nahen Osten verbracht, in einem turmhohen Wüstenhotel. Seine Frau war durch makellose Gärten und zwischen silbrig schäumenden Springbrunnen gewandelt, während er in eisig-kalten Autos durch die Gegend gefahren war und Termine in Hemdsärmeln absolviert hatte. Vor seiner Abreise hatte er jede Verbindung zu Kristina abgebrochen, sich endlich für die Rettung seiner Ehe entschieden und gegen die Ebbe und Flut einer Sommerliebe, die schon zu weit in den Herbst angedauert hatte. Er hatte sich Hals über Kopf in Kristina verliebt, *complètement, totalement*, sagte er mit einem Akzent, der genauso klang, wie Hadley ihn sich immer bei Jacques vorgestellt hatte. Am Morgen noch waren seine Haare sicherlich glatt zurückfrisiert gewesen, jetzt aber waren sie wirr, zerzaust von gequälten Händen. Seine sonnig braune Haut war gespensterhaft bleich. Er hatte nur zufällig von Kristinas Tod erfahren, erzählte er, fast unmittelbar nach seiner Rückkehr in die Schweiz. In einer alten Zeitung, der letzten, die nach der Kündigung des Abonnements noch in seine Genfer Wohnung geliefert worden war, hatte er eine winzige Nachricht gelesen. Er war vor Schock zusammengebrochen. Denn er hatte sie geliebt und sich ein gemeinsames Leben mit ihr gewünscht, vorher, ehe er die Entscheidung traf, das Richtige zu tun. *War es möglich*, fragte er, *zwei Menschen gleichzeitig zu lieben*?

»Ich weiß es nicht«, sagte Hadley. »Ich glaube nicht.«

»An dem Abend, als sie starb, haben wir uns gestritten, weil ich es beendet habe, weil ich verreisen musste. Wir haben uns im Kreis gedreht, und sie sagte immer wieder, dass sie zu spät zu Ihrem Geburtstag komme, dass sie jetzt keine Zeit für dieses Gespräch habe, aber ich musste ihr begreiflich machen, dass es vorbei war. Ich wollte nicht mit einer Lüge wegfahren. Am Ende rannte sie wütend weg. Ich dachte, ich sähe sie zum letzten Mal für lange Zeit. Nicht für immer.«

Hadley beobachtete eine einzelne schimmernde Träne auf seiner Wange und fragte sich, warum sie nicht hinabrann. Sie dachte an das *Pierrot*-Nachthemd, das Kristina getragen hatte, die gemalte Traurigkeit. Jetzt wischte Jacques die Träne mit dem Handrücken ab.

»Sie habe ich über die Uni gefunden«, sagte er. »Ich hoffe, Sie haben nichts dagegen. Ich war so allein mit meiner Trauer und viel zu spät. Ich bin erst seit zwei Tagen zurück in der Schweiz und musste einfach jemanden finden, der sie kannte. Von Ihnen hat sie oft gesprochen, Hadley. *Meine liebe englische Freundin*, sagte sie immer.«

»Ich habe auch versucht, Sie zu finden«, sagte Hadley.

»Wirklich? *Merci*. Dass Sie es probiert haben.«

Sie waren in Helenas Zimmer. Kristinas Zimmer. Jacques saß auf der Bettkante. Hadley stand am Fenster, hinter sich einen ganz normalen Lausanner Abend. An die Tür gelehnt hockte Helena auf dem Boden, die Arme um die Knie geschlungen. Als sie gesehen hatte, dass es nicht Joel war, hatte Hadley sie am Arm gefasst und gesagt: *Bitte bleib.*

»Es ist ein furchtbarer Gedanke, dass sie unglücklich gestorben ist«, sagte Jacques. »Dass sie unseren Streit noch in den Ohren hatte. Waren Sie bei ihr? War es nach Ihrer Party? Haben Sie Spaß gehabt? Hat sie gelächelt? Bitte sagen Sie mir, sie hat noch gelächelt.«

Hadley zögerte. Eine Lüge wäre so einfach, so sanft.

»Sie hat es gar nicht mehr geschafft. Sie war so spät dran, und ich war so sauer, und wir sind in eine andere Bar gegangen. Sie waren der Letzte, der sie gesehen hat.«

»Der Letzte?«

»Ja.«

Er ließ den Kopf in die Hände sinken. Sie kannte diese Haltung, sie wusste, wie sie sich anfühlte.

»Wir haben uns auch gestritten«, erzählte sie. »Auf dem Weg von Genf hat sie mich angerufen. Ich war schrecklich, ich habe ihr gesagt, sie brauchte gar nicht mehr zu kommen. Das kann ich nicht mehr ändern, Jacques, aber ich weiß auch, dass es nicht das sein darf, an das ich mich erinnere. Denn es gab so viel mehr.«

Er schwieg.

»Kristina hat mir einmal etwas von Ihnen erzählt«, sagte sie. »Ich fand es wunderschön. Sie sagte, Sie seien der schönste Mann der Welt und Sie hätten ihr das Gefühl gegeben, die schönste Frau der Welt zu sein.«

»Das hat sie gesagt?« Er hob den Kopf und blinzelte schnell. Ein trauriges Lächeln huschte über sein Gesicht.

Hadley nickte. In ihrer Brust verschob sich etwas, und sie atmete tief durch.

Sie brachte ihn hinaus auf die Straße. Es war dunkel und still und klirrend kalt.

»Sie zittern ja«, sagte Jacques. »Sie sollten wieder reingehen.«

»Es geht schon«, erwiderte Hadley mit klappernden Zähnen. Arm in Arm gingen sie zur Bushaltestelle.

»Wissen Sie was, ich nehme nicht den Bus. Ich gehe zu Fuß zum Bahnhof«, sagte er. »Hadley, ich bin froh, Sie kennengelernt zu haben. So froh. Sonst hätte ich mir vielleicht eingeredet, dass es Kristina nie gegeben hat. Ich hätte versucht, so zu tun, als hätten wir einander gar nichts bedeutet. Das ist die feige Art, dem Schmerz aus dem Weg zu gehen. Aber am Ende holt er einen immer ein.«

Hadley sah ihn unverwandt an. Sie zog ihren Arm aus seiner Ellbogenbeuge.

»Was ist denn?«, fragte er.

»Ich weiß nicht genau.«

»Sind Sie böse auf mich? Habe ich Kristina irgendwie schlecht behandelt? Ich würde es Ihnen nicht verdenken.«

»Kristina wusste, was sie tat«, sagte Hadley.

»Was ist es dann?«

»Ach nichts«, sagte sie. »Nur, was Sie vorhin gesagt haben. Sich einreden, dass es sie gar nicht gegeben hat. Ich bin gerade ein bisschen verwirrt.«

»Meinetwegen?«

»Wegen jemandem, der nicht Jacques ist.«

Er sah sie von der Seite an. »Das verstehe ich nicht.« Nun, wo sie auf der Straße standen, wo alles gesagt war, wurde er etwas distanzierter. »Entschuldigen Sie, aber ich muss jetzt wirklich los. Ich bin schon zu lange hier.«

Er küsste sie auf beide Wangen, drei Mal, auf Schweizer Art.

»Ich habe Kristina wirklich geliebt«, sagte er. »Es gab eine Zeit, da hätte ich alles für sie aufgegeben. Aber dann habe ich eine Entscheidung getroffen, und ich musste mich daran halten. Das war alles. Hätte ich die Sache nicht beendet, wäre alles vielleicht anders verlaufen. Damit muss ich jetzt leben.«

»Oder es wäre genauso gekommen. Es war nicht Ihre Schuld, Jacques«, sagte sie. »Niemand war schuld.«

Einen Moment lang wirkte er dankbar, doch dann umwölkte sich seine Miene wieder. »Doch, irgendjemand schon, oder?«, sagte er.

Hadley blieb auf der Straße stehen. Die vergangene Stunde hatte sie ausgelaugt. Sie lehnte sich an die Mauer und sah Jacques nach, der sich mit schnellen Schritten entfernte, Beine wie Scherenklingen. Trotz seines Kummers war er genau so, wie Kristina ihn beschrieben hatte. Er war gekommen und gegangen, und alles hatte sich wieder verändert. Sie sah ihn zur Seite treten, um jemanden vorbeizulassen. Ein Mann hastete mit ungleichmäßigen Schritten den Berg herauf. Als er in den Lichtkegel einer Laterne trat, machte Hadleys Herz einen Satz. Es war Joel. Er rannte, und er konnte nur auf dem Weg zu ihr sein. Joel ging an Jacques vorbei, sie waren nur Zentimeter voneinander entfernt, ihre Füße traten auf dasselbe Stück Asphalt, ihre Atemwölkchen verschwanden in derselben kalten Nachtluft. Zwei unterschiedliche Menschen, nun also doch. Hadley hätte sich flach an die Mauer drücken, sich in der Dunkelheit verstecken können, dann hätte Joel sie wahrscheinlich nicht bemerkt, denn sein Kopf war gesenkt. Doch sie trat mitten auf den Bürgersteig. Keuchend hielt er an.

»Hadley? Du bist hier«, sagte er.

Er griff nach ihr, als wäre sie ein Trugbild, das ihm entschlüpfen könnte. Seine Hand, sonst so sicher und warm, war glitschig und kühl. Offenbar war er den ganzen Weg aus der Stadt gerannt, sein Herz klopfte heftig. Er war in kalten Schweiß gebadet.

»Hast du das geplant?«

»Geplant?«, fragte er ungläubig. »Das ist nicht dein Ernst.«

»Das da war Jacques. Der Mann, an dem du gerade vorbeigelaufen bist. *Jacques.* Es gibt ihn wirklich. Er ist genau, wie Kristina erzählt hat.«

Joel wirbelte herum, seine offene Jacke flatterte. Er legte die Hände an den Kopf. Jacques war schon beinahe außer Sicht. Laternenlicht beleuchtete seine letzten Schritte, dann war er fort.

»Ich dachte, sie hätte gelogen, ich dachte, alle hätten gelogen«, sagte sie. »Diese ganze Sucherei nach Jacques, und dann hat er mich gefunden. Woher wusstest du, dass er hier war? Ich kapier's nicht.«

»Hadley, ich kenne keinen Jacques. Kannte ich noch nie.«

Sie starrten einander an und waren meilenweit voneinander entfernt.

»Aber du hast gesagt, dass du es warst«, stammelte sie. »Ich war so sicher, dass du es warst, und du hast es auch gesagt. Du hast Kristina geliebt, du warst Jacques. Ich dachte, das wäre es. Hugo dachte das.«

»Ich kannte sie nicht mal, Hadley. Überhaupt nicht.«

»Aber in deiner Wohnung habe ich dir doch gesagt, dass ich Bescheid weiß. Das stimmte nur gar nicht, oder? Ich lag falsch. Also warum? Warum hast du so getan, als wärst du er?«

»Das habe ich nicht.«

»Jetzt verstehe ich gar nichts mehr. Wenn er Jacques ist und du nicht, warum warst du so verzweifelt? Warum bist du jetzt so verzweifelt? Joel, ich begreife es einfach nicht.«

Seine Arme hingen schlaff herab, er wirkte geschrumpft in seiner Jacke. Von seiner üblichen Präsenz war nichts mehr übrig.

»Bitte sag was, bitte erzähl mir was Nachvollziehbares.«

Joel rieb sich mit beiden Händen das Gesicht. »Können wir nach drinnen gehen?«, bat er. »Können wir uns woanders unterhalten?«

»Nein. Hier. Sprich hier mit mir.«

Er legte ihr die Hände auf die Schultern. Es war eine zarte Berührung, als könnte sie oder er sonst zerbrechen.

»Hadley, als du in meine Wohnung kamst, war ich mir, nach allem, was du gesagt hast, so sicher, dass du es weißt. Und es war eine solche Erleichterung. So eine grauenhafte, widerwärtige, furchtbare Erleichterung.« Er stieß ein kurzes, bellendes Lachen aus, ein Geräusch, dem jede Fröhlichkeit fehlte. »Hinterher, als ich noch mal darüber nachgedacht habe – verdammt, ich konnte ja nicht *aufhören*, darüber nachzudenken –, wurde mir klar, dass du etwas falsch verstanden haben musstest. Dass es um etwas anderes gehen musste, um was auch immer.«

Seine Lippen bewegten sich unpräzise, die Stoppeln am Kinn hatten sich zu einem Bart verdichtet. Er sah sie forschend an, und sie erwiderte seinen Blick, suchte nach dem Joel, den sie kannte.

»Du machst mir Angst.« Sie trat einen Schritt zurück. Er ließ die Arme fallen und griff nach ihrer Hand.

»Ich mache mir doch selbst Angst. Ich habe seit zwei Tagen nicht geschlafen. Du bist der erste und der letzte Mensch, mit dem ich darüber sprechen muss. Ich war ein schrecklicher Feigling. Schrecklicher geht es nicht. Was auch immer also jetzt mit mir passiert, ich habe es verdient. Ich nehme es an, ich nehme alles an.«

»Was erzählst du mir da, Joel?«, fragte sie mit eigenartig ruhiger Stimme.

Er sah sie nur an, als wüsste sie es bereits.

»Sag es«, forderte Hadley sehr bedächtig, jedes Wort so scharf, als könnte es ihre Zunge zerschneiden. »Denn was ich denke, ist absolut, vollkommen *unmöglich*. Also musst du es sagen. Sonst verstehe ich es wieder falsch. Sonst denke ich, du bist jemand, der du nicht bist. Noch einmal.«

»Hadley…«

»Sag es mir. Die Wahrheit.«

»Ich liebe dich.«

»Nicht das. Auf keinen Fall das.«

»Hadley, ich kann nicht…«

»Einen wahren Satz. Ist es nicht das, was dein Hemingway sagen würde? Den wahrsten Satz, den du kennst, Joel. Sag ihn.«

»Ich gehe zur Polizei.«

»Warum?«

»Wegen des Unfalls.«

»Warum?«

»Sie kam aus dem Nichts. Wie der Schneesturm, aus dem Nichts. Sie stand einfach auf der Straße. Ich hab sie nicht mal fest erwischt. Ich war ja nicht schnell. Aber sie ist gestürzt. Und sie muss sich den Kopf auf dem Bürgersteig angeschlagen haben, denn als ich mich umgedreht habe, hat sie sich nicht bewegt. Und da war Blut im Schnee. Und das war ich nicht, ich weiß, dass ich das nicht war, so fest habe ich sie nicht angefahren. Sie muss auf dem Eis ausgerutscht sein. Ich hab sie kaum gestreift, das weiß ich genau. Vielleicht bin ich nur vorbeigefahren. Miserables Timing. Eine furchtbare Schicksalsfügung. Und ehe ich begriffen habe, was passiert ist, war ich schon weitergefahren. Warum? Du willst wissen, warum? Das möchte ich auch. Die Frage habe ich mir hundert Mal gestellt, und mir fällt dazu nur das ein: Ich wollte nicht, dass mein Leben vorbei ist, weil ihres vorbei war. Das dieser Frau, die ich nicht kannte. Dieser Frau, die einfach aus der Dunkelheit gekommen war, dieser Frau, die ausgerutscht und gestürzt war. Und ich weiß ganz genau, wozu mich das macht.«

Er machte eine Pause, um Atem zu schöpfen. Hadley stand

mit offenem Mund und verschränkten Fingern da. »Ich hätte überhaupt nicht unterwegs sein dürfen. Es war dumm von mir, unterwegs zu sein. Willst du wissen, warum ich losgefahren bin? Du hattest mir erzählt, dass du ins Le Pin gehst, in der Nähe des Bahnhofs. Und ich war zu Hause in meiner Wohnung, und plötzlich dachte ich, ach, scheiß drauf, scheiß auf alles, ich gehe hin. Ich gehe hin und wünsche Hadley Dunn alles Gute zum Geburtstag, spendiere ihr was zu trinken und sehe weiter, sehe einfach mal, was passiert, wenn ich das mache. Also bin ich ins Auto gestiegen und gefahren, weil das Wetter so schlecht war und der Schneesturm so heftig. Ich habe gerade einen Parkplatz gesucht, und da hab ich dich gesehen. Du standest da mit diesem Kerl aus den Bergen, dem Italiener, und hast ihn geküsst. Mitten auf dem Bürgersteig, genau vor meinen Augen, vor aller Augen, ihr habt kaum Luft geholt. Und da wurde mir klar, wie bescheuert es von mir war zu glauben, dass es irgendwie anders hätte laufen können. Also bin ich weitergefahren, ein paar Mal um den Block, und vielleicht war ich wütend, vielleicht war ich abgelenkt, vielleicht habe ich gedacht, was hat er, warum hat sie ihn genommen? Und vielleicht habe ich nicht auf die Straße geachtet, auf die Rue des Mirages.«

Hadley lauschte fassungslos, völlig erstarrt, aber als er nach ihrer Hand griff, sprang sie zurück.

»Du warst es?«

»Ja, ich war es.«

»Das kann nicht sein. Du warst es nicht.«

»Hadley …«

»Du hast sie angefahren und einfach liegen gelassen? Du?«

»Hadley, ich hatte Angst. Ich wusste nicht, was ich tun sollte. Ich hatte zwei Gläser Wein getrunken, knapp zwei Gläser, aber es hätte vielleicht nach mehr ausgesehen. Man hätte vielleicht geglaubt, dass es daran gelegen hatte, was ja nicht stimmte. Plötzlich war ich losgefahren und hab nicht angehalten.«

»Und du hast dir verziehen?« Ihre Stimme war schrill vor Ungläubigkeit.

»Nein.«

»Aber du hast mit dir gelebt«, beharrte sie, »das weißt du genau.«

»Nur schwer.«

»Erwartest du, dass ich dir das glaube?«

»Wenn du an dem Tag nicht zu mir gekommen wärst, wäre ich zur Polizei gegangen. Das musst du mir glauben.«

»Du lügst. Alles ist eine Lüge. Du bist eine Lüge.«

»Es hat mich so belastet, dass ich den Verstand verlor, alles vermischte sich, alte Trauer, alte Fehler, Winston und dieser gottverfluchte Pick-up. Und dann standest du vor meiner Tür und hast alles verändert. *Fast* alles. Hadley, du hast dich mir geschenkt. Deine ganze Verzweiflung, deine Wünsche, deine Bedürfnisse, du hast sie so vertrauensvoll in meine Hände gelegt. Und plötzlich dachte ich, dass hier jemand war, dem ich helfen konnte. Was für einen Zweck hätte es in dem Moment gehabt, mich zu stellen? Wem hätte es genützt? Dir konnte ich helfen. Dich konnte ich trösten. Ich konnte einen Fehler wiedergutmachen. Es schien das Beste, was ich tun konnte, dich glücklich zu machen. Mehr wollte ich nicht sein, nur der Mensch, der dich glücklich macht. Und dann habe ich auch darin versagt.«

Sie trat auf ihn zu und schubste ihn fest gegen die Brust. Sie rangen kurz miteinander. Er stand nicht sicher, der Abhang war steil, und er schwankte und fiel rückwärts aufs Pflaster. Er schlug schwer auf und blieb unten, als sie ihn anschrie.

»Jetzt soll es auf einmal um mich gegangen sein? Und

meine Bedürfnisse? Was auch immer ich gebraucht habe, das nicht!«

»Hadley…«

»Nein! Kristina war so … so lebendig. Und sie hat sich verliebt, obwohl sie es nicht durfte, und alles, was sie mir von Jacques erzählt hat, stimmte, auch wenn ich schon allmählich geglaubt habe, dass es nicht stimmte, auch wenn ich langsam jedes Wort von ihr angezweifelt habe. Und jetzt ist sie tot, Joel. Sie ist *tot*. Ihre Eltern waren da. Sie sind genau diese Straße hier hochgefahren. Sie standen im Wohnheim und haben geweint. Ihre Mutter hat mich auf die Wange geküsst, und ihre Lippen waren so kalt. Und ich konnte nichts zu ihr sagen. Nichts, was ihr geholfen hätte. Und alles deinetwegen. Du warst es, nur du.«

Sie rang nach Atem, schluchzte erstickt.

Man brüllte auf den Straßen von Lausanne nicht. Man schubste und schlug sich nicht. Alles war anständig und korrekt, zumindest an der Fassade. Ein Polizeiwagen, der in den ruhigen Straßen Streife fuhr, wo zivilisierte Schweizer brav im Bett lagen, rollte auf sie zu. Da war kein schnelles Blaulicht, keine heulende Sirene, keine durchdrehenden Reifen. Es hatte keinen panischen Anruf gegeben, keine ratternde Stimme über Funk. Es war einfach Zufall, eine Laune des Schicksals, genau wie damals, als Joel im Schneesturm in die Rue des Mirages bog, die Windschutzscheibe verschmiert. Genau wie damals, als er in einer Kneipe am See den Kopf gedreht und ein Mädchen entdeckt hatte, das er nicht mehr vergessen konnte. Ein kurzer Moment. Der Streifenwagen bremste ab, und für die beiden Polizisten mussten sie das Inbild von Unfrieden abgegeben haben, ein Gemälde, wie es in der Altstadt von Lausanne in einer Galerie hing, eine meisterhafte Wiedergabe mit feinen Pinselstrichen. Der Mann auf der Straße, der aussah, als hielte ihn etwas fest und zöge ihn in die Hölle, die Frau, die versuchte, von ihm wegzukommen, die Hände zum Himmel gereckt.

Hadley sah das Auto zuerst. Sie wandte sich von Joel ab, und eine Sekunde lang stand sie ganz still. Dann trat sie mit erhobenen Armen mitten auf die Straße. Ein, zwei, drei Schritte, und sie war da. Es war ein stiller Abend, niemand sonst unterwegs. Der Wagen fuhr auf sie zu, und sie ließ ihn. Sie wappnete sich, krümmte die Zehen in den Schuhen, stand gerade und hielt den Blick geradeaus gerichtet. Es gab kein großes Drama, keine quietschenden Bremsen, keine heulenden Reifen. Sondern die Schweizer Polizei fuhr ordentlich an den Bordstein, und Hadley stand allein auf der Straße. Die Beamten stiegen aus. Joel kam mühsam auf die Füße.

Alle vier standen sie am Berg vor Les Ormes und betrachteten einander. Eine Sekunde lang überließ Hadley sich der dunklen Vorstellung, sie könnten weiter so tun, als ob. Den Polizisten erzählen, dass sie sie aus Versehen aufgehalten habe, dass es ein Missverständnis sei. Und sie würden nach Locarno fahren, wie Joel gesagte hatte, und den italienischen See besichtigen, würden an der Eiswaffel des anderen lecken, für Fotos posieren, lachen und sich küssen. Doch Joel hatte die Handgelenke ausgestreckt, mit der Unterseite nach oben, als hätte er die Filme gesehen und folgte dem Drehbuch. Er sprach die Beamten auf Französisch an, und sie verstand die Worte für *Unfall* und *Frau* und *tot*. Es war dunkel auf der Straße, aber sie sah sein Gesicht so klar, als wäre es von einem Kamerablitz erhellt. Seine Augen waren blauschwarz. Sein Mund ein schartiges Loch. Auf der Wange prangte immer noch ein blauer Fleck, und eine seiner Wunden blutete wieder. Die Haare hingen ihm in die Stirn. Noch nie hatte sie ihn so verzweifelt gesehen. Außer vielleicht an jenem Tag in seinem Büro, als sie ihm von Kristina erzählt hatte, als sie ihn um seine Hilfe gebeten hatte. Hadley ging zu ihm und nahm seine Hände. Sie schlang die Finger um seine Handgelenke und drückte mit aller Kraft, die sie besaß.

»Es ist Zeit«, sagte er nur.

Ohne weiter zu überlegen, versuchte sie, ihn zu küssen. Sie beugte sich vor, schob ihre Lippen auf seine zu, doch er wandte den Kopf ab. Sie erwischte nur seine stoppelige Wange, das Ohrläppchen, die salzig-heiße Stelle am Hals über dem Kragen. Dann spürte sie eine Hand auf der Schulter, die nicht Joel gehörte. Sie konnte nicht Joel gehören, denn in der Berührung wurde nichts übermittelt. Hadley ließ sich kalt und innerlich leer wegführen.

»Mit Ihnen müssen wir auch sprechen, *Mademoiselle*, nur eine Routineaussage«, sagte einer der Polizisten, und seine Stimme schien von weither zu kommen. Hadley nickte benommen. Sie bestätigte ihren Namen und ihre Adresse. Sie sagte die Ziffern ihrer Telefonnummer auf, kam einmal durcheinander, fing neu an. »Morgen reicht«, sagte er, und Hadley starrte ihn an, als spräche er plötzlich eine Fremdsprache, denn die Vorstellung eines Morgen war zu abstrakt, zu unvorstellbar, um jemals einzutreten.

Als Joel schon in das blaugestreifte Auto einstieg, griff er in die Tasche. Er holte ein kleines, abgewetztes Buch heraus.

»Bitte nimm das, Hadley«, sagte er. »Alles darin ist wahr.«

»Ich will es nicht«, sagte sie. Dann: »Was ist das?«

»Als ich dich zum ersten Mal sah, habe ich darüber geschrieben. Als ich dich das zweite Mal sah, habe ich darüber geschrieben. Und das dritte Mal. Ich habe immer weitergeschrieben. Du, und nur du. Ich möchte, dass du weißt, was ich von Anfang an in dir sah. Was ich immer in dir gesehen habe, selbst nach dem, was passiert ist.« Er geriet ins Stocken, dann fing er sich. »Ich habe weiter über dich geschrieben. Du sollst wissen, dass du vorher für mich existiert hast und dass du nie aufhören wirst, für mich zu existieren.«

»Ich kann das nicht lesen.«

»Hadley, ich weiß, wie falsch das ist, aber ich hatte immer das Gefühl, dass du bis in mein Innerstes sehen konntest. Ohne dass einer von uns je ein Wort gesagt hat, war es wie eine Absolution.«

»Das dachtest du wirklich?«

»Am Anfang. Am Ende nicht.«

Er sah sie an, und es fühlte sich an wie ein letzter Blick, wie ein Versuch, sie sich einzuprägen, bevor sie ganz fort war.

»Wenn du dir einen wahren Satz wünschst«, sagte er, »er steht da drin.«

Hadley schloss die Finger locker um den Bucheinband und die verbogene Spiralbindung. Nach und nach verstärkte sich ihr Griff. Als der Streifenwagen losfuhr, die Heckscheibe nur noch die Nacht widerspiegelte, umklammerte sie das Buch bereits so fest, als wollte sie es nie wieder loslassen. So fand Helena sie. Auf dem Bürgersteig stehend, Joels Worte an sich gepresst, den Blick hinab auf eine Stadt gerichtet, die, allem Anschein nach, achtlos einfach weitermachte.

Vierunddreißig

Der Frühling kam über Nacht nach Lausanne, genau wie Hugo Bézier gesagt hatte. Der Märzanfang war milder als gewöhnlich und sehr sonnig. Im April blühten die Bäume am Straßenrand schon üppig rosa und weiß. In Les Ormes freuten sich die Bewohner über den Jahreszeitenwechsel. Balkontüren wurden aufgerissen, Decken auf dem Flachdach ausgebreitet und Würstchen auf Holzkohle gegrillt. Hemingway mochte über einen trügerischen Frühling geschrieben haben, aber dieser fühlte sich echt an.

Hugo hatte darauf bestanden, dass sie ihre alten Gewohnheiten beibehielten, also trank Hadley immer noch Kaffee und Kognak mit ihm im Hôtel Le Nouveau Monde, nur dass er die Anweisung seines Arztes befolgte und stattdessen Wasser mit einer Zitronenscheibe bestellte. Doch auch Hadley dabei zu beobachten, wie sie ihren Kognak trank, schien er zu genießen. Vielleicht mochte er die zarte Röte, die ihr dabei in die Wangen stieg, und möglicherweise erinnerte er sich an den Geschmack, das süße Brennen in der Kehle, das sich anfühlte wie ein lang vergessener Kuss. Manchmal tranken sie zusammen Tee in seiner riesigen Wohnung, derjenigen, die nur drei Straßen hinter dem Hotel lag, von deren Balkon aus die flatternden Fahnen und der üppige Schwung des Dachs gerade eben zu erkennen waren. Eine Frau namens Brigitte brachte ihnen das Tablett heraus, das silberne Haar mit einer mädchenhaften Spange gescheitelt, jede Bewegung so leicht wie die einer Tänzerin. Morgens vor dem Frühstück ging Hugo nun langsam im Park des Musée Olympique spazieren. Die Luft war wie üblich noch frisch um diese Jahreszeit, aber er nahm mehr davon in sich auf in diesen Tagen. Mit jedem Atemzug, erzählte er Hadley, konnte er die Kälte der schneebedeckten Berggipfel schmecken, ihre kristallene Schärfe.

Am Ende hatte man ihm höflich nahegelegt, die Résidence Le Printemps zu verlassen, weil das Klappern seiner Schreibmaschine die anderen Gäste und vor allem das pistazienfarbene Pflegepersonal wahnsinnig gemacht hatte. Denn Hugo verwandelte sich wieder in Henri. Wort für Wort, Zeile für Zeile, Seite für Seite schrieb er. Und Hadley las, was dadurch erleichtert wurde, dass Hugo zum ersten Mal in seinem Leben nicht auf Französisch schrieb, sondern auf Englisch, und wider alle Traditionen erwies es sich als die Sprache der Liebe. Schwer fiel es ihr allerdings aus anderen Gründen, hauptsächlich weil sie die Figuren in- und auswendig kannte. Die meisten zumindest. Eine, dachte sie, kannte sie möglicherweise überhaupt nicht. Das mochte daran liegen, dass sie Joels Notizbuch immer noch nicht aufgeschlagen hatte. Vielmehr hatte sie es Hugo gegeben, und der hatte es gelesen, ein Mal, zwei Mal, drei Mal. Danach hatte er zu schreiben begonnen. Anfangs als Fingerübung, um zu sehen, ob er es noch in sich hatte, so wie man vielleicht einmal etwas weiter spazierte als üblich oder eine Treppe hinaufstieg. Hadley hatte ihn eines Tages dabei ertappt. Sie sah ihn kerzengerade am Tisch neben dem Fenster sitzen, die Hände über die Tasten der Schreibmaschine fliegend, von einem Stakkato-Klackern begleitet.

»Sie schreiben«, sagte sie.

»Ist das in Ordnung?«

Und sie nickte. Sie ließ sich ihm gegenüber auf dem Stuhl nieder und beobachtete ihn, das Kinn auf die flache Hand gestützt. Am Ende der Seite reichte er sie ihr.

»Eine schreckliche Anmaßung von mir«, sagte er. »Ich werde natürlich alles verändern, alle Details, die nicht von Bedeutung sind. Aber das andere möchte ich so aufschreiben, wie es passiert ist. Wenn Sie mir das gestatten.«

»Hadley«, sagte sie langsam. Zum ersten Mal probierte sie den Namen aus und stellte fest, dass er ihr gefiel. »*Hadley.*« Sie las weiter.

»Oder ich verwerfe es. Ein Wort von Ihnen, und ich höre auf. Ich weiß nur, dass ich wieder schreiben möchte. Ihretwegen. Seit wir uns kennen. Und dann haben Sie mir das Notizbuch Ihres Dozenten gegeben. Es wurde nicht für mich geschrieben, es wurde für niemand anderen geschrieben, ausschließlich für Sie, und doch, *ma chérie*, haben Sie sich geweigert, es zu lesen. Ein Mann schüttet sein Herz aus, ein gebrochenes, willensschwaches Herz, aber *sein* Herz nichtsdestoweniger, und Sie ignorieren es. Ich sehe, wie Ihnen das zusetzt, welche Kraft es Sie kostet, und ich weiß, dass ich darüber schreiben will. Über alles. Nicht das Verbrechen, nicht das Geheimnis, sondern über Sie, das junge, unerfahrene Mädchen, das sich nichts mehr wünschte, als nach Lausanne zu kommen und sich zu verlieben.«

»Verlieben? Aber das habe ich ja, Hugo. Sehen Sie denn nicht? Auf jede nur erdenkliche Art.«

Ein flüchtiges Lächeln huschte über sein Gesicht.

»Hadley, den Großteil meines Lebens habe ich sehr überzeugend einen Menschen vorgetäuscht, der lebt. Erst jetzt, im letzten Abschnitt, habe ich meinen eigenen Schwindel entdeckt. Ich hatte nie eine Kristina, wissen Sie. Ich hatte nie einen Joel.«

»Aber Sie haben mich.«

Er erhob sein Glas Wasser auf sie. Sie erwiderte mit ihrem Kognakglas.

»Es ist alles für Sie. Das Schreiben«, sagte er.

»Das stimmt nicht. Ich sehe Ihnen an, dass das nicht stimmt.«

»Nein.« Er stellte sein Glas wieder ab und strich zärtlich über die Schreibmaschinentasten. Seine Augen glänzten wie Sirup. »Nein, es stimmt wohl nicht, nicht ganz.«

Von Joel kam nie ein weiteres Wort. Kein Umschlag mit einem schweizerischen Gefängnisstempel. Sie hatte ihn nur ein Mal besucht, an einem Donnerstagvormittag um elf Uhr. Draußen fiel dichter Januarschnee und verlieh allem Vollkommenheit, eine weiche, kritiklose Decke. Drinnen wich Hadley seinem Blick nicht aus, und es war Joel, der zuerst den Kopf abwandte. Er war abgekämpft und verhärmt und hatte sich geweigert, gegen Kaution freizukommen. Er wolle sich allem stellen, was auf ihn zukomme, und mehr als das, sagte er ihr.

»Ich bin hier, um mich zu verabschieden.«

»Du verlässt doch nicht etwa Lausanne? Meinetwegen?«

»Nein, ich fahre nicht zurück. Jedenfalls noch nicht, erst wenn ich muss.«

»Ich dachte nicht, dass du kommst. Damit hätte ich nie gerechnet.«

»Wäre ich auch fast nicht.«

Sie hatte einstudiert, was sie zu ihm sagen wollte. Sie hatte versucht, es vor ihrem Spiegel zu proben, mit ihrem eigenen blassen, wütenden Gesicht als Gegenüber. Zu oft hatte sie sich in Tränen aufgelöst, war ihre Stimme gebrochen, ihr Spiegelbild verschwommen. Nun, als sie ihn wirklich wieder vor sich sah, wusste sie, dass sie sich nicht an alles erinnern konnte und sollte.

»Joel, eine Zeit lang warst du das Beste, was ich kannte. Und dann das Schlimmste. Irgendwie sollte sich das wohl ausgleichen, aber ich weiß nicht, ob das klappt. Bringt es dich zum Verschwinden? Soll es das?«

Ihre Stimme klang weicher als in ihren Proben, die Schärfe war verschwunden.

»Ich bin so gut wie weg«, sagte er. »Und das ist auch richtig so.«

»Nein, bist du nicht.«

»Hadley ...«

»Ich muss jetzt gehen. Ich wollte mich verabschieden.«

»Hast du gelesen, was ich geschrieben habe? Bist du deshalb hier?«

»Nein. Ich habe es Hugo gegeben.«

»Hugo?«

»Er braucht es mehr als ich. Eines Tages werde ich es lesen, aber erst, wenn ich hart wie Stein bin, wenn all das mir vorkommt wie eine fremde Geschichte. Dann werde ich es lesen.«

Als sie ihn jetzt ansah, dachte sie plötzlich an ihren ersten Abend in Lausanne. Bevor sie wusste, wer er war, bevor sie Kristina begegnet war. Eine Stimme aus der Dunkelheit, freundlich, forschend und bebend vor mühsam unterdrücktem Lachen. *Bleib locker*, hatte er gesagt, und den ganzen Heimweg lang hatte sie diesen Satz dicht am Herzen bewahrt, wie ein gemeinsames Geheimnis.

»Als wir damals nach Genf gefahren sind«, sagte sie im Aufstehen, »hast du mir zwei Bedingungen gestellt. Jetzt bin ich an der Reihe. Du musst mir etwas versprechen. Zwei Dinge.«

»Alles, was du willst.«

»Erstens: Bitte versuch nie, Kontakt mit mir aufzunehmen.«

»Ich hab alles kaputtgemacht, Hadley. Ich würde mir nie irgendwelche Hoffnungen …«

»Und zweitens.« Ihre Stimme zitterte, versagte aber nicht, gerade so eben. »Zweitens, dass ich eines Tages, wenn ich älter bin, wenn ich viel mehr gelebt und viel mehr geliebt habe und meine Haare so grau sind wie die von Hugo Bézier, wieder von dir höre. Ich möchte etwas Gutes von Joel Wilson hören. Ich möchte wissen, dass dein Leben nicht auch vorbei war.«

Hinter der Scheibe stand er auf, und einen winzigen Moment lang spiegelten sie einander. Er versuchte zu sprechen, schaffte es aber nicht. Hadley ging aus dem Raum, die Arme steif an die Seiten gepresst.

Später dachte sie an ihn. Sie konnte nicht anders, sie würde immer an ihn denken. Joel auf einer harten Pritsche liegend, an eine weiße Zimmerdecke starrend, die Hände fest auf der Brust verschränkt. War das Gerechtigkeit? Nichts fühlte sich richtig an. Doch dann verblasste das Bild, und an seine Stelle schob sich Kristina. Mit ihrem Katzenlächeln, ihrem fröhlichen Lachen, bei dem die Spitze ihrer rosa Zunge aufblitzte. Was für Geschichten sie immer erzählt hatte, und jede einzelne war wahr.

Im Institut Vaudois wurden Joels Kurse von einem Engländer namens Paul Draper übernommen, der auch kanadische Literatur unterrichtete. Er hatte einen spitzen Bart wie ein mittelalterlicher Kaufmann und trug abgewetzte Schnürschuhe. Er hatte Schwierigkeiten mit dem R und sprach so schnell, dass seine Worte übereinanderstolperten. Irgendwann versuchten die mitschreibenden Studenten gar nicht mehr, ihm zu folgen. Wenn sie den Hörsaal verließen, unterhielten sie sich über Kaffee und Zigaretten oder ihre Verabredungen für den Abend, nicht über das, was sie gerade gelernt hatten, so wie früher. Oder was Hemingway damit gemeint hatte, als er schrieb, dass die Welt jeden zerbreche, viele aber dadurch stärker würden. Paul Draper regte sie nicht zu solchen Gedanken an.

Was Jacques betraf, hörte Hadley nie wieder von ihm. Er war aufgetaucht und verschwunden, ein Gespenst in blitzblanken Schuhen, ein Genfer Stadtmensch mit einer gekitteten Ehe und einem geheimen Kummer. Alles, was Kristina von ihm erzählt hatte, stimmte. Und alles andere ebenfalls. Manchmal dachte sie an Kristinas Eltern, weit weg in Kopenhagen. Hadley hätte gern eine Karte geschickt, wusste aber nicht genau, was sie schreiben wollte. Vielleicht, dass die Tage wärmer wurden, dass der Winter wohl endlich hinter ihnen lag. Aber so war es nicht, oder? Nicht für sie. Dann erhielt Hadley eines Tages ein Päckchen aus Dänemark. Der kurze Brief darin teilte nur mit: *Das hier war für Sie, wir haben es in ihren Sachen gefunden.* Es war ein Buch, auf Französisch, der Titel lautete *L'Adieu aux armes.* Darin steckte eine Karte ohne Umschlag. *Alles Gute zum Geburtstag, liebe Hadley* hatte Kristina unordentlich geschrieben, womöglich im schnellen Zug von Genf nach Lausanne. *Entschuldige, dass ich so blöd war. Ich werde mich bessern. Du hast gesagt, das ist dein Lieblingsbuch, aber ich wette, dass du es noch nicht auf Französisch gelesen hast. Auf den Spaß, den wir haben werden, heute Abend und unsere gesamte Zeit hier. Alles Liebe, XX.*

Erneut betrachtete Hadley den Buchumschlag, und ihr Blick verschleierte sich. Das Bild zeigte einen Mann und eine Frau, die sich umarmten, und in ihrer Haltung lag etwas unsäglich Trauriges. Es wirkte wie ein Abschied.

Chase und Jenny, Bruno und Loretta, manchmal auch mit Luca zusammen, schlängelten sich weiter durch ihr Lausanner Jahr. Helena, die nicht mehr ganz so Neue, baute sich einen großen und unbekümmerten Kreis von Freunden auf. Sie bezog sie aus ihren Französischkursen und der Obdachlosenunterkunft, wo sie samstags Mahlzeiten ausgab und wo ihr einmal ein alter Eisenbahner ein Ständchen auf einer dreisaitigen Gitarre brachte, ein französisches Liebeslied. Als Helena lachte und applaudierte, fing eine Frau mit strähnigen Zöpfen kurz ihren Blick auf und grinste, verdrehte die Augen und schlenderte dann nach draußen, um eine Zigarette zu rauchen. Helenas gute Laune erwies sich als ansteckend, egal wo sie war, egal mit wem, was häufig, aber nicht immer Hadley war.

Hadley hatte am Hang unterhalb des Wohnheims ein Beet angepflanzt, und nun im Frühling blühte es. Sonnenverliebte Gänseblümchen und eingetopfte Palmen, prachtvolle Hortensien und elegante Lilien. Angefangen hatte sie allein, hatte im feuchten Gras gekniet und ungeübt mit einer Schaufel in der Erde gestochert, an der noch das Preisschild klebte. Luca saß gerade auf Lorettas Balkon und bemerkte sie. Er bot seine Hilfe an, und trotz Hadleys Widerstand gesellte er sich zu ihr. Nach und nach kamen alle nach unten. Jenny und Chase, Bruno und Loretta, Helena. Andere Studenten, die zufällig vorbeikamen, deren Namen sie noch nicht kannten, aber bald erfuhren, halfen alle mit, die Erde umzugraben, Brennnesseln zu jäten, Wasser topfweise aus der Küche zu holen. Hadley stellte kein Schild auf, es gab keine offizielle Namensverleihung, aber jeder wusste, dass es ein Beet für Kristina war. Das Beste sparte sie sich bis zum Schluss auf, eine Reihe langstieliger Sonnenblumen, die die Köpfe wandten und über die Stadt blickten. Hadley stellte sich neben eine davon und wusste, dass die Blume sie bis zum Sommer überragen würde. Sie wischte sich die Hände an der Jeans ab. Chase reichte ihr eine Flasche Bier.

Hadleys Eltern und ihr kleiner Bruder Sam wagten ebenfalls einen Sprung. Sie kamen eine Woche in der vollen Farbenpracht eines Schweizer Frühlings zu Besuch, als die Blumen am Seeufer rosa erblühten und die Dampfschiffe nach Montreux stündlich vorbeifuhren. Sie aßen goldgelbe Croissants und tranken Kaffee, sie blickten oben von der Kathedrale über die ganze Stadt und kauften auf dem Markt eine dicke Scheibe Hartkäse. Sie fuhren mit dem Bus ins Institut Vaudois, und Hadley zeigte ihnen die Aussicht aus der Bibliothek, den silbernen Streifen See und den Himmel voller Berge. Ihre Mutter sagte: »Wie du dich hier aufs Lernen konzentrieren kannst, ist mir ein Rätsel.« Sie begegneten Caroline Dubois bei einem Spaziergang über das Unigelände, wechselten ein *Bonjour* und ein Lächeln, und ihr Vater sagte: »Die Dozenten hier sind ja charmant. Hatte ich mir ganz anders vorgestellt.« Und Hadley hielt die Luft an. Sie dachte an Joel Wilson, der vor den Studenten herumwirbelte, der Leidenschaft versprühte, und daran, dass sie damals zum ersten Mal das Gefühl gehabt hatte, ihr Kopf wäre oben aufgeplatzt und sie hätte sich in winzige Sterne aufgelöst, die in den Äther sprudelten. Er hatte ihr so viel genommen, aber das hatte er ihr geschenkt. Dieses Gefühl, das nirgendwo auf die Erde gehörte, wo es Ängste und Schneestürme und dunkle Nächte gab, Konsequenzen und Abscheu und Scham und die Behauptung, dass alles in Ordnung war, wenn es doch nicht stimmte, nicht mal annähernd.

Hugo schrieb den gesamten Frühling hindurch, und Hadley ließ ihn. Sie sah, wie es ihn belebte, und so wechselte die Geschichte den Besitzer. Von ihrer wurde sie zu seiner, zu seiner freien Verfügung. Ob sie auf ewig in einer Schublade liegen oder ans Tageslicht gebracht würde, durfte er entscheiden. Als sie es las, war es beinahe, als wäre alles jemand anderem passiert. Alles von Bedeutung stand darin, wenn auch abgewandelt, wie mit einer leicht verschobenen Palette gemalt. Außer dem Text in Joels Notizbuch; er wurde die augenfällige Lücke. Denn Hugo weigerte sich, auch nur ein Wort davon zu verändern, und Hadley ließ Hugo nur einen Satz daraus entnehmen, und das war, weil Hemingway ihn zuerst gesagt hatte, auch wenn er damals von Paris sprach: »Lausanne hat kein Ende.« Joel hatte das in seiner ersten Stunde gesagt, sich die Worte seines Helden angeeignet und damit die versammelten neuen Studenten angesprochen. Doch was für ein prophetischer Satz war es gewesen. In sein Buch hatte Joel notiert, dass seine Tage für immer gezeichnet seien, dass seine Seele einen Fleck bekommen habe, der niemals weggewaschen werden könne. Dass es nie wieder einen Morgen geben werde, an dem er aufwachen und an etwas anderes denken werde als das, was er getan habe und was nicht. Er könne Lausanne nie verlassen, schrieb er, er wünsche sich nur für Hadley, dass sie es könne und alles vergesse, was geschehen sei. *Außer vielleicht einem. Einer Wahrheit.* Und als Hadley sich endlich ein Herz fasste und Joels Worte las, wusste sie, dass er recht hatte, obwohl sie sie nie erwidert hatte. Zu all den traurigen Dingen gehörte Liebe in der Vergangenheitsform sicherlich dazu.

Noch mit etwas anderem hatte Joel recht gehabt.

Eines Morgens Anfang Mai schlug sie die Augen auf, und das Erste, was ihr auffiel, war, schlicht und einfach, die Beschaffenheit des Lichts. Es war diese besondere Helligkeit, an die sie sich während der Wintermonate so gewöhnt hatte. Sie ging zum Fenster und öffnete die Jalousie. Draußen begann gerade der Frühlingstag, lebendig blau, mit fröhlichem Sonnenschein, und doch war ganz Lausanne mit Schnee bestäubt. In wenigen Stunden wäre er wieder verschwunden, zum letzten Mal in diesem Winter, denn sie hörte schon das Tropf, Tropf, Tropf vom Dach. Hadley öffnete die Balkontür und betrachtete die Stadt. Bald wäre sie mittendrin, hinterließe Fußabdrücke im Weiß. Sie drehte sich vom Fenster weg und ging auf die Suche nach Kaffee und Toast. Die Türen und Fenster ließ sie weit offen, das Licht strömte herein, und auf den Wänden veränderten sich allmählich die Schatten.

Unterdessen saß ein altersloser Mann in einem Hotel am Wasser. Seine Finger tanzten über die Tasten seiner Schreibmaschine, sein Herz strebte in all die Richtungen, die er schon vergessen, und in andere, die er noch nie gekannt hatte.

Dank

Ich danke meinen frühen Lesern, meiner Freundin Kate und meinem Mann Robin. Ihr habt euch an meinen chaotischen ersten Entwurf gewagt, und unsere Küchentischsitzungen haben mich auf den richtigen Weg gebracht. Ohne eure Hilfe im rechten Moment hätte ich möglicherweise den Verstand verloren.

Dank an meine Lektoren und meine Agentin, Leah, Erika und Rowan. Durch euch ist dieses Buch besser geworden, und dafür werde ich immer dankbar sein. Die letzten Monate des Schreibens, mit von euren Worten und eurer Weisheit prallen Segeln, haben sich als die schönsten erwiesen. Vielen Dank.

Danke auch an alle anderen bei Headline, vor allem Ben, Vicky, Emily und noch mal Leah. Ihr macht das Arbeitsleben dieser Schriftstellerin zu einer Freude.

Meiner lieben Familie, den Halls und den Etheringtons, und meinen tollen Freunden danke ich dafür, mich immer angefeuert zu haben. Sonya, Jo und Aisling, Hadleys Jahr ist zwar nicht *unser* Jahr, aber ich hoffe, ich habe etwas von unserem Spaß in die Geschichte geschrieben. Besonderer Dank geht an meine Eltern und meine Schwester, Szilvia, Alwyn und Emese, dafür, dass ihr frühe Fassungen gelesen und stets begeistert Unterstützung gewährt habt. Mehr konnte ich nicht verlangen.

Und noch einmal, Robin. Danke für alles, immer.

Und schließlich: Dieses Buch begann mit einem Ort. Ich hatte das Glück, als Studentin ein Jahr in Lausanne leben zu dürfen, und das noch größere Glück, die Stadt in einen Roman einfließen lassen und Ihnen dadurch zeigen zu können. Ich hoffe, ich bin ihrer Schönheit gerecht geworden. Von all den Büchern, die Lausanne erwähnen, waren für die Arbeit an diesem besonders wichtig: *In einem andern Land* und *Paris – ein Fest fürs Leben* von Ernest Hemingway sowie *Madame Hemingway* von Paula McLain.